破局者

曹操

燕拾叁 著

中国友谊出版公司

自序

没有局外人的世界

"历史是一个过程，而不是一个被锁起来的、里面装了一堆事实的盒子。"

——希拉里·曼特尔（Hilary Mantel）

上下五千年，中国历史人物浩如烟海，但曹操始终是顶流 IP。

曹操所处的时代在中国历史上几乎前无古人、后无来者。汉桓帝永寿三年（157）——曹操3岁，全国人口超过5600万人，这是中国历史上第一次人口高峰，这一纪录连盛唐都未能超越，直到明朝才被打破。但仅仅60年后，汉献帝建安二十二年（217），全国人口锐减至1500万。

60年，在历史长河中不过是一夜。一夜之间4000万人灰飞烟灭，这种从天堂到地狱的垂直堕落感，很难想象幸存者们的心态崩塌到了什么地步。

有的人疯狂了，董卓将超过百万人口的帝国首都雒阳烧为平地；有的人躺平了，公孙瓒躲在十丈高的摩天大楼里，囤满粮食准备当一辈子鸵鸟；也有的人放下了，大量中产阶级和知识分子远逃到朝鲜、越南去避难，哪怕是诸葛亮怀才不遇，不想放也只能放下，无奈躲在隆中农村里种地为生。

只有曹操自始至终保持着人间清醒。就好像泰坦尼克号沉没之际，众人都慌不择路，唯有杰克目标明确、一路通关。

曹操的人生信条很简单："宁我负人，毋人负我。"这句著名的话广为后人所诟病，但所有人也都心知肚明，这是一句实实在在的乱世箴言。曹操杀掉了送给他第一桶金的兄弟张邈，杀掉了追随半生的大哥袁绍，杀掉了成就其事业的第一功臣荀彧。曹操始终知道谁是朋友、谁是敌人，更知道没有永远的朋友，也没有永远的敌人。这种变态的冷静与狠绝，让曹操最终破局突围，乱世为王。

曹操最牛的地方是他千辛万苦跋涉到了人生和世界的巅峰，在眼花缭乱的鲜花和掌声之中，他竟然能够咬牙停下脚步，按捺住像大海一样汹涌的权力欲望，把人生的句号划在了作为一名臣子，而不是皇帝。这是一个千古之谜，用天理和人性都很难解释。

曹操之所以成为曹操，在我看来，古往今来把自己塑成神像的君王数不胜数，但曹操真性情、有个性、有故事，千年之下，他还是那个真实、有趣、活生生的人。

在一段名场面里，少年曹操用枪顶在许子将的脑门上，终于得到了那句流传千古的评语："治世之能臣，乱世之奸雄"。他扬长而去，从此小宇宙大爆发，讨董卓、破黄巾、灭吕布、战官渡，终于站在碣石山巅上，沧海一声笑。这一刻，什么善与恶、忠与奸，都无所谓，历史只由胜利者来书写。

但一出喜剧终以悲剧收场。曹操站得再高，也看不到身后四百年世家大族的辉煌时代和塞外游牧民族南下的黑暗深渊，他逆天改命的阶级革命、统一北方的旷世奇功，不过只是历史洪流中的浪花一朵。个人之于历史那么渺小，英雄如曹操也终究无法阻挡时代之巨轮，只是个冲向风车的唐·吉诃德。

上帝视角下曹操的人生悲喜，也是每一个普通人的宿命。但因此让我们更对曹操感同身受，更感动于他的向死而生，更共鸣于他那悲凉的不朽诗句：

老骥伏枥，志在千里；

烈士暮年，壮心不已。

曹操还是个敢爱敢恨的感情动物。他无疑是中国历史上情感最为丰沛的政治领袖。秦皇汉武，略输文采。唐宗宋祖，稍逊风骚。封建王朝有文艺特长的帝王往往多是亡国之君，曹操是个例外。他一边忙着建功立业，一边还有闲情写诗、练字、下棋、玩蹴鞠（足球），且样样都是国家队水平。《观沧海》《短歌行》，寥寥几笔，他就能翻江倒海、震烁古今。

他是正史记载中大哭大笑次数最多的人物。最忠诚的卫士典韦和最亲密的朋友郭嘉死了，他哭，而且当众哭；战争到了最困难的时候，或者遇到他最痛恨和鄙视的人时，他反而笑。他甚至在宴会上笑得前仰后合，一下把整张脸拍在菜盘子里，搞得一片狼藉，却依然谈笑风生。

曹操的情感世界大半已沉埋在历史的尘埃当中。但他不顾门当户对娶了歌女出身的卞氏，在宛城寻花问柳导致兵变且儿子曹昂被杀，横刀夺爱抢了关羽心仪的女人，这些故事碎片虽然真伪难辨，可隐约勾勒出了那个在江山美人中左右为难的英雄背影。

一千个读者有一千个哈姆雷特。关于曹操的著述汗牛充栋，我也在思考，我这一本有什么特别之处？久久想不明白，就也想不出个合适的书名来。所幸磨铁图书的老师见多识广，读后赐一书名："破局者。"初时不甚理解接受，认真想想豁然开朗。百年变局、人生格局，饭局、骗局、困局、危局，今天的人们真惨，无一幸免，都活在这样或那样的局里。

这是一个没有局外人的世界。

而这岂不正是破局者曹操的意义所在？或许这一本关于曹操的非专业写作，能为局中逐流的你我带来一点点启发，哪怕是遥远的慰藉也好。

谨此感谢马涤华先生的启蒙，深谢冯唐兄的鼓励，敬谢磨铁图书七月老师和 Leslie 的帮助。

是为序。

【自序】
没有局外人的世界 ——— 01

【楔子】
风起于青萍之末 ——— 001

第一部 太平时

一　阿瞒初啼 · · · · · 008

二　曹家豪赌 · · · · · 010

三　录取通知 · · · · · 013

四　少年热血 · · · · · 018

五　宦官和权力 · · · · · 021

六　微妙的变化 · · · · · 024

七　任侠放荡 · · · · · 028

八　彼可取而代之 · · · 033

九　名门望族 · · · · · 035

十　月旦评 · · · · · 038

十一　乱世之兆 · · · · · 042

十二　选拔考试 · · · · · 047

十三　新官上任三把火 · · · 050

十四　文治武功 · · · · · 052

十五　背后的女人 · · · · 055

十六　一份报告 · · · · · 058

十七　乱世来临 · · · · · 060

十八　回归原点 · · · · · 063

十九　野蛮生长 · · · · · 066

二十　波澜不息 · · · · · 068

二十一　灵帝驾崩 · · · · · 071

二十二　董袁对峙 · · · · 075

第二部　蒿里行

二十三　捉放曹 · · · · · 082

二十四　义军起兵 · · · · · 084

二十五　董贼迁都 · · · · · 088

二十六　首战惨败 · · · · · 090

二十七　投奔袁绍 · · · · · 093

二十八　孙氏壮举 · · · · · 096

二十九　兖州创业 · · · · · 099

三　十　旷世雄才 · · · · · 102

三十一　慧眼识英雄 · · · · · 105

三十二　败寇惨死 · · · · · 107

三十三　待时而动 · · · · · 110

三十四　袁绍定北方 · · · · · 113

三十五　唯快不破 · · · · · 116

三十六　灭门惨案 · · · · · 119

三十七　深仇大恨 · · · · · 122

三十八　输得起 · · · · · 126

三十九　兵不厌诈 · · · · · 128

四　十　粮草先行 · · · · · 132

四十一　年号建安 · · · · · 135

四十二　入都迎帝 · · · · · 139

四十三　挟天子 · · · · · 143

四十四　且耕且战 · · · · · 147

四十五　祸福相依 · · · · · 151

四十六　长子殒命 · · · · · 155

四十七　搁置血仇 · · · · · 159

四十八　再添智囊 · · · · · 162

四十九　决意东征 · · · · · 166

五　十　刘备来投 · · · · · 169

五十一　吕布降曹 · · · · · 173

五十二　信义无价 · · · · · 177

第三部　观沧海

五十三　曹袁故旧 · · · · · 184

五十四　两军对垒 · · · · · 189

五十五　运筹帷幄 · · · · · 193

五十六　刘备叛变 · · · · · 197

五十七　化险为夷 · · · · · 201

五十八　闪击战 · · · · · 204

五十九　奇兵诡计 · · · · · 209

六　十　破釜沉舟 · · · · · 214

六十一　官渡大战 · · · · · 218

六十二　怅然若失 · · · · · 222

六十三　兄弟阋墙 · · · · · 225

六十四　倒戈投敌 · · · · · 228

六十五　攻城鏖战 · · · · · 232

六十六　夺妻之恨 · · · · · 235

六十七　军法无情 · · · · · 238

六十八　行路难 · · · · · 242

六十九　北伐乌桓 · · · · · 245

七　十　痛失良臣 · · · · · 249

第四部　龟虽寿

七十一　忧心忡忡······256

七十二　暗生间隙······260

七十三　司马懿应召······263

七十四　荆州争夺战······267

七十五　长途追袭······271

七十六　抗曹战略······275

七十七　胜望渺茫······279

七十八　赤壁之战······283

七十九　祸不单行······287

八　十　暗处之敌······291

八十一　骨肉相争······295

八十二　百密一疏······300

八十三　蛮夷之俗······303

八十四　反间计······307

八十五　后院起火······312

八十六　谋士之死······317

八十七　生子当如孙仲谋···321

八十八　烈士暮年······326

八十九　左支右绌······330

九　十　人才寥落······335

九十一　驭人之术······339

九十二　夺嫡之争······344

九十三　派系旋涡······349

九十四　孙曹言和······353

九十五　架在火上烤······357

九十六　许都叛乱······362

九十七　终末之战······366

九十八　疲惫的老人······370

九十九　愿做周文王······374

一　百　英雄谢幕······378

尾声 · · · · · · · · · · · · · 384

附录　曹操大事年表 · · · 396

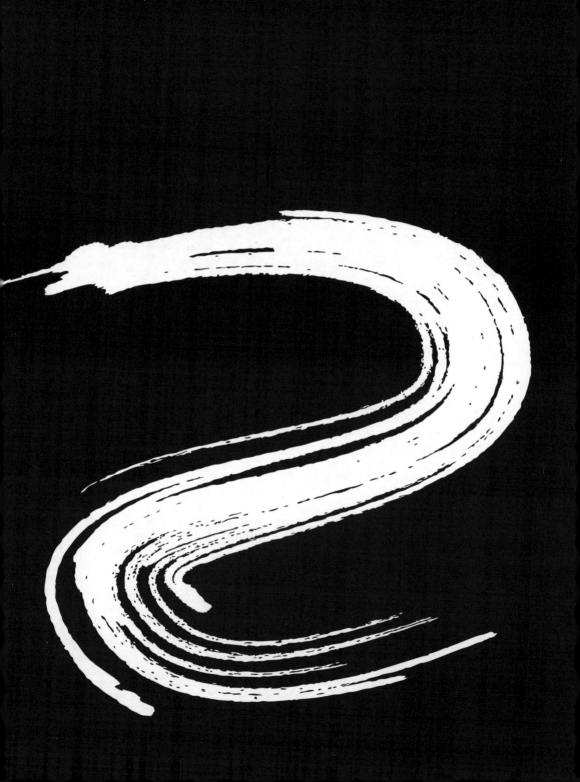

楔子

风起于青萍之末

　　一切皆从一起乡间公案发端。

　　这件事记载在西晋司马彪所著《续汉书》当中。司马彪生活的年代距汉末三国不到一百年，据说他曾广泛参阅了后世失传的中国第一部官修史书《东观汉记》，因此被《三国志》的注释者裴松之所采信，有幸得以留存至今。

　　但是司马彪是司马懿的侄孙。司马氏和曹氏两家的相爱相杀世人皆知，曹氏的源起竟由司马氏所记录与宣扬，这实在颇为吊诡，也不禁令人生疑。

　　但无论如何，公元2世纪毫不起眼的某一天，在东汉帝国偏僻乡间所发生的一件小事，却是曹操家族最早的历史档案材料。如果确有其事，那么它对中国历史走向的影响不可低估。

　　那是东汉帝国第六位皇帝——汉安帝刘祜在位期间（107—125）。我们把目光投向帝国首都雒阳[1]东南四百余公里，十三部州之一——豫州州府（相当于省会）谯县（今安徽省亳州市一带）的一座农庄。谯县和汉高祖刘邦龙兴之地——

[1] 雒阳，即洛阳。汉光武帝刘秀命名洛阳为雒阳。

丰县同属沛国，是政府重点帮扶的贫困地区。

这年十月，庄上的农事已毕，但家家户户还在忙碌不停。男人们把过冬的粮食储藏起来，再到集市上卖掉余粮和女人纺毕的绢布。同时加固屋墙和篱笆，特别是要封死朝北的窗户，以防备冬天寒冽的北风。

女人们忙着赶制全家人一年穿用的衣物和布鞋，家境困难些的就只得编织草鞋。她们还抽空拿出六月就备下的麦曲，渍酿出春天到来前足够一家人饮用的冬酒。

最重要的一件事是杀猪制作腊肉，预备在十二月腊日的祭祀上使用。当然，祭祀完祖先之后，腊肉会成为全家人过年时的盘中佳肴。

年满14周岁的大孩子们在农忙时需要帮助家里下地干活，这时候终于可以歇息，由宗族组织起来一起学习文化知识。小孩子们可以尽情享受快乐的寒假，他们要到正月才会去宗族学堂接受启蒙教育。

当然，这只是宗族中中产家庭的生活。那些贫民和奴婢只是像牛马一样日夜劳作，他们的日子朝不保夕，冬天对他们来说还是太遥远了。

在这个月中，族中宗子——族长要在宗族祠堂里召集几位最有身份地位的宗族长老开一次会议，集体研究一年来去世的贫困族人和孤寡老人如何安葬的问题。这一例会过程通常十分平和顺畅，因为程序大家都心知肚明，先根据死者在族中的亲疏关系和家庭状况排列顺序，再根据大家的资产状况进行募捐。

此时汉帝国建立已逾三百年，光武帝刘秀中兴也快一百年了。偌大的帝国就像一部调校精良、自动运转的机器，无论帝王将相还是升斗小民，每个人都只是其中的一个榫卯。

在当时，人的一生几乎自出生之日起就可以盖棺论定了。正如后来一位诗意的哲人所形容，人生仿佛是一树花，虽然同是一个物种，但富贵的飘落到美丽的织毯上，贫贱的却沦落在粪坑里。这里面没有因果可以深究，一切都是命运的安排。

帝国99.99%的人都在这种宿命的黑暗中充满希望地活着，这既是一种悲哀，却也是一种幸福。因为一出生就被揳在了社会中一个固定的位置，永世无法改变，其实大多数人也并不想改变。只要老老实实遵循古老的传统，在每一年、每个月、每个节气完成先人所设定好的事情，就不必胡思乱想，也不会抑郁失眠。虽然命如草芥，但苟活到死倒也并不困难。

以至于当时有一位名叫崔寔的大儒，撰写了一部农书《四民月令》，将乡间生活的日常全部规范殆尽，用一本书基本写完了一个东汉农夫的一辈子。上文所述这年十月农庄上所发生之事，便是摘于此书中所录。

但正是在这寻常一日，谯县治下农庄举办的这次例会上，却发生了一点让人意想不到的风波。

当宗子和长老们正在昏昏欲睡地讨论无关宏旨的乡间小事时，突然有一个族人冷不丁闯进了会场。他现场哭诉自己准备屠宰做腊肉的肥猪丢了，而他在邻居一个名叫曹节的人家里看到了一口长得一模一样的猪。因此他可以断定，自己家的猪是被曹节偷走了。

这样的口角在庄上司空见惯。虽然宗子可以根据宗法对族中事务进行处置，但来人并非族中显贵，宗子实在懒得插手，就骂他怎敢擅闯祠堂闹事，有官司尽管去谯县县令的大堂上击鼓鸣冤好了。

可这些一辈子没出过庄门的农夫哪里分得清宗族礼法和国家司法的区别，自顾自地不停哭闹申诉。宗子火往上撞正要发作，忽见一个老者慢悠悠地牵着一口猪踱了进来。

祠堂中人都认识这位老者，他正是被告曹节。只见曹节把拴猪的绳子往那个告状族人的手里一交，再没说一句话，兀自转身走了。

祠堂里顿时一片哗然。要知道偷盗在帝国乃是重罪，帝国最初的法律——汉高祖刘邦创制的约法三章规定：杀人者死、伤人及盗抵罪。

更重要的是，偷盗不仅违反国家法律，还违背公序良俗。在依靠血缘和礼法维系的宗族当中，名节要比性命重要百倍。谁敢拿自己的名节开玩笑？这不仅是判了自己死刑，还把全家人的性命也赔上了。

众人都看得目瞪口呆。宗族长老们都是有见识的人物，对于愚昧农夫为些鸡毛蒜皮小事争得脸红脖子粗早已习以为常，甚至大打出手、头破血流也并不稀奇。但在座所有人都是头一回见到曹节这样自杀似的举动，这等于是对偷猪一事供认不讳了。

宗子叹了口气，他心中暗暗同情曹节。曹节和他的四个儿子平素通情达理，而且近年来他治家有方，家境欣欣向荣，对宗族事务也很热心，逢年过节总给长老们送些礼物，怎么看曹节也不像是个偷猪贼。但其他几位长老看热闹不嫌事大，他们窃笑曹节真是钱多人傻，猪身上也没写名字，偷了猪不承认不就完了？

告状者傻在原地不知所措，宗子厌烦地挥挥手把他打发走了。会议已经没法再进行下去，大家都忙着热议如何处置曹节一家的问题。有的建议立即报官抓人，有的建议将其全家押至祠堂受审，还有的建议不能让曹节坏了全族的名誉，须尽快祭告祖宗把曹节一家除籍，将其财产全部充公归宗族支配。想出这个主意的人扬扬得意，这是一招一石二鸟的妙计，不但惩治了不法之徒，还刚好解决了今天会议讨论的问题——今年死去族人的安葬费尽可从罚没资产中拨取。

大家正在七嘴八舌议论，突然祠堂大门哐的一声被人撞开。只见刚才那个告状的族人气喘吁吁地跑了进来，左右两手各牵一口猪。他满脸涨得通红，对众人高声喊道："我错怪曹节了，我家的猪刚才自己跑回来了！"

祠堂里立刻鸦雀无声，但三秒钟后又爆发了更加激烈的争论。宗子无心听这些人神侃，唤人速速把曹节请来。宗子眼巴巴望着门口苦等了好久，这才见曹节缓步而入。

告状族人看曹节现身，脸色由红变紫，快步迎上前去，忙不迭地把牵猪绳塞到曹节手上，嘴里小声叨念着："哪想到猪都长得一个样呢……"

曹节接过牵猪绳，淡淡一笑，向宗子和诸长老行了一礼，竟又是一言不发飘然而去。

　　对于豫州谯县的这个小村庄来说，这件事算是个大八卦。整个冬天，全村人茶余饭后都在热议曹节的高风亮节，而且越传越神、越传越远，很快四乡八镇都听说谯县出了个全天下都难找到的道德模范曹节先生，竟还有许多人慕名而来欲一睹曹节的真容。

　　经此一事，宗子对曹节刮目相看。每逢家宴，曹节必是他的座上嘉宾。他还频频带曹节去县城遍拜各位主政官员，绘声绘色地向他们介绍荐举曹节的德行，当然也借机炫耀一下自己治族有方。

　　这样一起不愉快的丢猪事件，却落得了一个皆大欢喜的结局。当然，最大受益人无疑是曹节，他一夜之间成了远近闻名的大德先生。

　　风起于青萍之末。历史的狂澜就从这一颗投入水中的小石子开始了。

第一部 太平时

对酒歌，太平时，吏不呼门。王者贤且明，
宰相股肱皆忠良。咸礼让，民无所争讼。三年耕，
有九年储，仓谷满盈。斑白不负戴。雨泽如此，
百谷用成。却走马，以粪其土田。爵公侯伯子男，
咸爱其民，以黜陟幽明。子养有若父与兄。犯礼法，
轻重随其刑。路无拾遗之私。囹圄空虚，冬节不断。
人耄耋，皆得以寿终。恩德广及草木昆虫。

——曹操《对酒》

一　阿瞒初啼

汉桓帝永寿元年（155），天下太平。

某日，谯县县城最气派的一座豪门大宅中传来了一阵有力的婴儿啼哭声。府门口早已张灯结彩，里面锣鼓喧天，热烈庆贺这家主人得了一位公子。

因为谯县是豫州州府，豫州级别最高的官员——刺史大人就在此驻节。而这日刺史大人竟然亲自上门祝贺弄玉之喜，同来的还有谯县的县令大人，以及许多政府官员和知名乡绅。这么多大人物同时出现，左近邻人都跑来踮脚围观。

只见这家主人喜气洋洋地到门口迎接贵宾。此人姓曹名嵩，字巨高。他身着绸缎做的大氅，头戴缣巾，一派名士风范。曹嵩陪着刺史大人和一众宾客到厅堂分席而坐，先听值事宣读了一遍客人赠送的礼单，都是些金玉珠宝骏马之类的贵重之物及一些仆人。

之后少不了一番客套寒暄。刺史大人问曹嵩："贵公子可有佳名了吗？"

曹嵩拱手答道："吉利，乳名吉利，讨个吉利。至于大名，还要请京城里的阿爷赐授。"

刺史大人和宾客们听闻曹嵩提起孩子的爷爷，都不禁肃然起敬。座上发出一片啧啧声，大家都夸曹嵩起的乳名十分高妙。

这个孩子是曹嵩的长子，也是曹家的长男。当时婴儿夭亡率很高，曹嵩希望暂用这个讨喜的名字压一压晦气。他夫人生产完见到孩子的可爱模样，早一口一个阿瞒叫上了。于是孩子又得了个小名——阿瞒，这在当地方言中是可爱的意思。

良久才把刺史大人和宾客们送走，曹嵩赶快跑去祠堂里拜祭祖宗为孩子祷告祈福，又连夜写信快马送往京都雒阳向孩子的阿爷报喜。

不久阿爷回信到了。大意说曹家是依靠高尚的道德操守起家并闻名天下的，故而这个孩子就叫曹操吧。

以上所述未见于史册，仅是想当然的臆测。

荀子《劝学篇》说："是故权利不能倾也，群众不能移也，天下不能荡也。生乎由是，死乎由是，夫是之谓德操。"后来曹嵩又得了一子，取名曹德，故而不难知道曹氏兄弟名字的来历，正是取自德操之意。

京都雒阳城里曹操的爷爷乃是官拜大长秋[1]、费亭侯的宦官大头目曹腾。曹腾有拥立当朝皇帝汉桓帝刘志的立储之功，这时正是皇帝身边炙手可热的红人，也难怪连豫州刺史都要亲自登门拜贺。

宦官本无后。但汉桓帝的叔父汉顺帝刘保在位时，多亏了宦官们的鼎力相助才侥幸坐上了皇帝的宝座。因此对这些阉人感恩戴德，专门颁布恩诏允许宦官收养养子传宗接代。

"初听中官得以养子为后，世袭封爵。"

于是宦官圈马上兴起了领养义子的热潮。谁不想有个儿子给自己传宗接代呢？这些养子有的是家族中过继来的，有的干脆是买来的，也有自己找上门来拜干爹的。养子除了为宦官继承香火，更是绝佳的敛财工具。有权有势的宦官纷纷把养子们派到地方上做官，借机大肆搜刮民财、欺男霸女。

曹嵩正是曹腾膝下的养子。至于曹嵩的身世本末，由于后来曹操位极人臣，这段家史就成了国家最高机密，当时就已经无人知晓。据说他是曹腾谯县同乡

---

[1] 大长秋，内侍职官，主要由宦官担任，负责皇后宫中事务，宣达皇后旨意，是后宫的重要人物之一。

夏侯氏的子弟。

曹腾给养子起名叫曹嵩，字巨高。曹腾难得出宫，只陪皇帝到雒阳附近的嵩山巡游过，他希望这个孩子能像嵩山一样让世人仰视。当然，曹腾心怀宦官之耻，这个名字多少还暗藏了一点生殖崇拜的意思。

就在曹操出生的同一年，在长江以南扬州吴郡的富春县（今浙江杭州市富阳区一带），恰也有一户人家生产了一个男婴。

这家主妇待产之时，迷蒙中梦到肠子从身体中跑了出去，东绕西拐跑到了一座城门前面。她定睛一看，正是富春城的吴昌门。这时她惊醒过来，出了一身冷汗，当天就产下了一子。产后她对丈夫说起这个梦来，丈夫听了倒很是高兴，认为是个大好的兆头，这孩子想必能够让全家昌盛兴旺起来。

这户人家姓孙，父母给这个孩子起了个名字，叫作孙坚。

不错，三国时代曹魏和孙吴两国的奠基人曹操与孙坚同在公元155年出世。

二　曹家豪赌

曹嵩家祠堂里正中供奉的是曹叔振铎的牌位，他是上古周朝周文王的第十三个儿子。大约在公元前1046年，曹叔振铎的哥哥周武王姬发统率各诸侯联军讨伐商朝的最后一个统治者商纣王，并最终灭商建周。周武王封弟弟振铎为曹伯，建立曹国，故地在今山东省菏泽、定陶、曹县一带。自此，曹叔振铎的后代就以国名"曹"作为家族的姓氏。

曹叔建国的佳话毕竟已是千年之前了。更让曹家备感荣耀的一个名字乃是汉高祖刘邦手下的开国功臣曹参，他为大汉帝国的建立立下汗马功劳，一直做到了帝国最高级别的官员——相国。因此，曹参的牌位被放在了最显眼的位置，只要一进祠堂马上就能看到。

但奇怪的是，曹嵩屏息踱入曹氏宗祠，默默将曹家有后的这桩大事告慰列祖列宗，却只在曹叔振铎和曹参的牌位前停留了片刻，反而在最末位的一块簇新牌位前久久跪拜，口中默默祷告。

这块牌位上的名字是——曹节。

曹节是曹腾的亲爹、曹嵩的干爷爷、曹操的干曾祖父。

曹节当然远远没有曹叔振铎和曹参有名。但曹嵩知道，如果没有曹节，就没有位高权重的大长秋曹腾，也没有富甲一方的豫州豪族曹家，更没有今天的自己。难怪曹嵩对曹节的牌位情有独钟，曹家所有人的命运都在当年曹节的一念之间被永远改变。

时间倒回那年十月。当曹节听说邻居跑到宗族祠堂里去向宗子告状时，他只用了千分之一秒就做了决定。他把家里仅有的那口猪牵上，快步赶到祠堂，一声不吭地在众目睽睽之下把猪交到了邻居手里，转身离开。

十月的风已经透出了冬天的寒意，曹节知道这口猪对自己一大家子意味着什么。但他咬了咬牙，决定豁出去进行一场押上身家性命的豪赌。

当时的东汉帝国正处于急速加剧的两极分化当中，富者连田阡陌，贫者无立锥之地。作为世代务农寒族出身的曹节，已经感受到了重如泰山的压迫感。

曹节发现，自己和四个儿子天天起早贪黑努力劳作，按时缴纳国家赋税和服兵役、劳役，在宗族里尊老爱幼、乐善好施，绝对是守法公民的典范。但无论再怎么努力，也只能勉强解决一家人的温饱问题，根本无法走出乡村改变命运。而且稍有不慎，或者不幸遭遇天灾，就很有可能倾家荡产跌入社会底层，沦落为官宦人家或者富商大贾的佃户、佣兵或奴婢。

摆在曹节面前的有两座难以逾越的大山。

一是土地兼并。土地问题是困扰汉代乃至中国历代王朝的一个无解难题。

一方面，普天之下，莫非王土，帝国所有土地都在皇帝名下。由于皇帝代表国家，所以按理说是土地公有制，臣民只有使用权、没有所有权。但另一方面，国家又默许土地在私人之间完全自由买卖。政府不管土地归张三还是李四所有，只要正常纳税就可以合法占有土地，这又是实际意义上的土地私有制。结果，纵观中国两千多年的封建社会，土地所有权一直处于这样一种模棱两可的混沌状态，从而导致了周而复始的恶性循环。

每当新的王朝建立，百废俱兴，皇帝就很大方地把大量无主土地分配给人民耕种，短期内，经济往往能够欣欣向荣。但在权力没有边界的蛮荒时代，贵族、官吏、富商、恶霸，谁的权力大，谁就能不择手段地掠夺兼并弱势群体的土地，很快土地资源就集聚到极少数人手中，越来越多人像自由落体一样堕入社会底层。等活不下去的人民群众数量超过临界值，就会爆发大规模的暴动起义。于是改朝换代重新洗牌，进而开始新一轮的土地资源掠夺。

其实帝国政府并非对这一问题视而不见。董仲舒在汉武帝时就提出限田政策，建议设置地主兼并土地的上限。王莽更加大胆，推行了激进的土地国有化政策。刘秀则专门发布了度田令，要求重新清查土地数量并限制兼并。但面对遍布在帝国每个毛细血管的强大既得利益集团，这几次努力全部以失败告终。汉武帝装聋作哑，王莽身死国亡，刘秀最终也只能息事宁人。

连皇帝都无能为力的事情，更何况是曹节这样的小民。对于曹节来说，在太平盛世里被温水煮青蛙还不如干脆痛快地生于乱世。乱世只有一条丛林法则，胜者为王、败者为寇。虽然死亡的风险很大，但逆天改命的机会也遍地都是。和平时代，一出生就可以看到人生的尽头，再怎么挣扎终究只是待宰的羔羊。

二是知识垄断。书本在当时是比黄金还要贵重的稀缺资源，所谓"黄金满籝[1]，不如遗子一经"。秦始皇焚书坑儒之后，到汉代谁家藏有半册旧书，就像今天家里有矿一样。

---

[1] 籝，即竹子所编的笼子。

更大的问题是，知识缺乏传播载体。在曹节的时代，蔡伦刚刚改良出"蔡侯纸"，但尚没有进入商业流通，还远远没有普及。人们只能用竹简或绢帛抄写书籍来传播知识，而绢帛昂贵，只有贵族和富豪才用得起。一片竹简花很大工夫才能刻写二十个左右汉字，一部《老子》五千字，一部《论语》一万五千字，抄一本书比现在造一架飞机还费时费力。

知识的稀缺和难以传播制造出了一个垄断知识的士人阶层。谁掌握知识，谁就拥有了统治别人的权力。劳心者治人，劳力者治于人。于是士人阶层把知识变成家族世袭的不传之秘，希望永远独站在社会金字塔的顶端，这让知识的传播变得更加困难。

1949年新中国成立之初，全国文盲率约为80%，倒推一千八百年，大概可以想象东汉时人的文化水平。像曹节这样的农家子弟，没有特殊的风云际会，是永远不可能接触到知识的。

被两座大山死死压在下面的曹节，似乎注定只有死路一条。

三 录取通知

天地不仁，以万物为刍狗。

生活对所有人都是公平的，一样温柔，也一样暴虐。绝大多数人被生活慢慢磨洗成一粒细沙，永远沉入了历史的长河。只有极少数人，他们内心蕴含着巨大的能量，拼尽全力浮出水面，偏要看看天空是什么颜色。而世界就是被这种力量推动进化的，从无机到有机，从水生走向陆地。

曹节就是这样一个永不服输的人。没有他的倔强，就没有曹腾、曹嵩，更不可能有曹操了。在公元2世纪令人绝望窒息的黑暗当中，被死死压在两座大山下的曹节硬是生生蹚出了一条通向光明的活路。

下面就说说这条路。

汉帝国的疆域承袭了秦帝国实行的郡县制，全国共有一百多个郡和一千多个县，是当时世界上和罗马帝国东西并立的两个疆域最大的国家。

老子曾经说过，"治大国如烹小鲜"。但真正治大国的人才知道，老子这么说是因为他根本没有治过大国，只烹过小鲜！

即使在今天，管理这么大的国家仍极其复杂困难，更何况是文化科技水平尚停留在原始状态的汉代。于是，摆在皇帝和帝国政治精英面前的一个最大问题是：

如何才能建立完善和国家相匹配的有效治理能力？

秦始皇虽然是统一中国的开山祖师，并且开创了郡县制这一延续数千年的地方行政体制，但是秦始皇还没来得及建章立制，只在全天下复制推广了秦国的统治方式，没想到很快秦帝国就被二世胡亥玩丢了。

汉高祖刘邦登基坐殿，自己的皇帝专车连四匹一样颜色的马都凑不齐，他面对的是一个满目疮痍、百废待兴的局面。到他的儿孙文帝、景帝时，才真正开始认真考虑上述问题，而他们给出的答案是无为而治。

他们并非不想有为，而是没有有为的资本。老子说过，最完美的统治就是无为，最优秀的皇帝应该让老百姓忘掉自己的名字。文、景就用这套所谓"黄老之术"作为执政理念，政府尽可能少地干预社会生产生活，汉文帝甚至连续十一年免收田租，中国两千多年的封建社会仅此一次。他们休养生息的做法成效显著，社会财富快速积累，帝国国力强盛一时，这一时期被历代帝王奉为标杆，史称"文景之治"。

到景帝的儿子汉武帝刘彻继位，情况就不一样了。汉武帝是中国历史上最想干事的皇帝之一，更幸运的是他的父祖已经为他攒足了干事创业的资本。而他越想有为，就越需要把更多的社会财富集中到政府手中统一支配。

为了强化自己对于整个帝国的统治，汉武帝琢磨出了两项前无古人的伟大政治发明。它们不但是汉帝国四百余年屹立不倒的关键基石，也成了维系中国封建王朝两千年超稳定结构的基因密码。

第一项，"罢黜百家、独尊儒术"。当然，这是汉武帝从董仲舒那儿获得的灵感。

在汉武帝时代，没有今天的通信设备，最快的通信器材是马，皇帝的诏令传达到全国各地需要数月甚至数年的时间。汉武帝迫切需要一部高效率的政治机器，能够让皇帝和中央政府对辽阔疆域内的成百上千个郡县如臂使指，让最遥远的边陲小镇和帝国心脏的京城，官吏使用同一个标准来行使权力。

汉武帝冥思苦想，终于有一天一拍大腿跳了起来。世界上传播最快的不是光、不是电，更不是马，而是思想！因为思想根本不用传播，可以通过全民教育在每一个人脑子里预装同样的思想，就好比今天电脑的出厂设置一样。如此一来，皇帝的想法就是大臣的想法，也是边陲小吏的想法。所有人不需要苦等上级指示，只要按照预设的思想来行动，就基本不会偏离皇帝的意志。

汉武帝所说的思想在今天也被称为意识形态，是所有观念、观点、概念、思想、价值观的总和。至于给所有人装载什么思想，是IOS、安卓还是鸿蒙系统，汉武帝选择了"儒术"。

当时可以供汉武帝选择的比较成熟的思想体系只有先秦诸子百家的思想学说。其中韩非子的法家思想已在秦朝实验失败，老庄的道家思想被汉武帝的爷爷和父亲使用过，但已不符合汉武帝积极有为的时代发展需要。唯独孔老夫子儒家思想所追求的"内圣外王"这一套，既提倡修身、齐家，有利于维系一个"孝、悌、仁、义、礼、智、信"的稳定社会秩序，又鼓励治国、平天下，号召世人积极参与社会生活，简直是为励精图治的汉武帝量身定做的完美预装操作系统。

汉武帝的第二项伟大发明是选拔官员的察举制度。

虽然通过预置思想程序可以让整部国家机器实现自动化运转，但这部机器上的每一颗螺丝钉都不是钢铁，而是活生生的人。人毕竟不是电脑，是有自由意志的。因此历朝历代往往都以好的制度开始，但随着政府官吏的思想逐渐涣散，在执行和落实制度上开始出现误差和磨损，最终导致整部机器报废。

所以汉武帝需要找到好的人才来执行好的制度，确保权力能够一直得到正确使用。"权"这个字最初是指秤锤，孟子说："权，知轻重。"如果制度是一张网，权就是网格中间的空隙。每个执行者虽然都大致按照儒家思想来行使权力，但还是有很大的裁量空间。税吏权衡税额，人事部门权衡官员优劣，法官权衡生死。有了权就有了政治，权力在人才手上，国家机器就能正常工作。如果权力到了人渣手里，政治就会腐败，好的制度完全失灵，帝国走向衰亡。

在先秦时代，官员全部由贵族世袭，可想而知这样没有上下流动的社会是多么死气沉沉。从秦朝开始到汉朝初期，官吏不再世袭，主要由皇帝和身边少数人说了算，只偶尔不定期地让地方举荐人才，仍是小圈子文化。直到汉武帝，他作为帝国制度建设的总设计师，在他的独尊儒术思想基础上，终于制定出一套很先进的选官制度，第一次体制化地打开了社会由下向上的大门，可以说是古代社会发展的一次飞跃。

汉武帝发明的选官制度被称为察举，也叫作乡举里选。汉初诸帝已经要求地方官员举荐人才，但地方官员全当耳旁风，并没有形成机制。汉武帝专门下诏严厉批评了那些没有举荐人才的地方官，并研究制定了惩罚机制。这一下所有人不敢怠慢，每年定期向中央政府推荐在乡里有名望有才能的人，察举制形成了。

察举包括很多科目，其中最重要的是孝廉，即孝子廉吏。孝是儒家思想的核心观念，汉武帝通过将儒学价值观确立为选拔官员的主要标准，把"独尊儒术"和察举制这两大发明紧密结合起来，既能网罗全社会最优秀的人才，又能确保这些人才可以很好很快地融入整部国家机器。

到汉光武帝刘秀建立东汉帝国，这套政治机器已经运转得非常成熟。刘秀又进一步明确了察举的标准，也就是"四科取士"和"光禄四行"。四科取士，就是当官必须具备的四种能力，一是德行，二是学识，三是律令，四是决断。"光禄四行"强调当官所需要的道德品质，即质朴、敦厚、逊让、节俭。

正如今天的家长们费尽心思研究买哪里的学区房、上哪些补习班才能让孩子受到更好的教育、未来在社会上有更好的发展一样，曹节和他同时代的人们也都在拼命寻找一条可以改变命运的出路。

对于被压在土地和知识这两座大山下面喘不过气来的曹节来说，他终于发现了一条崎岖坎坷但又别无选择的羊肠小路：德行！

德行是曹节这一阶层人士唯一可以免费获得的资源。只要有出类拔萃的德行，且被宗族长老和地方官员所赏识，就有机会被察举，进而入仕为官。而在当时，做官是获得土地、知识等稀缺资源的通行证。一人为官，鸡犬升天，整个家族的命运可能随之改变。

当然，只要是路，就肯定被无数人踩过。自从汉武帝开拓出这条社会上升通道，所有人都争先恐后过独木桥，但这条路极其狭窄。在曹节所生活的东汉中期，孝廉是由地方郡国以人口为标准来进行荐举。人口满二十万每年举一人，满四十万每年举两人，不满二十万每两年举一人，不满十万每三年举一人。察举制的录取比例远远低于今天的高考录取率，而且大多数名额都被社会上层私相授受，留给中下层人民的机会少得可怜。

因此，要想从千百万人中脱颖而出，就必须做出超乎常人之举。中国历史上有名的"二十四孝"有不少都是这个时期的人，比如卖身葬父的董永、埋儿奉母的郭巨、扇枕温衾的黄香，等等。

曹节的大义让猪和上述这几位的行为相比就小巫见大巫了。

终于有一天，奇迹竟然发生了。曹节收到了一封录取通知书，他四个儿子中的一个将被召至帝国首都雒阳。曹节老泪纵横、欣喜若狂。但很快，他的表情就从狂喜变成了惊愕。

原来通知书上所写的并非察举为官，而是入宫担任黄门从吏。

四　少年热血

在幼年曹操的眼中，他所生活的时代是亘古未有的太平盛世。

曹家是省会二线城市谯县最有权势的豪门。住的是县城首屈一指的顶级豪宅，穿的是出口转内销的绫罗纱锦，用的是皇帝御赐的金银器皿，吃的是四时新鲜的八珍之味。小曹操从一降生就过着衣来伸手、饭来张口的神仙日子，家中有多少伺候服侍的童仆奴婢他永远也数不清。

干爷爷曹腾长年在雒阳宫中做官，家中事务皆由父亲曹嵩主持。每日里曹嵩忙得不可开交，既要和官员、宾客应酬交际，还要打理家中大事小情，时不时还得下乡清查田产收成。

有几次小曹操随着父亲到乡间，才知道自家田业竟有如此之多。那些农户见到父亲和自己全都匍匐在地上不敢抬头，这也是他平生第一次知道世间还有这么多衣不蔽体、面黄肌瘦的穷苦百姓。

当时的田租制度是光武帝刘秀所颁布的三十税一，为秦汉以来最低水平。但真正得利的却是曹家这样的大地主，他们只需向政府缴纳很少的赋税，但却向耕种他们土地的佃农征缴一半以上的收成，还要另外收取使用农具、耕牛的费用。

小曹操已经看惯了父亲像对待牲口一样呼喝使唤这些乡下佃户以及家中童仆。而最悲惨的莫过于奴婢，他们卑贱到同猪羊一起被关在栏中贩卖，可以随意打骂，甚至处死。虽然汉律禁止虐待奴婢，但官员们为了攀附豪门，对违法行为经常睁一只眼闭一只眼。

而这一切似乎是天经地义的，连小曹操都常常奇怪这些人为什么没有一丁点血性和脾气。只要不惨到像秦朝时那样被拉去修长城还不管饭，或像西汉末年的兵荒马乱、家破人亡，他们就会一声不吭地挣扎在死亡线上，而且还奇迹般地繁衍生息、乐此不疲。

根据历史记载，曹操3岁时，即汉桓帝永寿三年，全国人口为5648万人。这仅是政府统计在册的纳税人口，考虑到当时有大量地主豪强隐藏人口，逃避纳税，实际人口可能远不止如此。东汉帝国是当时世界上人口最多的国家之一，而这一数字也是有记载的东汉人口数量的顶峰。

在小曹操的世界里，家中忙忙碌碌、日进斗金，市上商贾云集、商品琳琅满目，路上车水马龙，人流终日不息，他仿佛听到了帝国心脏那强劲有力的搏动。

而他所到之处，无论是城市还是乡间，整个社会像部机器一样缓慢但有条不紊地自动运转。每个人从一出生就注定了角色身份，无论是官吏豪强还是佃农奴婢，都心平气和地接受命运的安排，穷其一生，循规蹈矩，就好像太阳东升西落一样永不改变。

地方上的官吏们是曹家的常客，也是少数能让父亲以笑脸相待的人。父亲爱同他们把酒言欢，一起讨论国家大事，品评各方人物。而这些人似乎无所不知，无论是玄奥的儒家经典还是庞杂繁细的汉律，总能口若悬河地讲出一番大道理来。他们像走马灯一样地在曹府出出进进。隔不了多久父亲就要设宴祝贺某位官员荣升，临走时送上一份厚礼；很快又要欢迎某位新到任的大员，同样也是一份厚礼。这让小曹操永远没法记住他们的面孔和名字。

随着小曹操年齿渐长，据说有天下闻名的儒学大师被他的父亲重金聘来，一对一辅导小曹操学习儒家的各种经典。虽然小曹操内心中对此十分反感，但并不敢对抗父亲的权威。而且周遭的小朋友们几乎家家都开设了类似的私学，家庭条件差一些的也会去上县里官办的学校。小曹操发现，连家中童仆竟然都知道仁孝礼义。如果不能随口拽上几句孔子语录，即使在小孩儿堆里也会抬不起头来。

与深奥乏味的儒学课本相比，小曹操无疑更喜欢听那些边塞上金戈铁马的战争故事。在小曹操的时代，帝国的勇士们正用铁与血书写着那句广为流传的名言：明犯强汉者，虽远必诛！

　　长达一百年的东汉与匈奴之战刚刚进入尾声，帝国在北疆取得了决定性的胜利。曹操出生前四年，史官最后一次记录了北匈奴出现在东汉边境上的情况，之后他们就永远消失了。据说他们一路向西，公元 3 世纪末突然出现在欧洲人的眼前，骑在马背上横扫欧陆。

　　在帝国的西境，另一少数民族西羌甚至比匈奴的威胁更大。他们同样和东汉进行了长达百年的举国之战。直到曹操出世前后，帝国军队中涌现出了号称"凉州三明"的张奂（字然明）、皇甫规（字威明）、段颎（字纪明）三位卓越将领，终于通过无情的战争和残忍的杀戮让羌人屈服。

　　在小曹操和他同时代人的视野里，天下之大，没有帝国不能征服的敌人。他常听父亲和朋友谈论起又有哪个蛮夷小国到雒阳向皇帝朝贡，东夷的韩人、倭人都委派使者长期驻扎在雒阳。

　　在曹操11岁的时候，他听说皇帝在雒阳接见了一支来自遥远西方的外国使团。他们长相怪异、奇装异服，代表大秦国的皇帝安敦向汉桓帝进献了礼物。今天我们知道，那是罗马皇帝安敦宁·毕尤[1]的使者。

　　当然，小曹操也有一些迷惑不解的事。比如，他心目中的偶像"凉州三明"——所有青年人追捧的流量明星，当他们遇到匈奴和羌人时凶猛得像狮子一样，瞬间就把敌人撕得粉碎。但父亲曹嵩却微笑着对小曹操说，这几个人也没那么了不起，他们见到爷爷曹腾时乖得像小猫，毕恭毕敬一揖到地，连大气都不敢出呢。

　　小曹操百思不得其解，这些顶天立地的男子汉为什么会怕一个瘦瘦小小的宦官呢？

---

[1] 安敦宁为罗马帝国安敦宁王朝的第四任皇帝，也是"五贤帝"中的第四位，有"忠帝"之称。在他统治时期帝国达到全盛顶峰。

五　宦官和权力

古时候有一个美丽的传说。在浩瀚的银河里，有四颗名叫"宦者"的星辰，它们忠诚地保卫在天帝星旁边。"宦官"这一名字就这么产生了。

据说宦官在商周时期已出现，甲骨文中就提到过他们。而他们像打不死的小强一样，活过了上下五千年。直到1996年——没错，香港回归祖国的前一年，中国最后一个宦官（明以后宦官也被称为太监）孙耀庭以94岁高龄在北京去世，比中国最后一个皇帝溥仪还多活了33年。

中国历史上有一个奇怪的现象，每逢出现强大的帝国，最终往往不是灭于敌人刀下，而是亡在宦官胯下。比如强汉、盛唐、大明，无一例外。反倒是弱小一些的王朝，东西晋、南北宋，却没有发生宦官之祸。

宦官是极权帝制的怪胎。帝王唯我独尊，最不能忍受的不是亡国，而是灭种——戴绿帽子。但帝王们又必须别人伺候自己三宫六院一大家子，于是想出了这断子绝孙的一招。

当然宦官并不是中国的特产，欧洲古希腊、罗马时期也有宦官。英文"宦官"（eunuch）一词就是由希腊文"守护床的人"转变而成的。

可惜当时没有弗洛伊德，没有心理学，帝王们从没考虑过下此毒手对宦官群体心理的毁灭性打击。屠刀一下，从此他们的人生只有今世，没有传承。忠君、爱国、礼义、廉耻这些词都从他们的字典中永远消失了。每一个漫漫长夜，他们只能在寒冷的斗室中和自己的影子相伴。他们血红的双眼里只剩下"利"和"欲"这两个字。他们要用现世的极乐来弥补他们所失去的一切。

当然也有极少数的例外。比如蔡伦一心搞小发明改良了造纸术，郑和七下西洋。

大忌中的大忌是不能让宦官和权力合体，否则，必将产生核弹级的反应。但偏偏宦官又是最靠近权力中心——帝王的人。

那些英雄盖世的开国之主——汉高祖刘邦、汉光武帝刘秀、唐太宗李世民、明太祖朱元璋，他们怎么可能会被几个宦官所蒙骗呢？但皇帝的子孙，这些孩子从出娘胎第一眼看到的就是宦官。他们长在深宫后院，宦官是他们唯一的玩伴、朋友、老师，甚至比父母还亲切。

每当新皇帝登基，总有一道题目摆在他们眼前：

请问应该找谁来帮助零基础的自己处理朝政呢？

A.严厉的母后；B.陌生的大臣；C.亲爱的宦官。

答案不言自明。他们毫不犹豫，选 C 就对了。

于是赵高、张让、鱼朝恩、魏忠贤、李莲英们就粉墨登场了。

说回到东汉，奠基人光武帝刘秀扫平天下，自然希望自己的孙子血统纯正、万世传承。于是他自作聪明，改变了西汉时士人和阉人都可以做宦官的政策，明文规定：

皇宫里所有的宦官都必须给我净身！

但他万万没想到，他这一招妙计反而是自掘坟墓，给帝国埋下了一个最大的炸药包。

刘秀子孙们的生命力都出奇地差，短命皇帝之多，居中国历代之首。东汉总共有14位皇帝，活过40岁的只有3个，分别是刘秀（63岁）、他的儿子汉明帝（48岁）与末代皇帝汉献帝（54岁）。其余11位皇帝，没有一个活过36岁。

短命皇帝带来两个问题。一是权力真空。新继位的皇帝年纪太小，生活还不能自理，更不要说统治帝国了。总得有人主持大局，结果皇太后就自告奋勇垂帘听政。但汉代妇女的文化程度太低，太后们往往还得求助于最信任的娘家人，比如太后的父亲或者兄弟，于是外戚就走进了帝国的权力中心。

二是继承权问题。皇位继承权是封建时代最大的政治问题。东汉除了刘秀本人之外，其他13个皇帝中只有两位是皇后所生嫡子继位的。由于皇帝们普遍年纪小又短命，很多没到婚育年龄就死了，大权在握的皇太后和外戚只能在皇族中挑选其他继承人。而他们的原则只有一个：越小越好。新皇帝年纪越小，权力就可以继续长期留在他们手中。东汉除了前三任皇帝之外，登基时年龄最大的是汉桓帝15岁，最小的汉殇帝竟然只有3个月大。

但小皇帝终究也会慢慢长大的。他们既不喜欢天天管教自己的后妈——皇太后，更怨恨抢走自己权力的外戚，只信任无条件听话的宦官。于是皇帝指使宦官搞宫廷政变，把外戚一举歼灭，把皇太后软禁，只同陪着自己寻欢作乐的宦官们一起分享权力。

宦官有两张脸，一张是给皇帝看的笑脸，一张是给其他人看的黑脸。与外戚相比，宦官更加嗜好权力，也更没有底线。只要能捞钱就坏事做尽，无所不用其极。直到恶贯满盈，连皇帝也看不下去了，就重新洗牌，权力又跑到新一代外戚的手中。

这在东汉形成了宦官与外戚相互倾轧的宿命轮回。汉和帝政变，指使宦官郑众等整垮了窦氏外戚；汉顺帝政变，指使号称"十九侯"的宦官集团整垮了阎氏外戚；汉桓帝政变，联合宦官单超等"五侯"整垮了梁氏外戚；最末了的汉少帝时，十常侍又干掉了外戚何进。

当曹节看到录取通知书上所写的黄门从吏——最低级别的宫廷宦官时，心情异常复杂。世界上没有一个父亲忍心让自己的亲生儿子去练《葵花宝典》。但曹节没有第二志愿可以选择，这是一道命令而不是邀请。时代的漫天灰尘已经把曹节压得喘不过气，忍辱负重这四个大字瞬间从他的脑海里蹦了出来。

所幸曹节有四个儿子，长子伯兴，次子仲兴，三子叔兴，四子季兴。他把他们全叫到面前，逐个从头到脚认真打量。最终，曹节把小儿子季兴留了下来，这也是他们老夫妻俩最疼爱的幼子。

曹节把那封录取通知书郑重地交到了季兴的手上。虽然心在淌血，但他深知这个小儿子的性格能力，只有他才能荷此重任，让曹家一飞冲天。

正如曹节给他所起的名字一样：曹腾。

腾飞的腾。

六　微妙的变化

小曹操一年到头也见不到干爷爷曹腾。他对爷爷的印象非常模糊，大约就是个面无血色、颌下无须、声音尖细的小瘦老头儿。但别人的反应却让小曹操记忆深刻，无论是什么人，别说见到爷爷，只要一提起他来，就立刻变得毕恭毕敬，尊称一声"曹侯大人"。然而机警的小曹操也很敏感地发现，在这些人的敬畏当中，还带着一丝说不清、道不明的奇怪神情。

小曹操对这位神龙见首不见尾的爷爷越发着迷，天天缠着父亲给自己讲爷爷的故事。但同样奇怪的是，父亲也经常闪烁其词、吞吞吐吐，还特别叮嘱小曹操，不要在人前过多谈论爷爷的事。

父亲越这么说，小曹操越是要刨根问底。他四处打听爷爷的逸事，很快就把一些道听途说来的碎片信息拼凑成了一幅关于爷爷的画像。

曹腾，男，年龄不详，十余岁入职担任黄门从吏，先后服务四位皇帝，现任大长秋、封费亭侯。

小曹操还听说，可能因为曹家的祖坟是一块风水宝地，爷爷曹腾在宫中似有神佛护佑，一路顺风顺水、官运亨通。他一入宫就被当时的邓太后选中，成了太子刘保的陪读。后来刘保继位成为汉顺帝，曹腾更是一路开挂、平步青云。顺帝之后继位的冲帝和质帝分别只有2岁和7岁，朝政由外戚梁冀把持。由于质帝不小心管梁冀叫了一声"跋扈将军"，竟然被梁冀毒死。这时梁冀想立一位皇室远亲刘志为皇帝，而满朝文武几乎全体反对，只有曹腾夜半三更偷偷跑到梁冀府上表示力挺。最终刘志顺利登基，也就是当时的天子汉桓帝，曹腾也顺理成章成了桓帝身边最亲信的人。

以上即是小曹操所知道的爷爷浓缩版发迹史。但是，这其实只是世人捕风捉影的漫谈而已，没人能够真正知道曹腾到底经历了什么！

曹腾从父亲曹节手上接过录取通知书时，他马上就感受到了那上面承载着家族命运的千钧之重。一个十几岁的孩子，忍受着挥刀自宫的疼痛与屈辱，忍受着背井离乡的孤独与寂寞，忍受着底层贱役的辛苦和卑微。更可怕的是，他必须马上学会如何在这座吃人的宫院中生存下去，否则下一秒钟很可能就会身首异处。

他面对的是年幼无知、娇生惯养的皇帝，一句话说错，杀！身边是心理变态、阴险狡诈的宦官，一旦站错队，杀！宫外是视宦官为死敌的外戚和士人，只要被抓住把柄，还是杀！

曹腾无数次徘徊在死亡边缘。他虽然被幸运选中，陪太子读书，但太子一度在宫廷斗争中被废，太子的亲妈、奶妈以及厨师全部被杀。眼看曹腾性命不保，幸亏宫中发生了政变，太子重新上位，曹腾才死里逃生。

还有一次，成都太守偷偷写信找曹腾拉关系，但被上级官员益州刺史截获并马上举报。根据东汉法律，宫中宦官与外朝大臣勾结是重罪，幸亏皇帝顾念和曹腾的情谊，他才得以脱罪。

曹腾在打磨历练中养成了一种史书上称为"温谨"的性格。他对谁都客客气气，人前从不多说一句话。据说他服侍四位皇帝四十余年没有犯过一次错误，也没说过一个人的坏话。

他还一反宦官们和外朝士人的宿敌情结，不但注意与宦官同僚搞好关系，还主动放低身段团结那些高傲的士人，向皇帝荐举了很多人才，这些人后来都成了朝中的名臣。就连那位举报自己的益州刺史，曹腾也以德报怨，多次在皇帝面前称赞这位大员。以至于这位平生痛恨宦官的名士，唯独对曹腾感恩戴德。

当然，在曹腾平素如沐春风的"温谨"背后，是政治上的清醒和关键时刻的决绝。曹腾站出来支持梁冀立汉桓帝，并不是他有意攀附梁冀的权势，而是因为当时大臣们都主张迎立另一位皇子，但这位皇子和曹腾有一些私人恩怨。曹腾马上意识到危险的来临，二话不说违反宫闱禁令，连夜跑到梁冀府上投下了自己至关重要的一票。

曹节没有看错，曹腾确实具备超出常人的能力，竟然真的从宫中几千名宦官中脱颖而出，书写了他仿佛天方夜谭一般的传奇人生。曹腾以一己之力为曹氏家族的腾飞奠定了最重要的一块基石，自此曹家子弟纷纷入仕，整个家族富甲一方。

顺便提一句，曹腾因其为家族所做出的卓越贡献，被后世子孙魏明帝曹叡追封为高皇帝。曹腾成了中国历史上唯一一名拥有皇帝称号的宦官。

小曹操此时尚未意识到爷爷曹腾对家族的重大意义和对自己未来的致命影响。但正是曹腾的如日中天，为小曹操支撑起了他眼中太平盛世的整片天空，却也让他未能察觉到帝国盛世图景之下的暗流涌动。

在曹操4岁的时候，这一年父亲客厅中以及整个谯县谈论最多的爆炸性大新闻肯定是外戚大将军梁冀的倒台。虽然汉桓帝刘志是依靠梁冀的支持才登上了皇帝宝座，但由于梁冀过于飞扬跋扈，最终连汉桓帝也忍受不了，指使单超等五名宦官发动宫廷政变，灭了梁冀全家。

小曹操还很难搞懂这位比皇帝权力还大的外戚梁冀倒台对帝国意味着什么，恐怕连曹嵩都已经见惯不怪了，认为这不过是又一轮权力洗牌，很快就又会马照跑、舞照跳了。

虽然不久后大家听说桓帝重赏了那些政变的宦官，在同一天内创纪录地封五个宦官为侯爵。而这些宦官自此恃宠而骄，强夺土地、欺男霸女，甚至在雒阳城中模仿皇宫各自修建豪宅。但毕竟雒阳距离谯县千里之遥，人们也不过是当作茶余饭后的八卦来聊几句罢了。

直到谯县所属的沛国来了一位新的国相王吉，此人是皇帝身边宦官王甫的养子。他的履历表空空如也，没有任何从政经验，上位只靠"我爸是王甫"。王吉任沛相五年，从头到尾只干了两件事：敛财和杀人。据不完全统计，王吉五年间总共杀了一万多人，平均每天杀六七人。每杀一人，就将尸体肢解，扔在囚车上四乡巡游，吓唬老百姓，尸体腐臭味数里外可闻。

当然，王吉知道曹家有曹腾这个大后台，对曹家是从来不敢招惹的。而曹嵩也不怎么喜欢王吉这样的酷吏，彼此敬而远之。王吉升官离任的那天，沛国百姓欢天喜地、鼓乐齐鸣，连曹家父子也松了一口气，觉得总算送走了这位瘟神。但他们哪里知道，王吉并不是帝国盛世偶然一见的顽劣之徒，正有一大批宦官的徒子徒孙从中央空降到各个地方任职，原来那些有理想、守规矩的官吏正慢慢被这些劣币淘汰出局。

当曹操跟随曹嵩下乡巡视庄园的时候，他听到农民越来越多的抱怨。年景本来已经如此惨淡，政府竟然一反常态要求每亩地多缴纳十钱赋税。但抱怨声很快就绝迹了，因为各种名头的新增税项如同决堤洪水一样铺天盖地而来，农民们不是撂荒逃亡，就是卖身为奴。但父亲曹嵩倒是乘机贱买得到了更多的土地和奴婢，曹家因祸得福，变得越来越富有了。

虽然小曹操隐隐觉得有一些不对劲的地方，比如身边的笑容好像越来越少，门外的哭声却此起彼伏，谯县繁华的大街上甚至出现了倒毙的人。但父亲曹嵩的得意扬扬和家业的欣欣向荣仍然给了他满满的安全感，对周遭一切没有任何担心。

只在父亲的客厅对话中，小曹操才偶尔听闻帝国边境上正发生着一些微妙的变化。这些消息通常只在政府内部以绝密情报的方式传递。那些高官、名士故意压低声音把这些事讲给曹嵩，看似忧心忡忡，其实只是为了炫耀自己的神通广大。

据说在帝国北境上，鲜卑族一位名叫檀石槐的首领刚刚降伏了草原上的各个部落，占领了匈奴故地，重建起一个新的跨度有一万四千余里的草原帝国，帝国边塞上双方已经频繁交火。而在帝国南方，长沙、零陵、九真等各地，蛮族也正不断发动大规模骚乱。

在帝国西境，据说由于帝国的移民政策，大量羌人、胡人进入了故都长安所在的关中地区，往日西汉帝国的中心竟然变成了胡汉杂居的移民聚集区。

而到过那里游历的人还说，虽然帝国以铁腕政策多次无情屠杀羌人，但那些蛮夷之人根本没有被驯服，正蓄势准备新的暴动。

每逢父亲和宾客们谈及这些秘辛，小曹操就竖起耳朵躲在帷幕后面认真聆听。大人们在外面扼腕叹息，小曹操内心却偷偷欢喜。他憧憬着自己有一天能像"凉州三明"一样骑在高头大马上面，统率大军到边塞去为帝国扫平胡虏、开疆拓土。

小曹操并不知道，此时在羌人地区，正有一位和他怀有同样梦想的少侠仗剑行游其间。他臂力过人，左右手都可以拉弓射箭，深得尚武的羌人头领们的尊敬。

但这位青年却不是来交朋友的。他偷偷记下了当地的山川地形，多年后统兵重来，亲手把昔日的兄弟和他们的部族全部屠灭，自己立功封侯、名扬天下。

这位青年名叫董卓，他将成为东汉帝国的掘墓人。

七　任侠放荡

> 白马饰金羁，连翩西北驰。
>
> 借问谁家子，幽并游侠儿。
>
> ——曹植《白马篇》

曹操一天天长大了。和今天的少年们一样，他厌烦被关在家里背诵儒家经典，而热衷搞一些舞枪弄棒、行侠仗义的事情，这让老父亲曹嵩很是操心。

史书上说他"任侠放荡，不治行业"。

在少年曹操心目中，他一点也不想成为他的父祖那样的人，做一个庸庸碌碌的官僚，了此一生。他想练就绝世武功，成为世之大侠，在江湖上除暴安良，到边关去为国杀敌。

曹操在晚年那本著名的回忆录中写道：自己年少时最大的梦想是到边塞去为国家立功，被皇帝封授征西将军，死后在墓碑上刻记"汉故征西将军曹侯之墓"。

这不仅是曹操一个人的梦，也是整整一代人的理想。"凉州三明"是他们最崇拜的偶像，司马迁《史记》中的《游侠列传》是他们最爱看的武侠故事。

东汉的侠并不是今天金庸笔下的侠客。司马迁解释说："今游侠，其行虽不轨于正义，然其言必信，其行必果，已诺必诚，不爱其躯，赴士之厄困，既已存亡死生矣，而不矜其能，羞伐其德，盖亦有足多者焉。"

想在东汉成为一位大侠，武功还在其次，钱和权才是第一位的。大侠之间的较量不是华山之巅的论剑比武，而是像战国时代的孟尝君、信陵君一样，看谁门客多、名气大。所以只有官宦人家不差钱的纨绔子弟才有能力招纳亡命之徒，组织起自己的非法帮派，到各地去游侠兼胡闹，闯了祸官府还不敢追究。

当然，光有钱和权并不一定能成为真正的侠，被人所景仰的大侠必须有侠的精神。正如司马迁所说，当时的侠士不管是非对错的，可以胡作非为，甚至滥杀无辜。但有三件事是侠必须做到的：讲信用、重兄弟和不怕死。

曹操从小机警，善用权术，很快就成了老家谯县一带知名的少侠。但曹家人对曹操不好好读书，去当侠客是强烈反对的，据说他的叔叔是最反对的一个，经常去跟曹嵩告曹操的黑状。于是曹操有一次故意在叔叔面前假装中风，躺在地上口吐白沫，吓得叔叔赶紧跑去通知曹嵩。曹嵩来看时却发现曹操像没事人一样，问他缘故，曹操苦着脸说是因为叔叔不喜欢他才故意诽谤，搞得曹嵩以后也不太敢信弟弟的话了。

从此以后，曹操更加我行我素，天天夜不归宿，跑出去行走江湖。曹嵩虽然担心孩子出去闯祸，但因为从小就宠爱这个聪明伶俐的儿子，又觉得让男孩子出去闯荡闯荡也有好处，就听之任之了。

曹操在家时心比天高，直到走出了老家谯县才发现，外面的世界很精彩，外面的世界也很无奈。与那些人口稠密、繁华兴盛的一线大城市相比，谯县只能算是个小镇子。曹家在谯县是首屈一指的大户人家，曹操走到哪儿都是众星捧月的天之骄子。到了外面他才知道天外有天、人外有人，和那些鲜衣怒马、风流倜傥且粉丝动辄成千上万的大侠相比，自己只不过是芸芸众生中一个平凡土气的小镇青年而已。

某次因缘际会，曹操有幸认识了一位真正的大侠。这个人年纪比他大、个头比他高，长得也比他帅气潇洒。曹操向来是不服人的，但在这位大侠面前却难免自惭形秽。这个人身边永远围着无数的好友、门客，曹操想靠上前去说句话都很难。可这个人很喜欢曹操睿智机敏的谈吐，对他格外青眼有加，总拉着他嘘寒问暖，让曹操心里热乎乎的。

曹操一直以爷爷曹腾是皇帝的近臣而扬扬得意，但他听说，这位大侠的家世背景远比自己好得多，他不但出身儒学世家，而且家族四代人先后担任政府当中地位最尊贵的官僚"三公"——太尉、司徒、司空，全国各地到处都有他家察举提拔的官吏。

人比人，气死人。曹操终于认清了现实，找到了自己在社会中的正确位置。他是非常聪明的人，马上丢掉了自己在老家时的偶像包袱，心甘情愿在这位大侠身边当了一名小弟，跟着他四处游侠猎奇，两人很快成为莫逆之交。

这位比曹操还牛的大侠是谁呢？

他比曹操大9岁，和曹操是豫州同乡，家在离谯县不远的汝南郡。

此人姓袁，名绍，字本初。

没错，历史比小说还离奇。今天所有人都知道，袁绍和曹操是死敌。但很少有人知道，袁绍曾经也是曹操最好的兄弟。

出于众所周知的原因，曹操和袁绍的这段兄弟情被别有用心的人恶意删除了。历史是胜利者书写的，作为失败者的袁绍是不配和曹操做朋友的。但在南朝刘义庆所著的《世说新语》等杂书当中，仍然保留了曹操和袁绍联袂行侠的一些小故事。

故事一：曹操和袁绍少年时行走江湖，看到某地一个大户人家办婚事，不禁好奇心起，想看看新娘子长得漂亮不漂亮。于是他俩使出上乘轻功，飞檐走壁潜入宅中，在花园里大叫："有贼！"全家人闻听都跑出来抓贼。曹操乘机施展凌波微步抢入后宅婚房，只见房中只剩新娘一人，头遮红巾端坐在椅上。他一手抽出长剑，趁新娘惊慌之时，另一手抱起新娘一个箭步就冲出房去，打个呼哨叫袁绍一起越墙飞奔而去。不料这户家中养着护院家丁，也是一等一的高手，听到墙上有动静，几条黑影马上纵身跟了上来。曹袁两人在前面飞跑，曹操虽然一手抱着新娘，但丝毫不落后于袁绍，可见他的轻功更胜一筹。后面人越追越近，两人慌不择路，误闯进一片荆棘丛中。袁绍正好迎面撞上，衣襟被一团棘刺裹住，怎么运劲也动弹不得。眼看后面高手近在眼前，一把把刀剑寒光闪闪，曹操急中生智，大喊一声："淫贼在此！"袁绍听了心中一急，猛运内功，竟一下子扯破衣襟，嗖的一下直冲了出去。两人再也不敢托大，来不及看新娘子的真面目，丢下姑娘落荒而逃。

故事二：袁绍和曹操时常切磋武艺。有一天，袁绍派了个高手半夜去偷袭曹操。这个高手擅长用飞剑掷人，是当时的小李飞刀。他走到曹操窗下，屋中没有灯火，只借着一片朦胧月光看到曹操躺在床上，鼾声如雷，睡得正香。他从窗外瞄准曹操的脑袋，猛地掷出一把匕首。曹操虽在睡梦当中，但内功深厚，身体自有戒备，耳听得金风袭来，已然清醒过来，头沾着石枕瞬间往上抬了一寸，那匕首啪的一声直插在床板上。曹操假装没听见，继续鼾声如雷。小李飞刀依稀见匕首掷得低了，就往上瞄了一寸又掷一刀。曹操心里早算准他要瞄高一寸，暗运内功把身体里气息排尽，竟然整个人往下凹了一寸，那刀又从曹操鼻子上直飞过去，插在墙上直没入柄。小李飞刀知道曹操功夫了得，赶忙逃回去向袁绍禀报，袁绍听了也叹服曹操的武功。

以上戏用武侠小说的写法做一插叙。故事本身情节过于荒诞，可信度不高，连《世说新语》的作者也怀疑其真实性。曹操与袁绍的行侠绝不像故事里所述，是懵懂少年的荒唐胡闹，他们已经隐隐察觉到凛冬将至，那颗深埋胸间只有英雄才有的野心正悄悄苏醒。

他们通过四处游侠来团结宗族，招纳亡命之徒，这些人日后将成为他们闯荡乱世的资本。同时他们还广交朋友，义结金兰，这些人日后不是他们的死党，就是他们的死敌。

曹操与袁绍在游侠岁月中结识了五个好兄弟，他们是张邈、许攸、何颙、伍琼和吴巨，号称"奔走之友"，也就是愿意为兄弟出生入死、两肋插刀的人。

此处暂留伏笔，这五个人将在曹操和袁绍的未来人生中或多或少发挥作用，他们之间的友谊也将在即将来临的惊天乱世中被验证。何颙和伍琼将用生命证明什么才是侠之大者，张邈和许攸将决定曹操的人生走向。只有吴巨算是个逍遥派，他在乱世到来时早早跑到了遥远的南方苟且偷生，没有参与曹操与袁绍的相爱相杀。但他最终也没有躲过乱世的鞭挞，死在了孙权的刀下。

顺带一提的是，吴巨有一位来自北方幽州的侠友。这个人自幼丧父，和母亲一起以织草席、卖草鞋为生。但这个人自带光环，到哪儿都能迅速成为孩子王，他还大言不惭地自诩为汉朝皇族后裔。

这位大侠正是刘备。

是的，感觉到乱世气息，蠢蠢欲动的游侠并不只有曹操和袁绍。在北方，刘备正在倾力结交死党，他遇到了生命中最重要的两位侠友，同他们一见如故，"寝则同榻，誓同兄弟"，留下了一段传诵至今的美丽传说——刘关张桃园三结义。

鼓声动地而来，乱世的狂潮就要来了！

八　彼可取而代之

随着曹操年岁渐长，见的世面也越来越多，整天跟在"带头大哥"袁绍屁股后面的他心态起了变化。

有一次，袁绍的母亲去世，他和同父异母的弟弟袁术一起在汝南老家操办了一场声势浩大的葬礼。上至朝中高官，下至边塞小吏，但凡在社会上有点头脸的人都不远万里赶来参加，据说有三万人参加了这场盛筵。

站在人群中的曹操，看着舞台上意气风发的袁绍和袁术，忍不住对身边的朋友王俊说："天下马上就要大乱了，这两个人肯定是罪魁祸首。如果想安定天下，保护黎民百姓，只有一个办法，马上杀掉这两个祸害，要不天下必乱无疑！"

王俊嗅到了一股浓浓的老陈醋味道，赶忙对曹操说："照你这么说，安定天下的人就只有你啦。"

说完两个人相视大笑。

像曹操这么有城府的人，这是很难得表露心迹的一次。

说者无意，听者有心。王俊做梦也没想到，自己随口奉承曹操的一句话，竟然被曹操深深记了一辈子。后来天下大乱，王俊带着家人跑到了武陵避难——陶渊明找到桃花源的地方。曹操千方百计打听他的消息，先后三次征召他到许都做官，但当时通信困难，再加上诸侯割据，王俊最终没能成行，死在了武陵。等曹操出征荆州的时候，专门在长江边上为王俊搞了追悼会，还把他的尸骨运回老家隆重安葬。

这个故事告诉大家，对年轻人还是要多鼓励少批评，说不定今天身边的毛头小伙儿就是明天的曹操呢。

站在三万人中间的曹操心情极其不爽。他可不是一个盲目追星的粉丝，而是一个野心勃勃的狂人。看着台上天皇巨星一样的袁绍，曹操心中只有一个念头：彼可取而代之！

　　但曹操还是清醒地看到，自己和袁绍并不是站在同一条起跑线上的。曹家虽然已经跻身豪门，可与四世三公的袁家相比，只能算是个小暴发户而已。要想成为和袁绍同一个级别的名士，说起来容易，做起来势比登天。

　　幸运的是，正当曹操灰心丧气之时，他遇到了自己人生当中的一位贵人——桥玄。

　　千里马常有，而伯乐不常有。古往今来，有才华的人有的是，但真正成功的却少之又少。绝大多数人年轻时并不知道自己有几斤几两，不是信心不足半途而废就是误入歧途走火入魔。而这时候如果能有贵人相助，无论是好老师、好领导还是好家长，以自己过来人的经验稍加点拨，就可以让年轻人少走很多弯路。更重要的是，交给年轻人一把重要的成功钥匙：信心。

　　桥玄是个五十多岁的老头儿，名气很大，此时刚刚担任了顶级文官——三公。他还曾经在边塞作战，立过战功，可以说是文武全才。但他也是出了名的暴脾气，是少数几个敢和跋扈将军梁冀对着干的人。

　　他最有名的一件事是儿子被绑架，地方官员包围了绑匪的巢穴但不敢贸然营救，准备进行谈判。桥玄赶到现场对地方官说："我不能因为儿子的命纵容触犯国法的罪犯。"他要求地方官立即强攻，结果虽然绑匪全部被捕，但他儿子也不意外地被撕了票。

　　当时曹操是个不务正业、游手好闲的游侠儿，四里八乡有点身份地位的人都不看好曹操。但某次偶然的机会，曹操见到了桥老爷子。

　　桥玄只看了曹操一眼，就马上说："我见过无数人，没有一个能和你相比。你一定要好好努力。我已经老了，希望你以后能照顾我的妻子儿女。"

　　要知道古代以妻子相托是很严肃的大事。桥玄这个人不怕权贵，而且也不爱财，据说他死的时候家徒四壁，没有留给子孙一分钱。所以他这番话并不像是敷衍或恭维，他的的确确在曹操身上看到了什么。

　　但至于到底是什么，没有人知道。

只能说桥玄是一位真正的伯乐。他的鼓励对少年曹操来说是一剂强心针，同时也是通往社会上层的一张通行证，被权威人士加持的曹操马上人气流量猛增。

桥玄甚至还和曹操达成了一个约定。他告诉曹操："我不会看走眼的，你今后一定会飞黄腾达。如果被我言中，请务必每次路过我的坟墓时，用一壶酒和一只鸡来祭奠我。假如你没有做到，只要车子离开墓前三步，就会马上肚子痛。"

至于曹操最终是信守承诺，还是肚痛难忍，此处先留下个悬念。不过通过曹操如何对待只偶尔给过他一句肯定的王俊，也不难想见曹操将如何报答他的命中贵人桥玄。

桥老爷子好人做到底。他在曹操临走时，还点拨了他一句极为关键的话：

"你现在的名气不够，快去结交许子将吧！"

九　名门望族

许子将是谁？

在他出场之前，有必要插叙介绍一下曹操大哥袁绍的家庭背景。

前面讲到汉武帝采纳了董仲舒的建议，实行了"罢黜百家、独尊儒术"的政策。这一招影响深远，从此儒家思想统治了中国两千余年，成为历朝历代唯一授权认可的正统思想，也是选拔政府官员的唯一标准。有人研究过中国封建社会数千年不倒的所谓超稳定结构，独尊儒术厥功至伟，同时也对中国长期的大一统局面发挥了非常重要的作用。

由于汉代距离秦始皇焚书坑儒不太远，幸存的儒生和儒家书籍少之又少，谁懂儒学就等于捧住了金饭碗，袁家就是因此而发迹的。

和曹家与一口猪的因缘际会不同，袁家的祖上有一门祖传的学问——孟氏易，这是由"秦火"的幸存者之一孟喜所创立的研究《易经》的一个学派，在西汉时就已经是社会上最为流行的理论。

西汉末年，豫州汝南郡袁家一个叫袁良的人偶然接触并学会了孟氏易，从此洗脚上田，入仕为官。他逃过了王莽篡汉这一劫，熬到东汉又继续做官。他生了个学霸儿子袁安，袁安因为品学兼优进入官场，一路平步青云当上了司徒，成了袁家的第一个三公。

袁安年轻的时候是吃过苦的，历史上留下了一个"袁安卧雪"的典故。说袁安还是穷学生的时候，有一年冬天雒阳下大雪，城里面粮食短缺。雒阳令到基层视察工作，发现其他所有人都跑出去找吃的了，只有袁安独自躲在家里瑟瑟发抖，门都被大雪封住了。问他为什么不出去求助，他回答说大家都很困难了，他不想再去麻烦别人。雒阳令觉得这个人很有德行，就荐举袁安做了官。

这时袁安贵为顶级官僚，家里也有房有车了，回想自己当年卧雪的惨状，实在不堪回首。他希望子孙们能够保住自己好不容易拼出来的荣华富贵，代代传承，永远不要再返贫走老路了。

他知道孟氏易是袁家的老本，打死也不能丢掉，因此强制所有的子孙从小就必须学好这门学问，而且还特意在每一代人中留下一个儿子不当官，专门培养成为儒学大师以继承祖业。这个传统一直保持到袁绍这一代。

但袁安知道子孙们不可能都和自己一样是学霸，饱暖思淫欲，生活条件好了，学习的动力难免会下降，光靠学问传家是不可靠的。于是他开始想别的办法来巩固家族地位。

前面已经提到过东汉选拔官吏实行的是察举制，也就是中央或地方政府以"贤良""孝廉""秀才"等名目，选拔有名望、有德行的人出仕。而袁安作为顶级官僚三公，在选拔干部方面是有很大权力的。汉光武帝刘秀专门规定，三公每年至少要荐举一名秀才。

于是被袁安荐举的人就成了袁安的所谓"故吏"。在东汉时，荐举人和被荐举人是有某种默契的。我荐举你，你就要拼命报答我，大家成为利益共同体，有福同享，有难同当。于是故吏又去荐举袁安的儿子，袁安的儿子又荐举故吏的儿子。这么一来，雪球越滚越大。

而且袁安还是国学大师，他广收"门生"，也就是徒弟，这些人也是要入仕的，他们同样必须投桃报李。如此鸡生蛋、蛋生鸡，袁家四世三公的局面就形成了。随着子孙世代为官，袁家和他们的门生故吏们形成了一张巨大的关系网，这帮助袁家在中央长期掌握政治权力，在地方兼并土地、买卖人口，最终成了称霸一方的世家大族。

至此袁安的计划圆满成功了！

而汝南袁氏家族仅仅是当时千百个世家大族中的一个，三国时代很多叱咤风云的人物都出身于这类世代传承的名门望族，比如荀彧出身于颍川荀氏，诸葛亮出身于琅琊诸葛氏，司马懿出身于河内司马氏，陆逊出身于吴郡陆氏。久而久之，到东汉后期，在士人这个阶层中，就形成了一个看不见的权力金字塔。世家大族高居在塔尖上面，其他家族根据名望地位和经济实力一层层按顺序排列，像曹家这样的新晋暴发户，还有当过宦官的污点，只能排在很靠下的位置。

这些世家大族几乎垄断了整个东汉帝国的干部队伍。到最后，要想做官，真才实学已经不重要了，代之以一种极为形式主义的东西：名望。只要在社会上有了一定的名望，就可以成为名士，然后就有机会被荐举做官。但大家其实都明白，名望是很虚无缥缈的，说你行你就行，说你不行你就不行，真正拼的还是家世背景和经济实力。

于是东汉出现了一种违反常识的现象。通常长辈都会告诫孩子，在社会上不要随便议论别人，要管好自己的嘴。东汉时却恰恰相反，大家都踊跃大声地品评人物，还专门按照排名把人物分成不同团体。比如说第一等"三君"，第二等"八俊"，再往下是"八顾""八厨"等，好像今天的偶像天团一样。

这种形式主义的玩法愈演愈烈。有的人故意摆拍，比如一位名士踩在车辕上往远处看了看，身后就有人为他吹捧，说他"登车揽辔，有澄清天下之志"。还有的人编一些顺口溜式的广告词来包装名士，比如"荀君（荀淑）清识难尚，钟君（钟皓）至德可师"。这两个人马上身价倍增，家族排名大幅上升。荀淑的孙子是荀彧，钟皓的后人是钟繇和钟会。

更有甚者，由于名望可以直接带来利益，社会上出现了一些专门以评论人物为职业的专家，类似于今天的评级机构。谁能得到他们的一句好评，马上身价百倍，仕途一片光明，当时号称"登龙门"。

这时许子将就要登场了，因为他正是当时首屈一指的评级大师。

十 月旦评

许子将，名许劭，是袁绍的老乡汝南郡人氏。

记录东汉历史的《后汉书》专门为他立传，但内容十分简略。展开他46岁的人生历程，实在是乏善可陈，没干过一件厉害的事。但不知为何，当时人对许劭的评价高得不能再高，把许劭和他哥哥并称为"二龙"。这就很奇怪了，他到底有什么过人之处呢？

直到打开许劭的个人档案才发现，在家庭情况一栏赫然写着，祖上三代均担任过三公。这样的家庭背景和他的老乡袁绍几乎是旗鼓相当，而他的顶流人气正是靠世家大族之间的互粉推上去的。

据说袁绍有一次回汝南老家，原本一路上车马壮盛，宾客众多。但在即将进入汝南郡界时，他却突然把车队和宾客都遣散了，自己独自坐着一辆牛车回家。别人问袁绍为什么这么做，他回答说："我怎么能在许劭眼皮子底下炫富呢！"

袁绍的这段故事很快就被传播开来，所有人都把这当作袁绍和许劭两大名士彼此之间惺惺相惜的一段美谈。

只能说，任何时代都有名不副实的人。

许劭真正的能力在于他的商业头脑。他不像袁绍那样热衷政治，而是精准看到了市场对于名望这一资源的巨大需求。于是，他和堂哥许靖精心筹办了一场名为"月旦评"的节目。在每个月第一天，他们会结合一个主题现场品评当地名士并进行排名。

这应该是中国历史上最早的选秀节目了，在当时社会上影响力巨大。谁能上榜马上人气倍增，同时也意味着获得了入仕的入场券，而且一定是前途光明的好位置。因此，所有名士都想方设法地作秀表演或是拉人打榜，有点关系的就走后门拉拢巴结许氏兄弟。这搞得地方上乌烟瘴气，不少家族因为排名结怨，甚至反目成仇。但许劭却是名利双收，成了天下第一的评级大师。

这一天，经桥玄点拨，曹操来到了许劭的门前。

后面发生的事历史上留下了两个版本。

版本一是东晋时人的一段记录：曹操见到了许劭，问他："我是什么样的人呢？"

许劭拒绝回答。

曹操强迫他说，许劭才勉强说："你小子嘛，是治世之能臣，乱世之奸雄。"

曹操听了大笑。

版本二是南朝宋的著名史学家范晔所著《后汉书》的记载：曹操好几次带着厚礼去恳求许劭给自己一句评价。许劭看不起曹操，始终不同意。最终曹操狗急跳墙，现场绑架了许劭逼迫他说。

这时许劭才不得已说："先生您是清平之奸贼，乱世之英雄。"

曹操听了大悦而去。

这两个版本中的评语有所不同，但有一点是相同的，许劭非常抵触给予曹操评价。

按说许劭是个精明的生意人，来的都是客，何必拒绝宫里有人、家里有钱的曹操呢？而且许劭虽然没有桥玄眼光锐利，但毕竟也是阅人无数，想必也多少能看出曹操是个有真本事的有志青年。他为什么非要等到刀架在脖子上了才被迫就范呢？

许劭一定有什么难言之隐。

没错！许劭的难言之隐正是曹操一生最大的痛点：

宦官之后！

此时，帝国政治舞台上的争斗已经愈演愈烈。一方是皇帝和宦官，另一方是外戚和士人。

政治斗争的核心问题无疑正是权力。皇帝要求唯我独尊，掌握绝对的权力；而士人要求分享权力，巩固自己的政治和经济地位。皇帝不好自己公开翻脸，就指使宦官去打压士人；士人力量分散，就委托外戚作为代言人，在最高层为他们撑腰。

这样一种政治博弈关系并非东汉时代所独有，而是整个封建王朝的不治之症。魏晋南北朝、唐宋元明清，虽然社会在螺旋式向前发展，但皇帝和士人的政治角逐却始终停滞在一个周而复始的怪圈当中。

而相比于皇帝，士人拥有一项独一无二的优势。他们牢牢掌握着话语权，历史是由他们书写的。因此人们往往看到的都是无道昏君、奸邪阉宦，以及与他们作斗争，代表正义、赤胆忠心的士大夫们。

但实际上，任何权力争斗哪有什么正义和邪恶？只有胜利者和失败者。

少年曹操所处的是桓灵时代。汉桓帝和汉灵帝是中国历史上大名鼎鼎的昏君，东汉帝国灭亡的锅被他们两位背了一千多年。

来看看他们的作为吧！

汉桓帝刘志15岁登基成为皇帝。但他的继位纯属巧合，因为大将军梁冀毒死了9岁的汉质帝，他才有机会坐上皇帝的宝座。对于一个15岁的少年来说，天天面对着凶恶的跋扈将军，又有汉质帝的前车之鉴，他心中的恐惧肯定远远大于快乐。他只能靠沉湎酒色来伪装自己，绝不能让梁冀感觉到丝毫的威胁。

他就这样隐忍了整整13年。到桓帝28岁的时候，他突然指使宦官发动政变，一举全歼了权倾朝野的梁冀及其全家。

咦，这段故事怎么似曾相识？是的，清代康熙皇帝擒拿权臣鳌拜正是偷学了汉桓帝的做法！

桓帝还纵容大量的宦官养子和酷吏到地方上去胡作非为，诬陷官吏、兼并土地、贩卖人口。这固然是对地方政治、经济的巨大破坏，但想想他们动了谁的奶酪？是的，正是袁家、许家这样的世家大族！桓帝意在通过这样的过激之举，宣泄自己对世家大族把持地方官吏任免等政治大权和经济利益的严重不满。

而汉灵帝也不简单。他是个文艺迷，擅长辞赋、书法和音乐。他登基第一年就在雒阳创立了一所全新的学府——鸿都门学，招收了很多文艺特长生在学校里共同开展文艺创作活动。这些人文艺才能突出，但不是祖传的儒学世家，也没有特别深厚的家庭背景。

灵帝为了体现自己对鸿都门学的重视，亲自给毕业生们安排工作，而且都是政府部门的重要岗位。他这一手一石三鸟，既让被士人控制的官方最高学府——太学的地位有所下降，又让士人们通过察举制掌控政府干部任免的权力被削弱，还导致了士人集团的内部分化。因此，全国世家大族都对鸿都门学嗤之以鼻，认为这不过是间专科学校，对灵帝的做法也有很多的议论批评。

灵帝最为当时士人所诟病的就是他明码标价公开卖官。这当然是不可容忍的政治腐败，但世家大族通过门生故吏搞私相授受那一套也好不到哪儿去，大家不过是以五十步笑百步。

以上绝不是要为桓灵翻案，从小学习儒家经典的士人肯定比不问民间疾苦的皇帝和身心残疾的宦官要理智清醒得多。但随着帝国向末路狂奔，无论皇帝、宦官还是外戚、士人，没有一个人是无辜的，权力斗争的真正受害者永远是那些被乱世灰烬掩埋窒息的黎民百姓。

许劭爱财，但他不能也不敢赚这笔不义之财。给宦官之后的曹操一个好的评语是要犯政治错误的，将对自己的公信力产生严重的负面影响。虽然曹操本身是士人出身，虽然曹腾很注意团结和提拔士人，虽然曹嵩也在政府担任要职，但宦官之后的人生污点将一辈子放在曹操的档案中，永远不会被名士们所原谅。

这就是许劭的难言之隐。直到刀架在了脖子上，他才被迫妥协。而即使已经没有退路，他还是留了一手。许劭在生死关头充分发挥了他的语言艺术，无论是哪个版本的评语，都是一句可以从正反两个方向来理解的话。既用"能臣"和"英雄"安抚了暴躁的曹操，又用"奸雄"和"奸贼"来给自己的盟友一个交代，皆大欢喜。

但曹操并不傻。在如上两个版本当中，"大笑"可能比"大悦"更能准确形容曹操当时的心情。他还只是个十几岁的少年，但已经从许劭的话语中听懂了世态炎凉。他的笑声是苦笑也是嘲笑，包含了他对许劭之流的怨恨鄙夷，也决定了今后他将对名士们所做的一切。

西晋时人记录了曹操见许劭这段故事的一段后话。

据说因为许劭任性评论人物，搞月旦评为名士哄抬身价，导致地方上各个家族互相争斗不休，搞出了不少人命。曹操对此十分反感，掌权后扬言要取许劭的人头。许劭吓得逃到了长江以南，46岁时死在了逃难路上，全家老小也在乱世中被杀戮殆尽。

这就是评级大师许劭的人生结局。

十一　乱世之兆

在曹操大约15岁的时候，他换上了学生制服——青衫，背上小书包，告别了家人，离开了谯县，来到帝国首都雒阳成了一名太学生。

在光武帝刘秀之前，"洛阳"和"雒阳"这两个名字是经常混用的。甚至王莽篡汉后，看到这两个名字都不顺眼，还一度改为了宜阳。刘秀是笃信谶纬[1]迷信之说的，他借用了战国阴阳家邹衍所发明的一套金木水火土五行终始的王朝更替理论，来解释自己做皇帝的正当性。

由于秦始皇认为秦是水德，崇尚黑色，所以刘秀认为汉朝应该是火德，崇尚红色。但是东汉定都洛阳，"汉"和"洛"这俩字的部首都是三点水，刘秀觉得水能灭火，水太多了很不吉利，就明确规定以后专用雒阳，而禁用洛阳。

虽然此时帝国已经走在下坡路上，但身处雒阳城中，曹操并未感受到一丝一毫的末世气息。到处都是兴建中的亭台楼阁，街道上终日车水马龙，哪里都是人山人海，一片盛世的繁荣景象。

此时的雒阳不仅是帝国的首都，也是世界的中心。

据史书记载，汉顺帝永和五年（140），管理雒阳城及其远郊区县的河南尹辖区内，有户籍的人口达到1010827人。雒阳是当时世界上唯一一座超百万人口的国际化大都市，仅城区就有50万人居住。

初来乍到的曹操被眼前壮丽的雒阳城深深震撼。全城共12座城门，内有南、北两座宫城。南宫是朝廷办公场所，北宫是皇帝和嫔妃的寝宫。城中其他部分有永安宫、濯龙园、西园、南园等众多皇家园林，有大量政府机关的官署和居民小区——闾里，还有专设的外国使馆区——四夷馆和饲养各国进献珍禽异兽的动物园——"白象坊"和"狮子坊"。

另外，城内外设有金市、马市和南市等商业区，不仅国内商人聚此买卖，还有大量从丝绸之路远道而来的西域贾胡进行国际贸易。城外郊区建有宗庙、社稷、方坛、灵台、明堂、辟雍等设施，功能相当于北京的天坛、地坛，是专

---

[1] 谶纬是中国古代谶书和纬书的合称。谶是秦汉间巫师、方士编造的预示吉凶的隐语，后来民间发展在庙宇或道观里求神问卜，渐渐地更加简化为求签。纬是汉代附会儒家经义衍生出来的一类书，被汉光武帝刘秀之后的人称为"内学"，而原本的经典反被称为"外学"。谶纬之学就是一种政治预言。

供皇帝祭祀先人和神灵的。还有上林苑、平乐苑、广成苑、鸿池等大量皇家公园，当然都不对外开放，只供皇帝一人游猎玩耍。

当曹操来到他此行的终点——太学门前时，他不禁暗暗赞叹帝国的辉煌。这所由光武帝刘秀亲自创立的帝国最高学府，不久就将迎来建校150周年校庆。学校建在城南雒水河边，不仅风景秀丽，而且规模宏大。据说校园内有240栋建筑、1850个房间。全国最优秀的人才都聚集在这里，高峰时号称有3万名学生同时在此学习深造。

与之相比，西方最古老的大学——意大利的博洛尼亚大学要到1088年才出现。

太学不同于今天的大学，生源不是通过高考制度在全社会考试选拔，而全部都是各级官僚和地方世家大族的子弟。只要做官达到一定级别，或者在社会上有一定名望，孩子就可以自动获得入学资格，由学识渊博的"五经博士"教授儒家经典，定期考试合格后即可由政府直接分配工作做官。因此，太学实际上也是一所政府官办的干部培训中心。

当然，太学也有和大学相似的地方。一群血气方刚、思想活跃的青年人聚在一起，让太学成了帝国社会思潮的暴风眼。特别是在宦官集团和士人集团激烈的政治斗争中，太学生们在士人领袖的带领下，多次组织学生运动，要求皇帝彻底清除宦官。因此，由光武帝刘秀创办的太学，到了汉灵帝时，反而成了皇帝和宦官们的眼中钉。

前文已述，汉灵帝继位当年就另起炉灶，亲手创办了鸿都门学。这所学校的办学理念和太学截然不同，并不专门教授儒家经典，而更加重视培养辞赋、书法、音乐等文艺特长。在皇帝的加持之下，鸿都门学的招生门槛更低，面向社会上出身一般家庭但爱好文艺的生源。但毕业分配知比太学更优越，皇帝会亲自给他的门生安排工作，往往都是重要岗位。这让莘莘学子对鸿都门学趋之若鹜，一些世家大族子弟为了当官，甚至不惜降低身价到鸿都门学就读。

以曹操的背景和能力，两者均可任其选择。但他最终还是选择了太学，而没有入读鸿都门学。众所周知，曹操在文学艺术方面的造诣相当了得。他不但擅长诗歌创作，还是全国范围内书法、音乐和围棋的顶尖高手。

曹操一定是反复推敲抉择过的。虽然他屡屡被名士们嘲笑侮辱，但曹操具备和韩信一样的英雄特质——志向远大且忍辱负重。

曹操来太学就读的真正目的并不是学习深造，而是观望时局。由于当时没有广播电视，不可能坐在家里收看《新闻联播》就了解天下大事。要想知道国家政局动态，就只能自己跑到雒阳用眼睛观察、用耳朵聆听。

曹操极其精准地判断了形势。当时宦官集团和士人集团的决斗已经进入最后的摊牌阶段。虽然曹操是士人出身，又是宦官之后，具备跨界属性，但他非常清醒地认识到，在两股你死我活的政治力量当中，没有第三条道路可以选择。他不可能左右逢源、首鼠两端，只能采取"一边倒"的策略。

曹操深深厌恶那些污辱他的名士。他知道他们早已不是祖辈那样的有真才实学的人，只不过是些金玉其外、败絮其中的啃老族而已。但他并不敢轻视他们，这些人有两件制胜法宝：一是他们牢牢控制着儒术这一社会意识形态；二是他们都是地方上一呼百应的宗族豪强，有雄厚的经济实力和社会基础。

与之相比，皇帝和宦官虽然看似强大，把持着至高无上的政治权力，但他们有个致命的弱点：没有根基，用今天的话说就是脱离群众。在宫廷之上，他们可以颐指气使，随便杀几个士人出气。但他们接触不到人民群众，一出宫门就见光死，权力再大也必须依靠士人来落实执行，因此最终还得向士人妥协。

于是，曹操毫不犹豫地倒向了士人阵营。事实证明，曹操的选择是完全正确的。

曹操在雒阳四处奔走，他很快发现，在雒阳观望时局的并不只有他一个人。他的结拜大哥袁绍早就来了。

袁绍此时名义上是暂时离职，在雒阳为继父守孝，但他每天召集许多神秘人士在家中搞地下活动，以至于门前的街道天天堵车，引起了宦官大头目赵忠的注意，说袁绍在结交死士，密谋不可告人之事。吓得袁绍的叔叔赶快跑到袁绍家提醒他，逼着他立即结束丧假回去上班，以免被宦官清算。

曹操正是袁绍家的座上密友之一。他们在热烈讨论刚刚在雒阳发生的一件大事：辛亥政变。

在曹操11岁的时候，两大政治集团已经对决过一次。最终在汉桓帝的支持下，宦官集团胜出，大量在中央政府重要岗位工作的士人领袖被捕入狱。皇帝还开列了一张长长的党人名单，几乎涵盖了全国的所有名士，在名单上的人都被禁锢终生，也就是剥夺政治权利终身，一辈子不能做官，这就是第一次"党锢之祸"。

桓帝一死，灵帝继位。外戚窦武成为大将军，他的另一个身份是名士偶像天团"三君"的成员，同时全国排名第一的名士陈蕃也担任了三公中权力最大的太尉一职。于是士人集团马上东山再起，被禁锢的党人很快就被重新起用做官。他们暗中策划进行反攻倒算，趁日食出现之机，以天象为由杀掉所有宦官以斩草除根。

但窦武和陈蕃犯了一个极其愚蠢的错误——搞错了谁才是他们真正的敌人。明摆着皇帝就是宦官最大的靠山，他们却教条主义地将清理宦官的计划写成奏章向皇帝请示。结果自然显而易见，所有奏章都要经宦官之手向皇帝呈报，皇帝还没有看到奏章，宦官们已经动手了。他们在九月辛亥日劫持了灵帝和太后，以皇帝名义下诏书立即逮捕窦武和陈蕃。

陈蕃当时已是个80多岁的老人，他带着太尉府的故吏和太学门生们一共几十个人，冲入皇宫去和宦官拼老命，这无异于是以卵击石，最终无人生还。大将军窦武是有兵权的，但他还没来得及调兵，就被宦官们调遣"凉州三明"之一的名将张奂带兵包围在府邸中，只好自杀殉国。

宦官们吸取了第一次党锢之祸后没有对士人痛下杀手的教训，在稳定政局后立即对士人进行了大清洗。全国排名前一百位的名士基本被灭族或处死，还有大量被流放或禁锢，甚至谁敢心软收留逃犯就会被连坐诛灭全家，这就是第二次"党锢之祸"。

对于年轻的曹操来说，这场政变是一堂非常重要的政治课，远比太学里教授的那些经义礼法精彩生动得多。不久后曹操就默默离开雒阳太学，回老家谯县去了。

他毅然放弃了学业，因为自己已经收获了更为重要的识见和人脉。他看到了帝国当年的雄心和今日的病态，也目睹了舞台上皇帝、宦官、外戚、名士们的生死较量。透过雒阳的盛世图景，他再一次印证了在江湖游侠时隐隐感觉到的乱世之兆。

在雒阳袁宅的密会中，最让曹操与袁绍唏嘘的是须发皆白的老陈蕃手持长剑冲向皇宫时的决绝与绝望。这也让他们两个人共同得到了一个重要启示：

武装军队才是获取政权的保障。

十二　选拔考试

汉灵帝熹平三年（174），曹操已经是个20岁的弱冠青年了，具备了出仕的资格。他的人生掀开了崭新的一页。

由于曹操在太学没有毕业，他改由另一途径，通过地方长官荐举孝廉成了中央政府的一名郎官。

孝廉是汉武帝时设立的选拔官员的一种科目，孝是善事父母，廉是廉能正直。这是汉代人认为做官需要具备的基本素质。

虽然察举孝廉的人口比例极低，但这对于曹家是没有难度的。与干爷爷曹腾的忍辱负重相比，曹操不用付出任何努力就直接成了孝廉。因为孝不孝、廉不廉都由地方长官说了算，比的不是真才实学，而是家庭背景。当时的人写顺口溜讽刺察举制度说：

举秀才，不知书。察孝廉，父别居。寒素清白浊如泥，高第良将怯如鸡。

只要有背景，哪怕和父母翻脸分家的逆子也可以成为孝廉。

各地的孝廉到雒阳集中后，并不会直接担任实职干部，而是全都安排在郎署担任郎官，也就是大内侍卫。可见汉代皇帝是很有经济头脑的，这又节省了一大笔皇宫的安全保卫经费。

郎官们一边站岗护卫，一边学习朝廷行政事务，积累最基本的行政工作经验，为以后做官打基础。一段时间之后，郎官们就要参加选拔考试了。

是的，还是要考试的！

儒生出身的孝廉要考试儒学知识，文吏出身的孝廉则要考试公文写作。主考官根据考试成绩给这些郎官在中央或地方政府分配工作。

实事求是地说，太平盛世之时，这套选官制度是很科学的。但到曹操参加工作的时候，这一制度已经败坏了。是分配到重要岗位，还是调到贫困山区，都在主考官的一句话，比的还是家庭背景和人际关系。

根据史书记载，决定曹操命运的有两位考官。

第一位名叫梁鹄，时任选部尚书（吏部尚书），大概相当于今天的人事部部长。他是鸿都门学毕业生，才艺出众，最擅长的是书法。

据说当时最流行的书法风格叫作"八分书"，排名天下第一的书法家名叫师宜官。师宜官捧着一个金饭碗，最怕别人偷学他写字。因此他每次练完字后，马上就把竹简上的字刮掉。但师宜官有个爱好——喝酒，于是梁鹄从他的弱点下手，虚情假意地给师宜官送去很多竹简，自己躲在暗处窥视。等师宜官一写完字，梁鹄马上跑出来把他灌醉，然后偷走竹简回家模仿练习，最终如愿修成了正果。

灵帝是个书法的狂热爱好者，因此特别器重书法家梁鹄，让他担任主管人事的重要官员。但他的鸿都门学学历让名士们非常鄙夷，搞人事工作也得罪了不少人，在社会上的口碑很差，普遍称其为"奸佞"。

　　曹操对于自己的家世背景和才能本领是非常自信的，因此他心里的第一志愿是雒阳令，这应该是郎官可以被分配到的最好岗位了。曹操还和他的一个好朋友偷偷溜到梁鹄家去走后门，但没想到梁鹄并不像传说中的那样腐败，两个人吃了闭门羹。

　　顺便提一下曹操的这位好朋友。他多年后在荆州和曹操重逢，这位兄弟名叫蔡瑁。

　　只能说世界真是太小了！

　　总之梁鹄并没有对曹操给予特别照顾，曹操最终得到的任命是雒阳北部尉，相当于首都下辖区县的公安局局长。不能说差，但和雒阳令相去甚远。

　　若干年后，曹操征伐刘表到了荆州。他得知梁鹄正在荆州避难，马上发榜通缉他。梁鹄万没想到当年自己任命的雒阳北部尉成了汉丞相，自知摊上大事了，索性把自己绑起来到曹操营门前自首。但没想到曹操通缉梁鹄并不是记仇要杀他，而是因为曹操也是个书法迷，特别喜欢梁鹄的书法。从此曹操走到哪儿都带着梁鹄，每天处理完军政大事就把梁鹄的作品挂在墙上欣赏，梁鹄成了曹操身边行走的解压神器。

　　由此可见，家财万贯不如一技傍身。乱世里，这是可以救命的。

　　第二位考官名叫司马防，时任尚书左丞。这个人是河内郡的世家大族，他也参与了对曹操的这次任命。

　　若干年后，曹操已经成了一人之下、万人之上的魏王。有一天他忽然想起司马防来，马上把他召到邺城（今河北省邯郸市临漳县西）宫中。两个人像老朋友一样喝酒，酒过三巡，曹操冷不丁问司马防："你看我还能当北部尉吗？"

　　这看似是酒酣耳热后的一句玩笑，但实际上是一个生死攸关的政治考验，回答不好脑袋马上搬家。幸亏司马防的应变能力和酒量一样好，他面不改色地说："当年给大王安排工作的时候，大王的条件只能当北部尉啊！"

　　曹操听了哈哈大笑。司马防是很有心计的，他了解曹操，曹操最恨看不起他的名士，但更讨厌溜须拍马的小人，只有最老实的回答才是最安全的。

说到司马防还要提一句。这个人以擅于教子著名，他的八个儿子个个出类拔萃、事业成功，并组建了他们自己的名士团体"八达"。而在其中占据核心位置的是他的二儿子，名叫司马懿。

十三　新官上任三把火

雒阳北部尉是青年曹操参加工作后的第一个岗位。

曹操曾在他晚年那篇著名的回忆录中写到自己刚工作时的心情："年少，自以本非岩穴知名之士，恐为海内人之所见凡愚。欲为一郡守，好作政教，以建立名誉，使世士明知之。"

曹操的这段话说得很实在。

功业如曹操，也并不是个完人。谁也不可能一出生就天赋异禀，都是在实践中摸爬滚打过来的。曹操刚工作的时候也只是个初出茅庐的毛头小伙子，和现如今刚步入职场的青年人没有什么两样。年轻就容易心高气傲、冒失莽撞，再加上他内心藏着宦官之后的强烈自卑感，就更加急功近利，希望马上做出点政绩来赢得名望和尊重。

他一上班就先来了个新官上任三把火。

第一把火是把北部尉官署的大门和外墙重新装修了一遍。意在告诉辖区内的居民：曹操来了，凡事得按我的新规矩办了。

第二把火是做了十几根五色大棒，挂在大门两边，谁从门口路过都能瞅见。曹操刚一上任，马上就有人献上"护官符"来，也就是官场潜规则，告诉他本地有哪些得罪不起的大户人家，有哪些可以搜刮民财的好办法等。但曹操年轻气盛，完全不吃这一套，铁面无私，严格执法，谁犯了罪，不管是什么背景、老爹是谁，直接拉到门口用大棒活活打死。

第三把火也是最猛的一把火。东汉安帝时颁布了《禁夜行诏》，要求"钟鸣漏尽，雒阳城中不得有行者"。北部尉的一项重要工作职责就是监察执行宵禁制度。结果某晚曹操在辖区内巡逻时，正好撞到一个人在街上肆无忌惮地瞎溜达。手下人向曹操禀告说："请您假装没看见吧，他是灵帝最宠爱的宦官蹇硕的叔叔！"

但这句话不说还好，曹操一听说是宦官的亲戚，马上现场执法处死了他。这件事在整个雒阳引起了极大轰动。

曹操通过这三把火，达到了三个目的：一是短时间内让辖区治安情况大幅改善，犯罪率几乎降为零；二是一夜之间声名鹊起，引起轰动，成了雒阳城里的知名人士；三是用实际行动和宦官集团彻底划清了界限。大家都知道曹操虽然是宦官之后，但政治立场还是很鲜明地站在士人一边。

然而社会是很复杂的，有时候目的很好，但执行起来还要注意方式方法，心急吃不了热豆腐。

曹操这三把火为民除害，却得罪了本地豪强和他们背后的保护伞。更严重的是，得罪了大权在握的宦官。要是换成别的人，一个小小的北部尉，蹇硕随便派一个手下就可以把曹操碎尸万段。但曹操的干爷爷是曹腾，这让蹇硕犹豫了。自己的宦官同僚们有不少是曹腾提拔的，很多人当年得过曹腾好处，杀了曹操难免在宦官队伍中给自己树敌。

但蹇硕不可能就这么轻易放过杀叔仇人，于是他改变战术，联合地方豪强的保护伞们一起向朝廷积极荐举曹操，说他政绩突出，应该尽快提拔使用。于是曹操工作没多久就被晋升为顿丘令，那时他年仅23岁。

虽然看似升了一级，但北部尉是在首都雒阳工作，很容易被看到，机会很多。而顿丘令只是个地方县令，天高皇帝远，重要性反而是显著降低了。

换成别人可能多少有点失落，但曹操根本不在意！

他还是我行我素，在县里面搞雷霆行动，扫除当地的土豪恶霸。37年之后，曹操已经到了60岁的耳顺之年。他带兵南征孙权，把同样23岁的儿子曹植留下来镇守邺城，临行前他语重心长地对曹植说："吾昔为顿丘令，年二十三。思此时所行，无悔于今。今汝年亦二十三矣，可不勉欤。"

加油吧儿子！想起担任顿丘令这段往事，曹操是无怨无悔的。但有一点他没有告诉曹植，他做顿丘令才过一年就被免职遣散了。

十四　文治武功

汉灵帝光和元年（178），皇后宋氏遭到宦官王甫诬陷后被废，她的老爹和兄弟都被诛杀。宋皇后被杀的兄弟中有个名叫宋奇，宋奇的夫人是曹操的堂妹。曹操就是因此被连坐免职的。

按说宋奇只是曹操的远亲，曹操又是有背景的人，连坐到他实在是很蹊跷的事。但仔细想想也很简单，干事业就难免要得罪人，何况是曹操那么不通情理地办事。曹操工作没几年，得罪的人可不少。特别是朝中宦官，曹操早就在他们的黑名单上了。虽然他们不敢置曹操于死地，但逮到个机会狠踩一脚是必须的。

于是，曹操从顿丘回到了老家谯县，成了被行政开除的无业游民。这对一个参加工作不久的24岁年轻人来说，肯定是个不小的打击。很多以前经常联系的朋友突然消失了，乡里乡亲总在背后议论，老父亲曹嵩天天在家长吁短叹。

当然，有时候挫折来得早一点也不是坏事，年轻人还是输得起的！一路顺风顺水，到老了吃一闷棍，很少有人能再爬起来。

何况曹操并不是一个普通的年轻人，而是个有着雄心壮志的年轻人。他没有灰心丧气、游戏人生，在家静下心来做了两件事。

第一件事是读书。读书是曹操一生最大的爱好之一，应该说也是所有成功人士必备的基本条件之一。不读书而能成功的人少之又少。

曹操读书和当时绝大多数人不同。

当时社会上的书籍种类本来就很少，再加上汉武帝推行"罢黜百家、独尊儒术"，把读书和做官紧密联系了起来。因此形成了一种社会导向，绝大多数人只看六本书，也就是传说孔子亲自编辑审定的"六经"：《诗》《书》《礼》《易》《乐》《春秋》。

由于秦始皇把儒家的书都烧光了，所以儒生们凭着断简残章和口耳相传整理出了"六经"的不同版本，对相同内容的理解也各有不同，从而形成了不同流派。比如袁绍家祖传的孟氏易，就是西汉孟喜解读的《易经》版本。汉武帝设立"五经博士"，哪个流派的大师成为博士，就等于成了具有垄断性的官方指定品牌，马上就有很多人拜师学艺，因为只有学习这个流派才有资格做官。于是这一流派就发扬光大，其他流派就慢慢消失了。

可想而知，这些流派之间的内卷是非常激烈的。后来还出现了今文和古文之争。有人宣称从孔子家祖宅的墙壁里发现了经书，是用古蝌蚪文写成的。还有人宣称收集到了民间藏起来没被烧掉的经书，是用秦朝小篆写的。这些就被称为古文经学，以前那些由儒生口耳相传用汉代隶书记录下来的就被称为今文经学。古文经学学者说今文经学似是而非，今文经学学者说古文经学是假冒伪劣。

这个架一直吵到清朝末年，康有为写了一本书叫《新学伪经考》，说经过考证，古文经书是王莽篡汉后让他手下的大学者刘歆伪造的。

姑且不论真相到底如何，在东汉时，今文经学占据了上风。由于东汉社会流行所谓谶纬之学，也就是占卜、阴阳五行之类的封建迷信。其中最迷信的就是皇帝，一天到晚研究长生不老，尝试着预知未来。而今文经学迎合社会潮流，吸纳了很多这些思想，于是大行其道。光武帝刘秀建国后，学习他的祖先汉武帝设立了十四个博士，竟然全部都是今文经学的流派。《诗经》有齐、鲁、韩三家，《尚书》有欧阳、大小夏侯三家，《礼》有大戴、小戴两家，《易经》有梁丘、孟、施、京房四家，《春秋》"公羊学"有严、颜两家，一共是十四家。

有了官方认证，这十四个流派就垄断了东汉的学术思想，其他今文流派和所有古文经学的书籍都变成了地下刊物。直到东汉灭亡，魏晋玄学兴起，今文经学才慢慢衰落，古文经学卷土重来。这是后话了。

因此，与曹操同时代的绝大多数人都不是在读书，而是在背书，并且基本只背一本书。他们用一辈子的时间学一经，比如袁家的子孙只要把孟氏易背得滚瓜烂熟，说得头头是道，就足以坐享高官厚禄，余生都在声色犬马中度过，没有必要再看其他书了。

但曹操不同，史书上说他博览群书，特好兵法。由于曹家没有祖传的经学，也没有拜入哪位大师的门下，所以曹操从小读书应该没有受到什么管教和约束，想看什么书就看什么书。

曹操最爱看的书是兵书战策。这些书属于百家之学，当时是没有什么人看的。可能在边疆打仗的将军们偶尔作为工具书翻一翻，但从来没有人把兵书当作一门学问来研究。

曹操却集中精力把所有能找到的兵书全仔细研究了一遍，还抄集在一起，出版了一本书，名叫《接要》，可惜现在已经失传了。曹操最崇拜的军事家是孙武，因此专门在《孙子兵法》后面写下自己的读书心得，这本《孙子注》今天还能看到。另外，曹操后来结合自己的兵法研究和实战经验写了一本《新书》，也就是《三国演义》里提到的《孟德新书》，有十几万字，是曹操军事思想的结晶，也是曹魏军队的作战手册。据说所有将军出征都必须随身携带一本，作战时严格执行，胜率非常高。这本书到唐代还被唐太宗李世民和大将李靖所推崇，不幸后来也失传了。

曹操为什么对兵书战策这么痴迷呢？他在《孙子注》的序言中写了八个字：

恃武者灭，恃文者亡。

在谯县曹宅中日夜苦读的青年曹操，早已预料到乱世的来临，早已明白枪杆子的威力。他总结出了未来引领他一步一步走向胜利的重要思想：

文治与武功是辩证统一的。光靠武力征伐是不行的，光靠名士儒生、没有武装力量也是万万不行的。

十五 背后的女人

磨刀不误砍柴工，曹操回家办的第二件事是纳妾。

此时的曹操已经娶了正妻丁氏，还纳了一房姜室刘氏，刘氏所生的孩子，曹操的长子曹昂这时已经出生了。

自古英雄美人，作为大英雄身边的女人，从来都备受关注。刘氏早亡，除了给曹操留下了两儿一女，始终默默无闻。丁夫人将在后文中与曹操上演一段感情纠葛，此处暂且按下不表。

曹操在谯县待业期间又纳了第二房姜室。这位姑娘名叫卞氏，当时芳龄二十，祖籍齐郡（今山东济南一带），出身于倡家。千万别把倡家当成是色情行业，东汉时倡家指的是歌舞伎。卞氏应该是一位走街串巷的天涯歌女。

今天一谈起古代妇女，人们脑海里浮现的都是裹小脚、立牌坊，被封建礼教残酷迫害的凄惨形象，其实这主要是在宋代"存天理、灭人欲"的理学思想占统治地位之后才出现的社会现象。

在东汉时代，人们的婚恋观还是相对比较开放的。有很多人选择自由恋爱，大胆的女孩甚至还可以自己择偶。人们对于妇女改嫁的态度也比较宽容，丈夫去世或者离婚以后再嫁都是非常普遍的事，曹操就至少有三位姜室是改嫁过来的。

当然，随着"君为臣纲，父为子纲，夫为妻纲"的儒教礼法越来越深入人心，女性的社会地位正在飞速坠落。特别是那些在地方崛起的世家大族，他们为了宗族的整体利益不惜牺牲子女的个人幸福，通过大搞昭君出塞式的政治联姻来提升家族地位，扩大势力范围。

东汉有一位著名女作家班昭，她是史学家班固和投笔从戎的班超的妹妹。结合自己的婚姻生活，她写了一本畅销书《女诫》，教育女性朋友怎么成为一个成功的家庭主妇。她在书中所宣扬的主要是嫁鸡随鸡、嫁狗随狗、孝敬公婆、操持家务那一套封建礼教，多少反映了当时社会对女性的看法。

相比之下，曹操的思想是非常开放的。他从来没想过吃软饭搞政治婚姻，而一直都是跟着感觉走，渴望与浪漫的爱情不期而遇。

曹操酷爱音乐，据说一辈子都有歌伎在身边陪伴。只要工作之余有一点闲暇，他就要欣赏歌舞表演。曹操是大诗人，当时的乐府诗可不是干巴巴朗诵的，而是要声情并茂地演唱出来，甚至要在宴会上排演大型歌舞。所以从某种意义上说，曹操应该算是当时著名的歌词作者。

但乐府在当时属于民间艺术，难登大雅之堂。上流社会的名士们崇尚的是身披鹤氅、手拿拂尘，沐浴焚香一起清谈儒家思想，对这一类文艺表演是不屑一顾的。因此，曹操爱好音乐已经被名士们讥笑为轻佻，而他竟然还纳一名歌伎为妾，这简直是斯文扫地了。

大丈夫我行我素，曹操是从来不在乎别人的眼光的。在谯县的某个良夜，25岁的待业青年曹操遇到了20岁的歌女卞氏。曹操为卞氏的才艺姿色所倾倒，卞氏也被曹操的才华风度所打动。什么门当户对、什么攀龙附凤，金风玉露一相逢，便胜却人间无数。

曹操没有看错人。事实证明，曹操的选择并不是一时冲动，卞氏也绝不仅仅是个街边卖笑的歌女，她对曹操的事业发展举足轻重。卞氏成功扮演了一个成功男人背后的女人角色，她不但忠贞聪慧、顾家体贴，最重要的是，她先后为曹操生了四个儿子。除了一个儿子早夭，另外三个一个是开国皇帝，一个是绝世才子，一个是一代名将。他们分别是曹丕、曹植和曹彰。别人有一个好儿子就烧高香了，卞氏竟然生了三个。

谈及英雄美人，很有必要介绍一下曹操的长相。

记录三国历史的官方史书《三国志》是一本特别喜欢评论人物相貌的书。其中对几个著名人物的描述如下：

袁绍：有姿貌威容。

刘备：身长七尺五寸，垂手下膝，顾自见其耳。

孙权：方颐大口，目有精光……形貌奇伟。

诸葛亮：少有逸群之才，英霸之器，身长八尺，容貌甚伟，时人异焉。

赵云：身长八尺，姿颜雄伟。

周瑜：长壮有姿貌。

根据迄今考古发现的约60把东汉时代各种材质的尺子，东汉1尺的长度约合今天的23～24厘米。以此推算，诸葛亮、赵云身高在一米八五左右，以当时的平均身高而论，绝对是鹤立鸡群的英雄之相。

颇为奇怪的是，外貌协会的《三国志》偏偏没有记录曹操的相貌。史书中关于曹操长相的记载仅有两处。一处是在东晋人孙盛所著《魏氏春秋》，这本书形容曹操为"姿貌短小，而神明英发"。

另一处是《世说新语》。其中讲到一个故事，说曹操做了魏王，在国事活动中接见匈奴的使者。他自以为长得没有大国领袖的气派，就找了一个美男子冒名顶替，自己假扮成卫士持刀站在旁边。会见结束后，曹操好奇心起，派人跑去询问匈奴使者对魏王仪态的看法。使者眼光犀利，说魏王殿下长得确实很帅气，但他身边那个握刀的卫士不得了，长得有英雄气概。曹操听了这番话心中窃喜，但又怕这出闹剧让外国人耻笑，就派了个杀手去把会看相的匈奴使者灭了口。

近年来曹操墓被发现，据称找到了曹操的尸骨，不过学者们的意见并不统一，所以暂不引述为证了。但无论如何，依据《三国志》和上面两段史料可以做个大致的判断：

曹操并不是一个魁伟英俊的帅哥，但却是一个气宇不凡的英雄。

十六 一份报告

孩子老婆热炕头是不能抚慰曹操那颗年轻悸动的心的。日夜苦读之余，他的眼睛死死地盯着西方，他的耳朵认真地听着窗外，他在等待着时代的召唤。

这一天，雒阳的使者终于来了。使者向曹操传达了中央政府的指示。因为曹操精通一些古代典籍，特征召他到中央担任议郎。曹操二话不说，骑上快马同使者向雒阳飞驰而去。

这一年是汉灵帝光和三年（180），曹操26岁。

没有人知道曹操到底精通什么古书，大家都心知肚明，这只是个借口而已。曹操最应该感谢的是他的爷爷和父亲，因为他们的影响力，朝廷里面还是有人惦记着曹操的。

议郎这一职务和曹操举孝廉等待分配期间担任的郎官是差不多性质的工作岗位，只不过不用再干值夜班、站岗保卫这些体力活罢了。曹操工作了好几年，实际上又回到了原点，担任雒阳北部尉和顿丘令期间的工作成绩都被一笔勾销了。

议郎的工作类似于今天政府部门当中处级调研员的虚职，没有主管业务，只是参与协办或搞一些政策研究，可以就一些政策措施向领导提提意见建议。在当时，这不是一个十分重要的岗位，大多安排一些有一定家庭背景但仕途没有什么起色的人，据说最多时有上千人。议郎们一年写几个调研报告，赞扬一下皇帝的仁政，基本就可以领工资下班了。

但曹操可不是这么想的。他在家待业这几年没有一天不在琢磨他是怎么被免职的，究竟是谁在背后陷害了自己。他的答案只有一个：宦官。所以他上班的第一件事就是要发泄胸中积郁已久的一口恶气，单挑整个宦官集团！

可惜小小议郎没有任何权力。于是曹操做了一件很大胆也很冲动的事，他越级直接给汉灵帝写了一份报告，言辞非常激烈地指出，在辛亥政变中被杀的窦武和陈蕃都是正直的好人，他们是被人陷害而死的。现在朝廷上恶人当道，好人不受重用，政府应该立即为遭受党锢之祸的人平反。

这大概是曹操在谯县待业时早想好的一招。把报告呈上去以后，曹操就回家静静等待。在他看来，这份报告一定可以赢得无数鲜花与掌声。他写出的是士人们的心声，大家一定会赞赏他的勇敢，他的声誉将很快传遍天下。虽然这些话很可能会被定性为大逆不道，迎接自己的可能是宦官们的迫害和牢狱之灾，但他相信宦官们并不敢置他于死地，大不了就吃点苦头，然后回家继续待业呗。

曹操等了一天、两天……十天都过去了，却没有任何音信。既没有鲜花和掌声，也没有逮捕和刑讯。他等了一个月也没有收到任何反馈。史书上说曹操的报告"灵帝不能用"，实际上灵帝可能压根没看到曹操煞费苦心写成的报告，报告早被宦官们拿去当草纸了。

宦官们看着曹操的报告被气乐了。他们想，曹操这个人实在是个被惯坏不懂事的小孩。他以为当个议郎还能像当年北部尉一样随便诛杀宦官家属吗？他以为爷爷是曹腾就可以为所欲为吗？对于曹操这样的纨绔子弟，姑且看在他爷爷的面上留着他的小命吧。他写再多报告也不过是制造废纸而已。皇帝是不可能看到的，看到了曹操只能死得更快！

可曹操并没有死心。不久后，灵帝下了一道诏书，要求中央政府彻底清查各地治理无能、民怨极大的贪官污吏，立即予以罢免。

但很多时候领导的意图很好，击鼓传花到基层的具体执行层面就彻底变味了。按说灵帝深居宫中，很难洞悉地方的贪腐问题，提出的思路要求也是对路的，但当时中央政府的主要领导多数已被宦官掌控成为傀儡，他们偷梁换柱，反而把这当作了变本加厉贪污受贿的好机会。地方官吏只要交了保护费，工作多烂都没事，没交保护费的清官全部停职下岗。

曹操这次聪明了一些。他找到朝廷最高层三公中唯一不是宦官一党的司徒陈耽，和他联名上书揭发这一不法行为。由于有陈耽牵头，这次灵帝终于看到了他们的报告。灵帝并不傻，他马上责问了三公中宦官一党的太尉许馘和司空张济，并把所有被免职的干部全部调入雒阳担任议郎，成了曹操的同僚。

曹操总算成功了，他获得了正义伸张的快感。但他还没来得及高兴两天，就听说陈耽出事了。陈耽被宦官集团以别的理由逮捕，很快在狱中被折磨致死。但宦官们还是没有搭理曹操。他们用杀死陈耽作为对曹操无声的嘲笑：

我们干掉一个司徒就像捏死一只蚂蚁。你以为你是谁！

史书上至此只写了一句，曹操"知不可匡正，遂不复献言"。从此曹操迈出了他走向成熟的重要一步，他整整两年没有再写过一份报告，彻底躺平了。

十七　乱世来临

如果赶上和平年代，曹操很可能会永远躺平在社会的角落里，成为历史洪流中一粒无人知晓的尘沙。

所幸，乱世如期而至。

汉灵帝中平元年（184），这一年是甲子年。按虚岁计算，曹操已是三十而立，但他却还只是个小小的议郎。

这一天，曹操在单位枯坐了一天，郁郁寡欢地走在回家路上。他突然发现了一件很奇怪的事，雒阳城里许多政府部门的大门上都被人用白灰涂上了两个大字——"甲子"。谁也不知道这些字是何人写上去的，磷光闪闪，让人毛骨悚然。

很快，曹操便听说雒阳闹市上有一个罪犯被执行了车裂，俗称五马分尸。受刑者是一个密谋造反的人，名叫马元义。这个人竟然勾结到了宫中的两个宦官，准备在当年三月五日发动叛乱。他们已经从四方召集了成千上万的叛乱分子，将以"苍天已死，黄天当立，岁在甲子，天下大吉"作为接头暗号，集结力量在雒阳和各地同时起事，先占领标有"甲子"记号的政府部门，最终和宦官里应外合杀入皇宫颠覆帝国。

曹操感觉到有大事就要发生了。车裂是帝国久已废置的极刑，不是罪大恶极之人是不会使用的。而且能够勾结到皇宫里的宦官，又有如此周密的部署，一定不是普通的暴乱，而是有高人在背后主使的有组织、有预谋的政变。

果不其然，那个主使者的名字不久就传到了曹操的耳朵里。竟然是他！曹操没有想到，这场政变的背后主谋竟是那位在全国享有盛名，据说有神奇法力的太平道教主——"大贤良师"张角。

当乱世来临的时候，先知先觉的并不只有曹操、袁绍、孙坚和刘备们。上至士人名士，下至走卒奴婢，所有人都隐隐察觉到了一股扑面而来的异样感。而张角也是其中之一。

张角是冀州巨鹿人（今河北省邢台市一带）。很可惜他家里没有袁绍祖传的经书，也没有曹操父祖的荫护，虽然他也是个识文断字的底层士人，但他没有任何机会入仕。于是他走上了与袁绍、曹操截然不同的另一条路——一条不是向上，而是向下发展的路。

张角机缘巧合遇到了一本名叫《太平经》的书。这本书也叫《太平清领书》，可以算是中国最早的道教经典。原书据说有170卷之多，今天还残存57卷。

《太平经》主要有两方面内容。一是各大宗教都有的、构建出一个神、仙、鬼、人共存的世界体系。比如《太平经》说宇宙中有九种人，即以气体状态存在的神人、大神人、真人、仙人、大道人、圣人、贤人、凡民、奴婢。每个人的身份是命定的，但只要认真修行，奴婢也可以通关成为最高级的隐形神人，这让那些被牢牢钉死在社会底层永世不得翻身的人趋之若鹜。

二是法术。《太平经》应该说是系统总结了以前各种占卜、治病、修道的法术。比如怎么占卜吉凶，怎么念咒语来驱使神鬼，怎么佩戴神符来避邪，怎么吃一些写着咒语的纸或喝各种神水来治病，怎么磕头来赎罪解过——如果在东汉看到有很多人在路边跪倒磕头是不必大惊小怪的，怎么看星象来推算寿命——诸葛亮尤其精于此道，以及怎么辟谷、怎么冥想、怎么呼吸、怎么打坐等。

如果在太平盛世，人民安居乐业、幸福美满，大多数人都会选择学习儒家思想来修身、齐家、治国、平天下。只有在社会不公平、人民不幸福，疫疫横行、饥寒交迫的时代，人们才需要到宗教里去寻找慰藉，追求在现实世界里得不到的东西。

另外，当时是没有三甲医院的，上至皇帝，下至庶民，看病是个大问题。会治病的人被大家奉为神医，既是医生，更是神明一样的存在。

因此，汉代虽然独尊儒术，但由于科学极不昌明，皇帝想长生不老，士人想炼丹修仙，更有底层群众世代生活在水深火热当中，所以《太平经》这样的黄老之术有着丰厚的生长土壤，像一股巨大的地下暗流一样汩汩不绝。

张角先是用《太平经》的法术给人看病，主要方法是念咒语或者喝符水，这应该是最早的安慰剂疗法，据说非常灵验。其实当时在全国各地也有其他人按照《太平经》的法术给人看病，比如江东的于吉、汉中的张修等。

但张角和他们不同，他是个极有野心的人。张角在行医过程中接触到了很多长期徘徊在死亡边缘的贩夫走卒和流民奴婢，他发现这些人在望着他的时候，眸子里有一种无比强悍的死忠和无畏。张角知道，只要控制了这种力量，就足以帮助自己推翻一切，再占有一切。

于是张角从赤脚医生变成了太平道教主，自号"大贤良师"。他发展了两个下线——他的弟弟张宝和张梁，又派出八个使者到各地传教。在曹操忙于游侠、求学、入仕的时候，张角发展了数十万信徒，遍布全国十三部州中的八个。他还建立了非常严密的组织体系，把势力范围分为三十六区，称为"方"，大方一万多人，小方六七千人，每方推一个领袖，全部由张角本人亲自控制。

经过十多年的苦心经营，终于有一天，张角把他的两个弟弟找来，对他们说出了当年陈胜吴广说过的那句话："王侯将相，宁有种乎！兄弟们，我们造反吧！"

在雒阳的曹操很快听说了张角在冀州起事的消息。因马元义被杀，张角被迫提前一个月行动，他自号"天公将军"，封张宝为"地公将军"、张梁为"人公将军"。而之后的每一天，全国各地都有发生叛乱的消息传来。曹操计算了一下，短短一个月内，太平道已在全国七州二十八郡造反。据说这些教徒头绑黄巾，打仗不要命，很多州郡都被攻陷，有两个皇族王爷被他们抓获，大量官吏和地主被杀戮或逃亡。

这是帝国历史上前所未有的大规模叛乱。曹操把自己锁在家里，他的心狂跳不止。他知道，机会终于来了。

十八　回归原点

但凡开国之君，往往会因为他们平定天下的千秋功业而对未来过分乐观，从而埋下失败的种子，导致悲剧的发生。

汉光武帝刘秀也不例外。前面已经讲过，他把宫中所有男子都净了身，却引发了后世的宦官之祸。刘秀还干了另一件事，他跟秦始皇偷学了一招。秦始皇统一六国后，为了防止地方叛乱，把天下兵器全部征收，在首都咸阳铸造了十二个大铜人。结果陈胜和吴广一起义，地方政府赤手空拳，根本无法抵抗。

刘秀自己也是从地方起兵推翻王莽的，所以他和秦始皇有同样的担心。于是他裁撤了地方政府负责军事工作的都尉一职，还在地方大规模裁军。这样一来，东汉主要兵力都集中在中央和边防前线，地方政府兵力非常薄弱。如果遇到战事，只能从中央派兵，或者临时招募雇佣兵来作战。

这一招固然杜绝了地方政府的叛乱，但刘秀没想到他的子孙把国家治理得一塌糊涂，陈胜吴广们头缠黄巾又回来了。所以黄巾军所到之处势如破竹，劳苦大众积极响应，人数像滚雪球一样迅速扩大。而地方政府根本没有兵力组织抵抗，只能举白旗投降。

但很遗憾，张角没有抓住极为有利的战略形势。与曹操相比，他的野心够大，但缺少与之相匹配的头脑。他只看到眼前利益，以抢夺财富为目标，在占领区推行焦土政策，只要是有权有势有钱有地的人，一律抢光烧光杀光，无所谓世家大族还是宦官子弟。这就迫使皇帝宦官和外戚士人两大集团停止了内斗，暂时联合起来一起对付黄巾军。

试想如果张角有一点政治头脑的话，趁着士气高涨，集中黄巾主力以闪电战围攻雒阳。同时对上层人士进行统战，联合和团结一部分人，分化敌人的力量，那么历史可能就要改写了。

由于张角目光短浅，帝国得到了难得的喘息之机，毕竟雒阳还在，这里集中了帝国的主要兵力和大量政治资源。在挨过了最难熬的一个月之后，汉灵帝勇敢地站出来证明他并不是一个草包，他身边那些靠买官上位的政府高官也证明了他们并不是饭桶。他们针对黄巾军部署了五项反制措施。

一是任命皇后何氏的哥哥何进为大将军。何家是屠户出身，在东汉外戚中是出身最差的一家，何皇后又是靠贿赂宦官入宫的，所以宦官集团把何进当作半个自己人。而何进还是三公杨赐的门生，杨赐来自顶级门阀弘农杨氏，所以他也被士人集团所认可。大将军是全国最高军事长官，安排一个可以团结各个政治派系的人来担任是非常重要的。

二是灵帝接受了一位比较正直的宦官吕强的建议，赦免了党锢之祸中所有被禁锢的党人，这等于是皇帝和士人集团的大和解。

三是灵帝自掏腰包，拿出自己的私房钱和皇家御马赏赐将士，可见他并不吝啬。同时命令中央政府的所有官员捐钱捐物，购买马匹和兵器来装备部队。另外还号召全国各级官员向政府推举有军事才能的人才。

四是派出中央卫戍部队镇守雒阳周边的八个重要关口，防止黄巾军进攻雒阳。同时命令全国各地加紧练兵备战，储备军事物资。

五是派出三支精锐部队主动出击。第一支派往冀州和张角决战，由卢植担任统帅。卢植本是个儒家大学者，但他同时又出身于冀州的世家大族，在地方上很有影响力，由他率军可以起到团结人心的作用。

另外两支部队进攻颍川郡的另一股黄巾军主力。由于颍川、汝南、陈郡是世家大族最集中的地方，因此也是最富裕、人民被压迫最惨、黄巾军最活跃的地方。这两支部队由皇甫嵩和朱俊率领，皇甫嵩是"凉州三明"名将皇甫规的侄子，他和朱俊都是军事经验非常丰富的沙场老将。

从这五条反制措施来看，灵帝并没有传说中那么昏庸无能。事实证明，这五条措施极其有效。在何进被任命为大将军仅仅九个月的时间里，张角病死、张梁和张宝相继被杀，黄巾军的最后一个据点曲阳被政府军攻陷，十多万黄巾军全部被俘，张角策划了十几年的黄巾之乱就这样被镇压了下去。

这是帝国的辉煌胜利，但也是帝国的回光返照。张角的野心埋葬了自己，也改变了无数人的命运。

对于灵帝来说，黄巾之乱只是他漫长统治期间的一次小波澜，他很快就在声色犬马中把这件事忘怀了。

对于宦官来说，战乱过后各地出现了大量空缺的政府职位以及无主土地和流民，他们的干儿子和亲戚们可以冲下去尽情撒欢了。

对于世家大族来说，他们纷纷建立了自己的武装力量。另外禁锢解除了，他们重新掌握了政治权力，该是和宦官算总账的时候了。

对于人民群众来说，他们已经一百多年没有经历过战乱了，原来生命是这么脆弱，原来根本就没有什么救世主，与其坐以待毙，不如铤而走险吧。

对于皇甫嵩来说，他充分证明了祖传的军事天分，一战成名，受封左车骑将军，领冀州牧，封槐里侯。

卢植由于不肯给宦官发红包而被免职，董卓一度接替卢植担任北方方面军总指挥，但仅两个多月就战败，所幸遇到大赦捡回了一条性命，成了一介草民。

对于孙坚来说，他本来只是个无名的副县长，募兵加入了同乡朱俊的部队，战斗中一度受伤落马，险些丧命，但终因奋勇杀敌进入了军队高层的视野。

对于刘备来说，他加入了恩师卢植的部队，出生入死多年后得到了他梦寐以求的第一份工作：安喜县县尉。

最后再说曹操。或许是他的军事才能得到了袁绍的推荐，曹操被任命为骑都尉，成了一支部队的统帅，带兵支援皇甫嵩。虽然只有短短九个月的时间，这却是曹操人生中一次重要的实战演习。他学习了皇甫嵩的指挥艺术，检验了兵书战策的战术方法，跟随皇甫嵩出生入死，终于凯旋，因军功卓著被晋升为济南相。

这次胜利让曹操又一次对帝国满怀希望，一到任就大刀阔斧整治贪官污吏，扫除封建迷信，却也又一次得罪了宦官势力和地方豪强，没过多久就被调走，改任东郡太守。

曹操知道，这是当权者对他的最后一次警告了。他终于明白，疆场上的决胜并没有扫除帝国真正的敌人，反而让帝国更加病入膏肓。他恳请留在雒阳工作，却得到了一纸让他很无语的任命：议郎。

是的，身经百战又回归原点。曹操无法再面对那些无所事事的议郎同僚了，他递交辞呈告病还乡。

无疑，曹操是黄巾之乱中最失意的人。

十九　野蛮生长

没有遭遇过失败的人，就很难取得成功。古今中外的英雄豪杰们，哪一位没经历过卧薪尝胆的至暗时刻呢？

再次铩羽回到老家谯县，是曹操仕途上的第二次大挫败。如果说年轻人初次进入职场，不懂得社会潜规则，一时年少气盛，摔个大跟斗，是完全可以理解的。但曹操两次都犯了几乎一样的错误，像他这样以"机警"著称的聪明人，一而再，再而三地掉进同一条河里，实在是有点说不过去。

这其实反映了曹操性格上的一个重要特点。说好听一点，是大英雄本色，鲁迅先生评价曹操为通脱。他不在乎一般的社会行为规范，更不要说潜规则，他心里自有一套政治理想和道德标准。走自己的路，让别人去说吧。说不好听的，就是曹操自己说的那句千百年来被人骂得最狠的名言：宁我负人，毋人负我！

其实敢于把这句话说出来，而不是嘴上讲漂亮话，实际干得比谁都黑，恰恰证明曹操确实是一个敢作敢为的人。

曹操从小没有受过世家大族的正统儒家教育。对比一下司马懿和曹操。司马懿出身河内郡的名门，据说他父亲司马防的教育方法非常严格，父亲不说前进司马懿就不敢往前迈一步，不让坐下他屁股都不敢挨板凳，不问话他屁都不敢放一个。

而曹操打小就是放养的，一向散漫惯了。他和人私下交谈的时候，随意嬉笑怒骂，还经常当众吟唱古诗、乱开玩笑。说到高兴处笑得前仰后合，头脸全栽在桌上的杯盘里面，搞得满脸都是菜汤和茶水，他却丝毫不在乎。

"每与人谈论，戏弄言诵，尽无所隐，及欢悦大笑，至以头没杯案中，肴膳皆沾污巾帻。"

曹操的穿着也很随便。再对比一下袁绍和曹操。当时在袁绍他们的名士圈里面，大家除了上朝之外都不穿官服，流行时尚是头上扎着用丝绢制成的头巾，披一件大氅，握一把羽扇，以此来显示名士们的超凡脱俗。不但袁绍这么穿，《三国演义》里的诸葛亮，苏轼《赤壁赋》里"羽扇纶巾"的周瑜，世家大族出身的名士都时兴这种穿着。

而曹操是很反对奢靡之风的，从来不作名士打扮。他自制了一种小帽子，有皮制的也有布制的，用颜色来区别身份。曹操经常戴着这种帽子会见客人，这相当于今天戴着棒球帽参加国际会议。另外曹操还喜欢在身上挂个小荷包，里面装着手绢等一些小物件，一边开会一边掏出点什么来。这一点也很被名士们看不起，就好像今天有些人腰带上系着钥匙串一样令人反感。

在和平时代，绝大多数人都按部就班地遵守着一套社会规范，朝九晚五、生老病死，像曹操这样通脱、自由主义、不按常理出牌的人是很难发展的。而在社会规范失灵的乱世中，曹操占了长期野蛮生长的便宜，反倒是如鱼得水。

黑猫白猫，能抓耗子就是好猫。

因此，虽然再一次受到打击，很丢人地跑回老家避难，但曹操并不认为自己做错了什么，也没有一点灰心丧气，还是一如既往地我行我素。在曹操的字典里面，从来就没有"放弃、躺平"这些词。

在他那篇著名的回忆录里面，曹操写道：这次辞官回家时我还很年轻。看看当年和我一起举孝廉的那些人，有的已经50多岁了，还是一事无成、碌碌无为。我就想啊，我今年才30岁，还有20年的时间可以折腾。折腾不出名堂来，大不了就最终成为和他们一样的人呗，也没什么大不了的。

曹操比上一次回家时更加拼命地读书。为了集中精力，他在谯县东郊找了个僻静的地方盖了一座别墅，准备谢绝一切对外交往，专心闭关修炼。夏天和秋天读书来丰富知识，冬天和春天骑马打猎来锻炼身体。

曹操是做好持久战的准备的，这两次打击让他认识到通往成功之路是无比艰难的。但如曹操之聪明，认识毕竟也是有局限性的。他忽略了两个对他影响重大的因素：身边之人和时局之变。

二十　波澜不息

身边之人是曹操的父亲曹嵩。曹嵩看着失意的儿子，内心比曹操还要煎熬，毕竟他是曹操的亲爹。

当时曹嵩在朝中担任大司农、大鸿胪（相当于农业部部长兼外交部部长）。虽然官已经当得很大了，但曹嵩觉得还不够，特别是要想办法给儿子曹操留下一笔更大的政治遗产。于是曹嵩利用灵帝卖官之机，散尽家财给自己买了个三公之首的太尉来当，这是中央政府的最高职务了。虽然他只当了六个月就因为地方暴动而被免职，但毕竟曹家的声誉又提升了，曹家的人际关系更广泛了，儿子曹操的干部履历表也更好看了。

真是可怜天下父母心啊！

另一个重要因素是时局之变。当时黄巾之乱虽然暂时平息了，但就像巨石入水，波澜久久不能平息。经此一乱，全国各地被压迫的底层人民再也不愿意死心塌地给地主老财当牛做马，纷纷揭竿而起发动叛乱。

史书上记载了一连串当时各地起义领袖的名字，他们是张牛角、褚飞燕、黄龙、左校、于氐根、张白骑、刘石，左髭丈八、平汉大计、雷公、浮云、白雀、于毒、五凤、李大目、白绕等。这些土味十足的江湖好汉并不是一个人在战斗，在他们身边聚集了大量无家可归的流民，最多的有百万之众。他们像泥石流一样在州县间流窜，地方政府和地主豪强只能深沟高垒以求自保，根本无力反击，更不要说剿灭了。

更让帝国震惊的是西北的羌乱复起。这一次不仅仅是少数民族的暴动，一些野心萌动的士人官吏，比如韩遂、边章等，起先是被羌族叛军绑架，而后竟然摇身一变成了叛军统帅。韩遂之前曾在雒阳劝说大将军何进诛灭宦官不成，至此就以讨伐宦官为名，率领叛军进攻长安一带，甚至威胁到了西汉皇帝们的陵寝。一般的江湖流寇朝廷是不在乎的，而韩遂发动的带有政治目的的叛乱就让皇帝和宦官们寝食难安了。

时局的快速变化让偌大帝国已经摆不下曹操的一张书桌。曹操苦心经营的乡间别墅注定只能烂尾了，他秋夏读书、冬春射猎的计划也彻底泡汤了。曹操被紧急召回雒阳，他得到的新任命是典军校尉。

灵帝是认真检讨过黄巾之乱的。他首先认识到地方政府的军事力量必须加强，于是在平息黄巾叛乱之前就接受了大臣的建议，将帝国十三部州中的部分刺史升级为州牧。

汉代承继秦朝实行郡县制，郡的长官是太守，县的长官是县令或县长，他们是掌握民政和军政大权的地方政府首脑。而东汉沿袭西汉做法在帝国的十三部州设置刺史，相当于中央特派员，虽然实际级别比太守要低，但因为代表中央，又负责地方上的纪检监察、组织人事和司法等重要工作，就和太守形成了一种非常巧妙的相互制衡关系。

刺史没有权力干预地方政府太守和县令的施政和军队调动，因此不可能出现刺史领导一个州反叛的情况。但地方官员的政绩如何、能不能升迁、有没有贪污腐败问题，又取决于刺史的意见，所以太守也不敢胡作非为，必须接受刺史的监督。这实在是古人在治理体系建设方面的伟大发明。

但这一制度的缺点是一旦出现黄巾军起义这样的大规模叛乱，依靠各郡太守单打独斗是行不通的，中央也顾此失彼没法支援，这时就很有必要加强州一级行政单位的集中统一领导。于是灵帝部分恢复了西汉一度实行过的州牧制度。州牧相当于今天的省长，综理一个州的民政和军政工作，和太守是上下级关系，这样州牧就可以调集辖区内各郡县的兵力和叛军作战。

当然，任何事情都有利有弊，恢复州牧实在是一种病急乱投医的无奈之举。州牧的力量确实足以和叛军一决高下，但设置刺史的初衷就是防备州牧权力过大，这一下等于自行安排了很多比流民悍匪更强大的地方军阀势力。后代历史学家把东汉灭亡的原因大半归于灵帝恢复州牧制度。

灵帝的另一个想法是必须加强中央军事力量以拱卫首都雒阳，特别是要把这支力量放在自己信任的人手里。当时首都卫戍部队的总司令是灵帝老婆的哥哥大将军何进，但灵帝还是不放心，他唯一信任的人只有和他朝夕相处的宦官朋友们。

中平五年（188），灵帝在雒阳平乐观搞了一次盛大的阅兵式。他修建了十丈高和九丈高的两座大小观礼台，顶上搭着五彩的华盖，又从全国各地召集了数万精兵，排列成步兵方阵和骑兵方阵在观礼台前通过。灵帝亲自站在观礼台上检阅部队，最后还穿上甲胄、骑上骏马来回三次巡视了各部队方阵。

阅兵式结束后，灵帝把这些精兵留在了雒阳的皇家公园——西园内，亲自组建了西园军这一新的中央警卫部队。灵帝自号无上将军，担任总司令，设置了上军、中军、下军、典军、助军（分左右）、佐军（分左右）共八个校尉来统领部队。

灵帝挑选八校尉的人选肯定是费了一番心思的。一把手上军校尉是很好选择的，灵帝安排了他最信任且有一定军事才能的宦官蹇硕来担任，他是西园军的实际统帅。

二把手中军校尉是个难题，如果全都安排宦官肯定会激怒士人集团，不利于安定团结，因此安排一个有威望的士人是比较合适的。据说当时大将军何进重用袁绍的同父异母弟弟袁术，袁绍受了一些冷落，因此灵帝决定起用袁绍担任中军校尉，这样既可以团结士人集团，又可以挑拨分化他们。

其他候选人的挑选大概就是两个标准，与宦官有一定渊源，具备较好的军事才能。灵帝琢磨来琢磨去，突然灵机一动，回想起前不久有一个曾经给自己上书的年轻议郎，文笔很不错，还在平灭黄巾的战斗中有过立功表现，他应该是个很合适的人选。而且他好像是已去世的大长秋曹腾的养孙，前太尉曹嵩的儿子。

灵帝马上向蹇硕询问此人，蹇硕当然不会忘记那个亲手杀死自己叔叔的北部尉。无奈灵帝眼睛直勾勾地看着他，蹇硕只好极不情愿地说出了那个让他切齿的名字：曹操。

二十一　灵帝驾崩

灵帝是否钦定曹操担任典军校尉，史书中并没有记载。但蹇硕和曹操有杀叔之仇，却千里迢迢把曹操召入雒阳，在一个班子里工作，除了得到更高层——

皇帝的首肯，实在没有其他更好的解释。

总之，下岗待业青年曹操一步登天，成了皇帝亲自选拔的政坛红人。

这里插叙曹操在谯县待业期间遇到的一次政治考验。

冀州刺史王芬，是天下排名很靠前的名士偶像天团"八厨"的成员，在党锢之祸中被禁锢了19年，因黄巾之乱爆发被灵帝重新起用，担任冀州刺史。他到任后治军理政，很快让冀州这一曾经是张角的老家、黄巾军的大本营，从兵荒马乱中安定下来，人民生产生活逐渐恢复正常。但无奈，王芬再怎么努力，经过黄巾之乱这一场大地震，生产生活可以暂时恢复，人心散了就再也聚不起来了。

王芬的座上有几位特殊的朋友。一个是党锢之祸中牺牲的名士首领陈蕃的儿子陈逸，他已经成为和帝国政府有血海深仇的异见人士。另一个是知名术士襄楷，他和张角一样是认真研习过《太平经》的，特别擅长观察天象，也算是黄巾之乱的幸存者。还有一个是前文提到过的，曹操和袁绍年轻时的朋友许攸，他是个唯恐天下不乱的投机分子。

王芬和这几个人交朋友，结果就可想而知了。襄楷说他夜观天象发现宦官要倒大霉，所以这几个人一起劝说王芬废掉灵帝，另立皇族中的合肥侯当皇帝。不知道为什么，可能是因为许攸和曹操的交情，在家赋闲的曹操突然收到了这帮人的邀请函，请他一起来密谋政变。

曹操马上写了一封回信严词拒绝。大意是说废立皇帝是天大的事，必须具备非常充分的内外条件才有可能成功。像你们这样异想天开的举动，是极其危险的。

不出曹操所料，王芬等人的密谋很快被政府部门察觉并汇报给了灵帝。万般无奈之下，王芬畏罪自杀，其他人也四散奔逃了。

不知道曹操得知王芬的死讯时有没有一点心惊胆战。他的那封回信有很大的问题，如果被朝廷中的有心人发现，很可能会受到牵连。

试想一下，曹操在得知王芬等人的阴谋后，既没有第一时间向有关部门举报，也没有义正词严地和他们划清界限，却只是以条件不具备来搪塞。这实际上说明曹操和他们是一丘之貉，暴露了曹操暗藏的野心。

乱世中的野心家比比皆是，能够深藏不露才是真本事。如果在时机尚不成熟的情况下过早袒露心扉，必然会遭到其他人的群起而攻之，谁能忍到最后才是真正的胜利者。

还好曹操的信并没有被人发现。但对曹操而言，这是一次铭心刻骨的警示教育。从此，曹操成了野心勃勃的乱世英雄当中最沉得住气的一个，直到他生命的最后一刻。

曹操当上典军校尉还没有风光几天，帝国就发生了一件大事：灵帝死了。

相比波及全国的黄巾之乱，发生在雒阳的灵帝驾崩如同在帝国的心脏插上了一把匕首，是对帝国更致命的一次打击。

这一年是灵帝中平六年（189），曹操35岁。

死去的灵帝比曹操还小一岁。他死去时没有立太子，也没有遗嘱。这简直是存心和自己过不去，于是他如愿亲手打开了埋葬东汉王朝的潘多拉的盒子。

帝都雒阳乱作一团，上至王侯大臣，下至黎民百姓，大家都在讨论一个问题，谁来继位？

灵帝后宫三千，但儿子们大多早夭，只剩下两个：大的叫刘辩，是何皇后所生；小的叫刘协，是王美人所生。很自然的，大将军何进和士人集团拥护刘辩，宦官集团就转而拥护刘协。

但宦官是寄生在皇帝身上的。没有了皇帝，宦官们的权力就几乎归零，再也没法假传圣旨，成了没有老虎威风可借的狐狸。

只有蹇硕是个例外。灵帝在死前一年创建西园军，目的就是把后事交给蹇硕。西园军是由各地精兵强将组成的，战斗力很强，如名将张辽当时就在西园军内。但这样做也让蹇硕成了众矢之的，不但士人集团对他又恨又怕，而且宦官集团的首领张让、赵忠等人也嫉妒灵帝对蹇硕的偏爱，并不真心与他合作，以对抗士人集团。

应该说蹇硕没有辜负灵帝的信任，他孤注一掷做了最后一搏。蹇硕的计划是把何进骗进宫中杀掉，然后拥立刘协为帝。而何进也确实傻傻地来了，但就在即将进宫的一刹那，蹇硕手下的副官潘隐用眼神暗示何进有危险。毕竟潘隐是个士人，对宦官领导心有芥蒂，而且他和何进私交很好。

这个眼神逆转了整个形势。何进察觉到异样，转身逃走，连家也不敢回，直接跑到军营里躲起来。这让蹇硕的计划彻底泡汤，他也只能接受现实，任由太后何氏和大将军何进做主，立14岁的刘辩为帝，太后垂帘听政，大将军何进和袁绍的叔叔袁隗共同辅政。不久，蹇硕就因为宦官赵忠等的出卖而被杀掉了。

至此，雒阳恢复了平静。虽然帝国各地的叛乱还没有平息，但只要雒阳的政局稳定，人们相信一切都会慢慢好起来的。经过继位之争，士人集团取得了压倒性胜利，宦官短时间内再也不敢兴风作浪。大家最大的希望是少帝刘辩，只要他长大成为一个愿意和士人合作的开明皇帝，那么帝国的中兴就指日可待了。

但有一个人不这么想：袁绍。

袁绍在蹇硕死后掌握了西园军，他在大将军何进的幕府中也很受重用，他的叔叔袁隗又是政府首脑。袁绍这一年44岁，可以说是一颗冉冉升起的政治明星。

随着权力增大，人越来越容易产生贪欲，导致腐败行为的发生。

让曹操艳羡不已的政坛红人袁绍，却根本不满足于现状。袁绍认为，主导皇帝继位的是何太后和何进，自己充其量只是个配角，以后皇帝长大了根本不会领情。袁绍自恃天下无敌的家庭背景，打心眼儿里看不起屠户出身的何家。虽然说按照袁绍的上升速度，十年以内应该有望接替叔叔袁隗成为三公，但这对别人来说是光宗耀祖的巨大成就，对家里四世三公的袁绍而言，却是理所应当，一点也不刺激。

袁绍的想法是取代何进，废立皇帝，做名垂千古的超级英雄，干出一番惊天动地的大事情来。

当然袁绍不可能把他的计划告诉何进，于是他向何进提议，把所有宦官一网打尽。起初何进是反对的，但架不住袁绍天天在耳边吹风，于是跑进宫里和何太后商量。何太后提出了一个很朴素的问题："历朝历代一直都有宦官，如果没有宦官谁来伺候我呢？我一个老女人怎么能和大臣天天见面聊天呢？"

何进一听也对，就又犹豫起来。宦官们听说何进要杀光他们，吓得倾家荡产贿赂何进的老妈和弟弟，让他们务必阻止何进乱来。

袁绍眼看一计不成，就又生一计。他想起了叔叔袁隗当年提拔过的一个故吏，人很机灵听话，而且正好带兵与西羌作战归来，驻扎在不远的河东郡（今山西省夏县、临汾市、万荣县、永济市、闻喜县一带）。只要让他带兵进京，自己就有足够的实力与何进分庭抗礼了。于是袁绍向何进强烈建议召集一些地方部队进京，借口是这样可以给何太后一些压力，她就不好再阻拦诛杀宦官了。

何进这时头都大了，一边是全家集体反对，一边是名士袁绍力劝，袁绍背后是袁隗和得罪不起的世家大族们。最终他架不住袁绍的死说活说，只能勉强同意袁绍的计划，走一步看一步吧。

但召谁进京呢？当时帝国西境有刚刚击溃西羌叛军的名将皇甫嵩，雒阳附近也有不少地方部队，但袁绍只提到了一个名字：董卓。

没错，董卓正是当年被袁隗提拔使用的那个机灵又听话的袁家故吏。

二十二　董袁对峙

大将军何进召董卓进京诛杀宦官的消息传到了典军校尉曹操的耳朵里。

曹操这一阵有一点郁闷。灵帝的突然驾崩，让曹操这个西园军典军校尉的身价下降了不少。但他也是毫无办法，人在江湖飘，风往哪边刮，就只能跟着往哪边去了。

曹操当然不同意把宦官全部杀光，毕竟有他干爷爷曹腾的这一层关系在。曹操的观点和何太后竟然有一点相似，他认为宦官自古就有，他们在宫中服务是有其存在意义的。只要监督皇帝不把权力交给宦官，这些人就只是一些杂役而已。总不能一颗牙坏了，就把整口牙全部拔光吧。

当曹操听说何进要召董卓进京时，忍不住笑了，这简直是莫名其妙、愚蠢至极。曹操悄悄告诉家里人："宦官有罪，把主谋治罪就好啊，何必全杀光呢？而且杀宦官找几个士兵不就够了，召外面的大部队进京不是自寻烦恼吗？赶快收拾东西吧，我看要出大事了！"

虽然曹操预测到董卓进京不会有好结果，但后面发生的事还是出乎了他的意料，也出乎袁绍的意料。

先是太后的态度松动，准备遣散所有宦官。宦官们跑到何进府上去磕头求饶，何进有所软化，同意放他们回老家去。但袁绍出来火上浇油，假传何进的命令在地方捕杀宦官的家属，绝了宦官的后路。宦官们看到只有死路一条，就狗急跳墙，重施蹇硕的故技骗何进进宫。而何进也真的又一次傻傻地进宫来了，但这回再没有潘隐的眼神相救，大将军何进竟然就这么窝囊地死在了几个宦官的刀下。

于是袁绍、袁术兄弟趁机带兵杀进宫里，把两千多名宦官一窝端，还趁机把何进的弟弟何苗也杀了。张让等几个宦官绑架少帝逃出雒阳，但被政府的追兵赶上杀掉，这时正好路遇董卓的部队，就一起保护着少帝回到了宫里。

至此，袁绍的计划超额实现了。不但完成了陈蕃、窦武等历代前人想办没有办成的事，除掉了所有宦官，获得了巨大的威望，还顺手把何进兄弟也清除了，简直是超级完美。

但唯一让袁绍有点不舒服的是董卓真的来了。他略感后悔，早知道何进这么无能，何必召董卓进京呢？有人劝袁绍趁董卓远道而来立足未稳，组织雒阳的精锐部队突袭董卓，彻底扫除后患。

但在这一关键时刻，袁绍暴露出了他的弱点。一个人家世背景深厚，发展顺风顺水，满眼鲜花、满耳掌声，这既是难得的幸运，也是致命的弱点。袁绍从来没体会过曹操几起几落的挫折感，更没有感受过曹操所遇到的冷眼与嘲笑。所以袁绍自恃家世背景和叔叔袁隗与董卓的故交，想当然地认为董卓肯定会乖乖听话，对自己俯首称臣。

袁绍错了。董卓虽然只是一介武夫，但远不像他想象的那么四肢发达、头脑简单。在时机尚不成熟的时候，他可以卑躬屈膝地当袁家的走狗。但现在何进已死，雒阳城里群龙无首，董卓就不准备再和袁绍装孙子了。

董卓麾下本只有三千人马，当然他这三千人都是身经百战的野战军，战斗力是京城里养尊处优的禁军不能相比的。而且董卓使了手段，他每隔几天就把军队趁夜偷偷调出京城，再在白天大张旗鼓地开回来，让人觉得他兵力非常强大。董卓进京后还马上收编了何进兄弟的部队，又收买吕布，火并了另一支被何进召入雒阳的并州军团，杀掉了这支部队的统帅丁原。这样在袁绍还没有醒过味来的时候，董卓的实力已经超过袁绍了。

于是就发生了董袁对峙的精彩一幕。据说董卓把袁绍请来，语重心长地对袁绍说："天下之主一定要找一个贤明的人啊，灵帝就是一个坏榜样，您看我们另立陈留王刘协好不好？"

袁绍马上表示反对。毕竟少帝刘辩是他叔叔袁隗所拥立的，而且废立大事岂能儿戏？

这时董卓拉下脸来，按着宝剑对袁绍骂道："现在天下大事都由我来决定，我想怎么干就怎么干，谁敢说不！"

这是第一次有人这么对袁绍说话。他从来没有见过董卓的这副嘴脸，一时间被震住了，低声下气地对董卓说："这样的大事，请让我回家和叔叔袁隗商量一下吧。"

董卓不依不饶，又絮絮叨叨说了不少想把刘家子孙杀光之类大逆不道的话。

这时候袁绍醒过神来，也和董卓翻了脸。他横眉立目说了一句很硬的话：

"天下健者，岂惟董公！"然后把佩刀横在胸口，向董卓拱了拱手就跑掉了。虽然话说得很硬气，保住了名士的面子，但袁绍自知已不能再在雒阳逗留，就把象征官位的节悬挂在城门上，连夜逃往冀州了。

袁绍一走，董卓彻底控制了雒阳的军政大权。他说干就干，废掉了少帝刘辩，另立陈留王刘协为帝，也就是东汉帝国的末代皇帝汉献帝。不久董卓又毒死了少帝和何太后，何进一家就被彻底灭门了。后来袁绍起兵讨伐董卓，董卓又杀掉了袁隗和袁家在雒阳的族人，袁家除了袁绍、袁术两兄弟以外，也差不多死绝了。

至此，帝国最后的堤坝崩塌，乱世的狂潮终于汹涌而至。至于谁才是打开潘多拉盒子的罪魁祸首，桓灵、阉宦、张角、何进、董卓，还是袁绍？

覆巢之下，无有完卵。这个问题已经不重要了。

第二部 蒿里行

惟汉廿二世，所任诚不良。
沐猴而冠带，知小而谋强。
犹豫不敢断，因狩执君王。
白虹为贯日，己亦先受殃。
贼臣持国柄，杀主灭宇京。
荡覆帝基业，宗庙以燔丧。
播越西迁移，号泣而且行。
瞻彼洛城郭，微子为哀伤。

——曹操《薤露行》

二十三　捉放曹

　　曹操所作的这首《薤露行》是曹操感怀董卓进京这一段的经过。薤是一种小草，草叶上的露水转瞬即逝。这就像人生一样，谁能想到盛世和乱世竟然只在一夜之间？昨天的亲人朋友，今天已成了僵尸白骨。这时人们才恍然大悟，梦寐以求的帝王将相、拼尽一生的功名利禄，不过都只是小草上的露水罢了，谈笑间已然灰飞烟灭。

　　这首诗的大意是说汉朝的第二十二代皇帝汉灵帝刘宏用人不善，何进就像朝堂上一只穿着袍服的猴子，智力有限却把持国家大政。结果关键时刻犹豫不决，不但赔上了自己的性命，还害得少帝刘辩被董卓所杀，几百年的汉家基业荡然无存。汉献帝刘协被绑架迁都长安，随行的百万雒阳百姓哭声震野，回头望向雒阳城的冲天火光，怎么能不让人悲痛欲绝呢！

　　如果说何进是穿着袍服的猴子，那么董卓就是披着人皮的恶狼。董卓只见过蛮荒之地的羌族贵族们如何暴力统领部众，一直在军中过着刀尖上舔血、有今天没明天的亡命生涯，做梦也没想到自己竟然有一天掌握了帝国的大权，其他人肯定也都没有想到。

　　这像是历史跟所有人开的一个大大的玩笑，更是历史对所有人的一次狠狠的惩罚。

　　于是全世界最繁荣昌盛、最文明发达的帝都雒阳一夜之间退回到了血腥黑暗的原始社会。董卓的暴行罄竹难书，他把雒阳当成了西北羌中，放纵士兵在雒阳城中及周边肆意烧杀抢掠，奸淫妇女，皇家的公主和妃嫔也不放过。一整个热闹的集市被当作实战演习的靶场，手无寸铁的百姓全部被杀光，士兵们赶着一辆辆挂满人头、装满妇女的战车，在雒阳招摇过市。

董卓唯一做的一件正确的事就是重用名士。即使是久居边塞的董卓，也被当时名士风流的社会风气所熏陶，一直很想结交几个名士朋友。

当时的名士们流行拒绝朝廷做官的邀请，以此作为一种清高脱俗的表现。但这时候只要是董卓点到的人，立马乖乖地到雒阳报到，一刻都不敢耽搁。甚至像太尉黄琬、杨修的父亲司徒杨彪这样的身居高位的顶级名士，董卓一瞪眼就马上跪地求饶，可见名士们天天挂在嘴边的舍生取义和威武不能屈只是说说罢了。

但敢于和董卓说不的人还是有的。曾经率军平灭黄巾的刘备恩师卢植公开在朝堂上反对董卓，结果被董卓派出杀手一路追杀到河北，隐姓埋名躲到深山里才逃过一劫。

还有一位越骑校尉伍孚，董卓很信任他。有一次董卓和伍孚谈完公事，亲自把伍孚送到门口，用手拍着他的背以示亲切。这时伍孚突然从怀中拔出匕首刺向董卓，可惜董卓武功高强、反应敏捷，用胳膊奋力挡开了匕首，结果伍孚当场被乱刀砍死。

这才是真正的烈士！

曹操也是坚决拒绝和董卓合作的人。董卓想拉拢曹操，把他从典军校尉提拔为骁骑校尉，召曹操入府议事。曹操却二话不说跳上快马就逃走了，连雒阳家中的卞夫人等家眷都来不及带上。中途他一度在中牟县被官吏盘查拘留，当时董卓已在全国通缉曹操。所幸有好心匿名人士帮助，劝说县令放掉曹操，为乱世留下一颗火种，曹操才得以逃生。

之后发生了曹操一生中最大的一起悬案。曹操路过老朋友吕伯奢家，本来想暂住避难，但不知道是什么原因，他突然杀掉吕伯奢全家后逃走。

史书上有三种记载，第一种说吕伯奢不在家，他的儿子们想抢劫曹操的财物，被曹操正当防卫所杀；第二种说吕伯奢不在家，他的儿子们非常礼貌地款待曹操，但曹操疑神疑鬼不相信他们，所以故意杀人后逃走；第三种说法与第二种近似，但多了一些细节，说曹操听到屋后有一些餐具的响动，怀疑有人想害自己，所以趁夜杀了所有人逃走，临走还"凄怆"地说出了他那句名言：宁我负人，毋人负我。

曹操的这桩公案从三国时代一直被议论到今天。姑且不论杀人现场的目击证人是谁，史官记录此事的信息来源是哪儿，按说乱世中谁手上没有几条人命？董卓、袁绍杀的人更多，但唯独曹操这件事总被人耿耿于怀。

特别是曹操最后说的那句话，成了他背负千载骂名的最大铁证。这其实主要归功于《三国演义》，罗贯中极其巧妙地插入了"天下"两个字，把"宁我负人，毋人负我"变成了"宁教我负天下人，休教天下人负我"，这就成功地将曹操推到了天下人的对立面，让正史记载中曹操杀掉吕伯奢一家后的凄怆懊恼，变成了一个变态杀人狂的自大猖獗。

还是回归历史本身吧。在乱世生存，本没有道德可言。与其做个道貌岸然的名士，不如做个我行我素的英雄。

乱世对所有人一律平等，只有两条法则：

一是先救活自己，再考虑别人；二是只相信自己，别相信别人。

曹操就是这么做的。

二十四　义军起兵

曹操没日没夜地逃回了老家谯县。他这一次回家比之前几次更惨，成了全国通缉犯，连闭门读书的老百姓都当不成了。留给曹操的只剩最后一条路——

起兵。

谯县是豫州的首府，一号长官豫州刺史就驻扎在此办公。当时虽然雒阳已经大乱，但中央政府的崩溃还没有完全传导到全国各地，地方政府仍然在按部就班地工作着。所以曹操只能隐姓埋名做地下工作，他一边让老爸曹嵩赶快变卖家产招兵买马，一边约集了宗族里几个从小一起玩大的叔伯兄弟共谋大事。这几个人大家想必都耳熟能详了，他们就是夏侯惇、夏侯渊、曹仁、曹洪。

但曹操还没来得及起事就被州府特务发现了，刺史马上调兵准备抓捕曹操。曹操只好紧急带领几个兄弟和不多的人马逃走，父亲曹嵩也闻风带着宗族逃去徐州的琅琊郡避难，只有曹操的一个族弟曹邵被官府捕获后不幸遇难了。

短短数月，曹操从典军校尉变成了土匪流寇。他站在山野中茫然四望，不禁悲从中来："我怎么走到了这步田地？天下之大难道竟没有我曹操的立锥之地吗？"

所幸天无绝人之路。一个偶然的机会，曹操听说不远的兖州陈留郡（今河南省开封市一带）新换了一位太守。当他听到这个人的名字时，眼睛顿时一亮。这位新太守名叫张邈，正是当年与曹操一起游侠的那位奔走之友。应该说除了曹操身边几个血亲兄弟之外，张邈是他最铁的异姓兄弟。

曹操马上带着人马去了陈留，而张邈也没有辜负曹操的信任，绝口不提曹操是通缉犯的事，盛情款待了狼狈不堪的曹操一行。两个人秘密商议了一番，立即达成一致意见，起兵讨伐董卓。

陈留郡是兖州的第一大郡，下辖十七城，人口近百万,四通八达，人民殷实。张邈手下兵强马壮，而且他对曹操很够意思，专门指示郡内富商卫兹对曹操进行天使投资，出钱帮助他招兵买马。在张邈的大力帮助下，曹操很快招募了一支五千人的部队，在己吾（今河南省商丘市一带）正式宣布起兵。

曹操的戎马生涯从此正式开始。

张邈能够成为陈留太守完全是董卓搬起石头砸自己脚的愚蠢之举。在董卓重用的名士当中，有两位核心人物何颙和伍琼。

没错，他们正是当年与张邈并列奔走之友的两位游侠。虽然此时他们已经入仕，但仍然保留着侠之大者的风骨情怀。他们在董卓面前低眉俯首，但心里却在时刻计划着除掉这个恶魔，来救国救民。他们向董卓建议，应该尽快扩大董卓在地方上的影响，占据更多的地盘，可以从中央政府中挑选效忠董卓的士人到州郡上担任刺史或太守。董卓欣然采纳了两人的建议，但他的心腹都是武夫，对士人并不熟悉，所以人选都交给何颙和伍琼来物色。

可想而知，这两个人挑的都是对董卓恨之入骨的正义人士，昔日的好朋友张邈无疑是首选之一。这些中选的幸运儿原本天天困在雒阳城里看董卓杀人放火，担惊受怕，寝食难安，现在有机会外派工作，恨不得插上翅膀马上飞走。他们到任第一件事就是清点人马，同时宣布和董卓划清界限。

何颙和伍琼在送走这些朋友的时候，已经知道会发生什么。但他们并没有给自己留后路，反而抓紧时间积极策划针对董卓的刺杀行动。但一切都来不及了，董卓得知地方反叛的消息后火冒三丈，毫不留情地下令处死何颙和伍琼。这两位义士最终慷慨就义。

汉献帝初平元年（190）春正月，东郡太守桥瑁伪造了三公的檄书，号召各地官员立即起兵讨伐董卓，共赴国难。于是袁绍、袁术以及冀州、兖州、豫州等地的刺史、太守们纷纷起兵，曹操也跟随在张邈的队伍里，一同起事。

当时袁绍的境遇比曹操也好不了多少，正躲在冀州牧韩馥的治下任渤海太守。韩馥是个名士，也是袁家的故史，所以对袁绍又敬又怕。他担心制不住袁绍，所以名义上派人保护袁绍，实际上把他软禁了起来。这时韩馥收到了三公的檄书，就召集会议问大家，我们应该帮董卓呢，还是帮袁绍呢？

有一个叫刘子惠的马上站起来回答说，我们帮的是国家，不是董卓和袁绍！

韩馥听了面有惭色。刘子惠怕自己说得太直了，让韩馥下不来台，就又补充说，我们不妨先观望一下，别人出兵我们就出兵，别人不动我们也不动，无论如何，我们的功劳不会比别人小。

韩馥和刘子惠这段对话很经典，反映了乱世中一种很普遍的心态：国家有难，多数人首先考虑的不是国家，而是自己。

最终韩馥不得已把袁绍放出来一同起兵。袁绍虽然只是个太守，实力很弱，但声望最高，所以被起兵的关东义军推举为盟主。于是搅乱天下的元凶又成为拯救世界的领袖，这也是很搞笑的一件事。

大家各自进兵对雒阳形成了包围之势。但董卓手下的西北军是在与西羌作战的死人堆里爬出来的百战之兵，是帝国的精锐部队，董卓还收编了雒阳的禁军。而关东义军都是临时招募的乌合之众，顶多和黄巾流寇交战过几次。所以离雒阳还很远，各支义军就不敢再前进了。

张邈、曹操这一支部队是义军中的主力，集合了好几个州郡的队伍，有十几万人，驻扎在酸枣（今河南新乡延津县）。袁绍得知曹操也参加了义军，就授予了曹操一个"行奋武将军"的称号。所谓"行"就是没有得到皇帝的认可，临时代理的意思。但这聊胜于无，总算让曹操不用再以通缉犯的名义到处跑了。

此时曹操正在酸枣大营里忙着训练士兵、研究战法。而张邈和其他官员却根本不思进取，天天组织各种酒局派对，也很热情地邀请曹操参加。曹操当然是很不愿意参加这种应酬活动的，可碍于张邈的面子，只能勉强去点个卯。但正是在酒局中，曹操结识了一位后来对他帮助很大的人——济北相鲍信。

鲍信就是曾经在雒阳劝说袁绍趁董卓立足未稳进行突袭的那个人。他已经看透了袁绍，所以没有带兵去参加袁绍在河内的阵营，反而赶来响应曹操。鲍信和曹操一见如故，专门找没人的地方拉着曹操说："你就是老天派遣下来拨乱反正，收拾乱世残局的那个人，我看好你。"

鲍信是继桥玄之后曹操遇到的第二位贵人。当时曹操只是依附在张邈的身边，论官位和实力比曹操强的人太多了，而鲍信却偏偏看好曹操。这实在是没道理可讲，只能说鲍信和桥玄一样很有眼光。鲍信的鼓励对于曹操来说是雪中送炭，他对这样的朋友是一辈子不会忘记的。

曹操正和鲍信促膝长谈，突然张邈紧急把曹操找去，告诉了他一个重大消息，皇帝迁都长安。

二十五　董贼迁都

董卓从来没有想过在雒阳待下去，他和他的手下兵将多是西北凉州人，离家时间长了难免思乡，抢了这么多金银财宝也是为了能衣锦还乡。而且董卓进雒阳之前的根据地河东这时已被流民白波贼攻陷了，于是他突然抛出了一个迁都长安的疯狂计划。

这个计划一经提出立即遭到了所有人的反对。长安在西汉末年就被赤眉农民军烧成了平地，现在城里仅存的建筑就是京兆府尹（相当于长安市市长）的办公楼和西汉皇帝的祖庙，没有皇宫、没有官宅、没有市场、没有人民，迁都是根本不可能的。

但董卓向所有人证明，世界上没有不可能的事情。他说服别人的方法就是杀人放火。先杀掉所有反对迁都的官员，再放一把大火把雒阳烧成和长安一样的焦土，对皇宫和宗庙也毫不留情。然后他再和大家商量："你们看，现在你们是想在雒阳呢，还是想去长安？"

董卓随之强行组织了一场史上空前的百万人大迁徙。他强迫汉献帝和群臣西行，然后抢劫并杀掉雒阳有钱的富户，再让军队驱赶贫民举家迁往长安。一路上老百姓饿死、病死、互相践踏而死、被士兵和强盗杀死，从雒阳到长安几百里路边全是尸体。

自光武帝刘秀于公元25年建都雒阳，至董卓于公元190年强迫汉献帝迁都长安，东汉帝国165年所累积的财富、名物、图书一夜之间全部化为灰烬。雒阳城中火光冲天，黑烟旬月不散，所有皇帝和公卿的陵墓全部被掘开盗窃，周边二三百里内没有人烟。

这是人类历史上一场空前的大灾难。

董卓自己却没有走。他虽然不太懂政治，但打仗是很有经验的。他打心眼里根本看不上袁绍和关东义军这帮人，带着吕布诸将留下来准备和他们较量一番。当然董卓并非没有顾虑，但他的顾虑不在东方，而在西方。哪怕是凶狠无道如董卓，也还是有让他害怕的人。这个人就是：皇甫嵩。

皇甫嵩是当时帝国第一名将，他不但力挽狂澜扫平了黄巾，而且又刚刚平定了西羌的叛乱，这时正统率着一支三万人的得胜之师驻扎在距长安不远的扶风（今陕西省宝鸡市一带）。论资历，皇甫嵩一直是董卓的领导；论背景和才干，董卓更是远输于"凉州三明"皇甫规的侄子皇甫嵩；论实力，皇甫嵩的部队人数虽然不多，但比董卓的部队更加精锐，而且士气高昂。因此董卓不怕袁绍，不怕关东义军，最怕的只有皇甫嵩。

这时的皇甫嵩可以说是帝国的最后一根稻草，他的选择将决定帝国的命运。结果，最让人哭笑不得的一幕发生了。

董卓试探性地假借皇帝名义征调皇甫嵩进京，降职担任管理长安城门防务的城门校尉。这不但是一种挑衅，更是一种侮辱。皇甫嵩身边的人劝说他立即起兵讨伐董卓，和关东义军左右夹攻，一战就可以建立盖世功勋，成为帝国的救世主。

但万万没想到，皇甫嵩竟然断然拒绝，自己单人独骑前往长安向皇帝报到守城门去了。皇甫嵩这么做的理由非常简单直接——我不能违抗皇帝的圣旨。

真不知该如何评价皇甫嵩这个人。乱世之中，董卓、袁绍、曹操这样的野心家比比皆是，但同样也有皇甫嵩这样没有一丁点野心的人存在，只不过非常稀有。皇甫嵩忠君报国的死心眼是值得尊重，但面对眼前的人类浩劫，他竟然没有动一下心。不得不说，皇甫嵩是比董卓更加冷酷无情的人。

可酸枣大营里的曹操却实在坐不住了。他直接冲到张邈等人的酒局上，义愤填膺地发表了一篇讲话：

"我们大家举义兵讨伐董卓，现在部队都到齐了，你们还在等什么呢！如果董卓挟持天子，把守险要关隘与我们作战，虽然董卓残暴无道，但胜负犹未可知。现在董卓把雒阳烧成这样，还把皇帝绑架去了长安，全天下都沸腾了，所有人都不知道该听谁的，这是天灭董卓的黄金机会。我们只需要一战就可以安定天下，机不可失啊！"

曹操说完也不等醉醺醺的张邈他们回答，冲出去喊上他的兄弟们，令旗向西一指，出发！

曹操不想再听张邈他们说什么，他已经全看明白了。这些人根本没有宏图大志，只想借义军之名抬抬身价而已，从来没真的打算去讨伐董卓。

曹操自顾自带着他的五千人马向西行进，他的目标是进占成皋（今河南省荥阳市汜水镇虎牢关村一带）。成皋是雒阳东边的大门，自古就是兵家必争之地，当年刘邦项羽曾在此进行了长时间的拉锯战。成皋还有另一个更为大家熟知的名字：虎牢关。

行进中，曹操突然发现他身后的人马多了起来。他回头望去，是鲍信带着他的两万步兵、七百骑兵和五千车辎重赶上来追随曹操。不久张邈也派曾经资助曹操起兵的卫兹带兵来支援。曹操忍不住热泪盈眶：

在家靠父母，出门还得靠朋友啊！

二十六　首战惨败

战荥阳，汴水陂。戎士愤怒，贯甲驰。阵未成，退徐荣。二万骑，堑垒平。戎马伤，六军惊，势不集，众几倾。白日没，时晦冥，顾中牟，心屏营。同盟疑，计无成，赖我武皇，万国宁。

——缪袭《鼓吹曲·战荥阳》

这一首《战荥阳》是曹魏时期的文学家缪袭用汉代短箫铙歌[1]改编而成的十二首《鼓吹曲》之一。《鼓吹曲》是军队行进作战时的军歌，也可以在大型宴会歌舞表演中演奏，是当时的主旋律歌曲。缪袭专门挑选了曹操和曹丕人生中的一些重要时刻谱曲作词，《战荥阳》讲述的正是曹操起兵以来遭遇的第一场战役：汴水之战。

率军向虎牢关前进的曹操此时踌躇满志，他骑在马上，多年的寒窗苦读、大战黄巾、日夜练兵在脑海里闪过，既往的一切努力不都是为了这一天吗？

这是曹操起兵以来的第一战，也是他必须打赢的一场战役。

曹操听说董卓挟持皇帝西迁，认为董卓部队的主力多半已随之西去。凭借自己这支奇兵，只要一举攻下虎牢关，一定能极大提振义军士气，也可以借此消除张邈等人的顾虑。到时候再招呼酸枣大营的义军主力一起向雒阳进军，胜利就指日可待了。

曹操不知道，在他这么想的时候，已经走进了董卓布下的埋伏圈。董卓根本没走，他一直等着给关东义军一点颜色看看，而且已经等得很不耐烦了。董卓根本不屑亲自来战，他帐下第一猛将吕布也没有出场，被派来对付张邈这支义军的是董卓手下一位名不见经传的部将徐荣。

当曹操率军行进到荥阳（今河南省荥阳市一带）汴水河边时，徐荣已经在高坡上看了很久。徐荣越看越奇怪，声势浩大的关东义军左等不来、右等不来，现在来了却只有这么一点人马吗？直到曹操、鲍信、卫兹的部队全部暴露在汴水边的平原上时，徐荣才敢相信这就是前来进攻义军的全部人马。

徐荣把长矛慢慢举向天空，猛地向前一挥，他身后的两万凉州铁骑齐刷刷地从山坡上飞驰而下，马上的骑士用西羌土话高声咆哮，像遮天蔽日的一片乌云裹着惊雷闪电压向义军。

这是曹操手下的义军士兵平生第一次见到凉州铁骑。这些士兵都是曹操精

---

[1] 铙歌，军中乐歌，泛指军歌。

挑细选的壮士，不少还参加过平灭黄巾的战争。但黄巾军都是一些拿着锄头、木棍，甚至赤手空拳的农民，打起仗来全仗着人多，毫无战法和纪律。而此刻他们眼前的凉州铁骑身着重甲，骑在比中原马高一头的凉州大马上，一手握着长矛，另一只手还能弯弓射箭，排成整齐的队列一排排地如风而至，形如鬼魅一般。

所有义军士兵都看傻了，僵在原地一动不动。只有曹操保持着清醒，他高喊着命令部队立即布阵，把所有车辆集中起来围成一圈，内侧再迅速挖出一条壕沟，试图以此来阻挡骑兵前进。

可惜已经来不及了。徐荣的铁骑风驰电掣而至，才排开的几辆车子被长矛挑开，浅浅的壕沟被跃过，骑阵像一把巨大的剃刀从义军人群中掠过。铁骑冲出去好久，义军中那些血肉模糊的尸体才扑通倒地。而骑阵又已拨转马头，从义军另一侧扫过。就这么反复穿插了数次，义军已经彻底崩溃了。

乱军之中，曹操努力保持着最后一丝冷静。他远远望见卫兹被长矛洞穿了胸膛，鲍信的弟弟鲍韬中箭倒地，鲍信被射得像刺猬一样骑马向东方逃去。于是曹操也拼死向东方撤退，眼看着身边的亲兵像被伐树一样纷纷落马。突然曹操身上中了一箭，马也被刺伤倒地。他从马上掉了下去，心里闪过一个不祥的念头——今天可能要命丧于此！

正在这时，曹操瞅见一个鲜血淋漓的人骑在一匹同样鲜血淋漓的马上杀到了面前。那个人跳下马，全力把曹操搀起来扶上马去。曹操这才看清，是他的堂弟曹洪。曹操拉住曹洪想说点什么，曹洪大叫一声："天下可以没有曹洪，不能没有曹操！"狠狠地在马屁股上拍了一掌，后面的事曹操就不记得了。

谁也想不到，以善战闻名的军事家曹操竟然是以汴水之战这样一场惨败而开始了自己的戎马生涯。此战曹操和鲍信侥幸捡回了一条命，卫兹和鲍韬壮烈牺牲，曹操的五千人马和鲍信、卫兹的队伍基本全部报销。

曹操第一次见识了凉州铁骑的威力。一个身经百战的人，可能会忘掉自己的一百场胜利，但对一次惨败特别是第一次惨败肯定会刻骨铭心。凉州铁骑给曹操留下了巨大的心理阴影，且伴随了曹操一生。

还有一段插曲。多年以后，曹操已经死去，儿子曹丕当了皇帝。老迈的曹洪因为贪腐问题犯了死罪，群臣都为他求情，但曹丕坚决要依法处死曹洪。这时候曹操的遗孀卞太后拄着拐杖来了，她指着曹丕的鼻子骂道："当年在汴水边时，没有曹洪，哪有你爹？更不可能有你小子的今天啊！"

二十七　投奔袁绍

曹操并不是个一击就倒的人。相反，他是一个永远不会被击倒的人。任凭再重的打击，曹操还是会笑着爬起来，重新投入战斗。

这是一种很恐怖的能力，也是乱世英雄的重要基本功。

曹操不知道，在南方，孙坚的第一次败给了黄巾。他受伤落马，在草丛中躲避了整整一夜。幸亏他的老马识途，跑回大营带来了救兵。在北方，刘备的第一次也败给了流寇，他受伤后躺在地上装死，才从敌人的眼皮底下逃出生天。

人生胜败如常事，同样以惨败开局的三个人却笑到了最后，成了魏蜀吴三国的奠基人。

曹操总算逃回了张邈的酸枣大营。但曹操就是曹操，他没有去清理伤口、沐浴更衣，也不想闭门思过，躲开别人讥讽的目光，而是径直找到张邈和各地官员们的酒会现场，像打了胜仗回来一样，用严厉的眼神扫视了一遍所有人，然后大声疾呼：

"大家听好，我有主意了！我们可以兵分几路，请袁绍从河内出兵进占孟津，我们这一路攻下虎牢关，对雒阳形成包围之势，再请袁术从南阳出兵去扰乱长安一带。虽然董卓的兵马确实很强大，但我们深沟高垒不和他们正面交锋，再多派一些小部队四下骚扰。我们是代表正义的一方，董卓必败无疑！"

曹操说完，大帐里一片寂静。所有人碍于曹操的背景和张邈的情面，都盯着盔歪甲斜的曹操，强忍着笑不说话。张邈把酒杯放下，过来拉住曹操往外就走，嘴里说："孟德，你辛苦了，先回去好好休息再说吧。"

曹操边往外走，边回过头最后看了一遍帐里的人，大声说："我们是义军，为了国家而来。你们再这么混日子，会让天下人失望的，我替你们感到羞耻啊！"

张邈觉得曹操是被董卓的军队吓坏了，精神已经不太正常，希望让曹操冷静几天再说。可当他第二天一大早来探视曹操时，却发现人去帐空，曹操已经不辞而别了。

曹操没法再忍受和这些只想躺平的人共处。当然他身边除了几个堂兄弟以外，五千人马已经所剩无几，他也没有脸面和实力留在这儿同这些人分庭抗礼了。他连好兄弟张邈也没有打招呼，只是看望了一下受伤的鲍信，就匆匆赶往扬州招兵去了。

这一次又是曹洪挺身而出，他和扬州刺史陈温是老朋友。于是曹操一伙人千里迢迢跑去扬州，低声下气地恳求陈温，总算借来了四千人马。但在返回途中发生了士兵哗变，连曹操的中军帐都被点着了，曹操奋力斩杀了几十名叛军才逃出大营，清点人马，只剩下五百余人。

这是曹操人生中的又一次至暗时刻。他带着五百残兵走在淮南路上的绵绵阴雨中，想想自己要人没人，要钱没钱，要地盘没地盘，只有一个行奋武将军的虚号，连一个县令都不如。天下之大，却无处容身，能去哪儿呢？张邈那里是肯定回不去了，更没脸面再回老家去。

这时曹操忽然灵机一动，想到了授予他行奋武将军的那个人，那个从小到大一直支持帮助他的好大哥。曹操一拍大腿，我们投奔袁绍去吧！

当曹操兴致勃勃地来到袁绍的河内大营时，却大失所望。袁绍虽然热烈欢迎了曹操的到来，给予他高规格的接待，但河内大营内的日常和酸枣大营完全一模一样，袁绍也是每天拉着曹操和各地官员们喝酒聚会，从来不提董卓的名字。不仅如此，袁绍还在琢磨一些更出格的事。

有一次曹操陪着袁绍喝酒，袁绍突然从怀里掏出一块玉印来，还藏在桌子底下怕别人看到，摆到曹操手肘边问曹操："兄弟你看，像不像皇帝的玉玺？"

可以看出袁绍是把曹操当真兄弟的，在东汉拿着玉玺玩耍可是灭族之罪。据说曹操只是笑了笑假装没听清，然后借着敬酒把这件事盖过去了。但曹操心里无比厌恶袁绍，甚至起了杀心。

无论何时何地，把野心展示给别人都是一件很危险的事。人心隔肚皮，哪怕是最亲密的兄弟。如果野心被另一个有野心的人看到，那就是致命的了。

不久袁绍又跑来找曹操商量一件事，他和冀州牧韩馥一起密谋另立一个皇族刘虞为皇帝，这样就不怕董卓假借汉献帝的名义来号令诸侯了。袁绍这么干的时候，大概已经忘了董卓要废少帝时，他是如何断然拒绝的了。

这一次曹操真的成熟了。他从王芬、许攸废立皇帝的事件中学了乖，没有再说什么时机不成熟之类的真心话，而是发表了一篇大义凛然的讲话。他始终把"义"字挂在嘴边，最后说，"诸君北面，我自西向"，严词拒绝了袁绍的提议。袁绍倒也没有难为曹操，这件事不久也因为刘虞的严词拒绝而告吹了。

曹操在河内大营没待多久，就听到酸枣大营那边出事了。伪造三公檄文首倡义军的东郡太守桥瑁和兖州刺史刘岱公开火并，桥瑁被杀身亡，酸枣大营的义军散伙各回各家了。

没过几天，袁绍把曹操请去，告诉他北方的公孙瓒进攻韩馥的冀州，他必须回去守住自己的地盘，于是河内大营也散伙了。

曹操后来专门写了一首《蒿里行》感叹关东义军讨伐董卓这一段过往。

关东有义士，兴兵讨群凶。

初期会盟津，乃心在咸阳。

军合力不齐，踌躇而雁行。

势利使人争，嗣还自相戕。

淮南弟称号，刻玺于北方。

铠甲生虮虱，万姓以死亡。

白骨露于野，千里无鸡鸣。

生民百遗一，念之断人肠。

关东义军这出闹剧就这么黯然落幕了。

二十八　孙氏壮举

在关东义军的袁绍、张邈们天天饮酒高会，忙着互相钩心斗角的时候，董卓却也未得安生。他只派了一个部将徐荣就吓退了关东义军，但却要调集手下吕布、胡轸、李傕、华雄等众多大将，甚至最后自己亲自出马来对付一个来自南方的将军：孙坚。

世界上有的人唯利是图，但也有的人见义勇为。当然，对于领导者来说，义也是另一种形式的利，是更高级的利。在袁绍、张邈计算眼前的蝇头小利时，曹操、孙坚的眼光却放在更长远的战略利益上面。

孙坚在参与平灭黄巾后被军事高层所注意，不久后还和董卓成了同僚，一起跟随车骑将军张温去镇压西方的羌乱。这时孙坚已经发现董卓不是个省油的灯，就向张温建议暗中除掉董卓。但张温觉得董卓在军中有威望，不忍心下手。张温没有想到，等到董卓执政后却丝毫不念旧情，把他活活乱棍打死在了街头。

当断不断，必受其乱。

孙坚听说董卓乱国的消息后，拍着大腿叹息说："张温要是听我的，怎么会有今天的国难呢？"

当时孙坚任长沙太守，立即起兵讨伐董卓。孙坚已经在讨黄巾、征西羌的战争中积累了丰富的军事经验，他手下既有善于骑战的北方人程普、韩当，也有在蛮族中长大的黄盖、祖茂等人。当时长沙还是未开化的蛮族地区，孙坚收服了当地的南越部落，这些人虽然没有西凉将士人高马大，但湖南这个地方很奇怪，盛产骁勇善战的好兵，这个传统一直延续到清朝末期的湘军。当时的南越蛮族就非常能打，他们手持长刀盾牌，能攻善守不怕死，是和凉州铁骑打法不同但旗鼓相当的另一强横军队。

孙坚先是带着部队击败了吕布，又斩杀了华雄——关云长温酒斩华雄的故事是《三国演义》从孙坚这里移花接木的。董卓残忍虐待被俘的孙坚士兵，不是扔到大汤锅里活活煮死，就是用白布裹住倒吊起来再用热油烫死，以此来恐吓孙坚。他同时又派人游说孙坚，答应和孙坚结为儿女亲家，许愿把孙家子弟全封为大官，以此来拉拢孙坚。但孙坚软硬都不吃，一路进军到雒阳附近九十里的地方。董卓自己带兵和孙坚在皇帝的陵墓一带激战，竟然也被孙坚击败。

最后董卓只好向长安退却，部署诸将守住雒阳通往长安的要道。董卓临走时对手下将军们说："关东义军都是一帮无能之辈，只有孙坚这个蛮憨小子，你们要千万当心啊！"

董卓一撤，关东义军马上树倒猢狲散，于是孙坚乘胜从宣阳门杀进了雒阳，赶跑了留守的吕布。据说孙坚看到地狱一样的雒阳城时流下了热泪，一边赶快灭火救人，一边专门去修复被掘的皇帝陵寝。孙坚这几手干得很漂亮，证明他不但是个勇猛的将军，也是个有政治头脑的人物。

孙坚带兵继续追击董卓到函谷关外，却突然听说袁术派人去偷袭了他的大本营。他再一次流泪了，朝着西方叹了口气说："眼看着就要抓到逆贼董卓，却被自己人在背后下黑手，这个世界我能相信谁呢！"

孙坚撤兵了。他虽然功败垂成，损失了不少士兵，也没有捞到什么地盘，但光复雒阳、修复皇陵的壮举让默默无闻的吴郡孙家在全天下声名鹊起，四方忠义之士都仰慕并自愿前来追随孙坚。

但与此同时，枪打出头鸟，孙坚的英勇表现也遭到了那些无所作为的诸侯的嫉恨。很快就有人散布谣言说，孙坚一进雒阳就四处搜索，终于在一口井中找到了皇帝的传国玉玺，以此来污蔑孙坚杀进雒阳的动机不纯。

至此，帝国彻底陷入了混乱的无政府状态。董卓挟持皇帝只能控制住长安一带，其他地方都变成了弱肉强食的丛林世界。原来汉朝的官吏、董卓委派的新官吏、地方世家大族、黄巾余部、地方流寇，各种新旧势力混战在一起，一切道德规范和行为准则都消失了。强大的侵略吞并别人，弱一点的团结宗族躲在坞堡里面自守，再弱一点的干脆带着族人向北逃到辽东甚至朝鲜、向南逃到两广甚至越南。剩下的人就只能任人宰割了，不是成了炮灰，就是做了"军粮"。

是的，汉末三国是一个人吃人的时代。历史书上关于这一时期的记录到处都写满了"吃人"这两个字。曹操打仗时有人制作人肉干充当军粮，刘备缺粮时也经常杀人为食。还有的官员被围困在城中，就大方地杀了自己的妻妾给士兵当晚餐。

有个故事讲当时一个叫管秋阳的人，同他的弟弟以及另一个同伴三个人一起逃难。天降大雪，三个人饿得实在不行了，管秋阳就和弟弟把同伴杀掉分吃了。有人质疑管秋阳的行为，专门请教孔子的二十世孙名士孔融，就是让过梨的那位三好少年。孔融说，三人同行，两个人聪明，一个人笨一点。现在乱世闹饥荒，聪明人吃掉笨人合情合理，这和蒸一只猩猩、煮一只鹦鹉是一回事嘛。

前文提到过曹操3岁时，即汉桓帝永寿三年，全国人口为5648万人。至曹操去世前四年，即汉献帝建安二十二年，60年间全国人口锐减至1500万人，减少了近四分之三。

再到三国后期的魏景元四年（263），魏国灭掉了蜀国。有人做了一次人口普查，当时魏蜀两国合计共有登记在册的人口943423户、5372891人。考虑到吴国的人口应该不会多于蜀国，三国战乱又让全国人口又少了一半以上，此时全国民户数量还没有汉永和五年豫州的南阳和汝南两个郡的户数多。

这是一个"出门无所见，白骨蔽平原"的动物世界。

二十九　兖州创业

曹操这时又一次面对尴尬的局面。自己兵微将寡，特别是没有地盘，河内大营已经散伙，大哥袁绍正在收拾行李准备回冀州。是追随袁绍北上，还是回老家谯县避避风头？曹操感到一阵头晕。

曹操回忆起刚到河内大营的时候，有一次袁绍曾经虚心向他请教："孟德啊，你说要是大事不成，我们应该去哪里立足呢？"

曹操留了个心眼，没有正面回答，反问袁绍："大哥你觉得呢？"

袁绍说："我打算占据黄河以北、长城以南这一大片土地，控制匈奴和乌桓的强悍骑兵，然后向南和群雄争夺天下，这应该可以立于不败之地了吧。"

曹操笑笑说："要是我的话，就以正义为名来统率全天下的聪明才智之人，这样才是无所不能的。"

后世用这段对话来证明曹操比袁绍高明，曹操更看重人才，而袁绍只会抢地盘。但实际上曹操当时一无所有，可能也只好说说大话，撑场面了。

回想起这件事，曹操更不愿意跟着袁绍走了。他知道，跟着袁绍自己就永远只能当小弟，再没有出头之日了。

幸好这时曹操再一次遇到了他的好朋友鲍信。鲍信劝曹操说："袁绍就是第二个董卓，跟着他不会有好结果的。我看不如去兖州创业，占据黄河以南的地方。那里四通八达，进可以攻、退可以守，是可以观天下之变的好地方。"

曹操是一个特别能分辨真朋友和假朋友、真心话和违心话的人。他立马接受了鲍信的建议，兖州他很熟悉，他曾经在兖州的顿丘做过县令，那里又有陈留太守张邈可以作为强援。曹操从来都是一个行动派，他马上跑去和袁绍告别，点齐兵马向兖州出发！

这一年是汉献帝初平二年（191），曹操已经37岁了。

有的人少年得志，有的人大器晚成。成功主要取决于人的内在因素，但有时候运气也是必需的。冥冥中好像有人掌握着一个运气的开关，关上的时候经年累月诸事不顺，一旦打开就气势如虹，好运气有如滔滔江水，想挡都挡不住。

事实证明，曹操选择兖州创业，正是打开了自己命运的开关，他的好运气滚滚而来了。

曹操刚一进入兖州就遇到了一大拨流寇。前文已经提到，黄巾之乱以后，各地出现了很多流民团伙，像滚雪球一样越滚越大，又像泥石流一样在州郡之间流窜。这时正有一股十几万人的流寇黑山贼攻入了兖州的魏郡和东郡（今河南省东北部、山东省西部一带）。东郡太守弃城而逃，于是曹操顺理成章地以救世主身份从天而降，进入东郡，一举击溃了黑山贼。

这些山贼流寇和帝国正规军凉州铁骑是不可相提并论的，号称十几万人，其实只不过是一群拖家带口、走投无路的老百姓。曹操用了一招战国孙膑的"围魏救赵"，不去救援被围困的东郡，反而去攻打黑山贼的老巢濮阳（今河南省濮阳市一带）。这些流寇哪里知道什么孙膑，一看家中火起，马上蜂拥而退。曹操在半路横击撤退的黑山贼，轻松取得了胜利。

这时候袁绍又在背后帮了曹操一把，向朝廷上书荐举曹操接任东郡太守。所谓上书荐举不过是象征性地给皇帝写个请示罢了，由于董卓在长安把持朝政，让他同意袁绍荐举的人根本就是天方夜谭，所以索性连邮递费也免了，谁的地盘谁说了算。

至此曹操总算站住了脚跟，有了自己的第一块地盘——东郡。之后曹操又追击黑山贼再获大胜，还打败了南匈奴移民到兖州的一些部落叛军。

正在此时，另一拨更大规模的流民从青州流窜到兖州来了，号称有一百万人之多。这些流民像蝗虫一样，把所过之处的一切都吃光喝净。这股流民惊动了兖州牧刘岱，他倒是非常勇敢，亲自带兵主动出击，结果瞬间就被一百万人的流民大雪球碾成了粉末。

刘岱一死，兖州群龙无首。恰好曹操手下有个刚刚加盟的东郡本地干部陈宫，他在当地很有影响力，就毛遂自荐去劝说兖州的政府官员们迎请曹操担任兖州牧。陈宫到了兖州时，恰好碰到官员们在开会讨论如何抵御流民的问题。这时座中有一位官员忽然站起来振臂高呼："诸位别犹豫了，曹操是上天派来的，只有他才能为我们保境安民。"

大家一看，是刚来投奔刘岱的鲍信。鲍信和陈宫不等大家同意，就立马跑去东郡把曹操接入州府，二话不说将兖州牧的大印交到了曹操的手中。于是曹操只用了几个月的时间，就从太守（市长）一跃成为州牧（省长），连陈留太守张邈都成了他的部下。

当上了兖州牧，曹操就要想办法解决州中流窜的一百万流民问题了。他翻开已经翻烂了的《孙子兵法》，从其中《兵势篇》中找到这样一段话：

"凡战者，以正合，以奇胜。"

当年曹操在谯县苦读的时候，曾经在这段话后写下了一句读书心得："正者当敌，奇兵从傍击不备也。"

对待一百万人的庞大流民集团，如果从正面迎击，必然会像刘岱一样被碾得粉身碎骨。于是曹操想出了一招名叫"奇伏"的特殊战法，让部队不断从大雪球的侧面和后面进行奇袭和伏击，每次从大雪球上割掉一些雪块，这样大雪球就越滚越小，最终崩溃四散。

"奇伏"战术果然奏效了。百万流民四处乱窜，始终找不到曹军主力进行决战，最终被曹军一直追击到济北国（今山东省西北部一带）的济水河边。眼看无路可去，就全体向曹操投降了。

这一战是曹操建立基业的一场重要胜利。他收编了三十万能够战斗的男子，外加妇孺老少，号称有一百多万人。曹操从中精挑细选组建了一支精锐部队"青州兵"，这就是曹操之后得以纵横天下的主力军。

当然，这场大胜也留下了一点遗憾。有一次曹操和鲍信在战斗前夕靠近敌营观察形势，却不慎被敌人发觉。这时候他们身边没有多少士兵，鲍信拼死保护曹操撤退，却献出了自己年仅41岁的宝贵生命。

曹操最信任的好兄弟，对他有知遇之恩的鲍信刚刚把曹操拖入正轨，就仓促地离开了人世。曹操重金寻找鲍信的尸体，却再也找不到了。他平生最反对给人立塑像，这一次却破了例，专门刻了鲍信的木像，并亲自主办了一场隆重的追悼仪式。曹操一生爱笑，此时却痛哭流涕、如丧考妣。

若干年后，曹操感念老战友鲍信，就把他成年的大儿子封侯，小儿子鲍勋安排到东宫和太子曹丕做玩伴，希望能继续保持曹鲍两家父一辈、子一辈的交情。但让曹操始料未及的是，鲍勋因为两家的世交情谊，对曹丕的一些不当行为像对自己的亲兄弟一样直言劝谏，但曹丕却并不把鲍勋当兄弟。曹操在世时他还勉强隐忍，曹操死后曹丕称帝，立即找理由要处死鲍勋。群臣纷纷向曹丕求情，并特别提起了鲍信和曹操的那段革命友谊，但曹丕最终还是狠心把鲍勋杀了。

世事难料。鲍信是曹操的命中贵人，曹丕却对鲍勋恩将仇报。

三十　旷世雄才

曹操好运连连，而他最大的好运气不是当了兖州牧，也不是收了"青州兵"，而是得到了一位旷世雄才——荀彧。

蜀有诸葛，吴有周瑜，曹操成功创业的最大功臣非荀彧莫属。

荀彧出自豫州颍川郡（今河南省中部一带）的顶级世家大族。他爷爷荀淑被称为"神君"，荀淑的八个儿子号称"八龙"。荀彧的叔叔荀爽只用了95天，就以火箭般的速度从平民老百姓一路位列三公，被当时人传为神话。

豫州是中华文明的发祥地，又紧靠帝都雒阳，文化和经济水平在全国首屈一指。因此豫州一带特别出干部，帝国政府高层长年被豫州帮统治，号称"豫州人士常半天下"。而豫州的汝南、颍川两郡又是其中的佼佼者，被称为"汝颍多奇士"。不仅为政府贡献了最多的领导人——三公，比如前面提过的袁安、陈蕃，连党锢之祸中被封杀的名士也是最多的。特别是颍川，小小的一个郡，为曹操和袁绍两大阵营贡献了无数重要政治人才。

荀彧刚当官就遭遇了董卓之乱，只好带着全家去投靠颍川老乡冀州牧韩馥。不料到了冀州才知道，袁绍已经把韩馥赶跑了。据说袁绍对荀彧敬若上宾，但荀彧观察了袁绍一阵，认为他成不了大事，就又跳槽去投靠了曹操。

从事后诸葛亮的角度来看，荀彧慧眼识珠，看到了曹操比袁绍更优秀，准确预判出曹操能够战胜袁绍。但从当时来看，袁绍无论从家世、声望、实力各方面都比曹操强太多了，而且荀彧可能只听说过曹操这个人，根本没有见过曹操，怎么可能知道曹操的为人和能力呢？除非荀彧有预见未来的能力，否则这种"弃明投暗"的行为实在太不可思议了。

另外，当时袁曹同盟，曹操必须依靠袁绍的支持才能立足。如果袁绍待荀彧如上宾，十分看重荀彧的话，那么荀彧不经袁绍同意就私自投奔曹操，袁绍只需要发一纸公文就可以让曹操把荀彧绑回去，或者干脆以逃兵名义就地正法算了，而曹操是不敢不从的。

还是那句话，历史是由胜利者书写的，历史并没有留给袁绍说话的机会。如果袁绍还可以开口说话，他可能会说：在我看来，荀彧并不是个多么了不起的人！

袁绍这么说是有原因的。在荀彧刚出生不久，当时还是宦官专权的时候。有一个很有权势的宦官唐衡找到荀彧的老爸荀绲，要让自己的养女和荀彧结一门娃娃亲。荀绲虽然是名士，但惧怕唐衡的势力，就被迫同意了。这件事当时是上过热搜的，荀家父子也因此上了名士们的黑名单。

所以荀彧和曹操有一点相似，都和宦官有染。曹操一生被世家大族看不起，而荀彧的档案也不干净。这可能是荀彧离开袁绍，投奔曹操的一个重要原因。

与曹操相比，袁绍的成长经历实在是太好，含着金钥匙出生，不费什么力气就平步青云当上了天下盟主，除了被董卓骂了一顿之外，从来没有遇到过什么挫折。所以袁绍大旗一立，全天下的名士蜂拥而至，甚至各地官员都以获得袁绍的授权为荣，争先恐后地挂上袁绍的金字招牌当护身符。走掉一个荀彧，对于袁绍来说并不是什么大不了的事。

而曹操虽然一直受到名士冷落，发自内心地憎恶怨恨名士，但是又别无选择，必须从这些名士中发掘人才。在乱世当中，掌握知识的士人本来就不多，具有政府机关工作经验、有一点政治眼光和政治手段的人才绝大多数出自常年把持官僚机构的世家大族。

特别是经过黄巾之乱和董卓之乱的多次大屠杀，人物凋零，人才已经成为比金钱、地盘、粮食都更稀缺的重要资源。汉末时代是穷苦百姓的地狱，也是才智之士的天堂。当时的人才市场是个极端的卖方市场，只要肚子里有点墨水，躺在家里睡觉就行了，不愁没人上门聘请，三顾茅庐就是最好的例子。

当时的世家大族为了在乱世中延续香火，采取了一种两边下注、把鸡蛋放在不同篮子里的策略。最聪明的莫过于诸葛一家，大哥诸葛瑾在东吴，二弟诸葛亮在西蜀，还有个堂兄弟诸葛诞在曹魏，可谓是立于不败之地。

于是，同样是颍川的顶级名门荀家，有宦官亲戚之嫌的荀彧投靠了曹操，而声望更高的荀彧堂兄弟荀谌成了袁绍帐下的顶级谋士之一。无独有偶，另一位出身颍川望族的奇才郭嘉也是先去投奔袁绍，然后才转投了曹操。郭嘉从小性格孤僻，没当过官，有比较严重的生活作风问题。而与郭嘉同宗，知名度更高，又有长期政府工作经验的郭图，则从始至终在袁绍麾下效力。

因此，袁绍并非不重视人才，既然已有了荀谌和郭图，为了支持好兄弟曹操的发展，也就睁一眼闭一眼，把有瑕疵的荀彧和郭嘉免费包邮送给曹操吧。

当曹操听说荀彧先生来到营门时，高兴得连滚带爬跑出去亲自迎接。他紧紧握住荀彧的手激动地说："你就是我的张良啊！"

曹操马上任命荀彧为自己的副手——司马，这一年荀彧才刚满29岁。

三十一 慧眼识英雄

如果再给袁绍一次选择的机会，袁绍肯定会留下荀彧和郭嘉，把荀谌和郭图丢给曹操，但结果会改变吗？

不会的。

历史发展确有偶然，但终究决定于必然。

可怜的失败者荀谌和郭图在史书上连一篇完整的传记都没有。但从一些残存的线索中可以看到，荀谌曾经凭着三寸不烂之舌劝降韩馥，帮袁绍拿下至关重要的根据地冀州。郭图也曾建议袁绍迎接汉献帝挟天子以令诸侯，只可惜没有被袁绍所采纳。荀谌、郭图与荀彧、郭嘉同宗同源，是吃一样的饭、看一样的书长大的，甚至前者的声名和能力比后者更强。他们并没有本质的不同，不同的是曹操和袁绍。

郭嘉在离开袁绍之前，曾经把郭图拉到一边对他说："领导挑选优秀的人才，我们也要挑选英明的领导，这才有可能在乱世建立功名。袁绍这个人礼贤下士，但是不懂得用人的诀窍。他想法很多但是抓不住重点，总喜欢开会却从来不自己拍板。和这样的人一起在乱世创业，实在是太难了。我走了，你好自为之吧。"

不得不说，郭嘉确实是很有眼光的。

曹操给荀彧安排的第一份工作是司马，是仅次于曹操的军中副总司令，这相当于拱手将最敏感的枪杆子当作见面礼交给了荀彧，而荀彧当时只是个29岁、刚刚从袁绍阵营跑过来的毛头小伙子。之后曹操每次出兵打仗，都留下荀彧总管后方一切事务，连夏侯惇这样的血亲兄弟也要在荀彧手下听命。曹操遇到军国大事首先请教荀彧，如果两人意见不同，曹操往往会听从荀彧的意见。曹操自己每晋升一级，一定要给荀彧加官晋爵。后来曹操还把女儿嫁给荀彧的长子，进一步绑紧了两人的命运共同体。

与之相比，袁绍占领冀、青、幽、并四州之后，任命了他的三个儿子和一个外甥担任四个州的一把手，没有一个不是亲戚。荀谌在袁绍手下担任的具体职务不详，在官渡之战中袁绍任命荀谌为谋主，不过就是个顾问性质的谋士而已。

曹操知道，重视人才的最好方式不是分配三室一厅、安排专车和秘书，而是压担子。对于荀彧来说，29岁初来乍到就被委以如此重任，除了感激涕零之外，只能拼命加油干了。

荀彧长期在曹操阵营干着相当于国务院总理的繁重工作，总管政府机关运转，制定治国理政的大政方针。他在多个关乎曹操生死存亡的关键时刻提出了建设性意见，为曹操开展军事行动提供了坚强的后勤保障，特别是先后推荐了荀攸、郭嘉、钟繇、陈群、司马懿等一大批在曹操平定北方过程中发挥了至关重要作用的优秀干部。

而对面的荀谌作为谋主，却在官渡之战中没有说过一句话。

荀彧并不是第一天就成为荀彧的，有了领导的信任和发挥能力的舞台，在学中干、在干中学，29岁的落魄书生才能一步步成长为运筹帷幄的治国雄才。而荀谌也并非本来就是荀谌，既然受重用的都是领导的亲属，提建议不被采纳反而被同僚挑毛病，那就多做不如少做，少做不如不做。最终荀谌在袁绍失败后凄惨地死于乱军之中。

荀彧和荀谌同为颍川世家大族的名士，袁绍看重荀谌的声望，而曹操根本不在乎荀彧有什么坏名声，他只看重荀彧的才能。

曹操说过："治平尚德行，有事赏功能。"意思是太平盛世应该重用有德行操守的名士，但乱世用人之际就应该着力提拔有能力的奇才。曹操曾先后三次颁布命令在全国范围内招募人才，史称"求才三令"。他提出了"唯才是举"的用人方针，甚至说一个干部哪怕有不仁不孝的劣迹，只要在治国用兵方面有特长，也同样可以在自己手下得到重用。

其实"唯才是举"并不是曹操的原创，三国桓范在《荐徐宣》中早已提到：守文之代，德高者位尊；仓卒之时，功多者赏厚。

多年以后，刘备在终于得到旷世奇才诸葛亮时曾经说过，"孤之有孔明，犹鱼之有水也"。曹操对荀彧的信任和器重比刘备对待诸葛亮是有过之而无不及的。曹操与荀彧的鱼水之交并不能改变名士们对他的刻板印象，但却真心打动了那些想在乱世有所作为的人。

三十二　败寇惨死

曹操不但得到了顶梁柱荀彧，并由荀彧引荐了颍川奇士，还从下层军官中发掘培养了乐进、于禁等一大批优秀军事人才。他一面加紧训练"青州兵"，一面积极联络张邈等战友，巩固自己在兖州的势力。

这时，有一个大快人心的好消息从西方传来，董卓死了。

曹操曾经在与荀彧促膝长谈时发问："先生觉得董卓能成就霸业吗？"

荀彧说："董卓恶贯满盈，必不得好死，我们等着看吧。"

听到董卓的死讯，曹操和荀彧对了对眼神，一切尽在不言中。

话说董卓从雒阳跑到长安，迅速在长安附近修筑了一座史上最坚固的大碉堡——郿坞。最神奇的是城墙的高度和厚度竟然相等，都是七丈，城中储备了可以吃三十年的粮食，号称"万岁坞"。

董卓对别人说："成功了我就出去称霸天下，不成功我就躲在郿坞里面颐养天年。我不信有人能攻破这座城堡。"

董卓不但自己成天待在郿坞不出去，还让全家老少都搬进去住。当他不得不外出办事的时候，就在外衣里面套上最厚的重甲，像穿着防弹衣一样。董卓走到哪儿都是最高级别的警卫戒备，还让天下第一勇士义子吕布寸步不离地保护在他身边。

最坚固的城堡、最厚的重甲、最高级别的安保、武功最高强的护卫，这下董卓觉得万无一失了。其实最大的问题压根没有解决，那就是董卓的心病。

多行不义的人，难免心里有鬼，失眠多梦。董卓杀人不眨眼，就更是晚期患者。他从来不信任任何人，看谁都像是要谋害他，包括天天保卫他的义子吕布。有一次他突然看吕布不顺眼，抄起手边的短戟扔向吕布，幸亏吕布身手敏捷，躲开了。两人虽然事后和好，但吕布心里难免留下了阴影。

当领导不信任下属的时候，下属自然也不可能信任领导。吕布知道董卓今天拿短戟丢他，明天就可能直接要他的命。而且据说吕布这时正瞒着董卓偷偷和他的侍婢私通，当然所谓天下第一美女貂蝉只是后人的遐想罢了。但无论如何，吕布天天帮着董卓用各种残忍手段虐杀活人，午夜梦回难免心惊胆战。特别是一旦他和董卓侍婢的私情败露，肯定会被董卓抓住处死。

董卓和吕布关系的裂痕早被司徒王允等几个精明的大臣看在眼里。王允和吕布是老乡，就亲自出面劝说吕布刺杀董卓。吕布只在一个问题上犹豫了一下："董卓和我是父子关系，儿子怎么能杀父亲呢？"

王允说："你忘了你姓吕吗？你们是利益关系，不是父子关系。你不杀他，他下次就杀你。"

吕布就这样简单地被几句话说服了。他们骗董卓从郿坞出来到长安面见皇帝，然后在入宫前由吕布亲手把董卓刺杀了。

据说当时董卓身边有数千铁骑和甲士保卫，只有两个人试图阻止吕布，但都被吕布所杀。其他人见董卓死了，一秒钟内就全部放下武器，一起山呼万岁庆祝起来。而郿坞中的董卓全家老少也被人乱刀分尸，他90岁的老母亲在门口苦苦跪求饶命，话还没说完就被砍了脑袋。董卓苦心安排的铜墙铁壁就这么轻而易举地崩溃了。

据说董卓被杀当天，天气异常晴朗。长安的老百姓像过节一样，全部自发跑到街上唱歌跳舞。董卓的尸体被丢在大街上示众，守尸人在他肚脐眼里插上了一支大蜡烛。因为董卓肚腩肥油极厚，蜡烛烧了几天几夜也未熄灭，全城一个月都臭不可闻。

这就是独夫董卓的下场。董卓于公元189年进雒阳执政，到公元192年就被点了天灯，丢进了历史的垃圾堆。

按说国贼董卓已死，打着讨伐董卓旗号的关东义军已经不战而胜了。只要盟主袁绍率领东方的州牧、太守们集体前往长安迎接皇帝东归，重新修复雒阳宫室，恢复全国的社会秩序，乱世就有可能提前结束了。

但这显然不是袁绍想要的剧本。袁绍在一封给弟弟袁术的信里说，现在长安城里的这个小皇帝，是董卓所立，他是不是真的刘家血脉很让人怀疑，朝里面的公卿大臣也全是靠拍董卓马屁上位的。弟弟，别忘了我们全家都是被董卓杀的。现在我们应该派兵把守关口，让这些人在西方自生自灭，我们在东方另立一位贤德的皇帝，这样天下才会太平。

当时袁绍在全天下的声望最高，袁术占据着全国人口最多、最为富庶的南阳郡（今河南省南阳市一带），如果这两兄弟联手，没有人敢向他们挑战。可偏偏袁术不是这么想的，他不但不愿意和袁绍联手，还要和袁绍一决雌雄。在膨胀的权欲面前，亲兄弟也会翻脸。

袁绍、袁术是同父异母的兄弟。他们的父亲是担任过司徒的袁逢，袁绍是大哥，袁术是二弟。但袁术是正妻生的嫡子，袁绍是婢女生的庶子。古代人讲究嫡庶之分，在家族里面，袁术的地位是高于袁绍的。所以袁绍虽然比曹操威风，但回到家里面，袁绍在袁术面前却要矮半头。由于袁绍善于交际，对朋友很够意思，在社会上的声望比袁术高很多，这让袁术非常不爽，甚至造谣说袁绍是不知道从哪儿来的野种。

收到袁绍的来信后，袁术立即回复了一封政治站位极高的信，说皇帝虽然小但很聪明，董卓虽然嚣张，但人心思汉。我们袁家以忠义立世，我的目标只有一个，灭董卓，兴汉室。别的你不要和我说，我不听，我不听。

读了袁术义正词严的信，肯定没有人能猜到他心里正在盘算着一个比他哥哥更疯狂的计划——自己当皇帝。相比之下，董卓是废少帝，立献帝；袁绍是放弃献帝，另立新帝；而袁术竟然和张角一样，想改朝换代，自立为帝，真是人心不足蛇吞象。

但骗谁都别骗一起穿开裆裤长大的人。袁绍看到袁术的信鼻子都气歪了，袁术，我还不知道你吗？别给我装大瓣蒜啦！

于是袁氏兄弟彻底决裂，正式宣战。原本就面和心不和的关东义军彻底分化为敌对的两大阵营。袁绍一直扶植曹操的势力，这时又拉拢袁术南边的荆州刺史刘表。袁术也以其人之道还治其人之身，联合了袁绍北边幽州的公孙瓒。

由于关东诸侯都在忙着内讧，董卓旧部李傕、郭汜等人抓住时机，重新集结部队攻占长安，杀死了司徒王允，吕布被迫出逃，投奔袁绍，皇帝重新落入了凉州军团的掌握。

董卓之死没有给帝国带来回光返照的最后一线生机，反而让天下陷入了更严重的全面混战。

胜者为王，败者为寇。

三十三　待时而动

曹操紧张地关注着眼前的州郡地形图。这是一种用米粒堆积而成的聚米图。在纸张尚为稀缺的时代，这种铺设米粒或沙粒来象征山谷、河流的军事沙盘地图非常经济实用。

此时袁绍已经赶走冀州牧韩馥取而代之，占据了黄河北岸冀州的大部分土地，黄河南岸是曹操所在的兖州。两个人像是紧紧背靠背站立的兄弟，而四周没有一个朋友——全是强敌。

冀州北面是幽州的公孙瓒。幽州是帝国北疆，帝国军队在此同匈奴苦战了数百年。匈奴衰弱后，鲜卑人和乌桓人又占据了匈奴故地，常年骚扰边民。因此幽州民风极为彪悍，而且此处拥有一支比凉州铁骑历史更悠久，战斗力旗鼓相当的强力骑兵部队——幽州突骑。幽州没有凉州的高头大马，但匈奴、鲜卑、乌桓等少数民族都是天生的战士，不但弓马纯熟，而且特别擅长在平原上突击作战。当年光武帝刘秀就是依靠幽州突骑横扫中原，最终光复汉室天下。公孙瓒又精益求精，挑选其中最精锐的骑士全部骑乘白色骏马，组成了一支特种骑兵部队——白马义从。

公孙瓒与袁术结盟后，从侧翼进入青州和徐州击溃了当地的黄巾流寇，既在兵源上得到了极大补充，又从北面和东面对袁绍的冀州和曹操的兖州形成了半包围之势。然后公孙瓒亲率大军进驻界桥（今河北省邢台市一带），主动与袁绍进行决战。他还自行任命了三个新的冀州、兖州和青州牧守，导致冀州、兖州的部分郡县官员出现了左右摇摆。

在兖州东南面的徐州，徐州牧陶谦也受邀同袁术结盟。他曾参与平定西羌叛乱，作战经验丰富，而且徐州相对远离战乱地区，董卓迁都时有大量从雒阳逃出来的百姓以及战乱地区的流民跑到徐州来避难，当地粮食储备也十分充足，实力不容小觑。

这时陶谦为了响应公孙瓒，亲自率军进驻兖州东郡的发干县，几乎已经站到了曹操的眼皮底下。陶谦的战略意图是牵制曹操，让他不能救援袁绍。而公孙瓒还派了他的老同学刘备等人带领一支偏师来增援陶谦。

在兖州南面，袁术本人正盘踞在南阳郡。南阳是光武帝刘秀的老家，一直是帝国财政税收政策最优惠的地区。南阳一个郡的人口几乎与其他地区一个州相当，富裕程度甲于天下。恰在此时，长安的中央政府以皇帝名义委任了一个新的兖州牧金尚前来就职，曹操派兵拒绝他入境，但袁术却立刻收留了他，并以协助皇帝钦命官员履职作为讨伐曹操的借口。曹操的兖州牧是陈宫、鲍信他们民选的，确实没有皇帝任命的名正言顺，再加上还有一个公孙瓒自行任命的兖州牧，当时有三个兖州牧同时存在，州内各郡县官吏完全不知道该听谁的命令。

在冀州和兖州西边的并州，当时是地广人稀的荒蛮之地。在这里出没的主要是流寇黑山贼和白波贼，其中又以黑山贼的实力最强，号称有一百万人，首领名叫张燕，绰号"飞燕"，据说武功十分了得。

另一伙盘踞在并州的武装力量是南匈奴单于的部众，他们当年投降帝国后被专门安置于此。曹操在进入兖州时曾经击败过这几伙力量，因此他们对曹操恨之入骨，正虎视眈眈，伺机报复。

四面八方都是强敌，内部也很不稳定，这就是当时袁绍和曹操所面对的严峻形势，一场生死攸关的大会战已经在所难免了。

聚米图前的曹操既紧张又兴奋。看着包围圈中的兖州，他知道这将是艰难的一战、决定自己命运的一战，但同时曹操对自己亲自训练出来的这支部队很有信心，对他身边的这一批忠心耿耿、才智过人的指挥员、参谋官更有信心。曹操知道，自己的实力肯定不是最强的，但手上的这支部队足以和任何强敌决一死战，关键是要准确判断形势，制订正确的作战计划。

曹操铺开他抄写在泛黄绢帛上的笔记，再一次认真阅读了他最钟爱的《孙子兵法》和自己的读书心得。他从中找到了这样一段话：

"孙子曰：昔之善战者，先为不可胜，以待敌之可胜。不可胜在己，可胜在敌。故善战者，能为不可胜，不能使敌之必可胜。故曰：胜可知，而不可为。不可胜者，守也；可胜者，攻也。守则不足，攻则有余。"

大意是说，孙武子认为，当年擅长打仗的人，先准备好自己不可被战胜的条件，再等待可以战胜敌人的机会。不可被战胜的条件需要自己争取，战胜敌人的机会要等待敌人露出破绽。所以即使是最会打仗的人，也只能让自己不可被战胜，不能确保一定战胜敌人。战胜敌人的机会可以感知，但如果敌人没有露出破绽，单凭自己主观努力是无法获得的。要想不可被战胜，就需要防守；要想战胜敌人，就需要进攻。实力不足的时候就防守，实力足够才可以进攻。

曹操在这段话后面写了一段读书心得：让自己足够强大才能立于不败之地，要耐心等待敌人虚弱松懈的时机夺取最终胜利。稳固防守可以立于不败之地，敌人贸然进攻就有破绽可以取胜。

曹操由此决定了他的作战计划，集结兵力做好防守，静观其变，等待敌人露出破绽再一击制敌。他把自己的想法和荀彧一说，两个人一拍即合。

于是曹操把主力部队集结在大本营东郡的濮阳至鄄城（今山东省菏泽市一带）一线。在这里曹操得到人民拥护，对地形也很熟悉，同时背靠黄河，距离袁绍很近，随时可以得到支援。

接下来所要做的就是耐心等待。果不其然，变化马上就出现了。

三十四　袁绍定北方

第一个变化来自北方。袁绍给曹操送来密信，他已先后在界桥和龙凑两次击败了公孙瓒，又扫平了冀州境内的各股势力，北方已无后顾之忧。

史书中关于袁绍这次重要胜利的所有记录都神秘地消失了，原因众所周知。但我们要感谢同时代"建安七子"之一的王粲，他所作《英雄记》极其完整地保存了界桥之战的详细记录。

袁绍和公孙瓒双方在界桥南二十里的地方展开了决战。公孙瓒以步兵三万人居中结成一个方阵，左右两翼各有五千幽州突骑，其中又以最精锐的白马义从为中坚。公孙瓒部队的阵容齐整，旌旗招展，士兵们身着鲜亮的甲胄，刀枪林立，在阳光下闪闪发光，把对面袁绍的军士晃得睁不开眼。

袁绍则处于明显劣势。不但兵力弱于公孙瓒，而且没有骑兵，全部是步卒。由大将麹义率领八百名精锐步兵为先锋，后面是一千名强弩手，袁绍亲自率领数万步兵结阵于后。

公孙瓒不屑一顾地看着袁绍阵前这稀稀拉拉的一千多人，心想袁绍徒有其名，不会打仗，放这点儿人在阵前，白马义从一个冲锋就全踩成肉酱了。

但他哪里知道，袁绍的部署暗藏着巨大的玄机。

麹义是凉州人，在与西羌的战斗中九死一生，熟悉用步兵来对抗凉州铁骑的战法。而先锋八百壮士全部是麹义亲自精挑细选并加以特殊训练的特种部队，一手持长刀，一手持盾牌，专门擅长与骑兵作战。

更重要的是，公孙瓒自恃他的白马义从天下无敌，却不知道袁绍手中有一种威力更大的秘密武器：强弩。

当时有一句顺口溜："幽州突骑，冀州强弩，为天下精兵。"弩在汉代发展极快，最远射程能够达到五百米，比弓箭射程远两至三倍。另外还发明了类似枪支瞄准器的"望山"，命中率大幅提升。而袁绍所在的冀州正是以制作强弩闻名天下，强弩又恰恰是骑兵的最大克星。

战斗打响了，公孙瓒令旗一挥，两翼的骑兵率先冲锋。白马义从冲在最前面，好像两道弯弯的白月牙直撞向麹义的先锋军。麹义和他的八百人却鸦雀无声，全部把盾牌立在地上，静静蹲在后面一动不动。眼看白马义从已近在几十步之外了，麹义猛地把长刀一举，一千张强弩同时发射，像一排黑线从八百人的头顶飞过去，与两道白月牙对撞在一起。黑线是铁，白月牙是肉，碰撞之下顿时人喊马嘶，血光四射。这时麹义把长刀向前一指，八百先锋军一起跳起来，用最大的声量同时怒吼，飞一般地冲向已经混乱的骑兵阵列，身后扬起冲天的尘土。他们像砍瓜切菜一样斩杀倒地的骑士，然后迅速把身体往地上一伏，身后第二波强弩又射了过去，再次把后面冲上来的骑兵像伐木一样扫倒，麹义他们跟着冲锋上去，斩杀落马者。

这一战，袁绍只依靠这一千八百人就击溃了公孙瓒的四万人马。公孙瓒几次试图喝止军士回身与袁军作战，但都抵挡不住八百先锋军不要命的冲击。最终麹义一直杀入公孙瓒的大营，公孙瓒只得丢下数千具尸体撤退。

这是历史上步兵战胜骑兵的一次经典战例。

袁绍也在这次战役中表现出了英雄的一面。由于公孙瓒的部队已经溃败，袁绍率领他的总指挥部毫不设防地从后方向前追赶前军，身边只有一百名手持大戟的卫士和几十名强弩手护卫。但他们中途突然遭遇了上千骑被冲散了的白马义从，双方顿时混战在一起。卫士们冒死保护袁绍躲进一间老百姓丢下的空院子，袁绍却把头盔摘下来往地上一丢，高声说："大丈夫应该向前拼死搏斗，怎么能躲在墙后面？这样活着有啥意思？"说完他亲自指挥强弩手向外突围。白马义从不知道袁绍本人在此，无心恋战，很快就逃散了。

公孙瓒的实力在界桥之战中并未受到大的损失，但士气受到很大打击，整个战局形势发生了逆转。

而袁绍也遇到了新的麻烦。在他组织全军庆功宴的时候，忽然传来一个消息，他的大本营邺城（今河北省邯郸市临漳县一带）被一股黑山贼偷袭攻陷了。由于包括袁绍在内的全军家属都留在邺城，很多人听了都惊慌失措，还有的现场痛哭流涕。

这时候前面有随时可能卷土重来的公孙瓒，后方老窝儿被端，家属生死不明，全局形势已经命悬一线。但袁绍却神色不变，泰然自若地继续和部下把酒言欢，好像一点儿也不担心。

袁绍的镇定起到了稳定军心的关键作用。他迅速回军邺城，所幸黑山贼中有人暗中保护了袁绍和主要官员们的家属，城中没有大的伤亡，黑山贼劫掠了一些钱财就逃走了。袁绍亲自带兵追赶这伙黑山贼，在中途全歼敌军，击毙了首领于毒。他还趁机沿着太行山东侧扫荡冀州境内的各股流寇，基本肃清了冀州境内的所有敌人，实现了对冀州全境的掌控。

然后袁绍又在渤海郡的龙凑与公孙瓒进行了第二次战役，再次大败公孙瓒，从而切断了公孙瓒所控制的幽州与青州之间的联系，公孙瓒被迫龟缩在幽州，再也不敢出来向袁绍挑战了。

袁绍虽然继承了四世三公的显赫家世，但他最终所控制的冀、青、幽、并四州并非白捡来的，而是在极其不利的战略形势下，率军浴血奋战、寸土必争的辉煌战果。袁绍以弱克强，战胜公孙瓒的成就并不亚于之后曹操与袁绍的对决。

可惜的是，这段历史被神秘地清洗掉了。

曹操收到袁绍发来的喜讯，一把将黄河以北的聚米图全部抹平。他不用再顾忌背后的情况，可以专心致志对付黄河以南的敌人们了。

而很快，南方又传来了消息。

三十五　唯快不破

袁绍在与公孙瓒作战的同时，采取远交近攻的策略，与南方的荆州刺史刘表结盟。而袁术所在的南阳郡归荆州管辖，刘表正驻兵在离南阳不远的襄阳，这对袁术形成了很大的压力。为了能够扫除后患，北上进攻曹操，袁术决定先解决掉刘表。

对比曹操和刘表，袁术认为刘表能力不及曹操，更容易攻取。但事实证明，他的判断是错误的。刘表在汉灵帝死后被委任为荆州刺史，来的时候身边没有一兵一卒，而荆州辖下八郡被各种势力控制着，情况错综复杂。但刘表依仗其名士身份，采取怀柔政策，团结了当地的地方世家大族，在很短时间内就控制了荆州在长江以南的地区，可见他是有一定政治能力的，并非一个可以随便被摁在地上摩擦的人。

当时孙坚正依附于袁术，是袁术手下的一张王牌，袁术就把进攻刘表的重任交给了孙坚。连董卓的凉州铁骑都打不过孙坚，刘表的部队更是不堪一击。

孙坚很快突破了刘表设下的几道防线，直杀到襄阳城下。眼看城就要被攻破了，却突然发生了意想不到的事。

孙坚在一次战斗中表现得过于勇敢，单人独骑冲锋在前，结果不幸被刘表部下黄祖的狙击手偷袭射杀了。群龙无首，孙坚的部队只能撤退。

孙坚的意外死亡对整个会战产生了全局性的影响。袁术丧失了孙坚这张王牌，战斗力和士气都受到很大影响。试想如果袁术让孙坚北上和曹操对决，孙曹两家将提前十余年交手，胜败犹未可知。而孙坚死后，刘表乘胜进兵，切断了袁术的粮道，迫使袁术在南阳郡转入战略防御，暂时无暇北上进攻曹操了。

曹操收到孙坚的死讯，敏锐察觉到了转瞬即逝的战机。他马上联系袁绍，利用袁术暂时无力北顾的机会，请袁绍出兵配合，以曹军主力进攻距离最近的敌人——驻兵于东郡发干县的徐州牧陶谦。陶谦这支部队只是为了牵制曹操，实力不强，很快就被曹操击溃。

曹操又乘胜进攻驻扎在青州平原国（今山东省德州市一带）声援陶谦的刘备。刘备受公孙瓒委派而来，但由于袁绍切断了青州与幽州的联系，刘备已得不到公孙瓒的补给支援，士气上受到影响，所以也很快被曹操击溃。

曹操通过这一次战役，基本消除了来自东方的威胁。曹孙刘三家在这场会战中悉数登场。曹操有些幸运地错过了勇力过人的孙坚，但与陪伴他一生的老对手刘备第一次正面交锋并取得了一场完胜。

公孙瓒、陶谦、刘备、孙坚的接连失利，再加上粮道被刘表切断，让袁术再也坐不住了。他决定打出手里的最后一张王牌——皇帝任命的兖州牧金尚，以帮助金尚上任的名义，全军主动出击，讨伐逆贼曹操。

袁术精心策划了他的作战计划。他亲自率军进入兖州，驻扎在陈留郡的封丘（今河南省新乡市封丘县一带），同时联系并州的黑山贼和南匈奴部落，壮大声势。袁术派出大将刘详担任前锋，进驻到匡亭（今河南省长垣市一带）。

按照今天的地图估算，匡亭距离曹操所在的鄄城约140公里，距离袁术所在的封丘只有30公里左右。因此匡亭的刘详既是插在兖州前线的一把尖刀，也是一个诱饵。只要能够引蛇出洞，让曹操进攻匡亭，袁术马上可以增援，利用兵力优势和曹操进行决战。

更为重要的是，袁术对自己四世三公的家族影响力充满自信。而且他当时是皇帝任命的后将军，所以他认为只要自己一到封丘，兖州各地的官吏肯定会望风投诚。再加上自己手里有金尚这张王牌，只要把皇帝的任命诏书向大家展示一下，自封为兖州牧的曹操必然众叛亲离、不攻自破。

不得不说袁术的作战计划确实是有水平的。如果遇到普通的敌手，袁术大概率可以取胜。只可惜他面对的是一个过分强大的敌人——曹操。

袁术奇怪地发现，自己到了封丘好几天，陈留太守并没有前来拜见，更没有送来兵源和补给。这让本来就粮草不足的袁军士气低落。

原因其实很简单。陈留太守是曹操的铁兄弟张邈，袁术不幸撞到了一块铁板上。

更让袁术大吃一惊的是，他收到探报，曹操已经包围了匡亭。

怎么可能这么快！

曹操得知袁术进入兖州的消息后，虽然兵力上处于劣势，部队刚同陶谦、刘备作战回来，比较疲惫，但他决定马上出兵迎击。面对皇帝任命的兖州牧金尚，曹操是有点心虚的。他知道如果时间一长，兖州内部难免会出现分化。只有趁袁术立足未稳，进行闪击，才是取胜最好的机会，也是最后的机会。

曹操率军昼夜兼程来到匡亭城下，围城但不猛攻，同时设伏等待袁术的援兵。

天下武功，唯快不破！

于是袁术的引蛇出洞变成了曹操的围城打援。袁术慌忙带兵增援匡亭的刘详，却在中途遭到曹操伏兵的猛烈攻击。

袁术低估了曹操安抚地方的政治能力，低估了曹操部署作战的应变能力，也低估了曹操部队的战斗能力。虽然曹操组建青州兵主力部队才一年，但通过亲自练兵，明令赏罚，已经打造出一支能征惯战的威武之师。

而袁术的部队后勤保障不足，士气不高，黑山贼和南匈奴部落都是唯利是图的散兵游勇，一看形势不好，早已逃之夭夭。袁术只好放弃匡亭，撤回封丘。但还没等他坐下喘口气，曹操已经带兵赶上来围攻封丘。袁术急忙带领残兵在包围圈合围之前拼命逃出。曹操则丝毫不放松，一路向东南方向驱赶袁术近六百里。直到袁术连滚带爬地跑出兖州，逃往扬州九江郡方向才作罢。

虽然没有官渡、赤壁那么有名，但这一战同样也是曹操戎马一生的得意之作：匡亭六百里大追袭。

三十六　灭门惨案

从汉献帝初平三年（192）至初平四年（193），天下形势发生了天翻地覆的变化。

综合实力远胜袁绍、曹操集团，且对袁曹形成四面包围之势的袁术、公孙瓒集团土崩瓦解。袁术远遁扬州，公孙瓒躲在幽州易京（今北京市一带），修了一座十丈高的摩天楼，这应该是当时全世界的第一高楼。他在里面储备了三百万斛粮食，从此再不下楼，成了寓公。

这时袁绍47岁，曹操38岁。

而袁绍一刻都没有停下脚步。他坐镇冀州对付北面的公孙瓒，并派遣大儿子袁谭去与公孙瓒任命的青州刺史田楷争夺青州，派遣外甥高干进驻并州剿灭当地流寇，还任命了一位豫州刺史在豫州发展势力。

当曹操回到鄄城指挥部的聚米图前时，发现袁绍抢地盘的速度实在是太快了。大哥的地盘肯定动不得，那么兖州四方可以抢夺的地盘就只剩下徐州了。

恰恰此时，从徐州传来了一个噩耗。

董卓乱政后，曹操从雒阳逃回谯县，招兵买马准备讨伐董卓。但豫州刺史收到董卓发布的通缉令，立即抓捕曹操，曹操只好逃去投奔张邈。他父亲曹嵩也不敢再待在谯县，带着宗族逃到徐州的琅琊国（今山东省东南和江苏省东北部一带）避难。

这时曹操在兖州站稳了脚跟，第一件事就是给老父亲写信，请曹嵩带着全家人来兖州享福。曹嵩见信大喜，儿子总算混出点模样来了。他立即让曹操的弟弟曹德通知全家老小和宗族乡亲收拾金银细软出发上路。这一行人浩浩荡荡，向兖州行进，有几百辆大车绵延好几里地。

琅琊国紧靠着兖州的泰山郡（今山东省泰安市、莱芜区及淄博市南部、临沂市西北部、济宁市东北部一带）。曹操为防不测，专门安排下属泰山太守派兵跨境进入徐州，卫护全家平安转移。但老曹嵩见儿子心切，没等曹操的人马来到就急急上路了。他忘了外面已经是乱世，而且徐州是曹操敌人陶谦的地盘。于是，不是意外的意外发生了。

某天，曹嵩一行在中途民宿休息时，突然遭遇了一伙强盗。这些强盗行为可疑，不但要钱，还要命。站在门口的曹德首当其冲，被当场砍死。其他人四散奔逃，但没有一个幸免。曹嵩拉着他的爱妾往后院跑，躲进了厕所里。他以为强盗抢完财物就走了，没想到强盗仔细搜查了民宿的每个角落，结果发现了曹嵩和爱妾的藏身之处，两个人都死于乱刀之下。

这是一起神秘的命案。曹家满门被杀，没留下一个活口，所有财物被抢不知去向，现场没有任何证人和证物，连曹操派去接应的泰山太守都畏罪潜逃了。人们对此案议论纷纷，最大嫌疑人当然是刚刚被曹操打败的徐州牧陶谦。

曹操一夜之间父母双亡，亲弟弟和宗族亲戚全部横尸荒野，这样的晴天霹雳，悲痛之情是可想而知的。而命案又恰恰发生在曹操垂涎已久的徐州。那就再没有什么可说的了，曹操留下荀彧镇守大本营鄄城，夏侯惇镇守东郡的濮阳，自己亲率精兵进军徐州，扬言要为曹家几百口亡魂报仇雪恨。

曹操根本不想浪费时间去调查谁是真正的凶手，他认为凶手不是陶谦，也肯定是徐州人，徐州每个人手上都沾着曹家人的血。

但这一仗打得远不如曹操所预想的那么顺利。

陶谦老家是扬州丹阳郡（今安徽省宣城市一带），他手下有一支以丹阳兵为主体的近卫部队。丹阳这个地方以盛产精兵闻名天下。曹操当年被徐荣打败后也曾专门跑去丹阳招兵。他曾经说过："丹阳山险，民多果劲，好武习战，高尚气力，精兵之地。"因此，陶谦虽然在兖州被曹操轻松击败，但现在情况不一样了，所有人为了保家卫国都在拼死抵抗。

另外，陶谦在徐州深得人心。他大方收留了乱世中从雒阳和其他地方逃难来的上百万人民群众。无论是世家大族的名士，还是无家可归的农民，他都给予很好的安置。

而曹操临走前却没顾上好好温习一下他的《孙子兵法》，忘记了孙子专门提醒大将必须警惕的五种危险："必死，可杀也；必生，可虏也；忿速，可侮也；廉洁，可辱也；爱民，可烦也。凡此五者，将之过也，用兵之灾也。覆军杀将，必以五危，不可不察也。"

曹操在下面认真写了读书心得：不怕死的人，可以用计谋杀掉他；很怕死的人，可以恐吓俘虏他；着急的人，可以挑逗激怒他；廉洁的人，可以侮辱陷害他；爱民如子的人，可以驱使他为了人民疲于奔命。如果大将有这五种毛病，很有可能会失败甚至丧命。

而曹操正犯了"忿速"的毛病，他急于抓住陶谦，为全家人报仇，同时扫平徐州扩张地盘。但心急吃不了热豆腐，曹操和陶谦两军在彭城（今江苏省徐州市一带）展开激战，虽然曹军最终取胜，陶谦带兵退走，但曹操也耗尽了军粮，被迫撤回兖州。而因为徐州百姓的不配合，曹军撤退途中得不到任何粮食补给，这让本来就火冒三丈的曹操恼羞成怒，立即下令：屠城！

据说曹军屠杀了徐州数十万百姓，连鸡犬也不放过。所有尸体被丢入了附近的泗水河，把河流都堵塞住了，原来繁华的城市乡村成了没有人烟的鬼城。

而曹操还不肯善罢甘休，第二年又卷土重来，一路杀到了淮河边上。陶谦请了正在青州游荡的刘备和青州刺史田楷赶来助拳，但都挡不住阎王一样杀红了眼的曹操，只能各自躲到坚固的城堡里死守。曹军所过之处见人杀人，见佛杀佛，一切斩尽杀绝。那些从四方逃难而来的平民百姓本以为徐州是他们的世外桃源，最终却没有躲过乱世的鞭挞，至此几乎死亡殆尽。

白骨露于野，千里无鸡鸣。

生民百遗一，念之断人肠。

这是曹操所作《蒿里行》的传世诗句，正可以用来形容曹操二伐徐州时的景象。

这真是一个天大的玩笑，悲天悯人的诗人其实正是那个冷血无情的屠夫。

三十七　深仇大恨

真正的大政治家可以很好地处理个人情感和国家大事之间的关系。而曹操英雄一世，感情用事却是他的阿喀琉斯之踵。

曹操具有超出常人的政治性和敏锐判断力，同时也具有超出常人的浪漫诗人情怀。这两种力量始终在曹操的身体里激荡交迸、人神乱战。想想曹操初为雒阳北部尉、担任济南相、孤军深入单挑董卓，以及当下进攻徐州的每一次事件，他从来不缺乏冷静分析形势、明确战略目标的能力，但总是忍不住意气用事，一时性起，干出不计后果的事。结果好不容易才爬上一座山峰，一失脚又跌到半山腰去了。曹操的这种不稳定的性格极大限制了他个人事业所能达到的高度，最终让他遗恨终生，没有实现统一中国的宏伟目标。

当然，曹操不是秦皇汉武、唐宗宋祖，曹操就是曹操。在逢场作戏的政治舞台上，曹操独一无二的浪漫之情也正是他的可爱之处。

作为一方诸侯的曹操，为全家报仇当然是他进攻徐州的重要动机。但人死不能复生，凡事要向前看，占领徐州、扩张势力才是他真正应该谋求的政治目标。可这时候曹操发起了小孩儿脾气，他回想起父母的养育之恩、兄弟之情，早忘了他兖州牧的身份，也忘了他要去徐州干什么，只顾四处杀人放火、报仇泄愤。当权力被放在一个顽童手里时，就是这样的灾难性后果。曹操的滥杀无辜导致徐州全民皆兵拼死抵抗曹军，战争陷入持久战，曹操吞并徐州的计划破产了。而且曹操在徐州几代人心目中留下了难以磨灭的极坏印象，徐州成了曹操平生最难征服的一块土地。

更让曹操没有想到的是，在徐州琅琊国阳都县有一个14岁的少年目睹了大屠杀的惨剧，对曹操的暴行恨之入骨，很快他的叔叔带着他们全家老少一起逃到荆州避难。他的叔叔不幸在战乱中丧生，少年年纪轻轻就必须承担起家庭的重任，他拉扯着弟弟在南阳郡一个叫作隆中的地方安顿了下来。少年慢慢长大，成了一个身高八尺的美男子。他白天种地、晚上作诗，常常自比战国时期的英雄管仲、乐毅，被当地人尊称为卧龙先生。没错，这个心底永远藏着徐州大屠杀阴影的少年就是曹操一生中最可怕的敌人之一——诸葛亮。

说回曹操。大肆屠城并没有让曹操感到释然，反而变本加厉，他心底那块最深的伤疤这时也复发了。曹操为了发展自己的势力，招纳了不少四方名士。他虽然深深厌恶这些看不起自己、又没有什么真才实学的名士，但表面上对这些"美丽的花瓶"非常尊重和优待，以此来吸引天下人才。现在他却因为抑郁而狂躁，怎么看这些名士都不顺眼，就挑了一个平时最喜欢挖苦嘲笑自己的陈留郡名士边让开刀，罗织了一个罪名把边让全家都杀了。曹操这么做也是为了杀鸡儆猴，让所有名士都知道，看不起曹操会有什么下场。

这是曹操一生中胡闹得最严重的一次，也是他一生中摔得最狠的一次。

当曹操还在徐州大杀四方的时候，突然接到了荀彧十万火急的鸡毛信，信里通报了一件惊天大事：

张邈叛变。

对，就是曹操从小一起游侠的奔走之友，为曹操创业注入第一笔资金的天使投资人，袁术进攻兖州时和曹操肩并肩一起战斗的那位金兰兄弟：张邈。

曹操第一次进攻徐州时曾经告诉家人："如果我不幸牺牲在战场上，你们立刻去投奔张邈，只有他会收留你们，没有别人。"当曹操从徐州归来时，张邈亲自出来迎接，两个人手拉着手，流下了激动的热泪。

张邈和袁绍也是一起游侠的好友，但后来张邈收留了被袁绍赶走的前冀州牧韩馥，又热情款待了被袁绍猜忌逃走的吕布，这让袁绍很不爽，写密信让曹操除掉张邈。曹操回了一封短信，说张邈是我们最亲密的兄弟，不管他做错了什么我们都应该原谅他。这是曹操平生第一次拒绝袁绍的要求。

这就是曹操和张邈的友谊。说谁叛变曹操都可以相信，但他万万想不到反叛他的人竟然是张邈。

那么，张邈为什么这么做呢？

原因很简单。张邈觉得虽然他和曹操的交情非同一般，但曹操和袁绍的关系更好，还是政治盟友。早晚有一天滴水穿石，曹操会为了袁绍把自己杀掉。

司马迁的《史记》里记录了一个类似的故事。秦灭六国的时候，有两个好兄弟张耳和陈余，他们的亲密友谊甚至创造了一个成语：刎颈之交。为了躲避秦朝的追捕，他们一起隐姓埋名在三线小城当了多年的看门大爷。后来两人一同起兵反抗秦朝，功勋卓著。但有一次张耳被秦军围困，陈余出兵相救未果，张耳却怀疑陈余是故意不想救他，两个人从此貌合神离、分道扬镳。最终张耳投靠刘邦，随同韩信背水一战斩杀了陈余，两个好朋友落得了个自相残杀的结局。

司马迁用了四个字评论这个故事：势利之交。

再好的朋友哪怕是刎颈之交，往往可以同患难，却很难同富贵。只有到了利益攸关之时，才能检验真实的人性。乱世纷纷，张邈终于对友谊失去了信心。他怀疑在友谊和利益面前，曹操注定会选择后者。

另外，曹操在徐州的屠杀，特别是他诛杀本地名士的行为深深伤害了陈宫等其他兖州上层人士的感情。这些世家大族的名士往往彼此通婚，互为门生故吏，形成紧密的利益共同体，一荣俱荣，一损俱损。杀了一个边让，就等于冒犯了整个兖州的名士集团。曹操看到袁术打着皇帝的旗号来讨伐自己，也没有动摇自己在兖州的统治，就盲目认为自己的根基稳固，但却低估了名士集团在州郡盘根错节的关系网的力量。

张邈的弟弟张超、陈宫以及张邈手下的主要官员们围住张邈，苦劝他不要再给曹操卖命，趁曹操在徐州打仗的时机发动叛乱。张邈本来心里有鬼，这时候真正动摇了。但张邈是和曹操一起长大的，知道曹操的能力和自己几斤几两，所以还残留着最后一丝犹豫，不敢动手。陈宫看出了张邈的担心，就向他推荐了一个人来共举大事：吕布。

吕布自从杀死董卓，被董卓部将李傕、郭汜赶出了长安，先去投奔袁术，但袁术拒不接纳他，就又跑去投靠了袁绍。袁绍起初重用吕布，吕布擅长指挥骑兵，为袁绍击败并州"黑山贼"立下了大功。但吕布立功反而让袁绍开始担心了，吕布有杀董卓的盖世功勋，朝廷封他的官职比袁绍还大，再加上吕布这个人反复无常，袁绍觉得身边有个吕布很没有安全感，就安排杀手去刺杀吕布。吕布发觉了袁绍的阴谋，提前开溜，跑去投奔了他的老乡河内太守张杨。在途经陈留郡的时候，吕布曾经和张邈有一面之缘，两个人谈得非常投机，还一起拉着手盟誓结交。

这时候陈宫一提吕布的名字，张邈一拍脑门，对啊！吕布是天下第一勇士，还有手刃董卓的崇高威望，和吕布联合就不用再害怕曹操了。于是张邈立即派陈宫去请吕布。吕布连饭都没吃完，丢下饭碗，跳上他心爱的赤兔马，马不停蹄地来了兖州。

三十八　输得起

荀彧为了不让曹操担心，同时不影响前方部队的士气，并没有把张邈叛乱的严重程度完全讲出来。

当时兖州下辖八个郡国，共八十个县城。张邈和吕布在陈留郡发动叛乱后，立刻得到了州内各郡县的积极响应。除了曹操的大本营、荀彧所驻守的鄄城之外，只有范、东阿两个县继续为曹操坚守，其他兖州所有郡县全部一边倒地向张邈和吕布效忠。

这就是曹操玩火的严重后果。

实际上，能够勉强守住这三个县城也多亏了荀彧在关键时刻挺身而出，发挥了定海神针的重要作用。

某日，张邈派了一个信使来面见荀彧，说吕布将军前来支援曹使君（东汉时州牧称使君）征伐陶谦，请尽快提供军需物资。这件事让荀彧觉得十分蹊跷，他平时和前线的往来公文很多，但曹操从来没有提过吕布出兵这件事。

当官员们还在讨论分析这件事的原委时，荀彧凭借其过人的政治敏锐性，坚定认为出大事了。他马上做出决断，写信给驻守在濮阳的东郡太守夏侯惇，让他昼夜兼程赶来鄄城。同时立即派人加固城防工事，做好应战准备。荀彧知道，曹操把主力部队全带到徐州去了，如果张邈反叛，能够效忠曹操的部队就只有自己和夏侯惇这两支力量。但这两支力量都很薄弱，不可能同时守住东郡和鄄城，只能集中兵力死守鄄城待援。因为鄄城有大量的军需物资，还有曹操和全军的家属。

荀彧的准确预判和快速反应为自己赢得了非常宝贵的时间。夏侯惇收到荀彧的命令后来不及转运辎重，立即带兵轻装出发，结果在半路上遭遇了吕布前来包围濮阳的部队。如果夏侯惇晚走一会儿，很可能会被吕布偷袭得手。两军交火后夏侯惇无心恋战向鄄城撤退，吕布进兵占领了濮阳，缴获了城中的大量物资。

祸不单行，夏侯惇在撤退途中不慎被吕布派出的几个刺客绑架。本来刺客的任务只是杀夏侯惇，但这几个刺客十分贪财，竟然大大方方坐在大帐里不走，拿夏侯惇当肉票索要钱物，想大捞一笔后再撕票逃走。夏侯惇全军上下都吓傻了，濮阳城丢了，主帅还被包成了肉粽子。

幸亏这时有个名叫韩浩的部将站了出来。他先是怒骂刺客："你们狗胆包天，竟敢绑架夏侯将军，不想活了吗？我的职责是抓捕匪徒，绝不会因为顾忌人质就放过你们。"

然后他又痛哭流涕地着对夏侯惇说："实在对不起了将军，我是依法办事，请您原谅吧。"

说完他作势就要冲上去和刺客们搏斗。刺客们一看慌了，没想到这个将军的命这么不值钱，赶快跪下磕头，韩浩趁机救走夏侯惇，把刺客全部逮捕处死了。

据说曹操后来把韩浩应对绑匪这一招写入了律令，明确规定抓捕绑匪时不用考虑人质，从此社会上的绑票案件就几乎绝迹了。

夏侯惇九死一生，撤进了鄄城。荀彧连夜排查城中所有的官员名单，诛杀了几十个有嫌疑的人，才算稳住了鄄城的局面。

这时说巧不巧，突然又有邻近的豫州刺史郭贡带着几万人马来到了城下，点名要和荀彧谈判。所有人都认为郭贡是张邈的同党，反对荀彧出城。夏侯惇也对荀彧说："您是城里的主心骨，不能出去冒险。"

但荀彧认为，郭贡和张邈原来并不熟悉。他现在来得这么快，肯定和张邈他们还没有谈妥，只是想来捡点便宜。自己现在去见他，他心里还没有打定主意，即使不能说服他，也能让他保持中立。如果自己不去，肯定会激怒他，让他下决心支持张邈。

于是荀彧力排众议只身出城去和郭贡谈判。郭贡见荀彧气定神闲，认为鄄城已有了防备。他也不想马上和曹操撕破脸，就带兵撤回了。

范县和东阿两个县能够守住也主要是荀彧的功劳。荀彧一直很注重发现和培养人才，他很早就注意到有一个老家在东阿的本地名士程立。这个人身高一米八，有一脸很漂亮的大胡子。他不仅在兖州很有声望，而且是一个难得的有真才实学的智谋之士。程立有一次告诉荀彧，他年轻时做过一个梦，自己登上泰山，双手捧起了一个太阳。

现在危急关头，听说范县和东阿两县还在坚守，荀彧立刻想起了程立。他让程立冒死去这两个县做思想政治工作，说服守吏坚守，等待曹操归来。而程立不辱使命，凭三寸不烂之舌说服了已经动摇的范县县令，又跑回老家和东阿县令枣祗一起坚守待援。由于程立在这次叛乱中立下了大功，曹操听荀彧说起他做的那个梦，就给他改了个名字叫：程昱。

他就是和荀彧、荀攸、郭嘉、贾诩齐名，号称曹操五大智囊之一的程昱。

这就是曹操急行军赶回兖州时所见的惨景。但曹操确实与众不同，看到所有人垂头丧气的样子，却大笑起来。

他说："我们太幸运啦！吕布偷了我的兖州，如果他出兵占据和徐州相邻、地势险要的东平国，在亢父、泰山一带的天险设伏阻击着急回家的我们，我们肯定要完蛋了。现在他待在濮阳城里瓜分物资。我知道吕布是个无能之辈。"

这是曹操的一个突出优点，也是当领导必须具备的一种能力——输得起。

无论遇到什么情况，他从来不在众人面前怨天尤人、唉声叹气。即使是一败涂地的时候，他也能很有技巧地与干部队伍谈心谈话，做好思想工作。只要精神上不动摇，队伍有凝聚力、战斗力，就还有东山再起的机会。

三十九　兵不厌诈

曹操从徐州赶回来几乎没有休整，就气势汹汹地进兵濮阳讨伐吕布和张邈。他这时被张邈叛变一盆冷水浇头，已经冷静了很多。毕竟濮阳一直是自己的地盘，吕布还立足未稳，于是曹操派人潜入濮阳开展地下情报工作。

《孙子兵法》一共有十三篇，其中专门有一篇叫作《用间》。曹操在标题下面写了注解："战者必用间谍，以知敌之情实也。"

孙武详细介绍了战争中使用间谍的五种方法：因间、内间、反间、死间、生间。因间是收买敌占区的百姓成为间谍，内间是收买敌人的官员从内部收集情报，反间是离间敌人内部关系，制造矛盾，死间是散布我方的重大负面消息迷惑敌人，生间是派我方干部打入敌人内部开展情报工作。

曹操非常擅长使用间谍战术，这是他克敌制胜的一项重要法宝。当然这也是有很大风险的。

曹操很快得到一条情报，吕布在濮阳城西边四五十里的地方有一座兵营，和城中的部队形成互相支援的掎角之势。他二话不说亲自带兵发动夜袭，但这股敌军很有战斗力，曹军苦战到天明才击溃了他们。

当曹军疲惫地返回驻地途中时，突然遭遇了吕布亲自率领的大批援军，援军从三个方向包围上来。幸亏曹军训练有素，立即迎战，双方从日出杀到日落，整整打了一天。曹军连续战斗了近24个小时，消耗极大，眼看曹军渐渐不支，战斗已经到了千钧一发的时候，曹操紧急组织敢死队准备做最后抵抗。

这时有一个名叫典韦的壮士挺身而出，组织起一支几十个人的敢死队。大家都穿上两重铠甲，丢掉盾牌，只拿一根长矛或大戟，摆出只攻不守、同归于尽的架势。他们来到敌人攻势最猛的西线，典韦告诉战友："等敌人冲到十步以外时再告诉我。"然后他自己抱着十几根短戟，竟然坐在地上开始闭目养神。

战友心急如焚，仔细算着敌人的步数，看差不多就狂喊起来，十步啦！十步啦！

典韦却不睁眼，轻声说，五步再说！

战友心想：五步和十步有啥区别啊？你再不睁眼脑袋就没了。也不管敌人还差多远，一起大叫，敌人来啦！

只见典韦大叫一声，从地上蹿起来老高，眼睛瞪得和铜铃一样，把手里的短戟当标枪掷向敌人，所掷百发百中，中者立毙。然后他带着敢死队发起冲锋，一下子把吕布的包围圈冲开了一个缺口。

曹操一看大喜过望，令旗一挥，组织曹军发动总攻。吕布打了一天也实在累得不行了，见势不妙，就带兵撤回濮阳城里去了。

典韦是陈留人，一参加工作就在张邈手下。虽然他勇武过人，因曾经单臂举起高大的牙门旗而受到关注，但因为草根出身，始终只是个普通士兵。曹操到兖州后，接收了张邈的一些部队，典韦就跟着转投了曹军。此战后，曹操立即把典韦从士兵直接提拔为都尉，任命他为亲兵卫队长。而典韦也忠心耿耿，一天到晚站在曹操身后护卫，曹操睡觉了他也不回自己的营地，就席地睡在曹操的帐外。虽然典韦是从张邈手下投靠过来的，但曹操对他充分信任没有一点戒心，典韦也对曹操绝对忠诚。

从事后来看，曹操收到的这条情报有可能是吕布故意放出来的诱饵，引诱曹操进攻城外兵营，然后内外夹攻，歼灭曹军。但由于曹操素来用兵神速，吕布援军还没赶到，兵营就被攻陷。再加上典韦的超常发挥，才让曹操躲过了这一劫。

但曹操并没有因此而警觉，这时候他又得到一条情报。城中有一家姓田的富户被曹军间谍成功策反，愿意作为内应，在约定时间打开城门引曹军入城。

曹操虽然心里没底，但恨张邈和吕布心切，因此决定冒险一试。当他夜半三更带兵来到濮阳城门前时，欣喜地发现大门如约打开了。这时候曹操又做了一个冲动的决定，他在全军进城后放火烧掉了城门，想以此来激励将士，显示自己誓与敌人决一死战的决心。

但进城后不久，曹操借着火光蓦然发现，吕布已经带兵布好阵势等着他了。不知道是田氏的密谋被吕布截获，还是他本身就是个双面间谍，反正现在曹操别无选择，只有决一死战了。

吕布以逸待劳，骑着他的赤兔马率领麾下铁骑直接冲击曹操最精锐的青州兵。当时天下盛传"人中吕布,马中赤兔",吕布确实非常骁勇善战。更重要的是曹军发现城中有备,大家有成为瓮中之鳖的危险,难免心里打鼓。所以尽管曹军军纪严明,青州兵还是抵挡不住,率先转身逃跑。这一下曹军全面崩溃,曹操指挥失灵,也只能被败兵裹挟着向城外逃逸。

据说当时有一个吕布的骑兵抓获了曹操,讯问他说:"曹操在哪儿?"

曹操指了指前面一个骑黄马的人说:"曹操在那儿。"

那个骑兵很傻很天真,竟然丢掉曹操去追骑黄马的人去了。如果这件事属实,这大概是曹操一生中最接近死亡的一次了。

曹操逃到城门口才尴尬地发现,城门正烧着一把熊熊大火。他别无选择,只能眼一闭,骑马闯出火海。结果刚冲出城门,就被惊马甩到了地上,左手掌也被严重烧伤。幸好有部下及时赶到,全力把曹操扶到马上,他才得以逃回城外大营。

这时大营里面正乱作一团,败退回来的曹军不成队伍、互相踩踏。特别是大家发现曹操不见了,眼看就要作鸟兽散。曹操顾不得包扎伤口,忍着剧痛用最快的速度出现在将士们面前,若无其事地在全营巡查,还煞有介事部署士兵整理攻城器具,做好明天早上攻城的准备,这下才算是稳住了军心。

通过这两战,吕布是不是像曹操所说的无能之辈已经很清楚了。战斗转入了相持阶段,双方互有攻守,在濮阳相持了三个多月不分胜负,直到老天爷来出面调停。

当年夏季中原地区发生了严重的蝗灾,兖州是重灾区。史书上记载,一斛小米卖到五十万钱,"人相食",老百姓只有吃人才能活下去。东汉时一斛小米为13~15公斤,正常时的价格在三十钱左右,这时一下子通货膨胀了近两万倍。

没有粮食,仗也打不成了。双方军队都已经粮尽,曹操只能把所有新招募的士兵全部遣散。程昱雪中送炭给曹操发来了一批粮食。吕布和张邈也把城中能吃的东西全部吃光了,两军人马只好各回各家,饿着肚皮,杀向郡县,割老百姓的庄稼去了。

可笑的是，那座双方损兵折将争夺了几个月的濮阳城竟然被丢在身后无人问津了。

四十　粮草先行

曹操在《孙子兵法》的一段话下面画了重点：

"凡兴师十万，出征千里，百姓之费，公家之奉，日费千金。内外骚动，怠于道路，不得操事者七十万家。"

无论是古代战争还是现代战争，虽然战略战术、权谋用人、武器兵种、天气地形等等各种因素都非常重要，但胜败的关键归根结底取决于后勤保障能力。战争拼的是消耗，有钱、有粮、有人，才有资本发动战争。

这就是为什么楚汉战争胜利后，刘邦认为功劳最大的不是张良和韩信，而是负责后勤补给的萧何。这也就是为什么陈毅元帅说，淮海战役的胜利，是人民群众用小车推出来的。

如果单就政治水平和军事指挥能力来讲，曹操比吕布和张邈强过百倍。但由于双方同样面对粮食问题——这一古代战争的最大瓶颈，所以被拉到了同一条起跑线上。

曹操曾经根据《孙子兵法》的这段话算了一笔账。如果一个家庭参军，至少需要七个家庭来供养。那么如果组织一支十万人的军队，就需要有七十万个家庭停止农业劳动，参与战争的后勤保障工作。

北宋沈括在《梦溪笔谈》中提到，1个宋兵可以携粮1斗，1个民夫可以负粮6斗，每人每天需要吃掉粮食2升（10升 =1斗）。我们将曹操所说的1个士兵配7个民夫套入这个公式，且不考虑东汉和北宋人的负重差异，则可以推算出以下结果：

曹操要组织一支一万人的军队需要征调七万民夫，总共能够作战26天。如果出征其他地方，按每天平均行军40公里计算，考虑往返的时间，则这支部队的作战半径约为520公里。

而曹操征伐徐州时，从鄄城到彭城的距离约为300公里，他总共往返了两次，之后曹操又和吕布在濮阳相持了三个多月，这背后的粮食消耗和其他后勤补给需求是巨大的。

从粮食的角度可以对很多问题有全新的认识。当时天下大乱，导致大量农民死亡或者流徙，除了荒地之外，很大一部分的土地被世家大族所控制。再加上原有的征粮缴税体制已经彻底崩溃，曹操、袁绍们即使能够占据很大的地盘，也没有能力把粮食及时足额征收上来，因此他们就必须依靠当地世家大族的支持。这就是曹操总被名士嘲讽戏弄，却又不得不向名士们低头的重要原因。

又如曹操二伐徐州，为什么兖州绝大多数郡县都跟着张邈反叛？为什么曹操要进行徐州大屠杀？

曹操发动了一场为自己家人报仇的战争，却要从兖州世家大族手中征收大量的粮食，但又久攻不下，不能占据徐州的土地和资源来回报这些大族，这就好比投资人给了钱却收不到任何回报，遭到他们的一致抛弃就不意外了。

而徐州大屠杀一方面反映了统治者的残暴，另外也是古代征粮的一种常见方式。《孙子兵法》特别强调打仗一定要"食于敌"，吃敌人的粮食。在敌人的土地上抢到一斤粮食吃，就相当于自己准备二十斤的粮食。由于陶谦采取了坚壁清野的战术，曹操在徐州得不到粮食补给，就只能用屠杀的办法来强行征粮，同时尽可能地掠夺资源，给兖州的投资人瓜分。

曹操为了解决粮食问题是费尽了心思的。据说有一次曹操打仗没了粮食，他就偷偷把管粮官找来，很虚心地请教有什么办法可以解决粮食问题。

管粮官受宠若惊，就回答说，咱们可以用小斛来称粮食，这样给士兵发一斤粮，实际上只发了八两。

曹操马上说："太好了，就按你说的办！"

这个办法确实有效，粮食问题很快解决了，但军中开始传言曹操克扣士兵的粮饷。于是曹操又把管粮官找来说："对不起了兄弟，现在只能借你的脑袋用一下，来平复大家的怨气，要不这个事很难解决。"

曹操杀了管粮官，把他的脑袋挂在军门上，旁边写道："用小斛，盗官谷，按律斩首示众。"

曹操从濮阳撤回了鄄城，他的全部地盘只剩下三个县城，想要保持足够的兵力与吕布、张邈争夺兖州，希望很渺茫。恰在这个时候，袁绍派人来找曹操，让曹操把家眷全搬到黄河北岸袁绍的大本营邺城去，他将全力支持曹操夺回兖州。

古代这种派遣人质来获取支持的政治交换是非常常见的。以曹操之英明神武，到了现今没粮没地的境地也是一筹莫展，他准备同意袁绍的要求，通知老婆孩子打点行装准备出发。

这时候程昱来了。他刚从外地回来，听说曹操要把家属送去邺城，就以百米冲刺的速度跑来了。他问曹操，送人质的事是真的吗？

曹操默然点点头。

程昱一点不客气地骂曹操："我想您是害怕了吧，怎么考虑事情这么不周到呢？我们在兖州还有三个县城，部队还有一万多人，您还有荀彧和我，再加上有您这么好的领导，我们怕什么呢？我看我们不但不用怕，还可以干成王霸之业。您再考虑考虑吧。"

曹操听了摇摇头，到了这步田地，光靠说大话怕是没用的。

程昱看这么说不行，又说："袁绍虽然现在家大业大，但他这个人是什么水平您是最了解的，您能忍气吞声给他打工吗？当年汉高祖刘邦当亭长的时候，齐国的田横已经是齐王了。最后刘邦成了皇帝，田横宁愿自杀也不愿意投降刘邦。我看您连田横都比不上，真为您感到羞耻啊！"

所有人都替程昱捏了一把汗，但曹操竟然一点不介意程昱的冒犯，闷头想了想，恨恨地说："这确实是大丈夫的奇耻大辱啊。"

程昱说中了曹操的痛处。曹操从小就是袁绍的小弟，现在好不容易单飞了，死也不愿意再回到从前。因此曹操接受了程昱的意见，没有送家属去袁绍那儿充当人质。

曹操咬紧牙关，一方面开源节流，想尽办法自己动手、丰衣足食；另一方面动员手下所有干部，到兖州各郡县去开展统战工作，团结一切可以团结的力量。另外在军事上，曹操发挥他的军事天才，克服没人、没钱、没粮的重重困难，让男人都出去找粮食，把妇女留下来守城，同时运用奇伏等各种战术与吕布和张邈周旋，敌进我退、敌驻我扰、敌疲我打、敌退我追，慢慢逐渐掌握了战略主动权。

奇迹发生了。曹操和吕布、张邈在兖州争夺了将近两年，最终把吕布、张邈成功逐出兖州，逃往了徐州，并于兴平二年（195）冬十二月，攻陷了敌人在兖州的最后一座堡垒——雍丘。这时曹操痛下杀手，不但毫不留情地夷灭了曾经的兄弟张邈的全家老小，还再次屠城，报复守城百姓。逃走的张邈也未能幸免，不久后凄惨地死在了投奔袁术的路途之中。

张邈是曹操昔日的奔走之友，也是他落难时的救命恩人，最终却落得了一个倒毙路边，无人收尸的惨淡结局。

几人欢喜几人愁。张邈家破人亡，曹操却很快收到皇帝的一纸任命书，他成了名正言顺的兖州牧。

这一年曹操41岁，已步入了不惑之年。他已经参透了乱世的玄机，即将迎来个人生涯具有里程碑意义的重要一年。

四十一　年号建安

公元196年春，汉献帝刘协正艰难跋涉在他历时一年的大逃亡途中。这位年仅15岁的少年皇帝吃尽了苦头，决定改个年号换换运气，于是他下旨将这一年改元为建安元年。

皇帝以年号纪元是汉武帝发明的，在纪年的同时作为向社会传递政治信号的一种方式，反映的是皇帝和中央政府的意志。汉献帝刘协一生共有四个年号，可悲的是，除了建安以外，其他全部是被他人强迫确定的。第一个是初平，是董卓迁都长安时所定；第二个是兴平，是李傕、郭汜占领长安后所定；第四个也是最后一个是延康，是曹操的儿子曹丕接受汉献帝禅让前所定。

只有建安这一个年号，是汉献帝自己做主决定的。这一年他终于逃出长安，把命运掌握在了自己的手上，他希望帝国能够重建起长治久安的太平盛世。但他没有想到，建安元年将是他唯我独尊的唯一一年。建安年号历时漫长的25年，他却始终是一个被别人玩于股掌之中的傀儡皇帝。

董卓死后，他手下的两个军官李傕和郭汜本来准备亡命天涯，但受到谋士贾诩的煽动，冒险反攻长安，没想到竟然侥幸成功，两个人一不小心成了一人之下、万人之上的统治者。

董卓至少是封侯拜相见过世面的人，李傕和郭汜的字典里却只有杀人和抢劫。他们一旦大权在握，比董卓还要董卓。据说长安一带本来有数十万户黎民百姓，被李傕、郭汜折腾了两年，全部被抢光烧光杀光，剩下的人"相啖食略尽"。

后来李傕和郭汜为了争权反目成仇，一个绑架了皇帝，另一个绑架了所有大臣，互相要挟乱斗，甚至发展到皇帝找李傕要饭的地步。李傕竟然还大咧咧对皇帝说："不是早晨刚吃了饭吗？怎么又要！"顺手丢给皇帝几根发臭的牛骨头。

这种侮辱换成谁也受不了，皇帝站起来刚要发作，身边一个大臣赶快拦住皇帝，只说了一个字："忍。"皇帝是个明白人，叹了口气又坐下了。

到建安元年前一年的秋七月，皇帝派人先后十次苦苦哀求李傕，终于得了个机会仓皇逃出了李傕的魔掌，带着来得及叫上的嫔妃、大臣、宫人们和一支杂牌部队开始了目标雒阳的胜利大逃亡。这支部队里有董卓的旧部、黄巾余孽白波贼的匪首，还有南匈奴的部落首领，皇帝万万想不到自己有一天会和这帮社会渣滓混到一起。

逃亡途中，前有各种悍匪路霸的堵截袭扰，后有李傕、郭汜的追兵，杂牌部队内部也不断内斗。皇帝惨到只能在农家院里栖身，士兵们扒在院外竹篱笆上嬉笑偷窥，一个屯长就敢拎着壶酒去找皇帝唠嗑。皇帝的玉玺成了橡皮图章，只要军官们高兴，士兵、农夫马上就盖章封拜大官。那些皇帝身边白发苍苍的文臣武将、知名学者苦苦奋斗了一辈子，这时随随便便就被乱兵杀死在路边，成了荒原上的孤魂野鬼。

皇帝用了整整一年的时间，到建安元年七月，终于逃回了雒阳。皇帝一到就傻了眼，这是雒阳吗？他六年前离开雒阳的时候，这里是百万人口的国际大都市，现在是一片荒无人烟、白骨遍野、豺狼出没的瓦砾场。

皇帝刚找到一所宦官被烧毁的旧宅暂时安顿下来，没想到又撞上了大蝗灾，食物严重短缺。大臣们都只能自己出去觅食。很多人饥寒交迫，倒毙在残垣断壁下，成了野狗的晚餐。

皇帝到雒阳后正式安排的第一场活动是到太庙拜祭先帝。这样一个年仅15岁就父母双亡，六年间经历了天翻地覆、生离死别的懵懂少年，不知道会如何在他的列祖列宗面前倾诉衷肠。

如果帝国的政治人物是一副扑克牌，那么皇帝就是大王。虽然帝国统治已经分崩离析，皇帝沦落成了逃荒的流民，但关东割据一方的大佬们都在密切关注着皇帝东迁的新闻。他们并非真心在意皇帝的安危，只是在精心盘算要不要拿住这张大王，做成一手好牌。

而皇帝也在眼巴巴地看着东方，对身边这些社会垃圾他不胜其扰。这些人名义上是护驾忠臣，实际上是一群土匪强盗，完全不懂礼义廉耻，只会胡作非为。

这时候皇帝最盼望能来救他的人竟然是吕布。原因很简单，吕布杀了刨皇帝祖坟、睡皇帝嫔妃的大恶人董卓。据说皇帝亲自写了一封信给吕布，让他火速来雒阳主持大局。但吕布这时远在徐州，鞭长莫及，而且他正和刘备上演一出情节离奇的反转大戏，根本无暇顾及皇帝。

这时候最应该来救皇帝的人是袁绍、袁术兄弟。袁家世受皇恩，袁术被朝廷封为左将军、阳翟侯，在关东诸侯中官职最高。而袁绍是关东义军的总盟主，在当时实力最强、地盘最大。

袁绍是有把皇帝接来的打算的。他专门派郭图去觐见皇帝，郭图回来后和沮授等谋士强烈建议袁绍把皇帝接到邺城，"挟天子以令诸侯，蓄士马以讨不庭"。

但袁绍不如曹操善于听取和甄别意见，他只在意自己内心的想法。当年灵帝死后，他叔叔袁隗拥立了少帝刘辩，但被董卓废掉并毒害，改立了现任皇帝刘协。因此袁绍始终认为汉献帝是个冒牌货，一直拒绝承认他，并积极策划另立新帝，但没有找到合适人选。

如今时过境迁，汉献帝的合法性已经是既成事实，不但得到了世家大族名士们的普遍拥护，连自己手下的谋士也建议迎接献帝。这让袁绍的态度有所软化，但又放不下面子，接受现实。正当他左右为难之际，北方同公孙瓒的战争进入了最后的总攻阶段。袁绍把手一挥，回头再说吧。

而袁术比袁绍过分多了。他被曹操匡亭六百里大追袭驱赶到了扬州的九江郡，好不容易在淮南地区站稳了脚跟。他这时听说皇帝从长安一路逃难而来，就在全体干部大会上有意试探大家说："你们看现在刘家的子孙已经混到了这步田地，我们袁家四世三公、深得人心，我准备应天顺民当……你们看怎么样？"

袁术没敢把话说完，但在座的人心知肚明，全场鸦雀无声，没一个人吭气。袁术对大家的沉默态度很不满意，"哼"了一声拂袖而去。

关东的其他诸侯比如荆州牧刘表，是和袁绍、袁术截然不同的另一种人。他虽然身在乱世，但活得很佛系。他主动派使节去觐见皇帝表示问候，还定期上贡物资。在他看来，这就是一个臣子应尽的全部义务。至于该不该请皇帝到自己的领地来，这不是他一个地方官该考虑的问题。

这时还有另一位年轻有为的后起之秀，他就是孙坚的大儿子孙策。孙策继承了父亲勇武的基因，他依附在袁术手下，数次立下战功。但袁术每每违反承诺，不论功行赏，这让孙策很失望。于是他设法说服了袁术，带兵渡过长江开辟江东根据地。

古代将今天的江南地区称为江东。孙策过江时只有几十匹马和几百个父亲的老兵，可他只用了短短数年就控制了整个江东地区，成了能和袁术分庭抗礼雄霸一方的诸侯。

皇帝到东方来的消息没有逃过孙策的眼线。他此时虽然正在江东开疆拓土，但专门派人去雒阳向皇帝贡献了礼物。孙策的野心是不逊于袁绍、袁术的，而且能力更强。可此时此刻，雒阳对孙策来说实在是太远了，历史的聚光灯还没有照到江东一隅。

四十二　入都迎帝

最后，皇帝可以指望的人只剩下曹操了。

曹操在刚刚被鲍信、陈宫推选成为兖州牧时，就开始注意和远在长安的皇帝建立联系。曹操的目的很简单，虽然皇帝只是个傀儡，但只有得到皇帝亲自盖章的委任状，自己才能名正言顺地把兖州牧的位子坐实。

此时曹操发掘了一个叫毛玠的兖州本地干部。毛玠向曹操提出了两点建议：一是要尊奉皇帝来掌握政治主导权，这样讨伐谁都名正言顺；二是要重视恢复农业生产，积累粮食等军用物资，打有准备之仗。曹操采纳了这两点建议，并马上付诸实施。

皇帝此时还在李傕、郭汜手里，曹操主动派人去长安向皇帝汇报工作。由于当年曹操是关东义军当中最积极和凉州军团作战的，所以李傕、郭汜很反感他，准备扣留曹操的使者。所幸朝中刚好有个荀彧的颍川老乡钟繇，他站出来帮曹操说好话，劝说李傕、郭汜厚待曹操的使者，以此来给其他不臣服的诸侯做个榜样。最终曹操如愿和中央政府建立了正式联系，也在皇帝心上挂了号。

皇帝逃难路上没吃没喝、缺衣少穿，曹操雪中送炭运去了兖州特产的大梨、大枣，以及帐篷、丝绸等物品，还把当年汉顺帝赏赐给他干爷爷曹腾的一些御用金银器皿奉献给皇帝。功夫不负有心人，曹操很快就收到了皇帝任命他为兖州牧的委任状。

但是当皇帝真的来到了雒阳时，曹操在如何对待皇帝的问题上反而犹豫了。史书上说曹操担心两个问题，一是关东还在混战，这时候跑去雒阳会不会被别人在背后偷袭；二是在雒阳控制皇帝的杂牌军力量还比较强，能不能顺利掌握住皇帝还有不确定性。

其实这些都是细枝末节，曹操最担心的不应该是他和袁绍的关系吗？袁绍明确质疑皇帝的合法性，并曾经邀请曹操参与另立新皇帝的行动。如果现在曹操站出来主动拥立汉献帝，袁绍大概率会产生反感，这将直接影响袁曹联盟的团结。

而且欲戴王冠，必承其重。靠近皇帝的人好像最终都没有什么好下场。董卓和王允都被杀了，李傕、郭汜现在还在混战。谁都知道把皇帝放在身边有挟天子以令诸侯的好处，但皇帝也是个烫手的山芋，搞不好会引火烧身。

曹操和袁绍同样都在犹豫不决，唯一不同的是曹操身边有荀彧，荀彧站出来帮助曹操下了决心。荀彧早看出曹操的心思，就专门来劝说曹操。他先说了一些大义凛然的套话，不过是人心思汉、见义勇为之类的说辞。其实如果真的人心思汉，皇帝也不至于一路从长安要饭逃到雒阳没人理睬了。

但荀彧最后说了一句话："您要是现在不下决心，被别人捷足先登，可没有后悔药吃啊！"

这句话提醒了曹操，荀彧所说的别人正是袁绍。如果袁绍抢先接走皇帝，他的地位将更加不可撼动，曹操恐怕就只能跟在袁绍屁股后面俯首称臣了。这个机会成本是曹操绝不愿意接受的，而且曹操早已经有一种预感：

袁曹之间必有一战！

如果这一战注定不可避免，不如索性赌上一把，赌袁绍不会因为迎请皇帝的问题与自己公开决裂。曹操认为，作为弱势一方，必须在袁绍的底线内尽可能抢走更多的筹码，为最终的决战做好充分准备。

而且曹操也认真计算过，与袁绍相比，他此时迎请皇帝有天时、地利、人和的绝对优势。

袁绍正忙着和公孙瓒决战，而曹操刚刚赶跑了吕布、张邈，又乘胜出兵扫荡了袁术在豫州陈郡的残余势力，还把自黄巾之乱以来就一直在汝南、颍川等地盘踞的黄巾余部击溃，解放了荀彧的老家。曹操正好有恰当的战略时机去迎请皇帝，这是难得的天时。

当时曹操已经进驻到颍川郡的许县一带，这里距离雒阳只有一百多公里，而袁绍远在幽州鞭长莫及，这是曹操在地利方面的优势。

最重要的是人和。在曹操迎请皇帝这件事上，有一个人发挥了至关重要的作用，他就是董昭。

董昭是兖州名士出身，先在袁绍手下工作，因为业绩突出，一直当到袁绍大本营邺城所在的魏郡太守。但因为他弟弟正在给张邈打工，袁绍就对董昭失去了信任，而且还听信谗言，准备治他的罪，董昭只好逃走了。

从这里也可以看出，荀彧、郭嘉、董昭这几个对曹操创业至关重要的股肱之臣都是从袁绍手下跳槽过来的，甚至吕布也是先投奔袁绍后又被赶走的。这确实反映了袁绍和曹操相比，在领导能力方面的一个突出短板——留不住人才。

乱世来了，有才华的士人有的不求闻达于诸侯，跑到天涯海角去找世外桃源；有的高卧茅庐待价而沽，静静等待有缘人的出现；最后一种就是董昭这样的人，耐不住寂寞，特别想干出点儿惊天动地的大事来，没人赏识，就干脆自己投怀送抱。

董昭离开了袁绍，本来想去长安，在中央政府谋个差使，但兵荒马乱，道路不通，只好暂时留在河内太守张杨手下工作。河内是从关东到长安的必经之路，曹操派信使去长安与皇帝建立联系，但张杨要收过路费，拦住曹操的使者不让过。

这时董昭站出来劝说张杨，曹操确实没有袁绍势力大，但多个朋友多条路，我们不但要放行，还要向皇帝推荐曹操，万一以后曹操厉害了呢？

张杨一听也对，就按董昭说的办了。

董昭看到曹操在兵荒马乱中犹不忘尊奉天子，政治能力远非李傕、郭汜、张杨之流可比，就认定曹操是当世最有投资价值的一只绩优股，决定重仓买进。

他开始干一件很疯狂的事——冒曹操名写信。他用曹操的名义给长安的李傕、郭汜写信套近乎，在曹操没给他一分钱工资的情况下，他竟然自掏腰包给李、郭送礼。

等到皇帝逃亡到东方来的时候，董昭立刻离开张杨投奔皇帝。这时他又冒充曹操给护卫皇帝的杂牌军里面实力最强的杨奉写了一封信，而且是一封极其谄媚的信，曹操自己是很难说出这样的话来的。

信中说：我非常仰慕将军，您把皇帝从长安接到雒阳，从古至今没有人比您的功劳大。但主持朝政您需要助手，您在朝中主持大局，我在外面给您帮忙。您有兵，我有粮，我们可以互通有无。我十分渴望与您成为生死与共的好兄弟！

杨奉见信笑开了花，马上替皇帝做主，封曹操为镇东将军，还特别贴心地让曹操承袭了费亭侯。要知道费亭侯是汉顺帝赐给曹操干爷爷曹腾的封爵，而且还传给了曹操的父亲曹嵩，但到曹操这儿就断了。现在曹操重新得到了这个爵位，断线的风筝又接上了，喜悦之情，可想而知。

曹操特别给皇帝写了一份表章，说自己看到这个爵位时激动不已。既感谢皇帝没有忘记他爷爷当年的功劳，又思念逝去的家人。他保证一定会尽忠报国，不负皇帝的厚恩。

这么有心的安排多半是出自董昭之手，而董昭也跟着一道加官晋爵了。更重要的是，杨奉立即下令雒阳周边警卫部队对曹操的部队放行，允许曹操觐见皇帝。

恰恰此时，杂牌军内部一番争斗后，其中的另一股势力董卓旧部董承也想倚重曹操，就写信秘密邀请曹操进京勤王。

天时地利人和万事俱备，于是曹操决定赌一把，带兵进了雒阳。

四十三 挟天子

曹操带兵顺利进入雒阳，第一件事不是去觐见皇帝，而是立即找人去请董昭先生。曹操十分好奇这个从未谋面的活雷锋到底是个什么人。

曹操是十分注意给人留下良好第一印象的。董昭一进曹操的会客室——这应该是两个人的第一次见面——曹操立即把董昭拉过来和自己并坐。

汉代还没有今天形式的椅子，人们都是席地而坐，通常是膝盖着地、脚掌向天，臀部压在脚掌上，呈跪姿。除了皇帝是坐北朝南之外，其他人会客一般是主人坐在东边面朝西，今天人们还说"做东""东家"。而最尊贵的主宾要请到西边面朝东落座，古人称之为"西席"。因此，曹操对于董昭这样一个从来没见过、官职也不高的人，把他让到西席已经是最高礼遇了。但曹操却别出心裁，一反常态地将董昭一把拉到自己身边，两个人肩并肩并排跪在一起。只这么一个简单的肢体语言，董昭就铁了心跟定曹操了。

曹操没有任何寒暄，像个老朋友一样，单刀直入地问董昭："我来了，下一步怎么办？"

董昭当然不像曹操那么放得开，上来还是先讲了几句政治正确的话。然后他指了指脚下，低声对曹操说："这里的人各怀异心，您要是想留在雒阳辅佐皇帝，恐怕未必能服众，不如把皇帝请到许县（今河南省许昌市附近）您自己的地盘上去。"

董昭留了个心眼儿。他怕这个建议过于唐突，就又往回找补说："当然话说回来，皇帝刚在雒阳安定下来，如果马上迁都恐怕皇帝和大臣们都不一定愿意。要想获得非常之功就要为非常之事。这两条路都可以，您自己看着办吧。"

董昭这一番话左右逢源，但曹操却一点都不绕弯子，直截了当地回答说："您所说的正是我一直想干的事。我唯一担心的是驻军在雒阳附近的杨奉，据说他的兵力很强大。"

董昭看曹操这么直接，也就掏心窝子地说："您受封镇东将军、费亭侯，都是杨奉亲自办的，目前他对您很信任。您可以派人去好好打点杨奉，跟他说雒阳没有粮食，想暂时把皇帝接到南阳郡的鲁阳县去。去鲁阳需要路过许县，到时候就由不得他了。"

两个人谈到这儿，彼此都感到真是相见恨晚。曹操一拍茶几，只回答了一个字："好！"

曹操没有因为和董昭素不相识、他曾经在袁绍手下工作、直系亲属给张邈打工等因素对董昭有一丝一毫的怀疑，而是以诚待人、以情感人。董昭固然是个眼光独到的投机分子，但曹操更是个驭人有术的大政治家。

时间就是金钱。曹操马上按照董昭的建议，周密制订行动计划，迁都许县。

第一步，曹操先自行宣布，由自己担任司隶校尉，假节钺，录尚书事。

司隶校尉这个官职在东汉十分特殊，级别不是很高，低于三公九卿。但权力很大，既有公安部门的逮捕审讯权，又有纪检部门的监察权。上至皇子、三公，下至乡间小吏，号称"无所不纠"，全在他的管控范围之内。在全国十三部州当中还有专设的司隶部，管辖京师七郡。在皇帝朝会时，司隶校尉设有专座以示尊荣，对三公等顶级官僚可以"无敬"，不用行礼客套。因此司隶校尉当时被冠以"卧虎"之名，是一个很有实权的岗位。

节钺是帝国最高权力的象征。节是皇帝的符节，钺是行刑的斧钺。假节钺就相当于后世皇帝授予的尚方宝剑，可以替皇帝做主，掌握生杀大权。在曹操之前只有董卓曾经担任过假节钺。

录尚书事，就是所有皇帝批阅的公文奏章都必须先由曹操阅示并提出建议，也必须经曹操签字后才能付诸实施。

通过这一系列安排，曹操已经把皇帝拿捏得死死的了。

第二步，曹操对皇帝身边的大臣和军队将领进行了大清洗。他采取打拉结合的战术，对于邀请曹操进雒阳的董承、给曹操帮过忙的钟繇等人加官晋爵，但凡是和曹操不是一条心的人，不是免职就是找借口杀掉。

第三步也是最关键的一步，把皇帝平平安安地带回许县。曹操很费了一番脑筋，他一方面送重礼稳住杨奉，另一方面为了确保万无一失，曹操不走大路，挑选了一条崎岖艰险的轘辕关古道，带着皇帝一行从嵩山上翻山越岭而过，总算顺利到达了许县。

曹操的三步走计划至此圆满实现，至于皇帝是否愿意迁都许县，曹操如何觐见皇帝商议此事，史书中没有留下任何记载，也没有人真的在意。

建安元年（196）九月，汉献帝迁都颍川郡许县，曹操被晋封为大将军、武平侯。

曹操为什么选择定都许县？

放眼曹操的地盘，经过多年的战乱之后，实在没有一个能拿得出手来的大都市了。虽然曹操刚刚攻占许县没几个月，但这里有三面环山、易守难攻的地形优势。后世历史学家说："河南是天下之中，许都又是河南之中，北界黄河，西控虎牢关，南通江淮，实天下形胜之地。"

另外，曹操手下有一个以荀彧为首的颍川文官小圈子。这些人出身于当地根基深厚的世家大族，在地方上有很强的宗族势力。可想而知，曹操选择帝国的新首都，第一个要征求意见的人肯定是荀彧。而荀彧是许县隔壁的颍阴县人，对这一带的风土人情一清二楚。反倒是曹操对许县并不了解，那么这个建议到底是谁首先提出来的就不言而喻了。曹操多少对不久前兖州的叛乱事件心有余悸，而荀彧可以保证许县乃至整个颍川郡的人民群众会坚定站在曹操这边。

当然，最重要的原因还是袁绍。不管选择哪里，曹操定都的先决条件是尽可能地远离袁绍的地盘，留出足够的战略纵深，以防和袁绍翻脸。

后世绝大多数人高度评价曹操迎立皇帝、挟天子以令诸侯的政治远见。但从当时来看，这其实是一次风险极高的政治豪赌，曹操对袁绍如何反应是没有一丁点把握的。

曹操双眼死死盯着北方的动静，果不其然，很快袁绍的使者就接二连三地来了。

第一位使者带来了袁绍给曹操的一封信。袁绍在信中建议曹操把皇帝迁移到鄄城来。按说袁绍的要求也是合理的，鄄城是曹操苦心经营了多年的大本营，各项配套设施明显比许县更完备。但鄄城有一个缺点，和袁绍的地盘太靠近，只隔了一条黄河，一旦有变，连逃跑都来不及，所以曹操找理由很客气地拒绝了。虽然有谋士向袁绍建议以此为借口讨伐曹操，但袁绍的态度很不坚决，最终此事不了了之。曹操吃下了第一颗定心丸。

很快袁绍的第二位使者又来了。袁绍给曹操开了一个长长的单子，都是他手下的文臣武将，让曹操请示皇帝予以封赏。这让曹操很恼火：我费尽心思把皇帝接来不是为你服务的！

于是曹操决定再摸摸袁绍的底线。他假借皇帝的名义给袁绍下了一封诏书，严厉批评袁绍地广兵多却不为皇帝效命，只顾着自己抢地盘。袁绍回复的奏章虽然口气很强硬，历数了袁家和他本人为皇室立下的汗马功劳，还特意点了一下他以往对曹操的提携，但总体态度还是妥协的，言辞毕恭毕敬，也没再追究给部下封官的事。曹操又吃下了第二颗定心丸。

曹操一不做二不休，他又主动以皇帝的名义晋封袁绍为太尉。但由于这时曹操已经被封为大将军，按官僚排序在太尉之前。这一回袁绍真的急了，坚决推辞不干。据说他还怒气冲冲地公开说："曹操有好几次差点死掉，都是我救了他的命。没想到他却是个忘恩负义的小人，现在要挟持天子来命令我吗！"

曹操听说袁绍怒了，知道火候到了，马上高风亮节地把大将军让给袁绍，自己只担任三公中的司空，兼代理车骑将军。他委派全国名士领袖孔融为特使，专门去邺城为袁绍主办了隆重的大将军就职典礼，还正式任命袁绍总督冀、青、幽、并四州，并以皇帝的名义赏赐袁绍和曹操一模一样的节钺，可以代表皇帝讨伐不臣。袁绍虽然脸色很难看，但最终还是接受了任命。曹操吃下了第三颗定心丸。

由此可见，袁绍对皇帝在哪儿并不太在意，对部下能不能得到封赏也无所谓，他真正在乎的只有自己，让他排在小兄弟曹操后面是坚决不行的。

不得不说，格局决定了成败。

经过这一番博弈，虽然袁绍对曹操的不满有所增加，但他忙于北方战事，曹操又很漂亮地给足了袁绍面子，因此袁曹两家并没有公开决裂。曹操如愿获得了极其宝贵的战略机遇期。

四十四　且耕且战

稳住了袁绍，其他人都不在话下。

杨奉知道被曹操耍了，懊恼不已，带兵骚扰许都。曹操还是那招经典战术围魏救赵，派兵奇袭杨奉的总部梁县，轻而易举地把杨奉赶跑，投奔袁术。此后再也没有人敢觊觎许县的皇帝了。

迎请皇帝迁都许县为曹操赢得了大量政治资源。颍川闲居的郭嘉、荆州避难的荀攸等诸多卓越人才都在这时加入了曹操的创业团队。就连一直不愿和曹操合作的名士们，以孔子的后代孔融为首，也都千里迢迢跑到许县来了。他们是为了效忠皇帝而来，但实际上成了曹操提高声望的金字招牌。

另外，虽然当时天下大乱，但帝国还有大片领土的主官名义上是效忠皇帝的，并向中央政府上缴税收和贡品。这些资源进入了国库，也就等于进入了曹操的公司账户。特别是关中地区，皇帝逃走后，李傕、郭汜等人仍然相互混战。曹操利用各种势力之间的矛盾各个击破，李傕被抓获灭族，郭汜被手下所杀，董卓旧部张济逃到南阳，其他势力也大多逃散。曹操初步控制了关中地区，他让钟繇坐镇关中主持大局，这里成了曹操事业发展的大后方。

还是建安元年，曹操在政治上成功走出一步大棋之后，马上又着眼经济建设，开始推行他谋划已久的土地改革：许下屯田。

曹操在兖州和吕布、张邈作战时已经受够了断粮之苦。但当时他忙于打仗，发展农业心有余而力不足。现在他在许县站稳了脚跟，而且刚刚攻下颍川和汝南，收编了好几个大规模的流民集团，缴获了很多的耕牛和农具。而且曹操惊喜地发现，许县一带有大片无主土地，这在寸土寸金的太平年代是不可想象的。

曹操需要感谢张角和董卓。颍川郡本来是帝国最富庶的地区，因此也成了黄巾军和董卓垂涎欲滴的一块肥肉。经过多年的战火蹂躏，这里的人民死亡殆尽，土地大量撂荒。而且黄巾军和董卓就像病毒一样，对所有人不分贫富贵贱一视同仁，一律杀光抢光，连平时皇帝都惹不起的世家大族也不能幸免于难。

当年荀彧感觉到大乱将至，颍川这些家族钱多人傻难逃一劫，曾劝说宗族父老和他一起逃走。但人们舍不得老家的良田万顷和妻妾成群，结果全成了乱世的炮灰。

曹操差点笑出声来。帝国政府与世家大族历时上百年的土地与人口资源之争，经过王莽、刘秀等历代帝王多次改革却愈演愈烈。但现如今，这些在地方上野蛮生长，连田千里、奴婢万计的私人庄园经济却突然奇迹般地消失了，所有土地、人口和各种资源都摆在曹操眼前免费自取，简直是天上掉馅饼的好事。

现在不改革，更待何时呢？

曹操在兖州时就颁布过《置屯田令》，指出："夫定国之术，在于强兵足食。秦人以急农兼天下，孝武以屯田定西域，此先世之良式也。"他要学的是秦国的商鞅和汉武帝刘彻。汉武帝有文景之治的经济储备和稳定的政治环境，曹操比不了，所以他尤其想学的是让秦国从战国乱世中脱颖而出的商鞅之术。

简单来说，就是用专制手段来打造耕战一体化的强大战争机器。利用政府的土地和耕作设备组织闲置人口"归心于农"。种地的人多了，粮食就多。粮食多了，就可以支撑更大规模的军团作战。将士们肚子里有油水，打仗的胜率也大幅提升，就可以夺取更多的土地和人口资源。如此往复循环，最终实现扫平诸侯、兼并天下的目标。

曹操将许县周边大量土地收归国有进行屯田。屯田的区域不隶属于郡县，采取军事化管理模式，每50人为1屯，由司马来管理，司马的上级是典农都尉，最高领导是典农中郎将或典农校尉。如果屯农使用公家耕牛，则收成按官6民4进行分成；如果使用私家耕牛，则对半分成。另外还设置军屯，类似今天的生产建设兵团，组织部队战时出征，闲时农耕。

汉代通行的税率通常是1/15或1/30，虽然还有其他大量的苛捐杂税，但相比曹操屯田索取50%～60%实在是宽容太多了。曹操还对屯农逃亡进行严厉惩罚，很多人高高兴兴而来，却发现全家都成了失去人身自由的农奴，永世不得翻身。

曹操这一套屯田政策估计是他从小时候跟着父亲曹嵩巡察自家庄园获得的灵感。他亲眼看到那些佃户、奴婢心甘情愿地向父亲缴纳超过50%的收成，还继续日夜劳作，只为了一家老小，勉强糊口。既然老百姓的底线那么低，生逢乱世就不用客气了。

曹操的想法被证明是正确的。乱世中的百姓只有一个目标：活着。曹操的屯田政策虽然残暴苛刻，但比疯狂吃人的乱世还是要好不少，因而反倒成了一项利国利民的好政策。屯田不但解决了吃饭问题，还把不安分的流民固定在了土地上，让他们建立家庭、生儿育女，逐渐从乱世中互相吞噬的僵尸重新变回了专心务农的良民。而国家也能在短期内快速集聚力量，确保战争机器的运转得到有计划和高效率的国民经济保障。

当然，任何改革都是摸着石头过河，也都是对领导者能力的重大考验，更何况曹操要在强敌环伺的乱世夹缝中推行涉及重大利益的土地改革。改革的初衷再好再正确，如果执行者不得其人，把个人利益凌驾于国家利益之上，很可能会适得其反。

而用人恰恰是曹操的长项。曹操物色了三个人来具体执行屯田政策。第一位是任峻，他是河南中牟县人。当年董卓作乱，曹操从雒阳逃回谯县老家，路过中牟县时被逮捕。有一位好心的县吏对县令说："如今天下大乱，何不为天下留下一点火种呢？"于是县令放掉了曹操。没有这位县吏，就没有曹操的今天。

任峻很可能就是当年对曹操有活命之恩的那位县吏。他投奔曹操后，曹操不但长期让他负责十分重要的后勤保障工作，还把堂妹嫁给他，这超出了曹操对待人才的一般待遇。曹操推行屯田第一个想到的就是忠诚可靠且后勤工作经验丰富的任峻。曹操让任峻担任典军中郎将，实际上是许下屯田的总负责人。

第二和第三位是枣祗和韩浩，许下屯田的建议和具体规划均由这两个人首倡。当年曹操在兖州遭遇张邈叛变，只有鄄城、范县和东阿三个县没有投降，枣祗就是当时的东阿县令。而韩浩是前面提到过在夏侯惇被绑架时成功解救人质的那位部将。这两个人有一个共同点，都在曹操最危难的时候经受住了考验，对曹操绝对忠诚，又有独当一面的工作能力。

曹操不但会吸引和留住人才，还善于把好钢用在刀刃上，恰如其分地使用人才。在选择屯田改革的执行者时，曹操有意回避使用那些颍川帮的名士。按说他们对当地情况更熟悉，但曹操知道这些人在当地有着盘根错节的利益关系，很难心无旁骛地推进改革。而任峻、枣祗和韩浩虽是普通家庭出身，但忠心耿耿、吃苦耐劳，正是最合适的农业干部人选。

果不其然，许下屯田的效果立竿见影，在当年就出乎意料地取得了巨大成功，实现大丰收，得粮超过一百万斛。于是曹操又逐步把这一改革的成功经验向其他地区复制推广，几年内粮食问题就彻底解决了。

据说当时袁绍的军队正在冀州靠吃桑葚为生，袁术的军队在江淮吃河蚌度日，各地人吃人的现象也非常普遍。其实不是袁氏兄弟太愚蠢不懂经济，而是他们自己和背后的投资人都是世家大族。他们的创业目标就是夺回失去的土地和奴婢，重建浮华奢靡的私人大庄园。所以袁氏兄弟的创业团队没有统一的政治目标，大家是为了私利拼凑在一起，胜则现场分赃，败则作鸟兽散。袁氏兄弟打一出生就认为国是国、家是家，所以打破脑袋也想不到曹操会推行生产资料公有化的屯田制，搞集中力量办大事这一招。

曹操神出鬼没的军事指挥才能是他在群雄中脱颖而出的一大优势，但他独树一帜的经济政策为其成功统一北方奠定了胜势。

四十五　祸福相依

曹操在建安元年办成了迎请皇帝迁都和许下屯田这两件大事，制造出一部政治目标统一、经济政策高效的战争机器。接下来就是制订作战计划，征伐四方了。

曹操的战略指导思想非常明确，在与袁绍决战前，抓住宝贵的战略机遇期，尽可能快速地扫除周边威胁。

他一方面派人去平定关中，同时自己亲自带兵去讨伐离许都根据地最近的敌人——张绣。

张绣这支力量是硕果仅存的董卓凉州集团残余部队。这支部队本来由他叔叔张济率领，张济比李傕、郭汜理智一些，不想掺和他们的乱斗。但长安一带人吃人根本活不下去，就带着部队流浪到荆州的南阳郡找饭吃。

南阳本来是东汉皇帝的老家，是全国最富裕的地方，因此也被黄巾军和董卓破坏得最严重。这里属于荆州牧刘表的辖区，先前一直被袁术控制着。袁术被曹操赶跑以后，这里成了一块各方势力之间的三不管地区。谁能想到昔日的首善之区竟会落到这步田地？

张济本以为凭借凉州铁骑可以轻松踏平南阳，抢点粮食让士兵填饱肚皮。没想到南阳人民群众自己当家做主，自发聚在几个城市和坞堡里面婴城自守，谁来抢他们的粮食就和谁拼命。结果在西北羌乱中身经百战的张济，才一到南阳就被守城的老百姓射死了，张绣顺理成章做了这支部队的领导人。

按说南阳属荆州管辖，虽然荆州牧刘表并没有实际控制这里，但张济不打招呼就来别人家抢饭吃，很不给主人刘表面子。所以张济一死，有人就跑来向刘表表示祝贺。但刘表这个人佛系到死心眼的程度，说："我只接受吊唁，不接受祝贺。人家远来是客，把人杀了是主人无礼。"刘表不但不出兵帮南阳老百姓赶走张绣，反而命令打开宛城（今河南省南阳市一带）的大门，同意张绣带兵在此驻扎休整。

当然，在表面的佛系之下，刘表有更加世故的算计。他想让张绣做荆州北面的屏障，替他隔开乱世的纷扰，使荆州成为遗世独立的世外桃源。

但张绣留在宛城让曹操睡不着了。凉州铁骑对曹操来说是个梦魇一样的名字，当年在汴水边被徐荣铁骑横扫的情景还历历在目。因此曹操绝不允许在自己的大本营许都附近有一支机动性这么强的骑兵部队存在。曹操想：既然刘表无所谓，那就由我来替南阳百姓吊民伐罪吧。

战斗出奇的顺利。曹操于建安二年（197）正月刚到达宛城，张绣马上开城投降。张绣很清醒，和谁混都是混，为了刘表和曹操决斗，对自己没有任何好处。

曹操大喜过望，《孙子兵法》说："百战百胜，非善之善者也；不战而屈人之兵，善之善者也。"他不费一兵一卒就收编了一支精锐的凉州铁骑，还占领了宛城。曹操将自己的部队驻扎在淯水河边，把张绣和他手下所有高级军官全请到大营里来，天天一起喝酒聚餐看歌舞表演。曹操是最会拉拢关系的，亲自下去为客人逐个斟酒布菜，让张绣一班人受宠若惊。

至此宛城之战就应该画上完美的句号了。

但事与愿违，由于曹操这两年实在是太顺了，干啥都是心想事成，所以曹操旧态复萌，又开始得意忘形翘尾巴了。

问世间情是何物，直教生死相许。

这一次，曹操遭遇了红颜祸水。

不知道是什么样的机缘巧合，曹操在宛城见到了张绣叔叔张济的遗孀。估计这是一位难得的绝色美女，搞得曹操连回到许都再办事的耐心都没有，马上就地纳其为妾。

按说东汉妇女改嫁是很正常的，但曹操这么"猴急"地不分时间地点仓促行事，毕竟这是张绣的婶母，投降了还把婶子作为赠品送给曹操，这让张绣在自己部下面前很没有颜面。虽然他不敢说不，但心里十分不痛快。

曹操也是个很敏感的人，马上察觉到张绣态度上的细微变化，于是两个人之间有了嫌隙。两个普通人互相猜忌都难免会争吵翻脸，更何况是两军主将。之前曹操和张绣把酒言欢的时候，两个人亲如兄弟，这时候看对方干什么都不顺眼。

张绣身边有一个武功高强的亲信叫胡车儿。不知道是曹操爱才还是故意挑拨，他亲自把很多金子交给胡车儿。这件事被张绣知道了，认定曹操正在收买他身边人准备刺杀他，就再也忍耐不了，决意造反。而曹操也确实有意杀掉张绣免除后患，但可能忙着谈情说爱，还没有拿定主意。

结果张绣先下手为强，偷袭了曹操大营。有一种说法是张绣听了他手下谋士贾诩的建议，和曹操请示要带领部队从曹操的大营中穿过，转移到地势高的地方去，曹操爽快地答应了。然后张绣又和曹操商量他的运输车辆比较少，想让士兵把铠甲穿在身上、武器拿在手里，省得费力搬运，曹操又没有反对。结果张绣得以带着全副武装的部队进入曹操的大营，杀了曹操一个措手不及。

曹操不像会傻到让一支降军全副武装地从自己大营中自由穿行的人。但无论如何，曹操确实对张绣的突然袭击没有一丁点防备。结果全军大溃，四散奔逃。

据说曹操骑着自己的宝马"绝影"仓皇逃走，但中途马被敌军射死。关键时刻，他的大儿子曹昂把自己的坐骑让给曹操，自己却牺牲在了乱军之中，一起殉难的还有曹操的侄子曹安民。

另外，对曹操忠心耿耿的警卫队队长典韦死守在曹操的营门前，把敌人的火力全部吸引到自己身上，最后战至力竭，怒目圆睁，大骂而死。

这场战役史称淯水之败。纵观曹操的一生，一场大胜之后往往会有一场大败，这是他的性格使然。

但反过来说，每当一盆凉水浇到曹操头上时，他很少会惊慌失措，反而总能马上冷静下来，迅速重整旗鼓，这又是他的能力所在。

曹操是一个特别会应对失败的人。

曹操在淯水之败后马上做了几件事。第一，立即开会检讨、统一思想。面对失败，大多数领导都会选择找替罪羊甩锅，但曹操不是这样的人。曹操对战战兢兢担心被问责的将军们说："我没有在张绣投降后要求他用家属作为人质，这是失败的主要原因。请大家监督我，我以后再也不会犯同样的错误了。"

虽然曹操避重就轻，没提他纳妾这回事，但他坦然将失败的全部责任揽到自己头上，这一手立竿见影，迅速稳住了浮动的军心。大家都松了一口气，同时也憋了一口气，失败的颓丧变成了对曹操的敬畏和对敌人的仇恨。

第二，曹操听说了典韦牺牲的消息，当场流下了热泪。他重金悬赏寻找典韦的尸体，找到后亲自到灵柩前痛哭悼念，又派专人将典韦的棺椁护送回去安葬。此后曹操每次路过典韦墓前，一定要亲自隆重祭拜。曹操还封典韦的儿子典满为官，等典满长大成人后，就让他像典韦一样在自己身边做官，和自己朝夕相处。曹操一方面是真觉得对不起典韦；另一方面他是一个很好的演员，知道什么时候该哭，什么时候该笑。

第三，曹军溃败之时，主力部队青州兵军纪散乱，竟然趁乱抢劫己方败兵。只有于禁的部队排着方阵、敲着军鼓全师而退，还发挥宪兵作用，处理了青州兵中的违法分子。青州兵跑回去恶人先告状，诬陷于禁造反。曹操明辨是非，很快查明了事情真相，并在大会上当众表扬了于禁，封他为益寿亭侯。

在汉代封侯是一件很不容易的事，名将李广奋斗了一辈子都没实现。于禁是曹操在兖州时从下层军官中发现的人才，没有任何家庭背景，只因军功而以火箭速度封侯。这既体现了曹操不拘一格的用人理念，也为其他人树立了良好榜样。

曹操在战场上确实是失败了。但在下属们心中，他反而像是个胜利者。

果不其然，曹操迅速重组部队进行反攻，将士们好像全然忘记了刚刚的大败，士气高涨，奋勇作战，大败张绣，扭转了战局。

张绣带着残兵败将逃出宛城投奔刘表去了。

四十六　长子殒命

史书上详细记载了曹操是如何在淯水之败后开展思想政治工作反败为胜的，但对于曹操如何面对丧子之痛却没有留下只言片语。

据统计，曹操一生有至少16位妻妾，先后生了25个儿子，可谓是枝繁叶茂，小一点的儿子可能连曹操自己都得认半天。

但曹昂在曹操诸子中是独一无二的。他是曹操的长子，而且是跟着曹操一起白手起家、摸爬滚打苦过来的。虽然他是曹操的姜室刘夫人所生的庶子，但刘夫人早死，曹操的正室夫人丁夫人又无子，曹操很早就把曹昂交给丁夫人抚养，实际上是把曹昂当作嫡子来看待，照着自己的接班人来着力培养的。

老爸是曹操，按说曹昂可以直接进入权力核心，但曹操却刻意安排他循着自己的老路从最基层干起——举孝廉入仕，而且还在南征北战中始终把曹昂带在身边耳濡目染，可见曹操对曹昂用心良苦。更何况曹昂最后是因为替曹操挡枪而死的。眼看着自己费尽心血培养成才的儿子杀身成仁，以曹操的深挚多情，这样的丧子之痛想必是痛彻心扉的。

然而曹操大张旗鼓地追悼典韦、表彰于禁，在人前却没有流露出一点点丧子之痛，让记史者完全无从下笔。

与之相比，史官记录了同时期袁绍的一个故事。谋士田丰劝说袁绍趁曹操在外征伐之机偷袭许都，想不到袁绍无精打采地说："对不起，我儿子生病了。"

气得田丰用拐杖狠狠捶地说："因为一个小孩子生病错过千载难逢的战机，太可惜了！"

家是家，国是国，曹操和袁绍的政治水平高下立见。

很多人都知道曹操是卓越的政治家、军事家，却忽略了他同时也是一位大教育家。曹操培养出了一个开国皇帝——曹丕，一个旷世才子——曹植，一个勇武上将——曹彰，还有一个称象神童——曹冲，这张教育成绩单可以说是前无古人、后无来者的。这不是因为曹操的基因异常强大，而是因为曹操极为重视教育，也很有方法。

从古至今，含着金汤匙出生的官二代、富二代是最容易被宠坏的。其中有一定必然性。由于父亲忙于在政坛或商场拼杀，这些孩子长于慈母或家佣之手，最多不过重金请几位名师代为教养。这些名师自身文化水平很高，但慑于孩子父母的权势，哪敢真的管教孩子？事实证明，学校教育永远不能替代家庭教育。而曹操最成功的教育方法只有一个：言传身教。

据曹丕后来回忆，父亲曹操特别重视以下几个方面的教育：

一是读书。曹操自己酷爱读书，骑在马上也手不释卷。因此他特别重视培养孩子的读书习惯，强调年轻人应该趁着记忆力好的时候广览多读，长大了再读书就很容易忘记。他还利用自己的文学特长熏陶孩子，经常检查孩子的作文并提出批评意见，铜雀台修好了就亲自组织孩子们上去进行文学比赛。曹操的文学教育一不小心培养出了千年一遇的文学天才曹植，其他孩子也普遍都有很高的文学造诣。读书可以涵养人的精神世界，树立正确的人生观价值观。爱读书的孩子都坏不到哪儿去，因此曹操的孩子没有太不成器的。

二是骑射。曹操自己是游侠出身，因此他认为男孩子起码要有个强健的体魄。如果在今天，可以踢足球、打篮球。而在当时，最流行的运动就是骑射。因此曹丕5岁就被教授射箭，6岁学习骑马，到8岁就可以骑在马上射箭了。而曹操的另一个儿子曹彰更是武艺精绝，不仅擅长骑射，而且能徒手和猛兽搏斗，与北方游牧民族作战也丝毫不落下风。

三是实践。这也是最重要的一点。曹操笃信实践是最好的老师，特别看重培养孩子的实践能力。他几乎走到哪儿都把孩子带在身边，让他们亲眼观摩自己如何处理政务和指挥战争。淯水之战中不但曹昂随军作战，连年仅10岁的曹丕也在曹操军中学习锻炼。待孩子成年以后，曹操就安排他们到重要工作岗位上独当一面。比如曹丕、曹植经常在曹操出征时被委以留守大本营的重任，曹彰更是独自带兵远征乌桓，立下了赫赫战功。

曹操的家教以严苛著称。最极端的例子是曹操提倡艰苦朴素，反对奢靡之风，据说有一次他看到曹植的妻子衣着华丽，就毫不宽贷下令将其处死。

而严父心底往往又藏着深挚的父爱。曹操最宠爱的幼子曹冲病重，曹操多次为其向神明祷告。曹冲死后每被提及，曹操都悲痛流泪，不能自已。

由此可见，淯水之战后曹操从未在人前显露丧子之痛并非他冷血无情，而是出于政治需要的刻意隐忍。作为政治家的曹操无疑是冷静从容的，但当他回到许都，面对悲痛欲绝到失去理智的丁夫人时，却和所有人一样，只是一个手足无措的丈夫。

丁夫人自己没有孩子，用全部心血把曹昂抚养长大，曹昂就相当于她的亲儿子。她天天深锁闺中，丈夫忙于事业，儿子成了她唯一的亲人和朋友。此刻骤闻曹昂的死讯如同晴天霹雳一样，特别是她可能还风闻曹昂的死事出有因，是曹操在宛城纳妾才导致张绣的部队哗变。这样的双重打击让丁夫人的心理防线彻底崩溃，日夜以泪洗面、哭号不止。她见到曹操时丝毫不顾礼仪情面，指着曹操鼻子责骂："是你杀了子修（曹昂的字），你心里根本没有他！"[1]

丁夫人是曹操的结发妻子，从十几岁起就陪伴在曹操身边，而且曹操确实心中有愧，所以他在夫人面前只能装聋作哑。曹操本以为忍几天就会雨过天晴，没想到丧子之痛的打击对丁夫人过于沉重，她整日神情恍惚，对曹操视若不见，只是反反复复叨念着上面那句话，像个疯子一样。曹操毕竟是一方霸主，顾忌自己的形象和社会影响，最后不得已将丁夫人送回娘家暂住。

让时间抚平一切伤痕吧！

据说一段时间之后，曹操亲自到丁夫人的娘家看她。家人进来禀报，丁夫人却充耳不闻，埋头在屋中纺织。曹操轻轻走到丁夫人的身后，抚摸着她的背脊，柔声说道："我们回家吧。"

但丁夫人恍若不闻，头也不抬地继续纺织。

如此一位盖世英雄曹操就这么被晾在一边，呆呆站了半晌。他自觉无趣，只好转身离开。曹操走到门边忍不住停下脚，回头又问了一句："何必这样呢？"

丁夫人还是无言。

曹操忍无可忍，叹了口气说："我们走到头了！"

曹操离开了丁夫人的娘家，从此两人再未见过一面。他让丁夫人的娘家人送她改嫁，但哪有人敢照办？虽然曹操与丁夫人恩断义绝，但一直默默供养着她。直到若干年后，丁夫人病故，曹操将其安葬在了许都城南。

做女人难，做一个成功男人背后的女人更难。

丁夫人的决绝是可以理解的，但她并没有完全看透丈夫曹操的心。曹操胸怀天下、纵横一世，但始终把她和曹昂放在心底最深的地方，并且伴其终生。在曹操快要死去的时候，他终于流露出了一点心迹。

据说曹操躺在病榻上，自知时日无多，不禁叹息说："我这一辈子的所作

---

[1]《三国志》注引《魏略》曰：太祖始有丁夫人，又刘夫人生子修及清河长公主。刘早终，丁养子修。子修亡于穰，丁常言："将我儿杀之，都不复念！"

所为无愧于心，只有一件事始终放不下。如果人死了还有灵魂的话，曹昂来问我妈妈去哪儿了，我该怎么回答他才好呢⋯⋯"

四十七　搁置血仇

杀死曹昂的凶手张绣，在英雄辈出的三国历史上是一个不起眼的小人物。但历史证明，任何时候都不要低估小人物的作用。在某个特定的关键时刻，历史进程很可能会因为某一个小人物而被彻底改写。

对于曹操来说，张绣是爱子曹昂惨死的罪魁祸首。但他即将发现，如果没有张绣，自己统一北方的千秋功业很可能将化为泡影。

张绣是曹操的仇人，也是他的贵人。

曹操在建安二年正月出兵征伐张绣，遭遇淯水之败，痛失爱子曹昂。虽然他很快反败为胜，但始终没能彻底歼灭张绣这支力量。

当曹操率军返回许都后，张绣与刘表联军卷土重来，迅速收复了失地。曹操派兄弟曹洪出战，却被张绣击败。曹操只好在当年十一月再次亲率大军征讨张绣。不料张绣深谙游击战法，敌进我退，马上逃跑。等曹操刚一收兵，又敌驻我扰，不断骚扰曹操的地盘。

曹操不得已在建安三年（198）三月第三次征讨张绣，这次总算把张绣围在了穰县（今河南省邓州市一带）城中。正当他想把张绣一网打尽时，忽然有隐藏在北方的密探送来情报，说袁绍有可能要偷袭许都，吓得曹操赶快撤兵。

这时张绣又来了一招敌退我追，和刘表一起将曹军合围在了归途中。幸亏曹操急中生智，连夜挖了一条地道把辎重送走，设奇兵埋伏在附近。等天亮张绣和刘表发现了地道，以为曹军已经逃走，就毫无防备地全军追击。结果曹操的伏兵四起，打了张刘联军一个措手不及，成功反败为胜，但没能俘获张绣和刘表。

不能不说曹操确实善于用兵，他自己也很得意，专门给荀彧写信炫耀了自己这次置之死地而后生的成功经验。

但回到许都后不久，很多人都发现，曹操并没有因为这次胜利而欢欣鼓舞，反倒像变了一个人似的，特别暴躁易怒，和平时开朗稳重的作风大相径庭。有人偷偷跑去问荀彧，主公是不是还在对淯水之败耿耿于怀啊？

荀彧摇摇头说："以曹公的聪明才智，绝不会困在过去一场失败的阴影中走不出来，他心里有别的事。"

荀彧没有明言，但他很清楚曹操的所思所想。曹操考虑的不是张绣，而是袁绍。胜败乃兵家常事，但张绣的不屈服，彻底打乱了曹操在与袁绍决战前扫清周边敌人的战略部署。

留给曹操的时间不多了。

最终曹操不得已只能绕过张绣，先去剿灭袁术、吕布等其他敌人。直到建安四年（199），曹操才成功扫清了周边的几乎所有隐患，而黄河对岸的袁绍同样兼并了公孙瓒，袁曹两军隔岸相望，决战已经一触即发。但让曹操揪心的是，打不死的小强张绣还在，而且离自己的大本营许都那么近。

此时的小人物张绣被历史推到了风口浪尖上。虽然他的势力并不强大，但却是袁曹两家胜利的天平上至关重要的一个砝码。如果张绣倒向袁绍，则让曹操腹背受敌，取胜的机会更加渺茫。而如果他倒向曹操，则曹操再无后顾之忧，可以专心与袁绍决战。

因此，袁曹两家都不计成本地发动了强大外交攻势，派出使者重金收买张绣和他身边的文臣武将。如果当时有博彩公司的话，相信张绣投降袁绍的赔率会远远高于曹操。原因非常简单，张绣和曹操有不共戴天的杀子之仇，而且傻子也能看出来袁绍强而曹操弱。

但最终，张绣却做出了一个让所有人赔光血本的政治决定，投降曹操。

据史书记载，做出这个惊人决定的不是张绣本人，而是他身边的头号谋士贾诩。贾诩不和张绣商量，就擅自在大庭广众之下责骂并驱逐了袁绍的使者。张绣显然对贾诩的举动没有任何思想准备，对此十分"惊惧"。贾诩给出的解释也很牵强，大意就是袁绍强而曹操弱，张绣应该做小池塘里的大鱼，曹操会比袁绍更重视他。奇怪的是，张绣对贾诩的解释一点没有质疑，二话不说就"从之"了。

张绣率众投降了曹操。当曹操见到张绣的时候，好像全忘了淯水之败和曹昂之死。他紧紧地握住了张绣的手，和他一起饮酒欢宴，并马上封张绣为扬武将军，还定下了儿子曹均与张绣女儿的亲事。而张绣也投桃报李，率领凉州铁骑在之后的官渡之战中玩命作战，战后曹操对张绣的封赏远远高于其他人。

曹操在对张绣这么做的时候，很难想象他的脑海里不会浮现出曹昂的影子。但这就是政治，这就是曹操。

至于张绣的结局，有一种说法是他随曹操远征乌桓，在途中不幸病逝。但也有另一种说法，张绣降曹后每次出席公开活动，都被曹丕当众怒斥："你杀了我哥哥曹昂，怎么还有脸坐在这儿！"长此以往，张绣可能是罹患了抑郁症，最终自杀身亡。无独有偶，后来张绣的儿子也因犯罪而被处死，张家至此就绝户了。

与张绣的凄惨下场相比，贾诩的命运就好太多了。当曹操见到贾诩时喜形于色，他同样紧紧握住了贾诩的手，意味深长地对贾诩说："能让我被天下所看重，都是因为先生您啊！"曹操马上给贾诩封侯授官，贾诩后来飞黄腾达，一生高官厚禄，77岁寿终正寝。

同样的握手、同样的笑容，却是截然不同的结局。张绣选择了无条件信任贾诩，但贾诩却选择了只考虑自己。乱世之中，过分相信别人绝对是一种自杀行为。如果再给张绣一次选择的机会，相信他一定会做出不同的选择。

当然，历史不会给他第二次机会了。

四十八　再添智囊

当曹操与张绣连战不利时，曹操很敏锐地察觉到了问题所在。

对比当年汉高祖刘邦击败西楚霸王项羽所凭借的那支干部队伍，曹操手下的荀彧行政能力出色，足以和萧何相媲美；程昱、董昭智计过人，可以和陈平一竞高下；几个兄弟曹仁、夏侯惇能够独当一面，再加上于禁、乐进这些悍将，也不逊色于韩信、樊哙、灌婴等人。但曹操发现，和刘邦相比，自己手下缺少了一位关键人物：张良。

曹操自己是政治强人，也是军事天才。但毕竟曹操也是人，遇到错综复杂的形势需要同水平相当的人商议讨论。曹操对面的敌人一个比一个强大，敌人阵营也聚集了很多的才智之士和军事人才。大家互相斗智斗勇，谁也没有必胜的把握。除非能像刘邦一样，拥有张良这样超一流的天才智囊。

每当曹操遇到困难的时候，他第一个想到的人就是荀彧。曹操马上从前线给荀彧写信。当年荀彧为曹操推荐了一位很出色的谋士戏志才，可惜他很早就亡故了。曹操在信中说：自从戏志才死后，再没有人能和我一起商量事了。你老家汝、颍地区盛产奇士，有谁可以替代戏志才吗？

曹操的信写得很客气，但荀彧能够感受到扑面而来的求贤若渴和焦急不安。可荀彧却一点也不慌张，他早有准备，应该说他等这封信已经很久了。有一个人已经被荀彧雪藏了六年之久，而他有充分信心，这个人正是曹操苦苦寻找的张良。荀彧之所以不早早把这个人举荐给曹操，是因为他在等待正确的时机。荀彧知道，对于一个吃饱了的人来说，再好的珍馐美味也没有滋味。必须等一个人饿急了，才能把好菜端出来。

六年了，这个时机终于来到了。

荀彧立即提笔给曹操回信，向曹操推荐了和他同是颍川老乡的这位奇才——郭嘉。

前文已经提到过郭嘉。他出身于颍川郡的名门望族，但性格孤僻，一直没有入仕，而且平时我行我素，有严重的生活作风问题，经常做出一些不合时宜的举动。

珍稀动物大鹏鸟是很难被小麻雀所理解的，同理，天才也往往都是怪咖，因此郭嘉一直被社会上的名士们视为异类，觉得他有精神问题。六年前，郭嘉也曾经随大流去投奔袁绍，估计袁绍并不怎么重视郭嘉，郭嘉也觉得袁绍难成大事，于是他很快就跑回老家，隐居了起来。

只有荀彧慧眼识珠。这好比在今天的一家足球俱乐部里，砸重金买一个知名顶级球星容易，但发掘一个具有潜质的年轻球员就非常难，而如果这个年轻球员日后成了梅西或者罗纳尔多那样的球星，就难比登天了。郭嘉在当时没有任何知名度，也没有实际工作经验，谁也不知道荀彧是怎么发现并笃信郭嘉可以成为张良的。

荀彧无疑是当时全天下的第一伯乐，而唯一能和荀彧比肩的正是曹操。一个政治集团同时拥有两个伯乐，想不成功都很难。

当曹操收到荀彧的书信后，迫不及待地对郭嘉进行了面试。双方经过一番谈话，曹操和郭嘉各说了一句话。

曹操说："让我成就大业的，必定是这个人！"

郭嘉说："这个人正是我要找的好老板！"

曹操立即向皇帝推荐，任命郭嘉为自己的军师祭酒，相当于今天的总参谋长。而这个职位之前并不存在，是曹操专门为郭嘉量身定制的一个重要岗位。从此以后，郭嘉对于所有曹操阵营的战略部署和军事行动具有主要发言权，而很多追随曹操多年、工作业绩突出的谋士都要低头服从郭嘉的意见。

这一年郭嘉28岁，他的履历表是一张白纸。这实在让人好奇他和曹操到底谈了些什么，让曹操对他一见倾心、委以重任。史书上仅记录了"论天下事"这寥寥几个字，具体内容无从稽考。

但几乎可以肯定的是，两个人所论天下事的核心内容只有一个——袁绍，这是当时曹操心中最大的困扰。在另一份史料中，记载了曹操和郭嘉围绕袁绍进行的一次重要谈话，很可能就是两个人第一次会面的实录。

曹操问郭嘉："现在袁绍地广兵强，而我们两家的矛盾已经很明显了。我担心和袁绍开战实力不够，这该怎么办呢？"

郭嘉说："现在的形势和当年刘邦、项羽争天下时很像。大家都知道刘邦的实力远不如项羽，但最终刘邦凭借正确的战略部署以智慧战胜了项羽的武力。"

然后郭嘉提出了他著名的"十胜十败"。

郭嘉说："在我看来，您和袁绍开战，袁绍有十败，您有十胜。虽然袁绍的实力强，但最终的胜利者是您。

"第一，袁绍是世家大族出身，信奉儒家道德礼仪这一套形式主义，而您无可无不可，经常不按常理出牌，走实用主义路线，这是道胜。

"第二，皇帝在我们手上，您可以名正言顺征伐四方，而袁绍打我们就是反叛皇帝，这是义胜。

"第三，帝国向来政治宽松，任由世家大族鱼肉百姓，损害国家利益。袁绍更是变本加厉，所以他的统治非常混乱。而您严厉地以法治国，所有人都有很强的法律意识，这是治胜。

"第四，袁绍表面上礼贤下士，但内心对人不信任，重要岗位安排的都是自己的亲戚子弟，用人唯亲。而您看起来大大咧咧，但心里有数，不管亲疏远近，用人唯贤，这是度胜。

"第五，袁绍的决断能力不强，经常贻误战机。而您当机立断，善于随机应变，这是谋胜。

"第六，袁绍凭借家世背景，最喜欢高谈阔论沽名钓誉之辈，投靠他的都是有名无实的人。而您以至诚待人，实事求是，有功必赏，所以有真才实学的人都来投靠您了，这是德胜。

"第七，袁绍看见穷人非常怜惜，但看不见的事就想不到，这是妇人之仁。而您经常忽略微观小事，但善于处理国家大事，思虑周全、洞察人心，这是仁胜。

"第八，袁绍手下的干部队伍很不团结，互相争权夺利。而您明察秋毫，领导有方，这是明胜。

"第九，袁绍处事没有是非观念，而您坚决执行正确的路线方针政策，严厉打击不法行为，这是文胜。

"第十，袁绍好大喜功，不懂兵法。而您用兵如神，常以少胜多，受自己人信赖，让敌人畏惧，这是武胜。"

郭嘉这一套逻辑缜密的"十胜十败"显然是有备而来，是他六年来卧薪尝胆潜心研究袁曹决战形势的思想结晶。当然仁者见仁、智者见智，如果袁绍的谋士听到郭嘉的宏论，少不了一番激烈辩论。而且毕竟是初次见面，以当时的通信水平，郭嘉茅庐高卧不可能对袁绍和曹操有深入的了解，难免有一些拍马屁的成分。但无论如何，郭嘉这番话给了曹操最需要的一样东西——自信心。

曹操听完郭嘉的"十胜十败"，笑了。他谦虚地说："我哪有先生说得那么厉害啊！"

但在曹操的内心深处，长久压在他心头的那块巨石——袁绍，被郭嘉轻巧地搬开了。以曹操的天资聪明，一般的溜须拍马是不可能打动他的。而郭嘉的这一番话，和曹操心中所思不谋而合，每一句都说在了他的心坎里，这让曹操感到无比的释然。

没错，这个年轻人郭嘉正是我要寻找的张良！我们英雄所见略同，一定能够战胜袁绍！

四十九　决意东征

在郭嘉发表完他著名的"十胜十败"之后，他还对曹操说，现在袁绍正在北方和公孙瓒作战，我们必须抓住这个千载难逢的战机，东征消灭徐州的吕布。如果不先解决掉吕布，等袁绍和我们决战的时候，吕布从侧翼支援袁绍，那对我们将是致命的打击。

郭嘉的言下之意是，不要再和张绣纠缠了，从战略上看，吕布对我们的威胁比张绣大得多！

无独有偶，很快又有高人向曹操提出了类似建议。

这位高人名叫荀攸。从姓氏上就可以看出来，他是荀彧的亲戚。荀攸长期在中央政府任职，执政经验非常丰富。他曾随皇帝迁都到长安，其间参与了一次刺杀董卓的阴谋。不料事情败露，他只身逃到荆州避难。荀攸是荀彧的堂侄，但荀彧一点也不避嫌，积极向曹操举荐荀攸。曹操马上亲自写信把荀攸请来，一次面试就"大悦"，立即任命荀攸为军师，让他参与总参谋部的工作。

在这里插一句，荀彧给曹操推荐的人才很多都是自己的亲戚、朋友和老乡。虽然事后证明这些人个个才华过人，但这种做法难免会遭人非议。可荀彧从来没有明哲保身的私心，举贤不避亲，而曹操也从来没有怀疑过荀彧，对荀彧推荐的人才马上提拔使用。

信任是一个团队最重要的财富，也是最致命的武器。曹操和荀彧、刘备和诸葛亮、孙权和周瑜，这三对完美搭档傲视三国群雄，是曹、刘、孙三家战争机器的核心大脑，也让这三家最终脱颖而出笑到了最后。

建安三年，当曹操第三次征讨张绣时，荀攸随军出征。所有人都知道曹操决心要报杀子之仇，谁也不敢多嘴。而荀攸作为新人，却大胆向曹操建议，我们不要急于打张绣。张绣寄居在刘表的地盘上，后勤补给都靠刘表支持。如果我们放慢脚步，他们必然为利益而内讧；如果我们急于进攻，只会逼迫他们联合起来拼死抵抗。

但当时曹操已经和张绣杠上了，不灭张绣誓不罢休，所以没有听取荀攸的意见。结果如前文所述，曹操一度被张刘联军包围在归途中，差点全军覆灭。

通常这种情况下，领导会感到很丢面子。要不就有意回避，假装什么也没发生过，甚至还可能因此翻脸，找机会教训一下那个未卜先知、过分聪明的部下。但曹操的做法是第一时间把荀攸找来，当着所有部下的面向他道歉说："我错了，是我没有听先生的话，才搞成这样！"

曹操很大度地当众道歉，荀攸竟然也坦然地接受了曹操的道歉。而且他还趁机向曹操建议，大家都觉得我们舍近求远进攻吕布是很危险的。但我们刚刚大败张绣和刘表，我担保他们不敢有所行动。而吕布是骁勇的名将，如果他在徐州和袁术联合起来，站稳脚跟，我们将很难征服他们。只有现在趁吕布在徐州立足未稳迅速进攻，才是消灭他的最好时机。

这次曹操再没有理由不采纳荀攸的意见了。有了郭嘉和荀攸的战略谋划，再加上荀彧也劝曹操尽早解决徐州的吕布，曹操终于下定了决心。他征讨张绣回来仅仅休整了两个月，就亲率大军东征徐州。

曹操之所以犹豫了一段时间，一方面是对杀子之痛始终耿耿于怀，另一方面是因为徐州这个名字让曹操铭心刻骨。当年他因为灭门惨案在徐州搞了两次大屠杀，和徐州人民结下了血海深仇。相比张绣，徐州将是一块更难啃的骨头。

此外，可能还有一个只有曹操自己知道的原因。曹操的战略眼光丝毫不逊色于郭嘉和荀攸。他早已预料到和袁绍必有一战，因此也早早在他的聚米图前仔细研究过如何抓住难得的战略机遇期，尽可能快速地把周围的敌人一网打尽。

徐州始终在曹操的视野当中，而他也早就放出了一只"风筝"打入徐州内部。如果曹操的计划成功，将可以兵不血刃拿下徐州。曹操一直在等待那只"风筝"的消息。

这还要从建安元年说起。当时曹操正忙着挟天子以令诸侯和许下屯田，突然有一天，有人禀报门口来了一位仪表堂堂的将军求见曹操。曹操打开名刺——相当于今天的名片一看，原来是他！

这个人是曹操曾经的老朋友也是老对手。曹操当时并没有料到，这个人将和他相爱相杀一辈子，共同演出一段中国历史上最为精彩的好戏。

他就是刘备。

刘备比曹操小六岁。据说曹操与刘备的初见是在雒阳。当年汉灵帝组织西园军，任命曹操为典军校尉。刘备这时也在雒阳，有可能是被地方推荐参加西园军的低级军官。后来刘备还跟随曹操回老家谯县招兵，说不定他正是曹操杀害吕伯奢一家的现场目击证人。当时董卓进京，天下大乱，两个人不得已各奔东西，曹操去投靠张邈在陈留起兵，刘备则去投奔北方的老同学公孙瓒，两人或许在山东义军大营还一起共事过。

人生若只如初见。可惜乱世中的两个人身不由己，曹操和袁绍联合，公孙瓒却和袁术结盟，两个人落到了两个敌对阵营，反目成仇。刘备曾经被公孙瓒委派从青州带兵进攻曹操，但被曹操击败逃遁。曹操为报灭门之仇两次征伐徐州，刘备又被徐州牧陶谦请去助拳，但还是打不过曹操。

之后曹操城门失火，张邈和吕布在兖州发动叛乱，曹操被迫紧急回兵平乱。而刘备则迎来了人生中的一次重大转机，曹操走后不久，陶谦病危，偏偏看上了刘备做接班人。于是，刘备从一个名不见经传的小人物，一跃成为控制当时天下最富庶部州之一——徐州的封疆大吏。

当然，身在乱世，穷人乍富也不一定是好事，难免被强盗盯上。先后被曹操打败的袁术和吕布都瞄上了徐州这块肥肉。袁术根本看不上刘备，写信给吕布说："我出生以来从没有听说过刘备这个人。"他出兵与刘备争夺徐州，刘备被迫亲自率军迎击。

人生就是这么奇妙，曹操和刘备本来是敌人，但现在刘备和曹操的主要对手袁术开战，他就又成了曹操的朋友。曹操为了支持刘备，以皇帝的名义任命刘备为镇东将军，封宜城亭侯。刘备有了曹操撑腰，就更加努力地和袁术作战。

但不料螳螂捕蝉黄雀在后，吕布从背后乘虚而入，偷袭打败了留守的张飞，占领了徐州的首府下邳。徐州在刘备手上还没焐热就丢掉了，连家眷也全被吕布俘虏了。前有袁术，后有吕布，刘备被打得四处逃窜，弹尽粮绝。最后走投无路，只好忍气吞声回去向吕布求饶。

恰在此时，曹操听说吕布占据了徐州，担心吕布和袁术联手，就向吕布发动外交攻势，用之前对刘备的策略故技重施，以皇帝的名义封吕布为平东将军、定陶侯。曹操还亲笔写信慰问吕布，说现在国家穷，没有质量好的黄金和丝绸，这次给吕布的金印和上面的紫绶是曹操自己家中的珍藏。曹操同时要求吕布为国效力，出兵讨伐袁术。吕布看到信，感激涕零，马上和袁术翻脸开战。

正好这时候刘备来投降吕布，吕布巴不得有替死鬼当炮灰去打袁术，就把刘备的家眷送还，还像亲兄弟一样和刘备喝酒聚会。

之后徐州的形势就成了袖珍版的三国演义，袁术和刘备打，吕布出面调停，辕门射戟帮刘备吓退了袁术的部队。但后来刘备人马越来越多，吕布感到威胁，又亲自带兵把刘备赶出了徐州。然后吕布又和袁术大战一场，杀了袁术十员上将，几乎全歼了袁军。

这时候已是建安元年。35岁的刘备带着残兵败将流落江湖，连立锥之地都没有了。以刘备的雄心大志混到这步田地，实在是心如死灰。他思来想去一拍大腿，也罢！只好赌一把，投奔曹操了。

刘备就这么失魂落魄地站在了许都曹操的府门口。

五十　刘备来投

非常之人必有过人之处。与曹操相比，刘备有三大特点：

第一，野心更大。据曹操晚年回忆，他年轻时的人生梦想是在沙场上杀敌立功，封侯做征西将军，死后在墓碑上镌刻"汉故征西将军曹侯之墓"。曹操一步一步位极人臣是形势使然，并不是他的初心。

而刘备从小就有做皇帝的野心。据说他家旁边有一棵巨大的桑树，枝繁叶茂，亭亭如盖，刘备常在树下和小朋友玩耍。他对人说："你们看这棵树像不像皇帝的羽葆盖车？总有一天我会坐上去的！"

这话传到他叔叔耳朵里，赶快跑来警告刘备不要胡说八道，说这种话是灭门之罪。

三岁看老，刘备是绝不会甘居人下的。

都说吕布头有反骨，他先后叛变，杀了自己的两任主人丁原和董卓。但看看刘备的履历表就知道，刘备先后在公孙瓒、陶谦、曹操、吕布、袁绍、刘表手下工作过，基本上每隔几年就跳槽一次，但从来没有真心辅佐过谁。吕布是见利忘义之徒，谁给的钱多就跟谁干，是明码标价的雇佣兵。而刘备和吕布不一样，他绝不是见钱眼开的小人。刘备半辈子四处奔波打工谋生，但内心里始终深藏着当老板的梦想。

第二，城府更深。前文讲过曹操这个人比较随和，经常和别人嘻嘻哈哈、乱开玩笑，这可能是由于曹操的诗人气质使然。而刘备则是沉默寡言，喜怒不形于色，应该说更具领导风范。

而且刘备具有一项特质——永远低姿态，这可能和他出身草根阶层有关。用今天的话来说，刘备没有一丁点官僚主义习气，关心人民疾苦，特别礼贤下士，总是和大家同吃同住，像是个真正的人民公仆。刘备是自信要当皇帝的人，他的这种谦卑之心有多少是真、多少是假没有人知道。但他凭借这一点在当时极端重视出身背景的社会中独树一帜，不但身边聚集了关羽、张飞、赵云等死忠之士，而且几乎所有接触过他的人，都心悦诚服，死心塌地跟着他干。

据说有一次刘备的仇人派一名杀手去刺杀刘备。杀手假扮成访客见到刘备，片刻之间就被刘备待人接物的亲和力所征服，当场自首并把刺杀计划和盘托出。

第三，魅力更强。前文也讨论过曹操的长相身材，应该不是很出众，据说曹操"自以形陋，不足雄远国"。曹操又最反对奢华，对穿着很随意，相当于在今天戴棒球帽、穿牛仔裤上班。而相比之下，刘备身长七尺五寸（约合今天的1.75~1.80米），双手下垂超过膝盖，耳朵大到自己都能看到，喜欢穿名牌服装，是个风度翩翩、仪表不凡的帅哥。

在信息通信极不发达的古代社会，外貌是品评人物的一个重要标准，所谓面由心生。刘备的高颜值确实为他的事业发展加分很多。

曹操特别自律好学，以卓越超凡的能力傲视群雄。而刘备从小不爱读书，"喜狗马、音乐、美服"，打仗也屡战屡败，能力水平和曹操有很大差距，但他胜在拥有一种颠倒众生的神秘魅力。

按说刘备出身非常低微，虽然号称是皇家后裔，但根本无法考证。他从小丧父，跟着母亲编织草鞋、凉席为生。这样的出身与四世三公的袁绍有天壤之别，比曹操的家庭背景也相去甚远。但就是这位从社会底层爬出来的刘备，走到哪儿都很神奇地备受尊重和爱戴。

举例来说，曹操对待刘备是"出则同舆，入则同席"，也就是和刘备好到形影不离。而袁绍对待刘备是听说刘备来投奔自己，就派遣手下夹道欢迎，自己亲自出城二百里迎接。更不用说刘备兵微将寡，和陶谦没有什么渊源，陶谦却连自己儿子都不考虑，死心塌地把徐州交给刘备。而且徐州当地的名门望族，包括号称天下名士之首、连曹操也看不上的孔融都对刘备高度认可，名士糜竺还把亲妹妹许配给刘备为妻。

刘备是兼具巨大野心、深厚城府和超强魅力的乱世英雄。而且他还拥有曹操与孙权所没有的一样重要法宝——刘备姓刘，这个皇家姓氏是刘备笼络人心的一项重要政治资源。而乱世的来临也不难让刘备联想起东汉开国皇帝光武帝刘秀以皇室远亲统一天下的壮举，这个姓氏让他的野心翻倍膨胀。

但刘备也是个聪明人。在乱世当中，他知道自己可以尽情地发挥城府，充分地散发魅力，可如果过早地暴露野心，很有可能会成为众矢之的，落得董卓的下场。所以，刘备总是低调地给别人打工，脏活累活抢着干，尽最大努力把自己那颗巨大的野心隐藏起来。

当刘备决定投奔曹操的时候，他清楚地知道这是一次孤注一掷的赌博。曹操不是公孙瓒、陶谦或者吕布，曹操看人具有透视能力，手下又高人无数。一山难容二虎，一旦野心暴露肯定会被曹操赶尽杀绝。但此时的刘备已经走投无路，他只能相信他和曹操过往的交情，也自信自己是一个优秀的演员。

但刘备还是低估了曹操。当他在曹操府门前焦急地徘徊时，大门久久没有为他打开。这并非曹操有意冷遇刘备，而是此时曹府内正在进行一场激烈的讨论。

当时郭嘉还没有加入曹营，但程昱早已经看透了刘备。他对曹操说："刘备这个人是个英雄，而且比起其他人更会笼络人心。他终究不会甘居人下的，我们应该趁早解决他！"

曹操对刘备很了解，完全认同程昱所说刘备是英雄的看法，但他提出了不同的主张。他对程昱说："现在正是招揽天下英雄为我所用的时候，杀了刘备，就丢了天下人心，不能这么做。"

曹操在下一盘更大的棋。从长远来看，曹操认同刘备是必须除掉的。但从眼前来看，曹操深知袁绍才是自己最大的敌人，刘备还有利用价值。在让曹操最为头疼的徐州，刘备虽然被吕布赶走，但他得到了当地有影响力的世家大族和老百姓们的拥护。把刘备这颗棋子放在徐州，可以制衡吕布和袁术，给自己留出时间来解决邻近的张绣。

曹府大门打开了。刘备紧张地向里面观望，终于看到了快步迎来、笑容满面的曹操。曹操对刘备给予了极高规格的接待，请示皇帝封刘备为豫州牧。刘备心里总算一块石头落了地。

但曹操的内心却并不安稳。程昱的话有道理，刘备是一颗定时炸弹，不知道什么时候会爆炸。正好这时郭嘉来了，曹操迫不及待地向他咨询刘备的问题，并把程昱的想法也告诉了他。

郭嘉说："程昱分析得很对，但现在时机不对。刘备是人气很高的英雄，杀了刘备，天下人会怎么想？谁还能信任您呢？"

曹操听了郭嘉的话，会心一笑说："还是先生懂我！"

但另一份史料还记载了郭嘉的另一句话。他说："古人说'一日纵敌，数世之患'，我们要早点考虑怎么合适地处置刘备。"

郭嘉的这两句话看似相反，其实并不矛盾。他的意见是不要马上杀掉刘备，但要时刻防备和看住他。

从事后来看，郭嘉和程昱对刘备的认识比曹操更全面。诚然刘备低估了曹操的判断能力，但曹操也低估了刘备的真实潜力。

曹操骨子里是爱才的，有唯才是举、取天下英才为己用的大格局，手下不乏张辽、张郃、文聘等降将。在后来著名的青梅煮酒论英雄中，当然这个故事的大部分内容是《三国演义》作者罗贯中所杜撰，但画龙点睛的那句话确实有史可查。曹操对刘备说："今天下英雄，只有你和我两个人啊！"

曹操不傻，他对刘备心存忌惮，却更爱惜其才。

曹操反复思考如何处置刘备，最终爱才之心战胜了妒才之火。再加上他和徐州的过节儿、对吕布的了解，让他没法像郭嘉那么乐观，以为能够轻松占领徐州。曹操决定给刘备一次机会。他出兵出粮帮刘备组织部队，然后把他像风筝似的放飞到徐州去了。

五十一　吕布降曹

获吕布，戮陈宫。艾夷鲸鲵，驱骋群雄。囊括天下，运掌中。

——缪袭《鼓吹曲·获吕布》

荀彧、郭嘉、荀攸都建议曹操暂时搁置张绣，尽快征讨吕布，平定徐州。

而曹操却一直按兵不动，苦苦等待刘备的消息，但等来等去，始终音信全无。

难道风筝断线了吗？曹操心里也开始打鼓，看来程昱和郭嘉是对的，刘备这家伙太不可靠。曹操忍无可忍，只好派夏侯惇率军前往徐州观望形势。

等夏侯惇到了徐州才恍然大悟，怪不得刘备没有消息，他已经被吕布派遣的大将高顺围困在沛县城中，马上就要全军覆没了。夏侯惇二话不说冲上去和高顺交战，不料却像撞上了一块铁板。不但被高顺的人马杀得大败，自己还被射瞎了一只眼睛，只能落荒逃回许都向曹操报信去了。

吕布号称"人中吕布，马中赤兔"，是当时最神勇的武将。他祖籍并州，自幼和北方的匈奴、鲜卑族人杂居生活，尤其擅长骑射。但他先后背叛了并州军团和凉州军团的两位大佬丁原与董卓，因此跟随在他身边的凉州和并州骑兵部队很少。他最为依仗的精锐部队正是高顺所率领的这支陷阵营。

高顺是吕布的老乡，为人威严果敢。当时军人普遍饮酒，高顺却滴酒不沾。他还从不和别人交际应酬，坚决拒绝任何贿赂和馈赠，一门心思就是打仗杀敌。他的这支陷阵营编制一千人，实际上只有七百多人，但每个士兵的武器装备都十分精良。在高顺的率领下，这支人数不多的特种部队陷阵营几乎所向披靡。勇冠三军的关羽、张飞，再加上曹操帐下的大将夏侯惇，竟然悉数败在了名不见经传的高顺手下。

曹操得到夏侯惇带回来的情报，终于在建安三年九月亲率大军出征徐州。他才走到半路，就迎面遇到了狼狈逃回来的刘备，不但自己给刘备的人马全部报销，连刘备的家眷也再一次落到了吕布手里。

曹操拍拍刘备的后背说："别担心，后面的事交给我吧！"

连曹操都始料不及，战斗竟然意想不到的顺利。他很快三次击败了吕布，一直把吕布逼退并围困在徐州首府下邳城里。曹操听夏侯惇反复提起高顺和他的陷阵营，摩拳擦掌要带领自己的精锐部队——青州兵与其一较高下，打破高顺的不败神话。但奇怪的是，几次会战中曹操连高顺和陷阵营的影子也没看到。

问题出在吕布身上。吕布是勇将，却不是帅才。吕布唯一相信的就是自己的武力，对其他任何人都不信任。他手下率领的是一支杂牌部队，既有高顺、张辽这样和他从并州一同起家的老兄弟，也有凉州铁骑和兖州张邈的残余力量，还有陶谦留在徐州的丹阳兵。领导的风格决定了整个团队的状态。吕布不信任部下，部下就更是互相猜忌，分成几个派系激烈内斗。

高顺很替吕布着急，仗着老资格大胆劝吕布说："自古那些亡国之主并非没有忠臣良将，只是他们不会用人。将军您没脑子，说话办事难免犯错。犯一次错可以补救，老犯错就危险了。"

吕布不是曹操，这么直接的逆耳忠言哪能听进去？他勉强看在高顺是老部下的分上没有怪罪他，但很快就让自己的亲戚魏续接手了高顺的陷阵营，派高顺去管理魏续原来的散兵游勇。吕布不明白，陷阵营之所以成为陷阵营，正是由于有高顺这么一个交际能力0分、但工作态度100分的领导。他这么一调换，陷阵营垮了，高顺也靠边站了。怪不得曹操一直没找到高顺和陷阵营。

不单是高顺，吕布对手下第一谋士陈宫也不信任。陈宫向吕布建议："曹操远道而来，又有张绣在后，他在徐州不能持久。将军您带领骑兵在城外驻扎，我在城内防守。如果曹操进攻您，我就从后掩袭。如果曹操攻城，您就率骑兵攻击他。这样用不了半个月。曹操的军粮耗尽，我们内外夹击必定能打败曹操。"

吕布起初同意了陈宫的建议，但又不放心，跑回家和夫人商量。按说吕布在当时社会中能够这么尊重女性绝对是模范好男人，但他作为一方诸侯，军国大事不听专业人士意见却相信枕边风，这就非常危险了。夫人对吕布说："您对待陈宫能和当年曹操对他相比吗？您出征在外，把城池和家眷交给陈宫，我担心自己还能不能当你老婆了！"

于是吕布马上又反悔，拒绝了陈宫的作战计划，陈宫气得说不出话来，也索性闭嘴了。

至此吕布被曹操困在城中走投无路，忽然想起前一阵还和自己打得死去活来的袁术来了，寄希望袁术能派兵救援自己。袁术之前确实想和吕布联合，还曾为自己的儿子向吕布的女儿提出婚约。吕布开始同意了，但很快就被曹操高价收买，不但把走到半路的女儿抢了回来，还替曹操出兵打败了袁术。

这时袁术成了吕布的最后一根稻草。为了显示诚意，他自恃勇武无敌，趁半夜把女儿绑在身上想冲杀出去进献给袁术。但曹军铜墙铁壁，吕布刚出城门就被乱箭射了回去。

这实在是只有吕布才能想出来的笨办法，可怜吕布的女儿被折腾得半死。而袁术也压根没想帮助吕布，远远地虚张声势比画了几下就此了事。

尽管吕布有勇无谋、袁术鼠目寸光，但三个月过去了，面对着城高壕深的下邳城，曹操竟然一筹莫展了。不是曹操能力不足，也不是曹军训练不精，而是因为曹操面对的是一个千年未解的军事难题——攻城。

《孙子兵法·谋攻篇》谈道："故上兵伐谋，其次伐交，其次伐兵，其下攻城。攻城之法，为不得已。修橹轒辒，具器械，三月而后成。距堙，又三月而后已。将不胜其忿而蚁附之，杀士卒三分之一，而城不拔者，此攻之灾也。"

曹操在下面做了笔记：各类作战中最难的就是攻城。敌人可以坚壁清野，以逸待劳，而我方制造攻城车和飞楼云梯需要三个月，在城外堆积土山又需要三个月。如果让士卒蚁附登城进行强攻，至少会损失三分之一的兵力，而成功的概率仍然微乎其微。

在没有火炮的冷兵器时代，攻城几乎是不可能完成的任务。最可行的办法就是——等城里人全部饿死。因此古代攻克城池通常是按年而不是按日月来计算的。

但此时曹操最缺乏的战略资源就是时间。不但袁绍已经蠢蠢欲动，张绣、刘表也随时可能偷袭许县。以曹操的沉稳持重，三个月已经是极限了。曹操看胜利无望，只能一跺脚，撤退！

如果曹操就此撤兵，历史将重新改写。在这个重要的战略转折点上，曹军总参谋部的郭嘉、荀攸挺身而出，他们几乎异口同声地对曹操说："不能撤！"

两个人各自说了一大堆理由，但核心意思相同：绝不能放弃！

曹操当然深知吕布在自己战略布局上的重要位置，撤兵与不撤兵同样将面临非常艰难的局面。一步走错，满盘皆输。这时候曹操展现了他之所以成为曹操的非凡决断力，他看着目光坚定的郭嘉和荀攸：

"好吧，用人不疑，我相信你们。"

在郭、荀的策划下，曹操引沂水和泗水灌入下邳城，同时日夜疯狂攻城。而奇迹竟然真的出现了！

据说吕布有拈花惹草的毛病，背着夫人和手下一些将领的妻妾有暧昧关系。另外可能是为了节约粮食和提升军队战斗力，吕布下令禁酒，并严厉批评处分了私自酿酒的将领。这成了压倒骆驼的最后一根稻草。

其实下邳城中粮食储备应该还很充足，不然不会有余粮酿酒。但城中将士白天泡在冰冷的大水里奋勇杀敌，夜晚回家不但不能喝杯小酒解乏，还被吕布戴了绿帽子，更有其他派系的人在背后打黑枪。因此，坚固的下邳城防没有垮掉，但城中的人心垮掉了。

城中发生了大规模叛乱。令吕布意想不到的是，背叛他的人不是陈宫、高顺，而是他最亲信的魏续。魏续率先联合了几个人绑架陈宫开城投降，吕布退到白门楼上死守，但眼看大势已去，就只好缴械投降了。

五十二　信义无价

在吕布和陈宫被押进大帐之前，曹操早就打定主意要杀掉他们。吕布威名太盛，又两次弑主，决不能养虎为患。陈宫为曹操立过大功，但关键时刻倒戈给了曹操致命一击，以曹操的容人雅量也没法再信任陈宫。陈宫名望高又才智过人，留下他将是巨大的隐患。

虽然曹操心中已有定见，但当吕布和陈宫来到曹操面前时，曹操却不动声色，开始了他的表演。他非常和蔼可亲，和两个人话起了当年旧交，甚至想让人给吕布松绑，但被身边人以安保原因死活拦住了。

吕布看到有活命之机，赶快奴颜婢膝地向曹操求饶说："我现在对您佩服得五体投地。从今往后您统率步兵，把骑兵交给我指挥，天下指日可定！"

曹操做出一副犹豫的表情，看向坐在身边的刘备。而刘备精明得很，马上说："您没有看到吕布是怎么辅佐丁原和董卓的吗？"

曹操点了点头。他并非真的被吕布说动了，只是想借此测试一下刘备的忠诚度，而刘备的回答100分。

相比吕布，陈宫就显得明白得多。曹操笑着问他："你现在有什么想说的吗？"

陈宫冷冰冰地回答说："死呗。"

曹操问："那你的老妈呢？"

陈宫还是面无表情："看你呗。"

曹操又问："那你的老婆孩子呢？"

陈宫说："也看你呗。"

说完，陈宫就昂首阔步走出去受死，曹操哭着跟在后面相送，但陈宫自始至终没有回头再看一眼曹操。

呵呵，你的演技只能骗骗吕布！

曹操处死了吕布、陈宫、高顺，收降了张辽，并把陈宫全家赡养了起来。

在俘虏房当中还有一个叫毕谌的人。当年他曾在曹操手下效力，后来张邈叛乱绑架了他的全家。曹操对他说："你老妈在张邈手里，你赶快过去吧，我完全理解。"毕谌当场跪下表示绝无二心，曹操感动得流下了热泪。谁知道毕谌刚一出门就逃跑了，他不敢相信曹操会真的让他走，生怕说了真话就只有死路一条。

而这时毕谌也被活捉了，所有人都认为曹操肯定会杀掉他。但曹操说："孝顺父母的人才会忠于国家。"不但没有杀毕谌，还专门安排他到儒家圣地鲁国当官。

乱世之中什么最贵？不是黄金，而是信义。假使曹操一怒之下杀掉毕谌，就等于承认自己当初让他走是虚情假意的试探。曹操不但不杀毕谌，还表彰他的孝行，这么做既赢得了信义，也收割了人心。

刚刚处置完俘虏，曹操就又面临着一个新的难题。袁绍随时可能发动进攻，自己必须马上率领主力部队赶回去。曹操深知自己在徐州的人缘很差，委派谁留下，镇守人心浮动的徐州呢？

按说最佳人选无疑是前任徐州牧刘备，他熟悉当地情况，群众基础也很好。但曹操压根没有考虑过刘备，一路把他带回了许都，请示皇帝晋封他为左将军，实际上只是一个没有任何实权的虚职。刘备内心非常想留在徐州，但曹操装傻，他也只好假装若无其事地去许都当寓公了。

曹操最终也没有选择完全具备独当一面能力的夏侯惇、夏侯渊、曹仁、曹洪等嫡系大将，却出人意料地把徐州交给了曾先后在陶谦和吕布手下工作、刚刚归顺自己的降将臧霸，还指示他寻机进取徐州北面的青州。

这一手十分高明。在关键工作岗位上，必须安排自己充分信任的心腹干将；但有时候给新人一些锻炼机会，他们会比老人更珍惜、更努力，有事半功倍的奇效。臧霸在徐州有一定根基，又对曹操不计前嫌的信任，感恩戴德，铆足了劲经营青、徐二州，最终超额完成了任务。

曹操还煞费苦心地把徐州辖下的琅琊、东海、北海几个大郡分拆成若干小郡，以此来削弱地方势力，让他们没法集聚足够的力量对抗中央。

曹操匆匆料理了徐州的后事，立即急行军奔向与袁绍地盘接壤的黄河岸边。他刚刚从北方收到了一条绝密情报，袁绍已经把公孙瓒围困在了易京（今河北省雄县县城西北）。曹操知道，他和袁绍之间的决战已经进入倒计时。袁绍一旦灭掉公孙瓒，下一个目标就是他了。

曹操作为当时最杰出的政治家之一，具有总揽全局的战略眼光。他所控制的兖州、豫州一带是四战之地，四面八方都是虎视眈眈的各路诸侯。而曹操这时的实力有限，没法同时在多线作战，只能集中兵力一个一个击破。

曹操清醒地知道，武力征服是成本最高、耗时最长的下策，《孙子兵法》所说的不战而屈人之兵才是最高明的战法。因此，曹操在进攻张绣、吕布的同时，采取远交近攻的策略，派出许多使者、间谍，运用外交、情报等各种手段，想方设法瓦解周围的敌人。

当曹操征讨徐州时，他最担心可能成为吕布援兵的，不是淮南称帝的袁术，而是河内太守张杨。

河内（今河南省北部、河北省南部和山东省西部一带）隶属司州，横亘在黄河以北，与兖州、并州、冀州三州均有交界。曹操认识到，在未来自己和袁绍的决战中，河内将是一个非常重要的战略要冲。如果袁绍占据了河内，自己的黄河防线将被迫延长两倍，袁绍可以从任何一点渡河长驱直入，自己几乎无法防守。而且河内距离许都更近，自己防守的战略纵深也将被大大压缩。但如果曹操能够占据河内，就在黄河北岸建立了一个重要的桥头堡，这里离袁绍的大本营邺城近在咫尺，可以对袁绍渡河作战形成很大的牵制。

曹操对河内太守张杨很了解，他是吕布的老乡和老同事，很可能会救援吕布，并因此倒向袁绍一边。于是，曹操应该是很早就派出了大量的密探前往河内，收买和离间张杨军中的中下层官员。果不其然，当吕布被围在下邳城中时，他心心念念的袁术并没有来救援他，反倒是张杨调集人马准备出兵响应吕布。这时，曹操提前布置的闲棋冷子发挥了重要作用，成功策反了张杨手下的部将杨丑。杨丑发动政变杀掉了张杨，宣布效忠曹操。曹操喜出望外，没费一兵一卒就成功占领了河内这一战略要地。

谁知曹操还没高兴两天，突然又收到密报，杨丑被张杨的另一个部将眭固杀掉，眭固宣布河内转为效忠袁绍了。眭固多年前曾经以黑山贼的身份被曹操击败过，后来被张杨招安，但反曹的态度始终没变。

这让曹操大吃一惊，这背后显然有袁绍的影子。很可能袁绍也看到了河内的重要性，派人在河内收买力量。在河内发生的一切，完全是袁曹双方一场没有硝烟的地下争夺战。

所幸此时曹操的形势相比袁绍更加有利。袁绍还远在易京准备最后消灭公孙瓒，而曹操已经从徐州凯旋。于是曹操放弃回许县休整，立即马不停蹄杀向河内。

眭固知道曹操亲自带兵而来，吓得赶快带着主力部队逃向袁绍的地盘，留下几个人在郡城死守。曹操不想给袁绍增加任何有生力量，派曹仁迅速渡河追击。曹仁日夜兼程，成功在半路追上并杀死了眭固。曹操又派曾在张杨手下工作过的董昭去郡城劝降，董昭也不负众望，一个人单骑进城当天就说降了守将。

至此，曹操终于拿下了河内郡，在黄河以北建立了宝贵的滩头阵地。

曹操把防守河内的任务交给了一个叫魏种的人。魏种是曹操的故吏，当年是曹操把刚成年的魏种举荐为孝廉，算是曹操一手提拔的年轻干部。张邈和吕布在兖州叛乱时，曹操对人说："所有人都有可能叛变，只有魏种不会背叛我。"没想到话音刚落，魏种就逃跑投奔张杨去了。曹操很少见地情绪失控，咬牙切齿地说："这小子跑到天涯海角，我也不会放过他的！"

现在曹操攻占河内，活捉了魏种。按说魏种的情况和毕谌不一样，他并没有老母亲在敌营，他作为故吏背叛曹操是说不过去的。所有人比上次更肯定地认为曹操一定会杀掉魏种。但曹操只说了一句："唯其才也！"不但没有杀他，还把最重要的河内太守一职授予了魏种。

魏种死里逃生，很难想象他的内心世界是如何五味杂陈、翻江倒海。可以肯定的是，只要魏种还要脸，他就绝不会再逃跑一次，死也要为曹操守住河内。不管曹操是不是真的在乎魏种的才能，但他如愿得到了一个誓与河内共存亡的死士。

曹操不是个疯子就是个天才，他看透了人心！

第三部 观沧海

东临碣石，以观沧海。

水何澹澹，山岛竦峙。

树木丛生，百草丰茂。

秋风萧瑟，洪波涌起。

日月之行，若出其中；

星汉灿烂，若出其里。

幸甚至哉，歌以咏志。

——曹操《观沧海》

五十三　曹袁故旧

本书旨在为曹操立传。但正因于此，更有必要为袁绍平反。袁绍是曹操人生路上的最大绊脚石，没有之一。只有正视对手的强大，才是对自己最好的肯定。

但凡读过三国历史的人，无论是《三国志》还是《三国演义》，都会得出一个显而易见的结论：袁绍是一个刚愎自用、昏庸无能的蠢货。

但问题来了，一个蠢货如何能在乱世中崛起，成为与曹操最后掰手腕的人呢？

论出身，有比袁绍更牛的袁术；论地位，有离皇帝只差一步的董卓；论武力，有掌握幽州突骑的公孙瓒和万夫莫敌的吕布。但只有袁绍，战到了最后一关，成为曹操必须面对的最大的敌人。

这是傻人有傻福的偶然际遇，还是物竞天择的历史必然？

至少有一点可以说明问题，曹操本人是十分敬畏袁绍的。

曹操曾经对刘备说过："天下英雄只有你和我，袁绍根本算不上。"他还曾故作轻松地对部下们说："我非常了解袁绍的为人。这个人心高气傲却智力有限，派头很大却胆子很小，嫉贤妒能又没有威信，兵马虽多却指挥混乱。他地盘确实很广，粮食确实很多，但最终都会变成我的。"

但奇怪的是，自诩对袁绍很熟悉的曹操，却神经兮兮地逢人必对袁绍议论一番。首先是郭嘉，他们的初见没有别的话题，只有袁绍。而曹操对郭嘉所论的"十胜十败"心花怒放，马上对其奉若上宾。荀彧和贾诩也都先后被问及，这两个人几乎异口同声地说了一套"四胜四败"理论，基本上和郭嘉的说法大同小异，也不知道是谁抄袭谁的，但曹操听了同样很开心。

如此地焦虑忐忑，实在不是曹操既往的做事风格，这也暴露了曹操的真实心迹。的确没有人比曹操更了解袁绍，他从小到大都活在袁绍的阴影里。袁绍是他的大哥，是他的盟主，也是他危难之际的救命恩人。其实曹操并不真的在意别人说什么，也没有人能真正说服他，他只是需要持续不断的心理按摩。曹操对袁绍的敬畏之心根深蒂固，他需要很大勇气才能站在袁绍对面，进行那场终将到来的决战。

作为千年以后的看客，我们只能看到胜利者书写的历史，似乎袁绍永远被曹操碾压，永远反应迟钝，永远不听劝告，永远错误决策。如果事实如此，官渡之战就不可能存在。连今天的我们都能清楚地看到袁绍的无能，更何况当年袁绍身边的那些社会精英？恐怕曹操只要打一个响指，袁绍阵营就树倒猢狲散了。

因此，不妨转换一下视角，跳出未卜先知的后人身份，忘掉长篇累牍的人造史料，把聚光灯投向躲在历史暗处的袁绍。

从游侠时期的江湖情，到乱世纷争的同盟者，袁绍一直把曹操当亲兄弟看待。两个人出生入死、并肩作战，终于以弱胜强，打破了袁术、公孙瓒集团的围攻，袁绍还在兖州叛乱曹操的危急关头拉了兄弟一把，两个人的革命友谊非常深厚。

但情况在建安元年发生了重大变化。曹操把握时机，迎接汉献帝建都许县，一度以皇帝的名义任命袁绍为太尉，自己却担任地位更重要的大将军。虽然在袁绍表达强烈不满后，曹操立即把大将军拱手让给袁绍，但敏感的袁绍还是一眼看穿了小兄弟的野心。

他和曹操几乎同时意识到了一个问题，在权力面前根本没有兄弟，只有你死我活。

与曹操相比，袁绍要自信得多。首先，他在政治上有压倒性优势。袁家四世三公，门生故吏遍天下，袁绍掌握着一张覆盖全国的关系网。他大旗一举，四方名士立刻蜂拥而至，这是一笔巨大的政治财富。

而且袁绍是全国世家大族的旗手。经过两汉数百年的发展壮大，世家大族已经成为掌握核心政治权力、地方经济命脉和国家文化话语权的社会天花板。张角的百万黄巾、董卓的凉州铁骑，甚至连在幕后操纵皇帝的宦官势力都无法撼动其地位，更何况是出身宦官之后的曹操。虽然曹操握有皇帝这颗重要棋子，但董卓所拥立的汉献帝对袁绍并没有什么吸引力，对乱世群雄的影响也十分有限。

其次，袁绍占有明显的地利优势。袁绍虽然号称拥有冀、青、幽、并四州，但他的大本营在冀州。冀州自古就是九州之首，是中华民族先人最早居住和开发的地方，据说大禹治水就是从冀州开始的。这里地势平坦，河流纵横，人口众多，交通便利，是汉代重要的粮食产区。另外，除了北方幽州的公孙瓒之外，袁绍周围没有什么强敌，可以专心致志南向对付曹操。

而曹操的地盘如兖州前不久才发生过叛乱，徐州人民更是对他充满仇恨，曹操真正能够稳定控制的只有许都所在的豫州颍川郡一带，这主要是靠了以荀彧为首的当地世家大族支持和他的屯田政策。曹操周围强敌环伺，西边关中的马腾、韩遂，东边的袁术、吕布，南边的刘表、张绣，他不得不多线作战，极为被动。

另外，袁绍还拥有悬殊的军事优势。袁绍的大本营冀州兵源充足，更有制造盔甲、强弩等武器装备的兵工厂。据曹操回忆，官渡之战时袁军有铠甲一万副以上，己方只有不到二十副。曹操占据冀州后专门清点户口，发现当地可征召的兵源在30万人以上。

而且袁绍还拥有一项至关重要的战略资源——马。当时战场上骑兵对步兵优势明显，袁绍所控制的并州、幽州都是汉代的主要养马地区，袁绍还招募了大量的匈奴、鲜卑、乌桓等少数民族骑兵部队。而曹操的地盘上马非常稀缺，他夺取河内的一个重要原因就是这里有养马场。钟繇在战前从关中地区雪中送炭给曹操送来两千匹战马，曹操几乎是流着眼泪给钟繇写了感谢信。

因此，虽然有人劝说袁绍尽快消灭曹操，但袁绍并不这么认为，他觉得拥有强悍武装力量——幽州突骑的公孙瓒比曹操的威胁大得多。骑兵的机动性很强，从幽州到冀州基本是平原。如果袁绍南下与曹操开战，必须留下重兵防备公孙瓒从背后偷袭，如此南北两线作战，非常不利。

袁绍的战略计划是暂时维持和曹操名义上的联盟关系，集中兵力彻底消灭公孙瓒，控制幽州，然后再回师与曹操决一死战。

如果说官渡之战前张绣的投诚对曹操非常重要，那么公孙瓒对曹操简直是有活命之恩。与吕布、张绣这种四处流窜的雇佣军不同，公孙瓒是土生土长的幽州人，在当地根基深厚，是国家正式任命的一方诸侯，还得到北方鲜卑、乌桓等少数民族支持。袁绍早在初平三年就通过界桥之战取得了战略优势，把公孙瓒的势力赶出了冀、青、并三州。但直到七年以后的建安四年，仍然没法消灭龟缩在幽州的公孙瓒。公孙瓒用实际行动向袁绍证明，他是一根极难啃动的硬骨头，也为曹操赢得了整整七年弥足珍贵的战略机遇期。

如果双方在平原地区进行大军团决战，袁绍是有把握迅速取胜的，但想不到公孙瓒采取了一种极为罕见的战法。他选择放弃幽州外围，率全军退入易京死守，临易河挖了十余重环形战壕，在战壕内堆垒了号称上千座五六丈高的土山，土山上又建起碉楼，最中间是公孙瓒自己的大碉堡，有十余丈高。他在城内囤聚了三百万斛粮食，从此足不出户，连政府公文都是用绳子吊上去。他还训练了很多大嗓门的妇女，在碉楼之间喊话传信。公孙瓒得意扬扬地对人说："从此我就稳坐楼上观山景，等把这些粮食吃完，天下形势也就明朗了。"

公孙瓒应该是中国历史上碉堡工事的最早发明者。虽然当时没有钢筋混凝土，但他这套防御体系确实让袁绍一筹莫展。袁绍故意对公孙瓒治下的一些城市围而不攻，想引蛇出洞。但公孙瓒竟然通知各地守将："有援兵你们就不会拼死守城，请不要指望我的救援，好自为之吧！"

到建安三年，袁绍注意到曹操的势力在快速发展，曾经写信和公孙瓒议和，但公孙瓒拒不理睬。当袁绍得知曹操出兵徐州攻打吕布时，意识到形势已经十分急迫，马上调集所有人马猛攻易京。

此时一南一北，曹操和袁绍几乎同时展开了两场争分夺秒的攻城战。与让曹操耗时数月一度想放弃的吕布下邳城防来说，袁绍所面对的易京简直是不可逾越的"马其诺防线"。这时，袁绍显示了卓越的军事才能，他急中生智，发明了一套地道战法。一面从正面攻楼，一面派兵挖掘地道到碉楼下面，先用木柱支撑，等全面挖通再用火烧掉木柱，上面的碉楼瞬间土崩瓦解。通过地道战层层推进，很快易京的几千座碉楼就被夷为平地，只剩下公孙瓒自己孤零零的大碉堡了。

公孙瓒匆忙写信给他在外面的儿子求救说：袁绍用兵神鬼莫测，我听到鼓角声从地底下传来，云梯直抵到楼顶，你再不来我们就永别了。你赶快去向并州的黑山军张燕求救，把脑袋磕碎也在所不惜。等援兵来了在城北举火为号，我自会带兵杀出来。

袁绍早就布置了天罗地网，封锁内外信息传递，公孙瓒的信使没走多远就被袁绍截获了。袁绍马上将计就计，在城北举火，公孙瓒以为救兵来了，多年来第一次下楼出击，没想到他看到的不是亲爱的儿子，而是目露凶光的袁绍。公孙瓒玩命逃回碉堡，但自知大势已去，先杀光了全家老少，然后自杀身亡了。

建安四年二月，曹操从徐州凯旋，很快又占据了河内。这时他忽然收到袁绍给皇帝送来的一份礼物。礼物是一个锦匣，曹操先睹为快，打开一看，正是公孙瓒血淋淋的人头。

曹操马上明白了。这不是一份礼物，而是一封战书。

五十四　两军对垒

曹操在建安三年十二月破下邳、杀吕布，而袁绍到次年三月才终于攻破易京，杀死了公孙瓒。曹操没有猜错，随着公孙瓒的首级到达许县，两人之间的终局之战正式揭开了序幕。

前文提到过，袁绍在初平元年和曹操一同起兵，讨伐董卓时，曾经主动向曹操透露过他的战略计划，也就是开辟出一块南面以黄河为界，北面直到幽州、并州的广大根据地，然后收编匈奴、鲜卑、乌桓的精锐骑兵，再挥师南下，逐鹿中原。

袁绍只用了八年的时间就成功实现了他的宏伟蓝图，只是没想到他即将南下面对的敌人却正是昔日一起吹牛的兄弟——曹操。

令袁绍非常头疼的是，当他召集总参谋部战前会议商讨征伐曹操的战略部署时，却出现了两派截然相反的意见。

沮授和田丰认为，由于连年不息的征战，军队和老百姓都亟待休整。现在应该暂时休兵，让百姓休养生息。同时完善军备，以黄河北岸的黎阳为基地，不断派兵过河骚扰曹军，一点一点蚕食黄河以南的土地。这样用三年的时间就可以彻底消灭曹操。

而郭图和审配看法截然相反。他们认为按照兵法，十倍于敌就可以围歼，五倍于敌就可以强攻。现在袁军兵力远胜于曹操，又是得胜之师，必须抓住战机，席卷而下消灭曹操，否则等曹操缓过气来就不好说了。

从事后来看，这次抉择对袁绍来说是致命的。但实事求是地讲，这两种意见各有利弊，并没有优劣之分。第一种稳健，但迟缓，迟则生变；第二种激进，但以当时袁曹势力对比，也不能说是过于疯狂的冒险。

袁绍最终选择了后者，他可能在一秒钟内就做出了决定。同曹操一样，袁绍已千百次计算过双方的实力对比，他相比曹操心理优势巨大，坚信自己已经稳操胜券，只有唯一一点让他惴惴不安：年龄。

史书上没有明确记载袁绍的年龄，但据较为可靠的推测，因为袁绍字本初，所以他极有可能出生于汉质帝本初元年（146），比曹操大九岁。到了建安四年，袁绍54岁，曹操45岁。以汉代人的平均寿命，袁绍已经步入老年期了。

曹操把袁绍视为最大的敌人，但袁绍认为他最大的敌人不是曹操，而是死神。他必须尽可能快速地消灭掉曹操，才能坦然面对死神的降临。

如果没有被公孙瓒消耗七年的时间，袁绍或许会考虑和曹操打持久战。但现在袁绍年过半百，明显感到力不从心，事实上恰好是三年后的建安七年（202），袁绍就病死了。任何英雄都梦想在有生之年成就事业，绝不甘心遗诸子孙，袁绍也不例外。如果换作曹操，很可能也会做出和袁绍同样的选择。

因此，不论结果，仅从当时看来，袁绍的选择是合理的。但同时必须承认，这次选择也暴露了袁绍的重要短板。

袁绍所面对的是一个"选择"重要还是"人"重要的管理学问题，所有人都可能会在现实生活中遇到类似的情况。在某个团队中，张三和李四的意见不同，作为主要领导必须现场拍板。很多人只关注选择本身，不考虑背后人的因素。但实际上选择并不是目的，成事才是目的。如果因为选择了张三的意见而让李四灰心失望，导致团队不和甚至内斗，那么正确的选择只会导致失败的结果。既要做出正确的选择，又要保持团队的凝聚力、战斗力，这才是一个优秀领导的成功之钥。

当时袁绍的团队人才济济，干部来自五湖四海，既有沮授、田丰等一大批冀州土著，也有从袁绍豫州老家投奔而来的郭图、荀谌、许攸等人。郭图他们希望尽快南下解放家乡，毕竟自己的亲人、家产都在敌占区；而沮授、田丰更希望优先发展家乡经济，壮大宗族势力，现在上前线当炮灰的只能是自己的乡亲父老。

任何人都有私心，这是人之常情，何况是乱世之中。袁绍对两派干部的小心思心知肚明，但他力挺老乡郭图，却没有对以沮授、田丰为代表的冀州本土派给予必要的安抚和补偿。甚至他还听信郭图的话，把沮授的军队总参谋长职务一分为三，由沮授、郭图和淳于琼三个人来共同领导部队。这导致冀州本土派的强烈不满，从此以后处处和袁绍唱反调、拖后腿，和其他派系斗得死去活来。

相比之下，曹操洞察人性、操纵人心的能力独步天下。当年袁绍向曹操和盘托出自己占据地利优势南向争夺天下的战略构想时，曹操的回答简单直接。他不认为地利或军事装备的优势是决定性的，而强调将驾驭天下才智之士，让他们各尽其才，这才是通往成功的那把正确钥匙。

曹操的话一语中的，恰恰戳中了袁绍的阿喀琉斯之踵——不善用人。

而这还不是袁绍的唯一短板。

袁绍在下定决心速战速决之后，立即着手部署他的作战计划。在对曹军实力进行仔细分析之后，袁绍打算动员一支包括十万步兵和数万骑兵的精锐部队，连同民夫共计数十万人，在黄河北岸的黎阳集结，然后渡河开辟正面战场，南向朝许县进发。这支部队的规模至少有曹军的五倍，完全可以碾压曹操。

当然，在当时落后条件下，要将数十万人组织成一支组织严密、指挥统一、装备精良、训练有素的部队是一项艰巨的系统工程，需要耗费大量的时间精力，更何况还要征集足够支撑这支部队长期作战的粮草等辎重。事实上袁绍用了将近一年的时间才基本准备就绪。

值得一提的是，袁绍的部队人数虽然远超曹操，但两支军队的性质是根本不同的。

本来汉代长期实行的是全国皆兵的义务兵役制，这一制度西方直到近代才由铁血首相俾斯麦在普鲁士王国发明出来，比中国晚了至少1000年。

该制度要求全国所有男子从23岁至56岁每年要抽出三天服兵役，或者出300钱请人代替服役。同时地方各郡每年秋季举行为期一个月的"都试"，也就是预备役军事演习，本地所有壮丁都要应召参加。另外各地方还挑选优秀人才到京城轮流担任禁卫军一年，费用全部由国家财政负担，到任和退役时皇帝都会亲自款宴。这就形成了中央禁卫军、地方预备役和边防戍卒一整套汉军体系。

当然在义务兵之外，还有一些自愿报名参军的志愿兵，当时叫作良家子从军，比如西汉名将李广一家就是这种情况。

但到了东汉末年天下大乱，这一套兵役体系已彻底崩溃。全国各地没有在战乱中死亡或落草为寇的青壮年男子，基本上只有两条出路：被地方诸侯抓壮丁，或者主动投靠本地宗族长老——世家大族门下当部曲。成为部曲的好处是世家大族为他们和家人提供庇护和衣食供给，但坏处是他们从此失去了人身自由，必须世世代代为世家大族卖命打工，无战时种地，打仗时上前线当兵。

袁绍本身是世家大族出身，他手下的干部也大多是世家大族子弟，所以他的部队实际上是由众多世家大族私家部队混编而成的杂牌军。这也导致袁绍的军队存在一个严重的问题，士兵并不效忠袁绍，只效忠所属的世家大族，袁绍缺乏对整个部队的统一指挥。

而曹操的军队中虽然也有很多类似的私家武装，但他的主力部队是由无主流民所组成的青州兵，他又通过屯田制度强化了其组织体系，这支部队只服从曹操一个人的命令。

往事越千年，这不禁让人联想到国共之间的解放战争。蒋介石虽然在兵力上有很大优势，统军将领很多也是黄埔高才生或者抗日名将，但其中各派军阀势力各怀鬼胎、但求自保，很难形成合力。而共产党坚持党对军队的绝对领导，各支野战军在党中央的统一指挥下英勇奋战，最终取得了解放战争的全面胜利。

由此可见，世家大族的优渥出身既是袁绍相比曹操的绝对优势，但也是他的致命短板。

五十五　运筹帷幄

被誉为西方军神的普鲁士军事理论家克劳塞维茨在其著作《战争论》中写下了一句名言：战争是政治的延续。无产阶级革命家毛泽东对这句话做了精辟解释："政治是不流血的战争，战争是流血的政治。"

而实际上早在两千多年之前的中国春秋时期，孙武已经在《孙子兵法》中提出了类似的观点："故上兵伐谋，其次伐交，其次伐兵，其下攻城。"

建安四年，当袁绍与曹操都还没有做好最终决战的充分准备时，双方的政治博弈已经进入了白热化的阶段。

袁绍把眼光瞄向曹操的身后。他派使者联络盟友荆州牧刘表，并重金游说在荆州寄居的张绣，约请他们同自己一道出兵前后夹击曹操。

关于张绣，前文已经提前剧透。他一度成为袁曹两家外交争夺的关键人物。但最终曹操成功收买了张绣最信任的谋士贾诩，使得张绣在建安四年十二月意想不到地倒向了曹操。这成为曹操在战前外交工作上的重大胜利。

而刘表和张绣不同，他从始至终都是袁绍最坚定的盟友。刘表曾对袁绍的使者做出明确许诺，一定会出兵帮助袁绍，但实际上却是坐山观虎斗，两边都不得罪。

刘表的观望态度很让人费解，这与他之前积极支持袁绍对抗袁术，以及先后收留并供养曹操的仇人张绣、刘备形成很大反差。但实际上刘表并非不想出兵，只是有心无力，他这时很蹊跷地遇到了一些意外情况。

首先，建安三年，荆州治下的长沙太守张羡突然率零陵、桂阳等三郡发动叛乱，刘表在长江以南的地盘几乎一夜之间全部丢失。刘表历时两年才好不容易平定了叛乱；但很快又在建安四年，与荆州南面的交州牧张津发生了冲突。双方一直交战到建安八年（203），张津被部下所杀，刘表马上任命官吏到交州稳定局势，却又被曹操以皇帝的命令任命其他官员加以阻挠。

曹操的突然出现可以说明一切。曹操虽然集中精力在北面与袁绍决战，但始终关注着刘表的一举一动。虽然史书上没有明言，但恰恰是在官渡之战前后的关键时刻，刘表突然被卷入南方的战争无力脱身，无法从背后对曹操进行致命一击。这到底是曹操太过幸运，还是风平浪静的水面下掩藏着不为人知的谋略运筹和秘密交易？答案不言自明。

但袁绍从刘表这边并非一无所获。刘表虽然被拖住手脚，无力出兵，但还是派出大量细作北上豫州进行策反工作，并成功说服了豫州多个郡县倒戈支持袁绍。一时间皇帝所在的许县几乎成了一座孤城，迫使曹操一度从前线紧急撤回许县镇抚人心，袁绍为自己的进军赢得了宝贵时间。

特别是豫州汝南郡，这里是袁绍的老家，距离许都咫尺之遥。不但刘表派人在此策反破坏，而且袁绍暗中联络家乡宗族势力，大量收买地方官员，煽动组织叛乱，把汝南变成安插在许都旁边的一颗随时可以引爆的定时炸弹。

曹操不但关注着刘表，连比刘表更远的孙策也在他的视野当中。孙策于兴平元年（194）刚满20岁时，率领一千多士兵和几十匹战马渡过长江，到建安三年已经占领了整个江东地区。曹操看到孙策的势力坐大，立即以皇帝的名义任命孙策为讨逆将军、封吴侯，然后把自己弟弟的女儿许配给孙策的小弟孙匡，为儿子曹彰迎娶孙策堂哥孙贲的女儿。曹操还以高规格礼遇邀请孙策的两个弟弟孙权、孙翊到许都做官——实际上是做人质，当然他们都没有应征，曹操就又让扬州刺史举荐孙权为秀才。他通过这一系列招抚手段基本上稳住了孙策。

但不久又出现了诡异事件。在建安五年官渡之战一触即发的紧要关头，突然谣言四起，说孙策要带兵偷袭许县，迎请皇帝南巡。而到了当年四月，曹操刚刚在黄河岸边击杀了颜良、文丑，突然收到紧急情报，孙策在江东被人刺杀身亡，年仅26岁。据说刺杀孙策的是前吴郡太守许贡的三个门客。许贡数年前被孙策处死，原因是孙策截获了他偷偷向曹操说自己坏话的密信。

孙策不进攻邻近有杀父之仇的刘表，却要偷袭远方有姻亲之好的曹操，这个不合情理的谣言从何而来？对谁有利？

据说当时孙策要偷袭许县的谣言传到前线的曹军大营，大家都很恐惧。只有郭嘉不以为然。他说："孙策这个人虽然勇武，号称是万人敌，但喜欢不设防地单独行动，实际上只是一人敌。我觉得孙策早晚会死在刺客手上。"

如果郭嘉真说过这样的话，那么只有两种可能：他有未卜先知的超能力，或者他正是这起刺杀事件的幕后导演。

这场暗战同时也在袁绍的大后方打响。袁绍为了稳定后方，委派他的大儿子袁谭、二儿子袁熙和外甥高干分别镇守青州、幽州和并州。特别是幽州，这是袁绍刚刚从公孙瓒手里夺取的地盘，人心尚未完全安定。他马上派使者到幽州北境赐予当地最强大的部族——乌桓王蹋顿以单于印信，确保自己同曹操决战期间北境的和平，同时获取了重要的战略资源——乌桓骑兵。

而曹操也在努力撬动幽州。他派人去秘密联络了长期在幽州工作的两个重要人物——官员鲜于辅和阎柔。这两个人在鲜卑、乌桓等少数民族中很有威望，是和袁绍、公孙瓒素有矛盾的当地反对派。曹操以皇帝的名义越级提拔鲜于辅总督幽州，阎柔为乌桓校尉。这两个人立即宣誓效忠曹操，鲜于辅为了显示忠心，还冒险从袁绍的地盘上偷渡过去拜见了曹操。曹操又给鲜于辅如愿升了官，但命令他马上回去不要再乱跑。至此，曹操也成功在袁绍身后放置了棋子。

另外，在西方的关中地区，曹操接受了荀彧的建议，任命钟繇为司隶校尉在关中坐镇。当时关中地区军阀林立，曹操没有多少兵力可以给钟繇，他全凭一张嘴开展工作，竟然成功说服了关中最大的两家军阀马腾和韩遂，各自把儿子送到许县做官——当人质，从而基本上解除了曹操的西顾之忧。

而袁绍也没有闲着。他指示青州、并州的袁谭和高干抓紧时间巩固在当地的统治。当时这两州虽然名义上在袁绍统治之下，但实际上各种势力盘根错节，并不完全服从袁绍的领导。袁绍要求袁谭和高干站稳脚跟后，立即从两翼展开钳形攻势，向许县进攻，对曹军进行合围之势。

这时曹操提前部署的臧霸和魏种没有辜负曹操的信任，臧霸从徐州进入青州，控制了青州南部的半壁江山，和袁谭形成对峙。魏种也坚守住了河内，阻止了高干从侧翼南下支援袁绍的中路军。

袁绍还特意秘密给袁谭写信，让他不计一切代价，抢在曹操之前把一个儒生从青州秘密护送到邺城。在袁绍看来，即使青州丢了，能得到这个人也算胜利了。他焦急不安地等待着袁谭的消息，很快袁谭的信来了，袁绍一看大喜过望，这个名叫郑玄的人如愿以偿地被袁谭接到，并已出发上路了。

今天已没多少人知道郑玄是谁，但他是当时社会的顶流。他是全国首屈一指的国学大师，是汉代儒家经学的集大成者，以一己之力整合了古文经学和今文经学，创立"郑学"实现了所谓"小统一时代"。他在当时开设了自己的私立学校，学生成千上万、遍布天下。直到唐代，郑玄还被奉为先师，宋代也追赠其爵位，到明清时代仍然享有崇高的学术地位。

袁绍延请郑玄看上的并不是他的学问，而是他的社会影响力。如果说曹操控制的皇帝代表了政治上的法统，那么郑玄代表的就是知识分子最为看重的文化道统。请到郑玄就等于为袁绍阵营树立了一面大旗，足以抵消甚至超越皇帝的影响力。

可惜的是，人算不如天算。郑玄在建安五年已经是74岁的高龄了。他被逼抱病赶往袁绍军中，不幸在中途溘然仙逝。袁绍得知后懊恼不已，曹操却长出了一口气。

某日曹操破天荒地收到袁绍的一封来信。两人以前通信频密，但现在剑拔弩张，早已音书断绝很久了。曹操展信一看，不禁哑然失笑。袁绍希望曹操帮他除掉在许县朝廷上供职的几个最有声望的名士——世家大族的代表杨彪、孔融和梁绍。袁绍知道曹操最讨厌名士，幻想曹操能上钩杀掉这几个人，那么身在曹营的世家大族肯定会全部倒向自己，后面的仗都不用打了。

曹操早年杀了名士边让，遭遇了兖州叛乱，这个大跟头他记忆犹新。更何况现在自己和袁绍已经反目成仇，袁绍怎么会如此幼稚地以为自己还会任其摆布！曹操很客气地回信拒绝了袁绍的请求，还暗讽袁绍肚量狭窄。袁绍接到回信无可奈何，白生了一肚子气。

当然曹操讨厌名士这一点袁绍并没有看错。若干年后，曹操真的杀掉了孔融和杨彪的儿子杨修，不知道他还是否记得自己当年大义凛然给袁绍所说的话。不过这是后话了。

邺城大营中的袁绍看到和曹操的几番政治博弈后，自己丝毫没有占到便宜，不禁闷闷不乐。他思来想去，拍案而起，必须放出最后的大招了！

五十六　刘备叛变

如果十年前问袁绍，曹操和袁术这两个人他更恨谁？他会毫不犹豫地说是袁术。

因为袁绍的庶子身份，他在家族里受够了袁术的霸凌，袁术还在社会上散布袁绍是野种的谣言。董卓迁都后，袁术不但拒绝了袁绍结盟的建议，还联合公孙瓒、陶谦等人公然和袁绍同室操戈。而曹操是袁绍少年时就义结金兰的好兄弟，曾经一起行侠江湖，始终追随在他身后，更肩并肩击退了袁术集团的围攻。

但如果现在再问袁绍这个问题，他会毫不犹豫地说是曹操。

当年曹操只不过是跟着袁绍的小兄弟，靠他提携才一步步走到今天，袁绍还多次在曹操最危难的时刻施以援手，救了曹操的命。但现在曹操竟然忘恩负义，恬不知耻地来和袁绍决一死战。而袁术毕竟是袁绍同父异母的兄弟，浪子回头金不换，袁绍觉得应该给袁术一次重新做人的机会。

时移世易，袁绍的改变可以验证一句话：没有永远的朋友，也没有永远的敌人，只有永远的利益。

建安二年袁术冒天下之大不韪在扬州的寿春称帝，几年间荒淫无道、众叛亲离，他所统治的江淮地区发展到人吃人直至十室九空的地步，袁术已经很难继续在此立足。这时袁术终于低下了高贵的头，写信向哥哥袁绍低头服软，言必称一家人，还狠狠赞美了袁绍的德行和实力。

袁绍看到信后又气又喜。早知如此，何必当初！如果袁术不和自己对着干，现在天下早就姓袁了，哪有曹操的机会？但袁绍还是很高兴在袁曹决战的关键时刻收到这封信，立即与袁术暗中联络。在袁绍看来，兄弟同心、其利断金，兄弟袁术的火线加盟是天助自己，消灭曹操。

但当时信息闭塞，袁绍万万想不到袁术这时已经把自己混成了真正的孤家寡人，四处碰壁，连一顿饱饭都吃不上，早不是当年独霸一方的袁术了。袁术得到袁绍的谅解，就像抓到了一根救命稻草，立即带着仅有的残兵败将北上，向驻扎在青州的侄儿袁谭靠拢。

曹操敏锐注意到了袁术的这一动向。他万万不能接受袁氏兄弟走到一起的现实，立即决定派兵在中途的徐州截杀袁术。但这时曹操的主力部队全部部署在北边防备袁绍进攻，他只能临时抽调一些机动力量出征。曹操自知这支偏军力量有限，需要一位主将坐镇以壮军威。等到任命正式公布，曹营所有人大跌眼镜，曹操选择的主将竟然是刘备。

曹操为什么要挑选刘备出马？

首先是因为曹操用人的魄力。曹操占领徐州后让吕布旧将臧霸主管徐州军政，占领河内后又把防守重任交给刚投降的魏种。这种做法确实要冒一定的风险，但曹操在用人不疑上素来敢于冒险，也取得了事半功倍的奇效，几乎屡试不爽。而曹操对刘备十分器重，视其为当世英雄。曹操两次收留了被吕布赶出徐州的刘备，帮助他重整旗鼓，救回被掠走的家眷。曹操希望刘备能够像臧霸、魏种一样，把自己的信任和恩德变成忠诚和热血，完成阻击袁术的重要使命。

其次是刘备的城府。从徐州归来后，曹操同刘备出则同车、入则同席，几乎到了形影不离的亲密程度。这既是一种喜爱，也是一种监视。在曹操的眼皮底下，刘备竟然把自己的锋芒完美地掩藏了起来，让机敏如曹操都没有感觉到丝毫威胁，这实在是一种超人的能力。

第三是袁术的影响。曹操从小就仰视着舞台上的袁术，虽然现在袁术已经是穷途末路的丧家之犬，但曹操在心理上还是对袁术有所忌惮。而无论是徐州刺史车胄，还是军事负责人臧霸，都让曹操没有把握，他需要一个在徐州更有威望，并且有足够能力完成截杀袁术任务的大将。而且曹操知道自己在徐州不得人心，派自己的嫡系将领前去反而更难开展工作。因此，虽然曹操消灭吕布后没有选择刘备镇守徐州，但这时除了刘备之外，曹操找不到更好的人选。

另外，事出突然，曹操很可能是在行军途中仓促做出的决定，来不及和他的参谋人员进行商议。董昭应该是第一个得知消息的人，他马上提醒曹操要提防刘备。但曹操回答说："没办法，我已经答应刘备了。"

从曹操的回答来看，这一任命很可能是刘备毛遂自荐的。刘备很好地利用了他一直跟随在曹操身边出则同车、入则同席的优势。

郭嘉和程昱得知得更晚一些。他们也立即坚决反对曹操的这一决定，但这时刘备已经带兵出发，走远了。

事实证明，曹操严重高估了袁术。袁术还没有走到徐州，就已经饿得走不动了。据说当时天气酷热，他的全部军粮只剩下三十斛麦麸，从小锦衣玉食的袁术哪能咽得下去？他让厨房马上给他准备冰镇蜂蜜水，自己焦渴地等来等去不见人来。他知道再不会有人来了，叹了几口气突然大叫一声："我袁术怎么落到了这步田地！"摔倒在地，吐血而死。

这就是含着金钥匙出生的袁术近乎荒诞的结局。

然而袁术的死讯却没给曹操带来一丁点释然，因为他几乎同时收到了一条让他脑袋裂开的爆炸性新闻，刘备叛变、徐州失守。

和曹操好得像一个人似的刘备刚一抵达徐州首府下邳，连袁术的影子还没看到，就马上把曹操的部队全部遣返。曹军前脚才走，刘备立即发动政变，杀掉了孤立无援的徐州刺史车胄，让关羽镇守下邳，自己驻扎小沛，互为掎角之势。徐州人民素来反感曹操，转眼大多数郡县叛降刘备，刘备的部队从无到有，迅速发展到数万人。刘备又火速派人北上联络袁绍，袁绍没有为袁术掉一滴眼泪，这时却流下了激动的热泪，即刻派遣骑兵快马加鞭去徐州增援刘备。

看来刘备和曹操出则同车、入则同席的时候，脑子里却是同床异梦，一直在反复预演他的叛变计划。他显然胸有成竹，以迅雷不及掩耳之势占领了徐州大部，曹操收到情报时已经无力回天。

刘备用教科书一般的表现再次向曹操证明了那条颠扑不破的乱世生存法则：不要相信任何人！

此前曹操在与袁绍的政治博弈中见招拆招，形势刚刚有所好转。但这时他浪漫随意的老毛病又犯了，没有牢记郭嘉等人的反复叮咛，放出了派遣刘备这一着胜负手，这让他之前的所有努力几乎付之东流。

此时曹操所面对的局面是：黄河以北，袁绍的数十万大军即将集结完毕；袁曹两家的使者还都带着重金堵在张绣的营门口，焦急地等待他决定降袁还是降曹；在袁绍、刘表的煽动下，豫州多处发生骚乱，许都四门紧闭，成了孤城；徐州一夜之间改旗易帜，东方又多了一个强敌刘备。

这基本上是一个已经无法收拾的残局，但这还不是全部。

在曹操既往连战连胜的时候，整个团队士气高涨，大家对曹操的领导能力充分认可，人人争先恐后努力表现，希望分享胜利果实。但眼前面对袁绍压倒性的优势，再加上曹操败于张绣、错放刘备等昏着儿迭出，他清楚地看到周围干部的态度转变，大家的眼神中多了许多怀疑和顾虑，以往讨论热烈的会议场面变得鸦雀无声。

曹操知道，人心散了，队伍不好带了。比起大敌当前的外部矛盾，萧墙之内的肘腋之变[1]才是更为致命的威胁。

---

[1] 肘腋指极近的地方，肘腋之变指的是身边发生的祸患。

五十七　化险为夷

人生如戏，曹操确实很善于给自己的人生游戏增加难度。或许这是他有意为之，以此来展示自己过人的解决问题的能力，因为曹操确实是当时首屈一指的危机处理大师。

面对如此困难的局面，曹操没有浪费时间去后悔自己做过什么，而是坚决向前看，让自己始终保持冷静的头脑，集中精力只思考一个问题：

下一步怎么办？

当曹操把游戏难度调到最高之后，他开始了一系列大神级的操作。

第一步，进军黎阳。

这第一步棋就出乎所有人的预料。黎阳在黄河北岸，属于袁绍控制的冀州范围，而且是袁绍准备南下渡河的重要军事基地，袁绍做梦也想不到曹操敢在这个时候进军渡河占领黎阳。

《孙子兵法·虚实篇》："出其所不趋，趋其所不意。"（曹操笔记：出空击虚，避其所守，击其不意。）"进而不可御者，冲其虚也；退而不可追者，速而不可及也。"（曹操笔记：进攻敌人空虚松懈的地方，取得战果后迅速撤退。）

曹操渡河作战确实冒了很大风险，稍有不慎就很可能被围歼在黄河北岸。但越是敌人想不到的地方，越有可能防备松懈，可以收到出其不意、攻其不备的效果。曹操于建安四年八月进驻黎阳，并在袁绍做出反应前很快撤回了黄河南岸。这一招不但破坏了袁绍南渡的部分军事装备设施，更重要的是站在袁绍鼻子底下耀武扬威了一回，极大地提振了士气，取得了先声夺人、震慑敌军的战术效果。

第二步，构筑防线。

《孙子兵法·虚实篇》："凡先处战地而待敌者佚。"（曹操笔记：力有余也。）"后处战地而趋战者劳。故善战者，致人而不致于人。"

精通孙子兵法的曹操充分意识到抢先选定战地、以逸待劳的重要性，他将决战战场选在了官渡（郑州中牟县城东北2.5公里官渡桥村一带）。

曹操放弃了在黄河岸边的延津、白马等地防守的计划，因为黄河两岸渡口众多，敌众我寡，很难进行防御，且己方后勤补给线将被大大拉长。而官渡距离许县直线距离只有八十多公里，相反袁军补给线不但要跨过黄河，还将暴露在黄河南岸曹操的领地上，这在后来被证明是决定战争胜败的一个致命因素。另外官渡附近水网密布，北临官渡水，东西两面各有一个较大的湖泊，具有易守难攻的地形优势，特别是不利于袁绍的骑兵作战。

曹操于当年九月在官渡构筑了防御工事，同时委派于禁率军驻扎在黄河岸边进行巡防。这相当于官渡防线的前哨，可以在袁军渡河时减慢其前进速度，让官渡守军有足够的时间准备应战。曹操之所以挑选于禁，是因为他是曹操从下级军官中一手提拔并以火箭速度封侯的高级将领，具有很高的忠诚度。而且前文已述，于禁治军严谨，他的部队是曹操手下战斗力很强的王牌部队。从后来的战事发展来看，曹操这一手也为他之后的军事行动做了有效的准备。

曹操还命令臧霸不要顾忌背后的刘备，在青州主动向北发起攻势，臧霸很快攻占了青州南部的多个郡县，这让青州北部的袁谭无法南下从侧翼接应袁绍。

第三步，剪除内奸。

曹操虽然唯才是举、用人不疑，但身处乱世，他也非常注意加强对干部队伍的监察，特别是有兵权的军队干部，以防他们被策反或叛变。曹操先后设立了"刺奸官"和"校事官"等专职特务，负责秘密监视干部的一举一动，甚至窥探隐私。例如有的干部违反禁酒令在家宿醉，或是召集宾客搞家庭聚会，又或在背后议论了领导和国家政策，就马上被举报逮捕。据说刘备在许县时大门紧闭在花园中种菜，却发现总有人趴在门缝上偷看，因此才下定决心要逃走叛变。

建安五年正月，许县发生了一起震惊朝野的衣带诏事件。据说皇帝赐给了车骑将军董承一条腰带，里面藏有诛杀曹操的密诏。于是董承与刘备合谋，联络了军队中的一些将领准备发动政变。董承号称是汉灵帝母亲董太后的侄子，皇帝管他叫舅舅，他的女儿又是皇帝的嫔妃。刘备逃走后，董承和其他几个将领准备起事，但被及时破获后全部处死。据说董承的女儿董贵人正怀有身孕，皇帝亲自多次为她求情，但还是难逃一死。

董承原来是董卓的部将，是当年护送皇帝从长安逃到雒阳的杂牌军中的一支。曹操把皇帝迎请到许县后，当年那支护卫队中的头目几乎死亡殆尽，只剩下董承硕果仅存。他是不是董太后的家人无从确定，但肯定不是曹操所信任的人。衣带诏是否真的存在，刘备有没有参与，所有这些问题也真假难辨。但这起案件应该是由曹操手下特务机关举报并处理的。曹操在这个关键时间节点诛杀董承等人，对那些内心摇动甚至与袁绍有所勾连的人起到了杀鸡儆猴的警示作用。

第四步，也是最关键的一步，解决刘备。

曹操在北上黎阳和部署官渡防线期间，曾经派出了一支部队前往徐州征讨刘备。这其实是一次战术试探，看看刘备实力如何，是否已在徐州站稳了脚跟。结果未出曹操所料，这支部队被刘备击退。据说刘备还得意扬扬地对曹将说："你们这样的来一百个也是白搭，曹操自己来才配和我一战。"

在有关作战会议上，曹操主动提出了在决战前先解决刘备的想法。结果曹操也预想到了，所有人几乎一边倒地反对。大家共同问曹操一个简单的问题，如果现在去打刘备，袁绍从背后进攻怎么办？

只有郭嘉一个人站出来支持曹操先解决刘备。他认为袁绍生性多疑、反应迟缓，刘备立足未稳、人心未附，这时候以闪击战解决刘备肯定能够取胜。这是生死存亡的战机，决不能犹豫。

曹操完全理解大家的顾虑，他们所提出的问题自己确实无法回答。但郭嘉隐晦地点破了一个更为重要的问题，如果和袁绍决战时刘备从背后进攻，自己同样是必败之局。因此现在曹操别无选择，两头都是死，只能冒险赌一把，赌自己可以速战速决，消灭刘备，还要赌袁绍不会及时反应从背后进攻，这是事关曹军生死存亡的最后一次机会。

曹操没法把真话告诉大家，只能对所有人重复了一遍郭嘉的话："刘备是个英雄，不先消灭他，必有后患。袁绍有雄心壮志，但见事迟缓，一定不会出兵。"

接下来发生了连曹操都意想不到的最具戏剧性也最具决定性意义的一幕。

曹操亲自率军东征徐州，他脑子里一片空白，只有一个字：快。不管手上有多少兵马、粮草，反正能带上的全部带上。所幸沿途可以借水道加快速度，曹军以闪电般的速度出现在了徐州境内。

刘备还是很有军事素养的，布置了很多骑兵在徐州外围放哨，哨骑一看到曹操的大旗马上飞奔回来报信。刘备听到禀报完全不信，他笃定曹操要在北面防御袁绍，无论如何不相信曹操敢亲自来，来也不可能这么神速。直到他自己亲自带着几十个骑兵前去观望，才真的远远看到了曹操的帅旗和无数的曹兵。

据说此时刘备的第一反应竟然是失去理智地丢下身边骑士落荒而逃，连家眷和关张兄弟也全部弃而不顾，一个人径直逃往青州，投奔袁谭去了。这种说法有点夸张，但曹操孤注一掷的闪击战确实取得了战术上的突然性，刘备完全没有在思想上和行动上做好准备。当年陶谦挡住了曹操数年间的两次屠城猛攻，吕布在下邳坚守了数月，刘备号称英雄却几乎是望风溃败，关羽也被擒获，刘备的家眷第三次落入了敌人手里。

假如刘备能守哪怕一个月的时间……只可惜历史没有假如。

五十八　闪击战

天下武功，唯快不破。

在第二次世界大战期间，德军发明了以机械化部队快速迂回而著称的闪电战法，只用了六周时间就攻破了号称不可战胜的"马其诺防线"。其实早在一千七百多年前，曹操就已经熟谙闪电战，他的部队以步兵为主，杂以少量骑兵，却只用了四周时间就突袭击溃了刘备，并率军迅速返回了官渡主战场。

这是世界战史上的奇迹，曹操将闪电战发明者的桂冠戴到自己头上。

在刘备的"神助攻"下，曹操赌赢了决定生死的一步棋，袁绍并没有抓住战机大举南下。但原因并不像曹操、郭嘉所说的是因为袁绍反应迟缓，也不是有些故意贬低袁绍的说法——袁绍因为孩子生病无心出战。

古代战争和现代战争完全是两个概念。如今天上有卫星、预警机，地上有雷达、电台，作战双方知己知彼，出奇制胜的难度很高。但古代战争就好像两个盲人下棋，双方只能靠间谍、探马、哨兵这些最原始的情报人员在黑暗中相互摸索。谁能更准确地预判对方下一步棋的走向，同时下出让敌人意想不到的妙手，谁就掌握了战争的主动权。

袁绍和刘备一样，完全没有预料到曹操会走出这一步自杀式的险棋，因此可以说是毫无准备。在当时条件下，从袁绍获得曹操出兵东征的信息，到组织兵马粮草出兵进攻，至少需要数周时间。而且袁绍很难判断曹操的行动是不是诱敌深入的骗局，在不明敌情的情况下冒险过河风险很大。但袁绍还是以最快速度做出了反应，派出先头部队试探性进攻曹操的黄河防线以策应刘备。

这时曹操提前在黄河岸边部署巡防的于禁就发挥了关键作用。他以两千余步兵在黄河南岸挡住了袁绍部队的猛攻，而且还乘胜反击，渡过黄河烧毁了袁绍的大量军需物资，俘虏了袁绍的很多兵将。

于禁的英勇表现为曹操赢得了宝贵的时间，建安五年二月，曹操已经率主力部队回到了官渡。而这时袁绍的数十万大军也已经集结完毕，进驻黎阳准备渡河作战。

曹操与袁绍的官渡决战正式打响了。

袁绍兵马未动，先展开了强大的宣传攻势。他让手下的大笔杆子，同时也是和曹操并列"建安七子"之一的文学家陈琳撰写了一篇言辞激昂、蛊惑人心的伐曹檄文，在全国各州郡广泛散发传播。文中歌颂了袁绍的丰功伟绩，同时极尽诋毁曹操之能事，叙述了袁绍如何一路提携帮助曹操，还特别历数了曹操出世以来的黑历史。由于这篇文章侥幸逃过了之后胜利者的篡改删除，我们今天所知有关曹操的负面信息大多来源于此。

把这些黑历史归纳起来，主要有以下四条：

第一条就是曹操讳莫如深的隐私——宦官之后。檄文不仅恶毒攻击了他的干爷爷曹腾，还揭出了他老爸曹嵩买官上位、贪污腐败的丑事。

第二条也是曹操深藏心底的秘密——痛恨名士。檄文揭发了曹操在兖州处死名士边让，以及严刑拷打朝中元老杨彪、处死直言敢谏的议郎赵彦等种种暴行。

第三条是曹操作为盗墓祖师的劣迹，说他亲自盗掘皇室梁孝王坟墓，并设置发丘中郎将和摸金校尉，大肆盗墓敛财。

第四条是曹操欺君罔上的罪行，说他安排七百士兵以保卫皇宫的名义拘禁皇帝。

在没有广播电视的时代，文字就是最犀利的武器。这篇檄文在当时引起了很大的反响。据说曹操看到时正好偏头痛的老毛病发作躺在床上，刚读完就一跃而起说："我的头疼好啦！"

官渡之战后曹操抓住了陈琳，仍对这篇檄文耿耿于怀，责备他说："你替袁绍写文章骂我可以，为什么要骂我的祖先呢？"陈琳赶快谢罪说："当时箭在弦上，不得不发啊。"曹操爱惜陈琳的文采，不但没有怪罪他，反而让他专门负责替自己写公文材料。

袁曹双方兵锋相交的第一战是黄河岸边的抢滩登陆战。黎阳是袁绍在黄河北岸的军事基地，由此渡河就到达对岸的白马。袁绍先派出郭图、淳于琼渡河围困白马，建立滩头阵地。

而曹操这时听取了荀攸的建议，用了一招声东击西，没有直接赶去解救被困的白马守军，反而进军白马西面的延津，做出要渡河包抄袁绍后路的假象。袁绍收到情报后马上分兵迎击。曹操获悉袁绍中计，率领部队掉头轻装前进、星夜兼程直扑白马。直到距离白马十余里才被袁绍的围城部队发现，袁军匆忙派颜良前来迎战。

这是官渡决战中的第一场遭遇战，胜败将对部队士气产生重大影响。曹操再次显示了他高超的用人之术，没有派出亲信的嫡系大将出战，而将重任交给了两位刚刚投降不久的将军张辽和关羽。后面发生的事大家都耳熟能详了，关羽远远看见了颜良的麾盖，在万马军中如入无人之境，刺死颜良并把他的脑袋献给了曹操。曹军乘胜解了白马之围，袁军被迫向后退却。

曹操初战告捷，但他同时清醒地知道，对面袁绍的大军压境，白马不是久留之地，所以很快组织白马的居民随军沿河向西撤退。袁绍得知失利的消息后，立即加快部队渡河速度，并派刘备和文丑率领五六千骑兵先行追击曹操。

曹操带着百姓行进缓慢，不久就在延津附近被袁军追上。这时形势危急，山坡上的瞭望哨跑来向曹操报告，发现了大量的袁军骑兵和步兵。曹军将士听了无不胆战心惊，纷纷劝曹操赶快安营扎寨进行防御。这时又到了曹操的表演时间，他表现出一副若无其事的样子，让哨兵不要再侦察报信了，又命令全军解鞍下马原地休息。

大家都不知道曹操葫芦里卖的是什么药，只有荀攸看破了曹操的心思。曹操这么做只有一个目的——跑是跑不掉了，当务之急是让所有人都冷静下来。

这时曹军的辎重都在路上，没有入营，刘备和文丑的追击部队长途奔袭，本来已经不成部伍，看到财货就更加忘乎所以，四散抢夺。曹操见时机已到，命令仅有的不足六百骑兵立即上马出击，曹军人少但是阵容整齐，一个冲锋就把袁军击溃，还杀掉了袁将文丑。

袁绍的大军有三员主将，分别是郭图、淳于琼和沮授。郭图是袁绍的豫州老乡；淳于琼当年和袁绍、曹操同列汉灵帝的西园八校尉，是袁绍的老下级；沮授是袁绍大本营——冀州本地人。他们应该各自代表了袁绍手下的老乡派、故吏派和本土派。而颜良、文丑只是袁军中以骁勇著称的中层军官，他们的死对袁军士气有所影响，但并不是致命的。但曹操方面对此大肆宣传，有意抬高颜良、文丑的身份，目的是要夸大战果以振奋军心、打击敌人。

可连曹操自己也没想到，他这么做无意中捧红了一位名垂千古的武圣人——关羽。

曹操奇袭徐州，刘备丢下家眷和部属落荒而逃，关羽的表现其实并不好。他被刘备委以重任镇守下邳，连吕布都曾在此死守数月，让曹操几乎准备放弃，关羽至少有三种更加忠义的选择：死守待援、杀身成仁或是逃跑寻兄，但他却竟然一枪不放就降曹了。虽然后世留下了一句成语"身在曹营心在汉"，说关羽是为了保护刘备的家眷不得不假意投降，多少把关二爷的行为合理化了一些，但他当时真正的心理活动还是很难捉摸的。

而更蹊跷的是，关羽阵斩颜良，为曹操立下了头功。曹操立即请示皇帝封关羽为汉寿亭侯，并厚加赏赐，关羽却又突然选择在这个时候脱离曹军，投奔正在袁绍手下打工的大哥刘备去了。

关羽这么干，刘备应该是很高兴的。但曹操怎么想？袁绍又怎么想？

《三国演义》很巧妙地讲述了一个关云长保护刘备家眷千里走单骑、过五关斩六将的精彩故事。但如果考虑到当时风云密布、决战在即的大背景，曹操会不会纵放关羽投奔敌营？袁绍能不能在颜良尸骨未寒时接纳关羽？这些问号全部深埋在历史的深处了。

有两本东晋人所写的三国史书同时记录了另一个故事。

据说曹操带着刘备在下邳围攻吕布时，关羽曾经拜见曹操提出了一个请求——待城破之日把吕布部下秦宜禄的妻子杜氏赏赐给他，曹操很爽快地答应了。但关羽沉不住气，反复和曹操念叨这件事，引起了曹操的疑心，到底什么样的女人能让关羽这么动心？等到下邳城破，曹操赶紧先把杜氏带到自己面前，发现果然是个绝世美女，就当场反悔，自己纳杜氏为妾了，这让关羽非常不爽。

曹操是一方诸侯，关羽是刘备的部将，本来隔着一层。但关羽居然能在曹操耳边反复唠叨，可见两人关系匪浅。那么关羽的降曹是为了保全大哥的家眷还是有意改换门庭？他的不辞而别到底是为了兄弟，还是为了女人？

当然这个故事的真实性无法验证，以上都只是猜测而已。

而这个桃色故事至此还没有结束。美人杜氏的老公秦宜禄在下邳城破后被曹操俘获，他竟然忍气吞声投降曹操，在徐州做了个小官。后来刘备复夺徐州，张飞正好路遇秦宜禄，就痛骂他说："人家抢了你的老婆，你却还在他手下当官，你是不是人啊？赶快投降吧。"

秦宜禄实在是个彻头彻尾的懦夫，跟着张飞跑了一会儿又后悔想溜回去，张飞二话不说一刀结果了他的性命。

从古到今，秦宜禄这样的人并不少见。对他们来说，要脸还是要官，是一个值得考虑的问题。可惜他们并不总是遇到张飞，来帮他们做出一个痛快的决定。

而曹操对杜氏倒确实是真爱，不仅对杜氏钟爱有加，还爱屋及乌地把杜氏与秦宜禄的儿子秦朗当作亲儿子一样看待，连他自己都忍不住笑着对别人说："天下有人像我对拖油瓶儿子这么好的吗？"

五十九　奇兵诡计

曹操不仅通过青年时代的多岗位实践锻炼，培养了卓越的政治能力，还先知先觉在太平时期就狠下苦功钻研兵书战策，具备了在当时四方诸侯中鹤立鸡群的军事素养，这是他战无不胜的重要法宝。

机会是留给有准备的人的！

唐代人整理保存了曹操亲自下达的《步战令》《船战令》《军令》等重要军事文献，从中可以窥斑见豹反映曹操严整的治军方略。以《步战令》为例：

一通鼓响，步兵和骑兵全部整装待发；二通鼓响，骑兵上马，步兵列队；三通鼓响，部队按顺序跟随旗帜行进。部队驻扎时，在旗帜后列队，听到急鼓声立即调整队形。斥候——侦察兵负责观察地形，确定部队列阵方位，在战阵四角设立标志。部曲——连队首长负责部署本部阵列，完毕后及时汇报。凡不按此执行的斩首。

同敌军对峙列阵时，先确定哨兵设立的四角标志，率领部队进入规定阵位。列阵后不得喧哗，认真聆听战鼓声音提示。指挥旗示意向前则前进，示意向后则后退，示意向左则左行，示意向右则右行。没有指挥旗示意而擅自移动的，斩首。

士兵不前进，由五人长将其处死；五人长不前进，由十人长将其处死；十人长不前进，由都伯——负责一百人的军官将其处死。部曲——连队首长持刀在阵列后督战，发现违令不前进的斩首。某连队被敌人攻击，其他连队不前往救援的斩首。所有官兵不得携带武器离开阵列，如五人长、十人长未及时举报相关情况与违者同罪。没有将军的命令在队伍中擅自移动的斩首。

骑兵在部队两翼列阵。冲锋时由步兵前行，骑兵紧随，游骑兵断后，不遵守命令的剃光头并受鞭刑二百，冲锋时躲在队列中不奋勇向前的斩首。

同敌军对阵，如果总指挥官发现地形有利，以三通鼓为令，步兵守阵，骑兵从两翼向指挥旗所指方向冲锋，以三声钲音为令，撤退。战斗中步兵和骑兵的前进后退，都要严格按照军中号令进行。

官兵在阵列中骑马奔驰的，斩首，无故大声呼喝的，斩首。追击敌军不能脱离阵列单独在前或在后，违者罚款四两黄金。战前官兵不得掳取牲畜和物资，违令者斩首。战斗中官兵要遵守各自连队号令，不遵守的即使立功也不受赏。战斗中如果阵列错乱，后军在前、前军在后，即使立功也不受赏。

在部队阵列中，牙门将——下级军官和骑督——骑兵队长要严格服从统一指挥。各部曲——连队首长负责指挥本军作战，总指挥官负责统率各部曲，在阵列后检查违反军令和表现畏懦的官兵。

战斗出现紧急情况时，以六通急鼓为令，各连队及时弄清战场情况，鼓声停止后迅速撤离战场。

脱离阵列的逃兵，斩首，家属在一天内没有将其捕获归案，并且没有及时自首举报的，与逃兵同罪。

曹操在初平三年俘获了百万黄巾流民，从中挑选精壮者建立了自己的嫡系部队青州兵，至此已经八年了。这八年中曹操几乎年年四方作战，又相继收编了许多地方派系的部队并加以统一训练。因此，他所掌握的这支曹军无疑是当时最具组织纪律性和丰富战斗经验的精锐之师。

但正因为连年征战，特别是三征张绣、灭吕布、逐刘备几乎一刻不停，曹军没有得到足够的休整机会，已经疲惫不堪。另外由于袁绍、刘表等积极在曹操的地盘上开展地下策反工作，曹操需要分出大量兵力拱卫首都许县，并在各地方镇守弹压叛乱。曹操实际率领参加官渡决战的主力部队据各方估算只有两万人。

而对面袁绍统率的袁军虽然主要是由各地方派系部队组成的乌合之众，在统一指挥和协调配合方面不如曹军，而且袁军同样在消灭公孙瓒后来不及充分休整，但无论如何，袁军有十万步兵和数万骑兵的规模，在兵力上至少超过曹军五倍，完全碾压曹操。

曹操在白马、延津使用奇兵取得小胜后，立即向南退往官渡，进入预定防御阵地。而袁绍全军过河后也迅速追击前进。到建安五年八月，两军在官渡一带形成了对峙局面。

此时在袁绍的前敌总指挥部中，气氛显得不太和谐。以沮授、田丰为代表的冀州本土派不惜和袁绍撕破脸，坚决反对袁绍南下。

田丰当着袁绍面夸赞曹操用兵如神，苦劝袁绍不要渡过黄河。按说下属和领导持不同意见是很正常的，下属敢于发表意见而不是对领导唯唯诺诺也非常值得肯定。但大战在即，田丰这样狠夸敌人、贬低自己，其动机就很值得怀疑了，恐怕没有一个领导能够坦然接受，袁绍无奈将其逮捕下狱。

袁军渡河后，沮授又马上向袁绍提出了一个方案，让他在黄河南岸的延津渡口驻扎，派一支部队去官渡和曹操作战。赢了就全军出击，输了就赶快渡河逃跑。袁绍听了气不打一处来，自己兵力远超曹操，还没打就先想着输，那还不如不打。他断然拒绝了沮授的建议。沮授跑到黄河边上对着河水慨叹："黄河啊黄河，我回不了家啦！"他表演了一通，就找袁绍说自己病了，提出辞职。袁绍还是很有气量的，没有怪罪沮授装神弄鬼动摇军心，只是立即接受了他的辞呈，让郭图负责领导他的部队。

这时袁绍的另一个谋士许攸也向袁绍提出了自己的方案。许攸是当年袁绍和曹操少年游侠时的奔走之友，还曾拉拢曹操一起另立皇帝谋反，这时他正在昔日带头大哥袁绍手下打工。许攸建议袁绍在官渡拖住曹操，同时派一支部队绕过官渡偷袭许都。只要拿下许都，战争就可以直接宣告结束了。

袁绍又拒绝了许攸的意见，据说许攸很生气。其实袁绍的决定是有道理的，许攸的方案有可取之处，但比较冒险，曹操不会对此毫无防备。如果偷袭失败，这支部队很可能会陷入包围圈，对战局发展极为不利。袁绍自信有兵力上的绝对优势，最稳妥的办法就是逼迫曹操正面决战，这样曹操的各种奇兵诡计就都无法施展了。

若干年后，诸葛亮兵出祁山的时候，魏延也曾向诸葛亮提出了类似许攸的建议，自告奋勇带一支奇兵偷袭长安，但同样也被"平生不用险"的诸葛亮拒绝了，可见袁绍当时的决定并没有什么大的问题。但袁绍拒绝许攸的方式可能比较直接，毕竟两个人是老相识了。但从事后来看，这轻描淡写的拒绝，对整个战局产生了不可估量的重大影响。

袁绍率全军抵达官渡一带，在官渡水边依靠沙堆建立营垒，连营长达数十里，而曹操也建立营垒与袁军相对。这时的形势发展正如袁绍所料，两军在八月进行了一次大会战，战斗以曹军失败而告终。曹军伤亡十分惨重，有20%～30%的士兵负伤。曹军在喘息休整了一阵之后，于九月再次主动出击，却又一次被袁军击败。

曹操应该对自己部队的战斗力很有信心，又刚刚在白马、延津取胜，士气大振，因此才敢于两次和袁军正面对决。但这两次失败让曹操不得不正视袁军的实力，从此龟缩在营寨内，死守不出。

袁绍琢磨了很多方法来进攻曹营。他在不久前和公孙瓒的战争中积累了丰富的攻防经验，先围着曹营堆筑了很多土山，还建起了很多木制塔楼，让弓箭手居高临下向曹营狙击射箭。曹军在营中只能顶着盾牌逃窜，许多士兵中箭受伤。

曹操立即见招拆招，派最信任的于禁组织敢死队在自己的营寨内也堆起土山，拼命和袁军对射。而且曹操应该是有备而来，已经提前准备了许多抛石装置——霹雳车，相当于最原始的地对地导弹系统，从营中抛射巨石，击毁了袁军所筑的塔楼。

袁绍一计不成，又马上使用他战胜公孙瓒的绝技——地道战术，挖掘地道到曹营下面发动突然袭击。但曹操不是公孙瓒，他早有准备，围着自己的军营挖掘了很深的壕沟，袁军的地道挖到曹营边就被发现破坏了。

袁绍最接近成功的一次是从曹操身边下手。他策反了曹操警卫排的几个贴身警卫，组织了一场对曹操的秘密刺杀行动。曹操在典韦死后，挑选了自己的老乡许褚担任警卫队长。据说许褚是个身高接近一米九的大力士，能把蛮牛倒拖一百步远，为人木讷但猛如老虎，军中给他起了个外号叫"虎痴"。

这几个变节的警卫知道有许褚在，没法得手，就专门挑选了一个许褚休假的日子，怀揣尖刀潜入曹操大帐准备行刺。谁知许褚不但绝对忠诚，而且第六感也十分敏锐。他这几天总觉得心里不踏实，就放弃休假守在曹操身边。刺客们进帐后看到许褚，措手不及，脸上变颜变色。许褚训练有素，一眼看出他们心里有鬼，连话也不问就将其全部击毙，随后搜出了他们藏在身上的武器。曹操被吓得不轻，从此永久性取消了许褚的年休假，让他日夜守在自己身边，寸步不离。

曹操和袁绍斗智斗勇，双方就这么你来我往在官渡相持了近三个月的时间。

六十　破釜沉舟

曹操独自坐在大帐中闷闷不乐。他脑海里像过电影一样闪过自己从小到大的每一个重要瞬间，以及同袁绍相爱相杀的种种过往。

自曹操出世以来，从来没有怕过其他人，只有面对大哥袁绍时有几分敬畏。袁绍是他游侠时的大哥，是讨伐董卓时的义军盟主，曹操早就预料到自己和袁绍终有一战，但想不到再怎么充分准备还是逃不过今天的困局。

曹操油然而生了一种英雄末路的无奈与恐惧。

此时曹军形势岌岌可危。官渡营中伤兵累累，部队疲惫不堪，士气十分低落，只能勉力支撑死守大营。袁绍策动躲在自己老家豫州汝南郡的黄巾军余党刘辟乘机发动叛乱，并派遣刘备率领一支小部队绕路抵达汝南同刘辟会合，一起在许县以南四处攻略抢劫。曹操大本营许县的安全受到严重威胁。

另外袁绍还派将军韩荀潜伏在官渡以西不断抄劫[1]曹操的补给线。为了防止途中遇袭，负责押运曹军粮草等物资的典农官任峻被迫想出了一个笨办法。他集中了一千辆运输车，十辆一排，组成一个长方形的车队，周围部署士兵排好双层阵列进行卫护，这样缓慢地向前行进。韩荀部队人数有限，吃不下这么庞大的运输队，只能任其通过。但这样一来，曹军补给速度大大降低，曹操大营处于即将粮尽的绝境。

曹操一面故作镇静地对精疲力竭押粮到营的任峻说："我在15天内一定可以击破袁绍，再也不麻烦你费这么大力气运粮了。"另一面把《孙子兵法》翻得稀烂，想找到一条可行的破敌之计。终于他看到了这样一段：

"故用兵之法，十则围之（曹操笔记：在双方将领军事水平和武器装备相当的情况下，如果兵力十倍于敌就可以包围敌人。当然也有特殊情况，我的部

---

[1] 抄劫，即抢夺、掠夺。

队没有吕布精锐，但仅靠两倍的兵力就包围下邳生擒了吕布），五则攻之（曹操笔记：兵力五倍于敌就可以进攻敌人，其中五分之三的兵力正面强攻，五分之二的兵力作为奇兵使用），倍则分之（曹操笔记：兵力两倍于敌人时，一半兵力和敌人正面作战，另一半兵力作为奇兵使用），敌则能战之（曹操笔记：和敌人兵力相当时，最好的方法是使用奇兵夺取胜利），少则能逃之（曹操笔记：高壁坚垒，不要和敌人强行作战），不若则能避之（曹操笔记：打不过就避开敌人）。故小敌之坚，大敌之擒也（曹操笔记：战场上兵力多少是决定性的）。"

曹操读完这一段孙子兵法和自己所做的小笔记，得出了一个重要结论——自己兵力严重不敌袁绍，硬挺着无济于事，只有撤退这一条路了。

曹操马上给留守许县的荀彧写了一封信，让荀彧做好准备，自己打算先撤回许县，诱敌深入，在许县城下与袁绍决战。

荀彧见信后马上回信，并要求八百里加急送到曹操手中。在信中荀彧丢开各种套话和空话不说，核心意思只有一个：

官渡决战将决定天下归属，您已经没有退路了。

多年以后，曹操亲自给皇帝上表，申请为荀彧增加封地。他特别向皇帝汇报这段往事，说："当年我和袁绍在官渡决战，我方兵少粮尽，打算撤回许县。是荀彧坚决反对我的计划，为我陈明利害，让我重新建立起信心，丢掉了自己昏了头的错误想法，坚决死守大营，最终取得了胜利。官渡之战的胜利全靠了荀彧看透胜败之机，他是当世独一无二的雄才。"

曹操并不傻，只不过在绝境当中任何人都难免会动摇退缩。在当时胜利天平严重倾向袁绍的时候，曹操阵营中人心惶惶，不光是曹操，几乎每一个人都在考虑自己的退路问题。荀彧的一句话不仅惊醒了梦中的曹操，也改变了整个大时代的走向。

曹操终于认清了现实，只要自己后退一步，就是满盘皆输。于是曹操咬一咬牙，开始了绝地反击。

他先派遣曹仁率领骑兵回师扫荡汝南一带的刘备和刘辟。骑兵部队机动性强，而且这时曹军在大营死守，骑兵也发挥不了什么作用。曹仁到了汝南迅速击败了二刘，刘备全军覆没又跑回袁绍大营去了。

据说刘备从徐州逃走去投奔袁绍的时候，袁绍是亲自出城两百里迎接的。但刘备在徐州、延津和汝南三战三败，而且都是毫无抵抗能力的速败，实在是辜负了袁绍对他的厚爱。曹仁回军路上又在鸡洛山击败了西路的韩荀，进一步扫除了后方补给线上的威胁。

然后曹操以其人之道还治其人之身，派出徐晃和史涣袭击袁绍后方的补给线，成功烧毁了袁军的大量粮草等辎重，曹操大营的压力稍微得到了缓解。

下面就是曹操绝地反击的最关键一步棋。荀彧在给曹操的信中提到，现在形势已经千钧一发，随时可能会出现转机。这正是发挥您善于出奇策的时候，千万不要错过！

说到转机，曹操和荀彧应该同时想到了一个人。

荀彧为了不让曹操担心，没有告诉曹操他如何天天费尽口舌与许县干部队伍中的投降派进行论战。投降派主要来自看不起曹操出身的世家大族，以孔融为首。孔融酸溜溜地对荀彧说："袁绍地盘大、兵力强、能人多，我们怎么可能取胜呢？"

荀彧狠狠批驳了孔融的投降主义思想，历数了袁绍阵营每一个干部的缺点不足。其中特别提到了许攸这个人，说他很贪财，如果他或他的家人因为贪腐问题被治罪，很可能会叛变袁绍。

正如郭嘉预言孙策会被刺客所杀，荀彧也准确预言了许攸的叛变。荀彧确实很会看人，但这么精准的预言能力还是很难让人相信。有一种更大的可能性是荀彧义愤填膺地批评孔融，却不小心说漏了嘴，暴露了曹操正在密谋的一项重大行动计划——策反许攸。

许攸是袁绍的老乡，在袁军总参谋部任职，掌握大量的军事机密。但他同时和曹操有很深的交情，又很贪财，因此许攸无疑是最佳的策反对象。

于是，在袁曹官渡对峙的关键时刻，许攸既出人意料又在情理之中地逃离袁绍大营，跑来投奔曹操。据说曹操是光着脚跑出营门迎接许攸的。在一番试探后，许攸告诉了曹操一条重要情报，袁绍委派淳于琼等五员大将率领一万多士兵押运粮食等重要物资，驻扎在袁绍大营以北约四十里的乌巢一带。

曹操立即召开总参谋部紧急会议，研究乌巢劫粮的作战计划。但出乎曹操意料，大多数人都反对出兵。一是能不能相信许攸所说的话。许攸既然很贪财，就不能排除袁绍以更高出价让许攸来冒死诈降，放出诱饵，引诱曹操出兵劫粮，将其围歼。二是淳于琼是袁绍的主将之一，一万多守军几乎与曹军现存有生力量相当，在短时间内攻取重兵把守的袁军粮囤把握不大，如果袁绍援兵赶到，很可能仍是被围歼的命运。

整个总参谋部当中，只有两个人支持曹操亲自带兵偷袭乌巢。但有这两个人就足够了，他们的支持胜于一百个人的反对。其中一个是曾劝曹操孤注一掷攻围吕布并最终胜利的荀攸，另一个是在战事紧急之时劝降曹操心头大患张绣的贾诩。曹操百分百相信这两个人的判断，更何况曹操自己也已经下定决心，乌巢劫粮正是荀彧信中所说千载难逢的转机，也是自己反败为胜的最后机会。

曹操让曹洪留守大营，自己亲率步骑五千——这基本上是曹军一半的兵力——奇袭乌巢。曹操带着人马半夜出发，冒用袁军的旗帜，每个士兵携带柴草一束，鸦雀无声地从小路赶往乌巢粮囤。但无论曹军行动多么迅速，到达乌巢时也已经是次日天明了。淳于琼是当年和曹操一起出道的老将，身经百战、经验丰富。他很快发现了曹军，并注意到其人数不多，就没有选择死守，而是率军出营列阵迎击曹操。

曹操此时没有任何退路，虽然淳于琼已经有所准备，也只能玩命强攻了。淳于琼看曹军攻势很猛，就临时改变计划，退回大营死守待援。而袁绍的反应也非常迅速，他一得到乌巢遇袭的消息，立即派遣骑兵救援。从袁绍大营到乌巢只有四十里路，骑兵几个小时就能赶到。

曹操有生以来最危急的时刻到来了。前面的粮囤没有攻破，后面的骑兵已经远远可见了。有部下请求曹操分兵阻挡后面的骑兵，曹操平生爱哭爱笑，唯独这一次暴怒吼道："等敌人到了身背后再说！"

在曹操的鼓动下，曹军仿佛当年韩信所率领的背水一战的汉军，一下子爆发出巨大的能量，没有一个人回头观望袁军骑兵的远近，全部前仆后继拼死攻营。这五千张狰狞恐怖的面孔和他们决死无前的意志没有任何力量可以阻挡，淳于琼两倍于曹军的一万多守军转瞬间土崩瓦解。营中袁军四员大将被杀，淳于琼被当场活捉后处死。

而这一切几乎就发生在救援骑兵的眼前，他们只晚到了五分钟而已。等他们赶到粮囤前，曹军已经不知去向，整个粮囤被烧成了一片火海。而最为恐怖的是，他们在火海前看到了堆积成一座小山的一千多个人鼻子——其中之一来自淳于琼，以及无数同样被割掉的牛马唇舌。这一画面过于惊悚，纵使袁军骑士久经沙场，也看得心胆俱裂，瞬间作鸟兽散。

曹操从建安元年开始筹备与袁绍的最后决战，但真正的胜负在这最后五分钟就已经确定了。

六十一　官渡大战

天地间，人为贵，立君牧民，为之轨则。车辙马迹，经纬四极。黜陟幽明，黎庶繁息。於铄贤圣，总统邦域。封建五爵，井田刑狱。有燔丹书，无普赦赎。皋陶甫侯，何有失职？嗟哉后世，改制易律。劳民为君，役赋其力。舜漆食器，畔者十国。不及唐尧，采椽不斫。世叹伯夷，欲以厉俗。侈恶之大，俭为共德。许由推让，岂有讼曲？兼爱尚同，疏者为戚。

——曹操《度关山》

这是曹操的诗作《度关山》，同时也是一篇旗帜鲜明的政治宣言。身处"白骨露于野，千里无鸡鸣"的汉末乱世，曹操却描绘了一幅君主开明、贤人治国、万民乐业、法制严备的大同世界，意在向世人发问：为什么理想和现实相差如此之远？谁是造成今天乱局的罪魁祸首？答案显而易见，正是"四世三公"的袁绍和他背后世世代代把持国政大权的世家大族。

曹操挥笔写下了千古名句"天地间，人为贵"，倒不是他超越时代有了人本主义思想的先知先觉，他奋力抬高人的地位，只是为了反抗东汉以来占据统治地位、具有神学色彩的思想宗教——儒教。自汉武帝独尊儒术以来，儒学已不仅仅是一种学问，还摇身一变成为政府选拔官吏的政治工具。再到东汉，随着宣扬天命鬼神的谶纬之学大行其道，就产生出了儒教这一糅杂儒术和谶纬的怪胎。而儒教正是被世家大族玩于股掌之间最好用的政治武器。只要所有人都相信这套号称道法天地六合、具有绝对正确性不可改变的理论，那么其发明者世家大族就可以成为掌握所有人命运的天，世家大族世代为官、黎民百姓永世为奴的社会秩序也就天经地义了。

袁绍恰是这一时代儒教的新宠儿和卫道士，而曹操要想挑战袁绍，就必须站到儒教所尊信的天地对面去，做一个敢斗天神的凡人。

袁绍与曹操之战，也是天与人的交锋。

在曹操所勾勒的理想世界中，一字未提现实世界里人们最为看重的仁、孝等儒家价值观。他所强调的执政理念：勤俭、爱民、守法、唯才，恰恰与现实中把持朝政的世家大族奢华、役民、重礼、崇德的风尚针锋相对。

曹操独树一帜的"唯才是举"前文已述。针对东汉社会由穷奢极欲的世家大族带头掀起的奢靡之风，曹操几乎是靠一个人的力量力挽狂澜。他以身作则，厉行节俭，大力提倡不穿锦绣、不饰金银、粗茶淡饭的勤俭家风，自称衣服被子使用十年以上都不更换。上行下效，曹操的身体力行，确实一度促成了勤俭节约的社会风气，有的干部甚至故意穿得破破烂烂，来迎合曹操的喜好。

政治家必须有自己明确的政治纲领，才能团结领导志同道合之士干出一番事业。在当时，以袁绍为首的世家大族掌握着选任官吏这一政治特权、土地这一经济特权以及儒教这一文化特权。虽然他们正是造成汉末乱世的元凶之一，但在社会金字塔顶上稳坐了一百多年，其控制力早已渗透入社会的每一根毛细血管，从更长的时间跨度来看，他们确实代表了天命所归的历史走向。

而曹操的心底永远刻着"宦官之后"这四个字，这四个字正是他政治生命的起点。曹操不甘心永远跟在袁绍屁股后面，也受够了名士们的冷嘲热讽。他倾心交结那些同样在社会中下层挣扎向上的才智之士如贾诩、于禁，极力拉拢世家大族中的边缘分子如荀彧、郭嘉，从无到有、从小到大，踩着张角、董卓、吕布、袁术的尸体，终于站在了官渡，直面和袁绍的终局之战。

当曹操身前士卒冲向淳于琼的大营时，他的脑海里只有一个声音：逆天改命、人定胜天！

官渡之战不是曹操与袁绍的个人恩怨，而是两股政治力量的生死角逐。曹操几乎是凭借一己之力让历史的车轮在官渡戛然而止。

官渡大营中的袁绍万万想不到，久经战阵的老将淳于琼，率领两倍于敌的精锐部队，稳坐在坚固的营垒中防守，竟然在这么短的时间内被曹操连夜奔袭的五千人马杀得全军覆没。这打破了他所知道的一切军事常识。

袁绍虽然在政治能力和军事才能方面不如曹操，但在官渡之战的战略部署上是基本正确的。他不和曹操在局部纠缠，不断限缩曹操可以腾挪的空间，不给曹操出奇制胜的机会，依靠人数优势逼迫曹操决战。

而当袁绍获知曹操偷袭乌巢的情报时，也表现出超乎常人的冷静。他一面派骑兵火速增援淳于琼，一面派出张郃、高览等调遣攻城车辆加紧围攻曹军大营，想用一招围魏救赵让曹操偷鸡不成反蚀把米。

一切都是正常操作。

但袁绍最终输就输在了正常上面。一切看来顺理成章、水到渠成，但忽略了对手为了生存的孤注一掷。这其实也是袁绍人生的缩影，一切来得太过容易，对无处不在的变化和风险缺乏足够的重视。

淳于琼乌巢大营被曹操攻破，消息传到张郃、高览的攻城部队，两个人立即倒戈投降。这两个人都是冀州本地人，属于本土派分子，早就对袁绍偏向老乡派、打压本土派心怀不满。这两个人的投降速度过快，反倒让留守曹营的曹洪犹豫了半天才敢出营受降。

狭路相逢勇者胜，两军交战拼的就是心理。乌巢的覆灭和张郃、高览的叛降，让失败的恐惧在袁军大营中传染蔓延，很快就像决堤的洪水一样不可阻挡。袁绍自知大势已去，只得将尚在营中的几十万军民、自己多年积蓄的珍贵图书和金银财宝全部弃之不顾，带着儿子袁谭连滚带爬地向北狂奔，好不容易渡过了黄河，上岸时身边只剩下八百残兵。

曹操听到袁军大溃败的消息后，既有如释重负的狂喜，又有如在梦中的恍惚。他接下来马上做了两件非常具有曹操特点的事。

第一件事是有人跑来禀告曹操，在清点袁绍丢弃的文件时，发现了大量许县和曹营高级干部给袁绍写的投降书信。大帐里鸦雀无声，曹操感觉到各个角落有无数眼睛死死盯着自己。曹操若无其事地说："把所有书信全部烧光！"然后他提高了声量接着说："袁绍确实太强大了，我自己都怕得不行，何况是别人呢？"

曹操这一手不是他自己发明的，东汉开国皇帝光武帝刘秀就玩过这招。曹操读书多，触景生情，马上照猫画虎，可见当领导多读史书是很有必要的。而曹操也不是最后一个使用这招的君主，清代康熙皇帝平灭吴三桂叛乱后也曾经故技重施。而这确实是百试不爽的攻心术，很多人默默地松了一口气。

过去的就让它过去吧！

但当时还有另一种说法，曹操在烧掉这些书信前其实已经秘密检查了所有内容。他在人前演了一出既往不咎的好戏，但心里暗暗记住了每一个名字。

第二件事是曹操俘虏了八万袁绍的降卒。曹操这个人很奇怪，他可以用成熟政治家的胸怀烧光书信邀买人心，但转眼又变成了一个任性的孩子。他竟然以诈降为由，全部活埋了八万袁军降卒。秦将白起在长平之战后活埋了四十万赵军，项羽活埋了二十万秦军，曹操在中国历史上的杀人魔王榜单上紧随其后。

他这时早已把"天地间，人为贵"的誓言抛诸脑后。

曹操为什么要杀降卒？

是因为他刚刚搬除了压在心头四十年的巨石，要狠狠出一口恶气，还是因为沮授刚刚给他上了一课？沮授在官渡被俘投降，但很快又企图逃走，曹操只能将其处死。他可能担心这些冀州降卒和沮授一样，终究思乡恋土，但曹操绝不允许他们重回到袁绍手上。无论如何，曹操一时性起，忘了白起、项羽的下场，残暴屠杀了这些无辜群众。

而这马上引致了严重的恶果。本来袁军溃败后冀州郡县纷纷倒向曹操，但得知父兄子弟惨死的消息后，又很快重新被袁绍收服，官渡决战的效果大打折扣。

官渡决战以曹操的胜利而告终，但袁曹大战还远远没有结束。

《鼓吹曲·克官渡》：

克绍官渡，由白马。僵尸流血，被原野。贼众如犬羊，王师尚寡。沙坵旁，风飞扬。转战不利，士卒伤。今日不胜，后何望？土山地道，不可当。卒胜大捷，震冀方。屠城破邑，神武遂章。

六十二　怅然若失

官渡之战和刘邦、项羽楚汉相争时的垓下之战有些许相似。项羽百战百胜，多次打得刘邦抱头鼠窜，不但老爹和媳妇被项羽俘虏，逃命时连亲生骨肉都狠心推下车去。但最终刘邦在垓下一战围歼了楚军，这是项羽的第一次失败，也是最后一次。他本可以乘乌江亭长的小舟逃过江去，但觉得没有脸面去见江东父老，竟然决绝地自刎于乌江岸上。

袁绍和项羽有一个通病——输不起。

官渡之战是在曹操的领土上打的。虽然袁绍全军覆没，但曹军也消耗很大。

而且袁绍的冀、青、幽、并四州还在，可以征调的人力物力还在，世家大族的支持也还在，唯一消失不在的是袁绍的雄心壮志。曹操在官渡之战的最大胜利不是歼灭了十万袁军，而是击垮了袁绍那颗易碎的玻璃心。

越是常胜将军，就越是经不起一次失败。而面对人生第一次重大挫败，袁绍既没有项羽的英雄气概，敢于一死以谢天下，又不能如勾践卧薪尝胆，卷土重来，最终灰溜溜地逃过黄河，从此灰心丧气、一蹶不振。

性格决定命运。袁绍的失败是性格使然，并非决定于官渡一役。

官渡之战在建安五年十月间结束，曹操整整休整了半年时间，直到次年四月才缓过气来。他重新集结部队北渡黄河，在仓亭与袁绍再次进行会战。这一战的胜负毫无悬念，袁绍本是以逸待劳，但他这时已经失魂落魄，袁军一触即溃。

曹操正要乘胜追击，突然接到大本营许县送来的情报，刘备受袁绍委派，再次出现在了汝南郡并煽动叛乱，还击败了前去剿匪的曹军。曹操牙齿咬得格格响，又是这个打不死的小强——刘备！汝南距离许县实在太近，容不得半点闪失，曹操只得放弃北方的有利局面，回军汝南剿灭刘备。

正如刘备所自述，曹操派谁来他也不怕，他只怕曹操本人。刘备一听说曹操亲自来了，就重施在徐州时的故技，不等和曹操碰面，二话不说，马上逃跑。而且刘备早就给自己安排好了后路，派人提前联络了荆州牧刘表。刘表正希望找个张绣的替代者在北面阻挡曹操，就欣然接纳刘备，让他在新野县（今河南省南阳市新野县一带）安营扎寨。算上刘备先后依附过的公孙瓒、陶谦、吕布、曹操、袁绍，刘表已经是他的第六任主人了。

怪不得曹操佩服刘备是个英雄，刘备比袁绍精明得太多。他不但不怕输，而且可以输得没脸没皮。主人、地盘、部队，甚至是兄弟和家眷，他都能舍弃。而毫无底线恰恰是刘备的最大优势，只要保存了有生力量，早晚有机会反咬一口。曹操宁愿面对凶猛如虎的袁绍，也不想遇到神龙见首不见尾的刘备。

建安七年春正月，曹操总算得空回了一趟老家谯县。曹操南征北战，已经多年没有回到家乡过年了。古人说，建功立业而不回家乡，就好像穿着漂亮衣服赶夜路一样。因此，历代成功人士都有衣锦还乡的愿望，这也是对成功的最大奖赏。

但当曹操回到家乡时，却蓦然发现昔日繁华兴盛的豫州州府谯县几乎变成了一座鬼城，当年的邻居乡人不是死于兵荒马乱就是远走他乡了。曹操回到自己出生成长的曹家大院，亭台楼榭依然如昨，但已成了鼠雀巢穴。当年在此陪伴自己长大的父亲曹嵩、弟弟曹德，乃至长子曹昂、侄子曹安民都已阴阳两隔。想当年刘邦建国称帝，回到家乡丰沛和父老乡亲饮酒欢宴，吟唱起《大风歌》：

大风起兮云飞扬，威加海内兮归故乡，安得猛士兮守四方。

那是何等的气魄荣光，但曹操却无一故人可诉衷肠。他只能下了一道手令：

"吾起义兵，为天下除暴乱。旧土人民，死丧略尽，国中终日行，不见所识，使吾凄怆伤怀。其举义兵已来，将士绝无后者，求其亲戚以后之，授土田，官给耕牛，置学师以教之。为存者立庙，使祀其先人，魂而有灵，吾百年之后何恨哉！"

分田地、兴学校、建宗庙，曹操为家乡人民做了他所能做的一切，之后独自落寞地离开了。

在曹操即将离开家乡之时，他突然一拍脑门，想起了当初指引自己上路的那位命中贵人桥玄。

他特别忆起了桥玄和自己的那个约定。桥玄笃定曹操早晚能成事，要求曹操有朝一日功成名就了，每次路过他的墓前，务必要用一壶酒和一只鸡来祭奠告慰自己，否则只要曹操离开墓边三步，就马上肚子疼。

此时桥玄老先生已经亡故，他的墓离谯县不远。而今天所发生的一切尽如当年桥玄所预料，那个被所有人耻笑的宦官之后、跟在大名士袁绍身边的小跟屁虫曹操，竟然逆天改命，击败袁绍成了天下霸主。

曹操可不想肚子疼，他马上命令车队转向，直驱桥玄的墓地。他并没有如桥玄所愿用一壶酒和一只鸡来祭拜，而是在桥玄墓前以皇帝的规格——太牢举行了大型祭祀典礼，还亲自为桥玄写了一篇悼文现场朗诵。在悼文中，曹操满怀深情地说了八个字：

士死知己，怀此无忘。

曹操永远忘不了桥玄当年的知遇之恩。他还信守承诺，肩负起照顾桥玄妻子儿女的责任，安排他的儿子入仕，并在桥玄老家兴修水利，惠及乡里。

正当曹操追怀故人之时，他突然接到北方前线送来的绝密情报，袁绍战败后一病不起，刚刚在邺城吐血而亡，终年57岁。

曹操心里五味杂陈。与同桥玄的一面之缘相比，袁绍与曹操相爱相杀了整整半生，他是曹操最好的朋友，也是最大的死敌。如今袁绍已死，曹操拔剑四顾，天下之大，还有谁与争锋？

但奇怪的是，曹操没有如愿以偿的欣喜若狂，反倒是寂寞茫然，心里空空如也。

难道这就是成功的滋味吗？

这一年曹操也48岁了，他的人生悄悄步入了下半场。

六十三　兄弟阋墙

历代君王总有一种迷思，过度相信血浓于水的力量。这其实也是人之常情，亲情确实是社会关系中最牢固的纽带。但历史已经反复证明，亲情关系并非牢不可破。在巨大的利益面前，亲情根本不堪一击。今天普通人家为几套房产反目成仇的比比皆是，更何况帝王之家拥有的是至高无上的权力诱惑。

袁绍犯了和天下所有父母一样的错误。他一直把他的三个儿子袁谭、袁熙和袁尚看作长不大的孩子，而三个孩子也在他面前表现得孝顺恭敬、和睦友爱。这让袁绍产生了一种错觉，认为三个孩子都是天底下心地最善良、品质最高尚的好孩子，无论他托付后事给谁，一笔写不出两个袁字，其他两个孩子一定会兄弟同心、其利断金，全力辅佐自己选定的继承人。

有人批评袁绍的一大败笔是对后事没有安排，造成了之后兄弟阋墙的局面，被曹操钻了空子。袁绍是一方霸主，对自己的年纪和身体状况也有所担忧，很难想象他完全不考虑继承问题。

事实上袁绍是早有准备的。他将长子袁谭过继给亡兄袁基为子，实际上是剥夺了袁谭的继位权。后来袁绍又安排袁谭和袁熙分别主政青州和幽州，只把袁尚留在自己身边，这和宣布袁尚为继承人也没有什么区别。

后来袁绍的谋士审配在写给袁谭的一封信中，他专门说明了袁绍立袁尚为嗣是专门上告祖宗并记录在案的，且袁绍和袁谭在公开场合都是以叔侄相称，继承权问题根本没有任何异议。只可惜所有证据随着袁氏家族的覆灭荡然无存，审配的话在今天已无法证实。

袁绍选中袁尚至少有两个重要原因。一是袁尚长得帅。古人对颜值的看重远远超出我们的想象，所谓相由心生，他们把相貌作为鉴别人物的重要标准。二是袁绍的正妻刘氏偏爱袁尚。据说袁绍是非常惧内的，对夫人的意见言听计从。袁绍刚死，刘氏就马上杀掉了袁绍的所有五个爱妾。她担心她们去阴曹地府向袁绍告状，还把死人的脸涂黑、头发拔光以毁尸灭迹。刘氏的凶恶霸道由此可见一斑，也难怪连一方霸主袁绍都对她俯首帖耳。

没想到袁绍尸骨未寒，袁谭和袁尚就从乖孩子变回了熊孩子。袁谭自作主张跑到黎阳驻军，以防御曹操为名要求袁尚给自己增兵。袁尚怎么肯帮袁谭增强实力，只象征性地派了几个老弱残兵去黎阳，同时还派亲信逢纪去监视袁谭。

袁谭看计划失败，一怒之下杀了逢纪，两兄弟公开反目成仇。

袁谭和袁尚的决裂对抗，一方面是个人贪欲所致，但更重要的是，乱世之中每个人都想捞点好处，即使袁氏兄弟不想内斗，他们身边人也不能答应。袁尚背后是冀州本土派的审配等人，而袁谭背后是袁绍的豫州老乡派郭图等人，他们都想方设法挑动两兄弟内讧。

正在袁谭和袁尚剑拔弩张之时，曹操突然不合时宜地来了。曹操一直在为先北上消灭袁绍还是南下征伐刘表和刘备犯愁。相比之下，他更担心南方，荆州距离大本营许县很近，刘表又刚得了刘备这个强援，实在不可小觑。而经过官渡和仓亭两战，曹操已经建立了对袁绍的心理优势，且袁绍元气大伤，很难在短时间内东山再起。

在曹操阵营中，郭嘉等多数人都支持曹操先南下作战，只有荀彧力劝曹操先北渡黄河消灭袁绍，认为袁绍才是曹操的头号敌人，绝不能给他喘息之机。当然荀彧在此可能有一点私心，他和袁绍同样出身世家大族，但袁绍是全天下世家大族的领袖，而荀彧虽然地位很高，但因为与宦官联姻的黑历史被人所鄙视。曹操与袁绍争夺的是天下，荀彧也在暗暗与袁绍争夺世家大族的头把交椅。

正当曹操犹豫不决之时，袁绍的死讯传来，这算是老天替曹操做了一个决定。他马上率军渡河包围了黎阳的袁谭。袁谭没想到说曹操、曹操到，赶快向袁尚求救。大敌当前，袁尚也很清醒，自己和袁谭是内部矛盾，同曹操是敌我矛盾，这个时候必须放下恩怨先联手对付曹操。但他留了个心眼，为了防止增援部队被袁谭兼并，袁尚索性亲自带兵到黎阳与袁谭一同据守。两兄弟昨天还是仇人，今天又握手言和了。

曹操根本没把袁氏兄弟放在眼里，两军在黎阳大战一场，袁军大败。袁尚和袁谭连夜逃回邺城死守，曹操紧紧追赶，还顺便收了沿途的麦子，解决了军粮问题。正当曹操信心满满准备攻打邺城将袁氏兄弟一网打尽时，突然接到紧急军情——河东告急。

袁绍选择袁尚当接班人除了长得帅和枕边风，还有一个重要原因，那就是别看袁尚年轻，他确实有两把刷子。袁尚虽然在正面作战中打不过身经百战的曹操，但他很有战略眼光，已经瞄准曹操的大后方，精心部署了一场奇袭行动。

袁尚任命郭援为河东太守，联合占据并州的大表哥高干以及南匈奴单于合兵数万突然攻入司州河东郡，并迅速攻占了河东郡的大多数县城。同时袁尚还派出外交使节前往关中，策反掌握凉州铁骑的军阀马腾、韩遂，双方秘密达成了攻守同盟。

河东郡的东边是雒阳，西边是长安。当时曹操委派钟繇镇守关中，源源不断地输送马匹、军粮等重要战略物资到河北前线。袁尚的这步棋好像是一把尖刀插在了曹操的补给线上，再加上马腾、韩遂等军阀的叛变，钟繇几乎成了光杆司令，雒阳以西地区转眼就要变天姓袁了。而袁尚最绝妙的一手是安排郭援担任河东太守，郭援是钟繇的亲外甥，这让钟繇百口莫辩，不但他的部下对他产生了怀疑，更直接考验曹操对钟繇的信任。

曹操正要撸起袖子全歼袁氏兄弟，没想到后院突然着火，而且火势熊熊几乎不可收拾。曹操后来说过"生子当如孙仲谋"，狠狠夸奖了孙坚的儿子孙权，但毕竟那时他已经立于不败之地。现在袁曹胜负未分，虽然曹操意识到袁尚是比其父袁绍更厉害的狠角色，搞得自己进退失据，但只能硬把这句表扬咽在肚子里，令旗一挥：撤军！

六十四　倒戈投敌

从部署突袭河东行动来看，袁尚的战略眼光和军事能力远胜袁谭，也强于袁绍。如果在官渡之战期间，袁绍不是自己孤军深入，而是让袁尚代替袁谭从东翼的青州向徐州进攻，同时让郭援、高干和南匈奴单于这支部队进攻西翼的河东，拿下关中地区并威胁雒阳，那么曹操恐怕是在劫难逃的。

孩子就应该放到社会上去摸爬滚打，绝不能留在身边当宠物。曹操永远带着孩子行军打仗、现场教学，哪怕是长子曹昂意外身亡，也没有改变他这个习惯。在这一点上，曹操确实比袁绍高明许多。

袁尚虽然有能力，但现在已经不是在官渡了，人心所向已从重袁轻曹变成了重曹轻袁。虽然袁尚突袭河东贯彻了孙子兵法"以正合、以奇胜"的要领，迅速占领了大多数县城，但还是遇到了顽强的抵抗，没能第一时间长驱直入拿下长安这个重镇。

钟繇面对自己外甥的进攻，只能用一场胜利来证明自己了。他抓住袁军在河东的延宕，火速派人去做马腾、韩遂以及他们身边重要干部的思想工作。马、韩等军阀都是见利忘义之徒，谁开的价高就跟谁干。而且他们各家都有人质在曹操手里，总有点投鼠忌器。于是他们马上撕毁了和袁尚的合作协议，马腾派马超带领精锐凉州铁骑跟着钟繇反扑河东。

这时郭援正率军急进准备渡过汾水。他以为河对面是舅舅钟繇率领的老弱残兵，就满不在乎地继续渡河。等部队半渡之时，郭援才发现河岸上等待他们的是马超的凉州铁骑，再想逃已经来不及了。结果全军覆没，郭援被杀，高干和南匈奴单于举手投降，袁尚的突袭行动以破产而告终。

马超的部将庞德亲手杀死了郭援，并将首级献给了钟繇。钟繇见到外甥的脑袋当众狠狠哭了一出，庞德赶紧赔礼道歉。这时钟繇马上擦干眼泪说："郭援虽然是我外甥，但他是国贼，将军不必道歉。"

这场戏钟繇是演给不在场的曹操看的。外甥死了不哭太假，哭而没有分寸又不忠。钟繇的尺度把握得刚刚好。

而这时在河北战场，曹操前脚刚走，袁尚和袁谭就打起来了。其中有一半功劳要归于郭嘉，他预料袁氏兄弟嫌隙已生，必然要内斗，就建议曹操故意泄露南征荆州的绝密情报，同时摆出出兵南下的姿态。果不其然，曹操才离开许县，还没进入荆州州界，袁氏兄弟就在各自身边干部的怂恿下大打出手。结果袁谭完全不是袁尚的对手，被死死围困在青州的平原城中。

这时让人哭笑不得的事情发生了，袁谭在郭图的建议下，竟然向杀父仇人曹操求救。如果袁绍知道，估计会从墓穴里气得蹦出来。

要知道袁绍在河北的统治主要依靠地方世家大族，因此经济政策特别宽松，放纵他们兼并土地和买卖人口。据说袁绍死后河北的百姓好像失去了亲人一样，无不痛哭流涕。当然这些"百姓"指的是世家大族，并非饱受压迫的普通人民。但这至少说明袁绍死后人心未散，袁氏家族在河北的统治仍然有很深厚的根基。但这时袁氏兄弟自己内讧起来，人心就从团结变为了分裂，由分裂变为了观望，由观望变为了背叛。

袁谭的意外投诚连曹操都不敢相信，反倒是袁谭派来的使者辛毗一到曹营就马上倒戈，还把袁谭的底牌和盘托出，强烈建议曹操趁袁氏兄弟胜负未分之机，尽快北上收渔翁之利。如果等到两兄弟只剩一个的时候，人心安定下来就很难速战速决了。辛毗实在是个极不称职的外交官，但他是荀彧的老乡颍川人，曹操也就信任并收留了他。

这时曹操其实还是很犹豫要不要北上。按郭嘉的战略部署，其实无妨让袁氏兄弟再斗一阵，自己先利用这段时间扫平荆州。但辛毗带来的一手情报让他有所动摇，再加上这个时候荀攸也站出来劝曹操先北上解决袁氏兄弟，曹操才终于下了决心。荀攸是荀彧的堂侄，自然和荀彧是一个立场。

官渡之战后，曹操已经是第三次北渡黄河了。但这一次更加师出有名，由讨伐袁氏集团变成了救援袁谭。他还不惜自降辈分与袁谭联姻，口头上为儿子曹整娶了袁谭的女儿——实际上曹操压根没想把这段婚事落实。冀州的世家大族原本看不起曹操的出身，但这时候袁氏兄弟内斗让大家寒了心，有不少人就主动带枪带人向曹操递了投名状。

而袁尚一边围攻袁谭，一边也在密切关注着曹操的动向。曹操刚渡河进军黎阳，他马上解了平原之围退回邺城死守。曹操没想到袁尚回来得这么快，他不怕和袁尚在大平原交战，但没有十足的把握能够拿下城防坚固的邺城，最终只好在官渡战后第三次退回了黄河南岸。

这时袁谭和袁尚各收到了荆州牧刘表的一封信。刘表作为长辈和同盟者言辞恳切地劝说两兄弟停止内战、一致对外，最大的敌人曹操近在眼前，争什么谁是合法继承人，先活下来再说吧！

这时刘表作为旁观者是非常清醒的，但不久以后轮到他自己安排后事时，他也当局者迷了。

袁谭没有理会刘表的调停，袁尚也没有。两个人并不是真的傻到无可救药，主要还是利令智昏，再加上各自身后有无数人为了自己的利益把他们硬推上拳台。曹操刚渡过黄河，袁尚就又跑到平原把袁谭围起来猛揍。

但这一次袁尚大意了。曹操并没有走远，他只是虎视眈眈地躲在墙角观望。袁尚率领主力部队前脚刚离开邺城，曹操立即动如脱兔，全速进军围攻邺城。

邺城（今河北省邯郸市临漳县西）是冀州魏郡的郡治。当时虽然冀州的州府（相当于省会）在信都，但邺城紧临漳水，交通便利、人口繁盛，是冀州的政治和经济中心。同时这里也是兵家必争的战略要地，袁绍长期将此作为大本营，拿下邺城就能控制整个冀州。

曹操虽然成功将袁尚的主力部队诱出了邺城，但他又一次不得不面对兵家大忌的攻城战。而且袁尚还留了一手，指派审配在邺城坐镇。

审配是土生土长的魏郡人，在当地深得人心。邺城本来就高大坚固，再加上审配团结激励城中军民众志成城保家卫国，当曹操到达邺城时，他发现他所面对的是比吕布的下邳城还要困难十倍的铜墙铁壁。

六十五　攻城鏖战

邺城攻防战历时半年左右，是中国古代战史上的经典战例。

曹操于建安九年（204）正月渡过黄河，二月袁尚一离开邺城，他就率军直扑而去。曹操贯彻了攻心为上、攻城为下的总方针，兵马未到邺城，就先派出大量密探全力开展策反工作。他的工作力度确实很大，虽然审配是铁板一块，但袁尚安排留守邺城仅次于审配的二把手苏由被成功策反。双方商定曹军一到，苏由就作为内应开城投降。

但曹操低估了审配的能力。审配非常警觉，安排了大量眼线在城中开展反间谍工作。就在曹军距离邺城只有五十里的关键时刻，审配发现了蛛丝马迹，马上亲自带人捉拿苏由，苏由率叛军抵抗不过只好逃出城去，内应计划宣告破产。

但苏由并不是城中唯一一个叛徒。曹操抵达邺城后开始攻城，邺城守军中一位中层军官突然打开了城门，曹军先锋三百多人心领神会，一拥而入杀进城中。没想到审配应变快如闪电，立即从城墙上投掷大石将城门堵死，可怜入城的三百精锐曹兵全被包了饺子。

应该说曹操对攻城已经很有经验了，但无论是登城强攻还是筑土山、挖地道，审配都应付裕如。审配也同样看到了人心的重要性，他亲冒矢石在城上指挥战斗，慷慨陈词发表激情演讲，以个人魅力成功感动了全城军民，所有人都顽强抵抗，誓与邺城共存亡。这让曹操一筹莫展，无论曹军怎么明攻暗战，邺城始终纹丝不动。

以曹操的聪明绝顶，最后只剩下最笨的一招——饥饿战术。

曹操留下曹洪攻城，自己亲自率军攻陷了邯郸、毛城等袁军在邺城周边的几个重要军事据点，彻底切断了并州、幽州通往邺城的粮食补给线。

然后曹操把自己好不容易修筑的土山、地道全部破坏，开始围着邺城挖沟。

邺城占地面积很大，这条壕沟绕邺城一圈，足足有四十里长。开始的时候曹操把沟挖得很浅，浅到可以一跃而过，审配在城上看到哈哈大笑，没当回事。没想到曹操集中力量只用一个晚上把这条小沟拓成了深宽均为两丈的大渠，引附近的漳河水灌入其中。仅仅一夜之间，邺城变成了一座与外界隔绝的水上孤岛。

在没有现代工程机械的情况下，曹操用这么短的时间挖了数十万立方米的土方，创造了古代工程史上的奇迹。曹操以此显示了必胜的决心，接下来就坐等城中生变了。

从建安九年五月到九月，整整四个月，邺城里活活饿死了大约一半人口。但出乎曹操的意料，不知道审配施了什么魔法，邺城军民竟然还是视死如归、坚守不降。

而这时，袁尚的情报员赶来了。

在曹操围攻邺城的时候，离此三百余公里的平原县城（在今山东省德州市一带）正同时进行着另一场激烈的围城战，攻守双方正是袁尚和袁谭。在袁尚看来，曹操进攻邺城是一招围魏救赵，由于他对邺城城防和主将审配有充分信心，因此年轻气盛，决定和曹操比一比攻城速度，看谁先拿下敌城。只要袁尚比曹操先破城，就可以乘胜回师与审配里应外合，夹击曹操。

可袁尚没想到走投无路的袁谭这时也玩命了，平原同样久攻不下。特别是袁尚听说了曹操疯狂的水攻计划，邺城方面音信全无，他心里开始发毛。如果曹操先攻下邺城将是满盘皆输的局面，他迫切需要了解邺城的情况。但此时邺城被曹军围得铁桶一般，想进城势比登天。正当袁尚发愁时，有个叫李孚的人毛遂自荐充当情报员潜入邺城。

李孚不是一时逞能，而是有备而来。他只挑了三个随从同行，大家一起化装成曹军的宪兵，在路边砍了不少鞭打士卒的荆条挂在马上，然后就大摇大摆地从曹营穿过。李孚和他的三个同伴都是很有信念感的好演员，他们有模有样地一路巡视，四处挑毛病、找漏洞，大声责骂甚至停下来鞭打曹军官兵，高超的演技骗过了所有人，所到之处如入无人之境，甚至还跑到曹操的营门前晃悠了半天。最后李孚来到了城门口，让城上人把他们用绳子吊了上去。当审配和李孚把手紧紧握到一起时，全城军民山呼万岁。

有人赶快去禀报曹操。曹操不但不生气，反而笑着说："这个人有本事进城，肯定也能出来。"

果不其然，李孚进城沟通了情况，决定马上回平原向袁尚报信。他让审配把失去战斗能力的几千老弱病残集中起来，让他们一手拿白旗、一手持火把，乘夜同时从三个城门出去投降。曹军看到黑暗中三条火龙从城中络绎而出，听说是城中降民，全都跑去围观。李孚就乘乱混在人群中溜了出去，还顺便帮审配缓解了口粮消耗的压力。

曹操听说后拍手笑道："果然被我猜中了！"

曹操的笑暴露了他的心思。他知道邺城军民死守的一个主要动力就是等待袁尚的援军，不把袁尚击败，邺城就很难攻破。因此曹操比袁尚更需要聪明勇敢的李孚，盼着他平平安安回到平原，赶快把袁尚喊回来。

袁尚见到李孚，得知了邺城危急形势，果然决定星夜回师救援邺城。他率军到了离邺城七十里的地方扎下营寨，和城中的审配互相举火为号，准备内外夹攻冲破曹操的围城防线。曹操就怕袁军龟缩死守，巴不得和袁军进行野战。袁尚和审配的部队一个是长途奔袭，一个是饿得半死，才一露头就被以逸待劳的曹军击溃。不但审配被赶回城内，袁尚的部队也被包围。袁尚动了投降的念头，但曹操根本不给他机会，砍瓜切菜一样迅速围歼了袁军，只有袁尚自己杀出重围逃之夭夭。

曹操把缴获的袁尚印信、旗帜和私人衣物全摊在城前展览，至此邺城坚如铁石的人心终于摇动了。审配还不放弃最后的努力，他向全城军民宣告，袁熙正从幽州赶来支援，大家再咬牙坚持一下就胜利在望了。他还认真观察了曹操日常巡城的路线，安排弓箭手埋伏在城上狙击曹操。可惜只差一点点没有射中，把曹操惊出了一身冷汗。

终于，防守邺城东门的审配侄子审荣打开了城门。审配不屈不挠地继续和曹军巷战，直至力竭被俘。被俘前他还不忘跑到监狱，杀掉了被关押的叛徒辛毗全家。曹操本来爱惜审配是个人才，但架不住辛毗在旁边鬼哭狼嚎，只得决定处死审配。据说审配死前始终叫骂不休，面向北方袁尚所在的方向慷慨赴死。

自古燕赵多义士。审配虽然远不如荀彧、郭嘉足智多谋，但不愧是条铁骨铮铮的好汉子。

六十六　夺妻之恨

定武功，济黄河。河水汤汤，旦暮有横流波。袁氏欲衰，兄弟寻干戈。决漳水，水流滂沱，嗟城中如流鱼，谁能复顾室家。计穷虑尽，求来连和。和不时，心中忧戚。贼众内溃，君臣奔北。拔邺城，奄有魏国。王业艰难，览观古今，可为长叹。

——缪袭《鼓吹曲·定武功》

建安九年八月，曹操终于攻占了邺城，时年刚好50岁。

曹操深知攻城易、攻心难。占领邺城就攥住了冀州的心脏，平定冀州、扫除袁氏兄弟指日可待，但距离在河北站稳脚跟、赢得人心还有很长的路要走。邺城军民为袁氏坚守了半年之久，已足见人心向背。

曹操马上开始实行他计划已久的"三步走"举措。

第一步，曹操亲自来到袁绍的墓前进行拜祭。他不但拜祭，而且痛哭流涕。所有人都知道这是一场戏，但演戏就要演足，让别人挑不出毛病。然后他又登门慰问袁绍的遗孀刘氏，向其归还了在历次战争中缴获的袁绍、袁尚的私人财物，并且赐给袁家很多金银绸缎，还用国家财政把袁家人全部供养起来。

第二步，曹操下令免除自己在黄河以北控制区当年的赋税，并规定以后每年田租每亩只收四升，每户每年缴纳绢二匹、绵二斤，除此以外不得征收任何苛捐杂税。他同时下令改革袁绍时期宽纵世家大族的经济政策，严厉打击兼并土地的违法行为。这一招打土豪、分田地得到了中下层人民的普遍拥护。

第三步，曹操听从郭嘉的意见，大量吸收冀、青、幽、并等州原来袁绍统治区的士人进入政府，其中的优秀分子延请加入自己的幕府，其他的也都安排在地方做官。

其中最有名的就是崔琰，他的家族清河崔氏当时就是冀州的顶级世家大族，而且跨越魏晋南北朝四百多年，到唐太宗编辑《氏族志》给世家大族搞排名榜时，他们家竟然还是天下第一。一个家族能够兴盛四百多年，古今中外都罕有其匹。此时汉献帝任命曹操为冀州牧，曹操就首先邀请崔琰担任别驾，也就是仅次于曹操的冀州政府二把手。由于曹操没有时间管理冀州具体事务，崔琰实际上总揽了冀州行政大权。

据说曹操一见到崔琰就高兴地说："我昨天刚刚查了户籍，冀州可以征兵三十万人，真是大州啊！"

没想到崔琰却冷冷地答道："您刚到冀州不问民疾苦、马上实行善政，却先算计征兵数量，难道这是我们冀州人希望看到的吗？"

曹操听了十分尴尬，马上收起笑容向崔琰道歉，所有在座的人都伏在地上目瞪口呆。崔琰作为大族名士，确实有高傲的资本。后来曹操还主动与崔氏联姻，为曹植娶了崔家的姑娘。明明曹操是胜利者，崔琰是俘虏，曹操却在大庭广众向崔琰低头，这需要极大的勇气和心胸。曹操不是向崔琰一个人低头，他是向冀州的所有世家大族释放出了合作的诚意。

当然，宽容如曹操也是要面子的，并且他最恨对自己冷嘲热讽的名士，崔琰早晚将为他的高傲付出代价，这是后话。

而官渡之战为曹操献计偷袭乌巢的许攸就没有崔琰那么幸运了。他自恃和曹操是奔走之友，又在官渡之战立了头功，就忘乎所以总在公开场合叫着曹操的小名说："阿瞒，你没有我，就没有冀州！"

曹操笑着应承，但心里无比反感。等曹操攻破邺城，许攸又在城门口对人说："曹家人没有我就进不了这个城门！"

这件事被曹操派出监视干部行动的特务——校事举报，曹操毫不客气马上把许攸处死。许攸至死也没明白，混社会是先讲利益，再论交情的。许攸在官渡之战时是曹操的救命稻草，曹操可以光着脚跑出来迎接他。但现在他已经没有利用价值，曹操当然也可以送他上西天。

曹操这一系列争取人心的举措显然是有备而来，而且收到了立竿见影的积极效果。但如果到此为止，曹操就不是曹操了。每次胜利之后，曹操都会做点得意忘形的非常之事，而这一次又和女人有关。

据说邺城被攻破后，城中兵荒马乱。曹操的长子曹丕带兵冲入了袁绍的府邸，看到袁绍的遗孀刘氏坐在堂上，被吓得把两只手捆起来等着引颈就戮。而刘氏身边有一个年轻女子，把脸深埋在刘氏腿上，衣着华丽，一看就不是普通人。曹丕命令那女子抬起头来，却见她披头散发，脸上涂满了污泥。曹丕杀红了眼，也不顾礼法，走过去把她的头发拢起来，拿丝巾抹掉脸上的污泥，却一下子惊呆了，眼前是一个绝色美女，脸庞上几点污泥更添丽色。曹丕问刘氏这女子是谁，刘氏说是二儿子袁熙的妻子甄氏。曹丕点点头就转身走了，刘氏却心领神会地长出了一口气，笑着对甄氏说："我们死不了啦。"

曹丕一见到曹操就把这段艳遇说了一遍。曹操听出了曹丕的意思，这时候曹丕尚未娶妻，曹操就做主为曹丕纳甄氏为妻。要知道此时甄氏的前夫袁熙还在幽州好好活着呢，曹操费尽心思采取争取人心的三步走举措，却一时性起光天化日之下抢了袁家的儿媳妇。曹操可能根本没有多想，他自己的正妻卞氏本就是歌伎出身，那些世人礼法他根本不在意。但他也可能有所考虑，因为甄氏家族也是冀州中山国的世家大族，在当地很有势力，当时袁尚正躲在那里避难。曹操可能想通过这场政治婚姻，巩固和当地豪族的关系。

但无论如何，曹操的这一举动招致了不少非议，特别是看重礼法的世家大族。据说孔融在给曹操的信中提到"武王伐纣，将妲己赏赐给周公"。曹操饱读诗书却从来没见过这个典故，就请教孔融。孔融说："我是照着今天发生的事想当然的啊。"这个故事有些近于荒诞，但反映了曹操的行为在当时确实有悖常理。

除此以外，还有很多无稽荒诞的传说故事。有人说曹操早就听说了甄氏的美貌，和别人说自己进攻邺城就是为了这个女人，没想到城破时被曹丕抢了先；还有人说甄氏生的儿子魏明帝曹叡不是曹丕亲生的，而是袁熙的儿子，袁氏子孙靠这个女人成功复仇，夺了曹家的天下；还有人说起初曹植也看上了甄氏，但曹操最终把甄氏嫁给了曹丕。后来甄氏死去，曹植得到了她的玉带金镂枕。曹植抱着枕头路过雒水时，梦到甄氏来和自己幽会，于是写下了千古名篇《洛神赋》。这些都是后人为讥笑曹操编出来的无聊八卦。

在真实的历史记载中，甄氏只是个乱世中的不幸女人。她确是魏明帝曹叡的生母，但没能等到看儿子登基坐殿。曹丕称帝后另有新欢，就不顾大臣反对将甄氏赐死，埋葬在了当年他们初见时的邺城。

人生若只如初见，何事秋风悲画扇。

何如薄幸锦衣郎，比翼连枝当日愿。

六十七　军法无情

以攻陷邺城为标志，曹操的实力进一步壮大，他在这个时期着手打造出一支王牌特种部队——虎豹骑。

曹操所掌握的军事力量除了他所占据地方州郡的地方兵，以及在许下进行屯田的屯田兵之外，主要是跟随在他身边南征北战的这支主力部队。而在这支主力部队当中，一部分是那些曹营将领各自掌握的私人武装——部曲，由他们自己招募或宗族子弟所组成。他们服从曹操的统一指挥，但由各自主将直接领导。另一部分就是直接隶属于曹操的中军，骨干是曹操当年收降百万流民后所整编的青州兵。青州兵只听曹操一个人指挥，是嫡系中的嫡系，也是最忠诚、最能贯彻曹操军事部署的一支部队。

如果有人想穿越回三国时代成为曹操军中的一名士兵，那么恐怕你只能体会到什么叫作生不如死。

前文已述，汉代实行的是全国皆兵的义务兵役制，男子20岁成丁，23岁开始每年服一段时间的兵役。之所以延后三年，是古人认为"三年耕，有一年之蓄"，成年男子可以先种田积累出一年的储蓄再去为国家服役。古人的智慧实在是不能低估，这确实是一种十分科学和人性的兵役政策。

但到了汉末乱世就全乱套了。当时已经没有义务兵可征，军阀们只能抓壮丁或者招募志愿兵或雇佣兵。这样组成的部队战斗力可想而知，只要看得不紧，士兵马上逃亡或投降。

于是曹操琢磨出了世兵制度。也就是把所有士兵及其家属与其他百姓分开，建立专门户籍进行管理。从此一日从军就世代为兵，永无翻身之日。而且士兵家属全部被集中统一安置或者进行屯田，实际上成了人质。当时的军律是只要士兵逃亡，妻子和孩子就要被处死。而曹操还觉得处罚得过轻，仍有士兵敢于逃亡，一度想连坐更多家属，进行威慑。

通过世兵制度，曹操攥住了士兵的软肋——老婆孩子。因此曹军的敬业度有所提升，至少士兵投鼠忌器，不敢轻易逃亡，在当时军阀中成了一支战斗力比较强的部队。但与此同时，军人家庭的成员失去了人身自由，被将官随心所欲像牛马一样奴役。而且士兵身份世代承袭，将官也就可以世代成为他们的主人。

别看曹军天下无敌，实际上曹操的士兵只是一群在乱世中苟活的行尸走肉，是和奴隶一样最卑微的贱民。

曹操在官渡之战时军事资源和装备非常匮乏，据说全军重型铠甲只有十副，对骑兵作战至关重要的马镫连十具都没有。但此时曹操已经今非昔比，钟繇从关中源源不断地输送来马匹，曹军的军事装备制造产能也大幅提升。于是曹操从现有部队中百里挑一，配备最先进的武器装备，建立了一支傲视天下的骑兵部队，部队番号为虎豹骑。要想担任虎豹骑的统帅有一个必要条件——姓曹。甚至有一段时间由于没有合适人选，曹操干脆自己亲自指挥虎豹骑。

曹操苦心建立了虎豹骑，很快袁谭就自告奋勇成了第一个试验品。自袁尚平原撤围，袁谭也没闲着。他趁曹操围攻邺城，占领了冀州东部的多个郡县。袁尚的部队被曹操围歼后，逃到中山国避难。这时候老家邺城已经被曹操端了，弟弟袁熙也被戴了绿帽子，袁谭竟然还没想明白谁是亲人、谁是仇人，跑去中山一个劲儿猛揍袁尚。袁尚只好继续往北逃去，投奔二哥袁熙，袁谭趁机又收编了袁尚的残余部队。

而曹操一腾出手来，马上翻脸不认人。他给袁谭写了一封绝交信，并撕毁了同袁谭的儿女婚约。袁谭一看傻了眼，只能硬着头皮和曹操开战。第一战在平原县城，袁尚在此两次围攻袁谭数月都没成功，而曹操的部队才到平原城门下，袁谭就在半夜弃城而逃了。

第二战在南皮，这是袁谭最后的防线。袁谭在清河岸边摆开阵势和曹操决一死战，由于袁谭手下有不少乌桓骑兵，刚一开战杀伤了曹操的不少步卒。这时曹仁弟弟曹纯所率领的虎豹骑第一次出现在了战场上，只一个冲锋就把袁军和乌桓骑兵彻底击溃。袁谭一个人披头散发，骑马逃窜，中途不慎落马。后面虎豹骑兵已经赶了上来，袁谭刚喊了一句："放过我就给你……"钱字还没有出口，人头已经落地。南皮城中的郭图也在乱军中被杀，曹操又处死了他的全家。

这时是建安十年（205）正月，至此袁氏集团土崩瓦解。就在这个月，袁熙、袁尚在幽州的部将发动叛变，袁氏兄弟只好继续逃入了边境上的乌桓部落中避难。曹操没费一兵一卒又拿下了幽州。而在此之前，占据并州的袁绍外甥高干已经宣布投降曹操，曹操此时力所不及，就索性任命高干为并州刺史，并州也名义上归附了曹操。到了四月，并州境内的黑山贼张燕率其部众十余万人举手投降。至此，昔日袁绍的袁氏帝国全部地盘都归了曹操所有。

还有一件事需要先在此处记下一笔。

当曹操攻破南皮城后，一边是人头滚滚、血流成河，而另一边正有几个青年贵族公子在南皮城外的清河岸边游猎。他们脸上稚气未脱，个个鲜衣怒马，手上持着北方异族贡献的宝雕良弓，身边围着无数仆从和猎犬，在草野中四处追逐飞禽走兽。每射得一物，就有人高声唱颂，某某公子获鹿一头。于是公子们更加兴高采烈，纵马驰骋，赛猎为戏。

其中有一位公子身手最为矫健，几乎是箭无虚发。而但凡猎物被他盯上，别的公子就悄悄避让，不与他争锋，于是他不出意外地夺得了当日射猎的头筹。众人高唱："公子曹丕手获獐鹿九、雉兔三十。"

这位公子傲气逼人的脸上显出了一丝自得之色，他正是曹操的嫡长子曹丕，乃卞氏所生。

眼见夕阳在山，他们便寻了一块风景秀丽的河畔草坪围坐野餐。早有童仆摆上了各种时令的瓜果和才制好的鲜美春酒，乐工们也奏起了宫廷中的雅乐。同行还有几位学者装束的儒生，这时才到了他们的主场。他们轮流上阵，为公子们讲授六经奥义，又清谈了一番老庄玄学，不久又和公子们轮流作诗唱和起来。

突然有一位长相清秀的青年站出来，建议大家不妨一起弹棋博弈乐一乐吧。公子们听这些儒生唠叨正不耐烦，曹丕带头拍手叫好，马上同另几位公子玩了起来，彼此大呼小叫、嬉笑搂抱，也忘了保持庄重矜持的仪态了。

他们玩得忘了时间，不知不觉皓月东升。不知是谁在座上吹起了胡笳，声音在河岸的夜色清风中幽咽悲凉。所有人都静了下来，闭目欣赏笳声、风声和水声的交响。只听曹丕悠悠叹道："乱世之中，这样快乐的日子能有几个啊！"

曹丕此时刚满16岁，另几位公子是他的叔伯兄弟曹真、曹休等人，别看他们此时年纪尚幼，未来都将成为坐镇一方的统帅。那几个儒生无不是当世最著名的才子，只因为曹操酷爱文学，喜欢招揽文士，一起吟诗作赋，曹丕就有意与他们交结学习，以博得父亲的欢心。

那位长得好看的青年是曹丕最好的朋友，名叫吴质。虽然他出身微贱、才名不高，但最能投曹丕所好，因此最得曹丕的信任。

这次郊游在当时看来平平无奇，只是这些贵公子的生活日常。殊不知在良辰美景背后，正酝酿着一场腥风血雨。若干年后，南皮之游将变成一个心照不宣的暗号，它意味着朋友和敌人、王冠和死亡。

六十八　行路难

北上太行山，艰哉何巍巍！

羊肠坂诘屈，车轮为之摧。

树木何萧瑟，北风声正悲。

熊罴对我蹲，虎豹夹路啼。

溪谷少人民，雪落何霏霏！

延颈长叹息，远行多所怀。

我心何怫郁，思欲一东归。

水深桥梁绝，中路正徘徊。

迷惑失故路，薄暮无宿栖。

行行日已远，人马同时饥。

担囊行取薪，斧冰持作糜。

悲彼东山诗，悠悠使我哀。

——曹操《苦寒行》

曹操写下这首《苦寒行》时，正艰难跋涉在征讨高干的路上。他虽然一口吞下了袁氏集团的全部地盘，但要将其完全消化，成为自己牢固稳定的大后方，还需要漫长的努力。

特别是最北的幽州和并州，由于汉代出现的小冰期气候变化，高纬度地区极端寒冷，在当地生活的游牧民族络绎南徙，与汉帝国爆发了延绵上百年的激烈碰撞。最终强极一时的匈奴土崩瓦解，剩下的部落被帝国接纳，成了帝国的新移民。

但浩瀚的草原不会一日无主，鲜卑、乌桓等族继起称雄。当两种不同的血液碰撞在一起时，既有排斥，也有交融。这些北方部族不断涌向帝国北境，其中那些调皮捣蛋的就与帝国为敌，常年相互攻战交锋；温顺老实的就主动投诚或被帝国俘获，安置在沿边各州反而成了帝国的戍边卫士，政府专门设置官吏对他们进行监管。

如果当时某位中原人士第一次来到幽、并郡县游历，一定会对这片中华故土上的异域风情感到惊异，还会对那些相貌、语言、性格、装束各异的外族人和大量华夷混血儿感到新奇，也更难适应他们食肉饮酪的饮食习惯。

乌桓部族在东汉初年已被帝国征服，内迁至幽州、并州的各郡县内生活。由于他们擅长骑射、作战骁勇，成了帝国精锐边防军——幽州铁骑的主力。到汉末，他们主要聚居在幽州东部的三个郡内，因此被称为三郡乌桓。

这时天下大乱，帝国政府已没有能力控制乌桓部落，他们就乘机掳掠了十几万户的汉族平民，自立为王成为幽州的大军阀。袁绍、公孙瓒都想尽办法以名爵、财物收买笼络他们，最终袁绍通过政治联姻取得重大外交胜利，使三郡乌桓成为袁氏集团的坚定盟友，在平定公孙瓒和与曹操的战争中，乌桓骑兵都是袁军的重要力量。

袁尚、袁熙兄弟在幽州遭遇叛变后逃入乌桓部落，立即借助乌桓的力量反攻幽州，同时还策反了幽州的一些故吏旧将，发动叛变杀掉了曹操刚刚任命的幽州刺史等重要官员，把支持曹操的鲜于辅部队围困在了犷平县（今北京市密云区密云水库一带）。

曹操屁股还没坐热，眼看幽州要得而复失，立即挥师北上前去救援。只一战就扫灭了幽州的叛军，然后乘胜渡过潞河去解犷平之围。袁氏兄弟听说曹操亲自来了，三十六策走为上策，还没交火就带着乌桓骑兵逃出了塞外。

幽州的火才熄灭，并州的大火又烧了起来。高干虽被曹操任命为刺史，但自知这只是曹操的权宜之计。现在袁谭已死，如果袁尚、袁熙再被消灭，下一个就轮到自己了。于是他趁曹操远征幽州之机，突然逮捕了曹操任命的并州上党郡太守，在上党的郡治壶关（今山西省长治市北）正式宣布独立。

曹操正忙着在幽州作战，分不开身，就派遣乐进、李典带兵前去平叛，却久战没有进展。于是曹操在扑灭幽州叛乱之后，于建安十一年（206）正月留下曹丕镇守邺城，亲自率军远征高干。

从邺城到壶关需要沿漳河逆流而上，翻越高耸的太行山脉。正月里春寒料峭、冰雪未融，再加上山势险峻、无路可寻，曹操这首《苦寒行》写尽了他这一路所吃的苦头。这时曹操已经52岁了，他的心情无比复杂，既为自己终于实现了灭袁绍、收四州的旷世伟业而欣喜非常，又初感力不从心，为征途漫漫、前路难行，不知自己有生之年能不能平定天下而忧心忡忡。

"我心何怫郁，思欲一东归。"作为诗人的曹操思乡之情一时泛滥，这么拼值得吗？不如回家算了！但作为政治家的曹操知道，开弓没有回头箭，无论前面有多少妖魔鬼怪，只能一条道走到黑了！

曹操终于率军来到了壶关关下。并州上党郡自古号称天下之脊，是从中原西入太行的必经之路，为兵家所必争。而壶关地处太行山大峡谷深处，是一夫当关、万夫莫开的险中之险。

对于曹操来说，他又一次遇到了几乎不可能完成的任务。他的大型攻城器械根本运不上来，山上都是大石头，想筑土山、挖地道也不可能，而他好不容易打造的虎豹骑更毫无用武之地。不过唯一的好消息是高干没有审配的决绝，听说曹操来了就提前开溜，跑去了并州的南匈奴部落。名义上是借兵，事实上是躲避。

于是曹操就死死抓住这一点，利用城中无帅，人心摇动的机会，和堂弟曹仁唱了一出双簧。他先在军中下令，城破之日要把城中军民全部活埋，城里人听说后都玩命死守。等攻防了几个回合，曹仁就跑出来对曹操说："这样是把城中人往死里逼啊，得让他们有活路才行！"

曹操马上同意，取消了城破屠城的命令，结果第二天壶关就开城投降了。主帅都跑了，城中人本来意志就不坚定。曹操欲擒故纵，让他们先紧张一下，再网开一面给他们希望，城里人的心情就像坐过山车一样，哪里还有心为高干卖命？曹操把人心玩于股掌之间的本事，确实神乎其技。

而高干跑到南匈奴部落中也吃了闭门羹。匈奴单于虽然没读过什么书，但也不是政治白痴。看到高干已经穷途末路，就马上让他滚蛋，结果高干在逃去投奔刘表的路上被沿途官吏捕杀。至此，并州也正式全归了曹操。

然后曹操又马不停蹄跑到青州北海郡淳于县（今山东省安丘市一带）和一帮海贼周旋。这些海贼不过是一帮活不下去只能当海盗为生的老百姓，哪里打得过曹操的正规军，一哄而散全跑到海岛上去了，青州全境也尽归曹操掌握。

正在这时，曹操收到消息，曹军的工兵部队已经按曹操的提前部署，在幽州修成了平虏渠和泉州渠两条水路粮道。曹操拍拍身上的尘土，紧一紧裤腰带，挥鞭北指，走！远征乌桓！

六十九　北伐乌桓

曹操的文臣武将几乎一边倒地反对远征乌桓。原因只有一个：太远。

在曹操率军解了犷平之围后，袁氏兄弟已和乌桓首领蹋顿等人跑到了柳城（今辽宁省朝阳一带）。从曹操的大本营许县到柳城直线距离约1300公里，从邺城到柳城也要1000公里左右。汉代的1000公里和今天飞机火车高速路的1000公里可完全不是一个概念。且不说成千上万的部队行进，在当时条件下维护一条

1000公里长的后勤补给线简直就是天方夜谭。

特别是当时幽州的州府在蓟县（今北京市大兴区一带）。而从蓟县往东出了长城就不再有城市、村庄，这一路到柳城的400多公里全是人迹罕至的崇山峻岭和森林草原。千军万马忍饥挨饿在这样的道路上跋涉，等于是在烂泥塘里翻滚，而且周围都是嗷嗷待哺的东北虎和黑瞎子，想想就是噩梦。

所有人都把头摇得像拨浪鼓一样。大家不好意思说怕吃苦受累，只提醒曹操别忘了在荆州虎视眈眈的刘表和刘备。从刘备驻扎的新野到许都只有200多公里，强敌伏于肘腋之下，我们怎么能跑到1300公里之外的柳城去打乌桓呢？大家嘴上不敢说，心里都觉得曹操得意忘形的老毛病又犯了。这时，只有一个人站出来坚定支持曹操的想法，郭嘉。

曹操和郭嘉对了一下眼神，彼此心领神会。曹操之所以在所有谋士中最信任郭嘉，就是因为郭嘉是唯一一个能读懂自己内心的人。

曹操决意远征乌桓，是一个政治决定，而不是军事决定。以曹操的军事天才，完全知道劳师远征的难度，以及刘表和刘备的潜在威胁。但他此时别无选择，迫不得已必须把袁氏兄弟斩尽杀绝，因为袁家是世家大族的领袖，全国的官吏和士人至少有一半都是袁家提拔起来的门生故吏。特别是在原先袁家所统治的冀、青、幽、并四州，谁是真心投降，谁是首鼠两端，实在很难分辨。只要袁氏兄弟还在，天下人就不可能彻底归心于曹操。

别看袁氏兄弟现在似乎穷途末路，跑到了塞外，但类似情况历史上是有先例的。东汉帝国的开国皇帝光武帝刘秀就是靠这支以乌桓部族为主的幽州铁骑起家，最终扫荡天下颠覆了王莽的新朝。曹操经过仔细评估后坚定认为，在北方与乌桓联合的袁氏兄弟要比在荆州的刘表和刘备有更大威胁。

郭嘉早在曹操攻占邺城后，就立即建议曹操广泛使用袁氏所辖四州的士人，他完全明白人心向背比一城一地之得失重要得多。此时郭嘉只对曹操说了一句话："相信我，刘表不会出兵，他和刘备同床异梦。"

郭嘉的坚定支持扫除了曹操的最后一点担心，其他人都可以闭嘴了。当然曹操深知此行的艰险，必须照顾一下大家的心情。他于建安十二年（207）正月从青州回到邺城，马上下令从自己18年前起兵算起，全面论功行赏。有二十余人被封为列侯，其他各级干部也根据军功得到封赏，战死将士的家庭都得以免除承担国家的徭役。此时曹操享有三万户封邑，他还专门拿出自己封地的租赋分给将士。这一下大家确实没法再说什么了，领导已经做到这个份上，刀山火海也只能跟着往前冲了。

曹操已经提前部署修通了平虏渠和泉州渠，借助沿途河道保证了从冀州到幽州的粮运问题。当年五月，曹操率大军到达无终（今天津蓟州区一带），而这里也是泉州渠的终点。再往前走，后勤补给就只能靠人畜之力了。

但天公不作美，幽州突然连月暴雨，大水泛滥，从今天山海关沿海边东行的道路被完全冲毁。曹操苦等了两个月也没有任何办法，眼看所有准备都将前功尽弃。正在此时，有一个叫田畴的人站了出来。

田畴是无终本地土著。汉末大乱，他率领宗族几百人逃到无终附近的徐无山（今河北遵化市东）中避难，没想到几年间有各地五千多家前来投靠。于是大家民主推举田畴为王，搞起了一个山中的独立王国。田畴制定法律、兴办学校，大家安居乐业、其乐融融，全忘了山下是尸横遍野的乱世，连周围的乌桓、鲜卑都敬佩田畴并向他进贡。这简直就是《桃花源记》的徐无山版。

袁绍和后来的袁尚先后五次召田畴出山做官，都被他断然拒绝。曹操挥师远征乌桓，也派使者来请田畴出山，没想到田畴二话不说，当天就和使者一同下山见曹操。临行有人问田畴："袁家五顾茅庐您都不为所动，而曹操只派了个使者来，您就好像担心来不及似的马上出发，这是为什么呢？"

田畴笑了笑说："这不是你们所能明白的。"

此时曹操在无终进退两难，忽然想起了地头蛇田畴。田畴就对曹操说："我们这地方一到夏天就暴雨成灾、道路断绝，一点也不稀奇。很久很久以前本有一条路可以出卢龙塞（今燕山山脉东段喜峰口）直达柳城，可光武帝建国以来就被破坏了，已经有二百年再没人走过，但是……"

曹操眼睛一亮，"嗖"地站了起来。

田畴接着说："但是还有一条羊肠小路可以行军，连乌桓人也不知道。我们可以走这条路杀他们一个措手不及，乌桓王蹋顿的脑袋已经在您手里了。"

曹操直愣愣地看着田畴说不出话来。这不是一个人，而是一张活地图啊。

曹操迅速行动，开始了他人生中最为惊心动魄的一次军事冒险行动。他听从郭嘉的建议，丢下所有辎重，只率领擅长骑兵作战的张辽、徐晃、张郃、张绣等以及曹纯的虎豹骑，于当年七月从无终大营轻装出发。他先率军佯装撤退，并在营门前贴上告示，上写："方今暑夏，道路不通，且俟秋冬，乃复进军。"乌桓的侦察兵看了，欢天喜地地跑回去禀报袁尚和蹋顿："曹操撤了，警报解除。"

没想到曹操只是兜了个圈子，然后就在田畴的向导下，登上徐无山，出卢龙塞，一路逢山开路、遇水搭桥穿越了五百多里的原始山林，经过险峻的白檀山（今河北省滦平县附近）跨出了帝国的幽州北境，悄无声息地进入鲜卑部族的牧场，最终经过一个月的长途跋涉，于八月到达了距柳城二百多里外的无人区。

毕竟几万人在大草原上没有掩护，行军目标极大，曹军此时被乌桓侦察兵发现。曹操的神兵从天而降，大大出乎袁尚、袁熙兄弟以及乌桓王蹋顿等所有人的意料，在心理上对他们是一个很大的冲击，但毕竟曹操还在二百里之外。当时柳城聚集了二十多万的乌桓族人和被掳掠的汉族人，袁氏兄弟和蹋顿从中挑选了数万最精锐的乌桓骑兵向西迎击曹军。他们确实慑于曹操的威名，但在辽阔的草原上，乌桓骑兵是不败之师，他们并不怕与曹操决战。

两军在白狼山（今辽宁省朝阳市喀左县境内）遭遇。不同于深沟高垒历时数月的官渡之战，这是一场速战速决的骑兵会战。曹军已长途行军了一个月，士兵们都疲惫不堪，不但骑兵数量少于敌人，而且缺少步兵和战车等其他兵种配合作战，大家都掩藏不住脸上的恐惧。

曹操率军抢先登上了白狼山，望着山下已经布列阵势无边无际的乌桓骑兵，曹操何尝不怕？但这时已没有任何退路，曹操面无表情地用指挥旗指着敌阵对大家说："你们看乌桓的骑阵很乱嘛。"

这时有一员大将策马出列喊道:"乱!确实很乱!"

曹操一看,是张辽。张辽原是吕布的部下。曹操手下擅长骑兵作战的徐晃、张郃、张绣全部是降将,没有一个是曹操的嫡系。接下来张辽发表了一番激动人心的演讲,曹操可能并没听他在说些什么,但还是马上把手里的指挥旗交到了张辽手里。按照曹军军规,不按指挥旗的方向行动的就地斩首。这面指挥旗在军中拥有至高无上的权力,它实际上代表的就是曹操本人。一面轻飘飘的小旗,在张辽手上却有千斤之重,其中装着曹操的信任和全军的生死。他刹那间仿佛被那些帝国名将卫青、霍去病、李广的神魂附体,令旗向前一指,杀!

《屠柳城》:屠柳城,功诚难。越度陇塞,路漫漫。北逾冈平,但闻悲风正酸。蹋顿授首,遂登白狼山。神武慹海外,永无北顾患。

七十 痛失良臣

白狼山之战的重要意义其实并不亚于官渡之战,只不过名气没有后者响亮而已。曹操将自己置之死地背水一战,如果输了就全军覆没,没有一个人能活着回去。

但所幸他赢了。

曹军以少胜多,击溃了号称天下无敌的乌桓骑兵。张辽一战成名,虎豹骑大显神威,当场斩杀了乌桓王蹋顿,柳城的胡汉军民二十余万人全部被俘获。唯一的遗憾是俘虏名单上没有袁尚、袁熙兄弟的名字,他们又逃去了幽州的辽东郡(今辽宁省一部及朝鲜小部分地区)。

有人劝曹操一不做、二不休,继续追击袁氏兄弟,顺便扫平一直不服从曹操领导的辽东太守公孙康,但曹操想都没想就拒绝了。曹操给大家的理由是等着瞧,公孙康会乖乖把袁氏兄弟的首级送来的。曹操心里可能有他自己的小算盘，即使公孙康不杀掉袁氏兄弟，没有乌桓骑兵为羽翼的哥俩威胁性也已大大降低。另外还有一个更重要的原因，曹操实在没有力气和时间再打下去了。

曹操又一次赌对了。他刚从柳城撤军，公孙康就把袁氏兄弟的脑袋呈送曹操。这时有人恰到好处地向曹操请教："您怎么如此料事如神，知道我们一撤军公孙康就会干掉袁氏兄弟呢？"

曹操得意扬扬地回答说："公孙康对袁氏兄弟是有防备之心的。如果我们当时进军，公孙康就会和袁氏兄弟抱团取暖，而我们撤军，他们就会自相残杀。"

所有人都集体起立鼓掌，但是没有人问曹操一个问题，如果袁氏兄弟干掉了公孙康怎么办呢？

反正胜利者永远都是对的。

只可怜四世三公显赫一时的袁氏家族就这么灰飞烟灭，消失在了历史长河中。直至1700年后中国最后一个帝国清王朝灭亡，有一个人自称是汝南袁氏后人，替袁绍圆了83天的皇帝梦。

这个人名叫袁世凯。

无论如何，曹操的撤军是非常明智的。他于当年九月从柳城出发，如果再不走可能就只能留在塞外过冬了。而当时的小冰期气候十分恶劣，塞北草原不仅寒冷而且干旱，二百多里路上没有一点水源，且粮食也已经用尽。据说曹军杀掉了数千匹战马以充军粮，掘地30米深才能打到井水，走了足足四个月，到建安十三年（208）正月才终于回到了邺城。

又据说曹操回邺城第一件事就是翻档案查看当时都有谁反对远征乌桓，搞得大家人心惶惶。没想到曹操并非要秋后算账，而是重赏了那些反对派。

曹操对大家说："这次远征是靠冥冥天意侥幸获胜的。以后你们畅所欲言，该反对就反对，千万不要有思想包袱！"

曹操取得了一场完胜。但造物弄人，他这一战成功将袁氏兄弟赶尽杀绝，收服了天下闻名的乌桓骑兵，但也遭遇了平生不可估量的重大损失——郭嘉病逝。

郭嘉不幸病死在了从柳城撤军的路上，年仅38岁。曹操亲自到郭嘉的遗体前致哀，一度痛哭流涕、悲伤过度。他忍不住对荀攸等谋士们坦言："你们和我年纪相仿，而郭嘉这么年轻，我是要把后事交给他的啊，这真是天意！"

曹操这话在荀攸等人听来不免刺耳，言下之意是老天爷怎么不收了你们这几个老东西，却夺走了我的郭嘉啊！

不久后他在给荀彧的信中也说了同样的话。曹操还对荀彧说："大家都知道南方多疠疫，但郭嘉却总劝我南征荆州，可见这个人不但忠诚，而且忠诚得不顾性命。他有这样一颗心，我怎么能忘记他呢？"

曹操既为典韦哭过，那是感念忠诚的部下；也为陈宫哭过，那是演给别人看的作秀。而只有为郭嘉的这一场痛哭，是永失知音的伤心欲绝。

乱世纷纷，谁不在逢场作戏？谁不在明哲保身？谁不在损人利己？而一颗朋友的真心无疑是天下最珍贵的东西。郭嘉不但是曹操的朋友，而且可能也是唯一的一个。

老天不但夺走了曹操的郭嘉，还给他的对手送上了一份大礼。就在曹操远征乌桓的同一年，在新野驻扎的刘备正积极招兵买马，并经人推荐三顾茅庐访得了一位贤士。这个人向刘备提出了一套曹操、孙权、刘备三分天下的战略规划，并将成为阻止曹操成就霸业的勍敌[1]。

此人就是卧龙先生诸葛亮，这年他刚刚27岁。

还要提一下那位在关键时刻为曹操充当向导的田畴。他无疑是曹操征乌桓的头号功臣，曹操一回到邺城就要将其封侯，但田畴严词拒绝。当时官场上很流行先谦让几次再接受封赏，这被认为是一种美德。但田畴却不是虚情假意，而是真心实意地拒绝。曹操起先尊重了田畴的意见，但若干年后又觉得亏欠了

---

[1] 勍敌，即劲敌。

他，再次提出要给他封侯，田畴却仍然拒绝。搞得曹操很没面子，派人拉着田畴磕头接受，田畴就以死抗拒。最后曹操没办法，让和田畴关系比较好的夏侯惇去劝他。田畴对夏侯惇说："难道我是想用卢龙秘道卖钱吗？再逼我就只能自杀以谢了。"夏侯惇只好回去报告曹操，曹操叹了口气只能作罢。

田畴为什么要献出卢龙秘道？他既不是因为仰慕曹操，也是不因为贪恋利禄，只因为他深深痛恨在边境杀人放火的乌桓部族。他多次拒绝袁氏的重金相邀，是因为他们只打内战。而他刚一见曹操使者就应诺出山，是因为曹操的敌人也正是他的敌人——乌桓。

前文提到田畴出山前有人问他为什么弃袁投曹，田畴笑而不答，而这才是真正的答案。田畴和郭嘉一样是乱世中很少见的那一种人，他们都有舍生取义的决心和勇气。只不过郭嘉的义是曹操的事业，田畴的义则明显更胜一筹，他为的是受苦受难的黎民百姓。

曹操在官渡一战击败了袁绍，却用了七年时间才将袁氏家族彻底消灭，初步统一了北方中原地区。昔日他身负宦官之后的骂名，没有容身之地，今天他已是雄霸一方的乱世英雄。

当曹操率军千辛万苦从柳城归来时，路过了幽州辽西郡的碣石山（今河北省秦皇岛市昌黎县境内）。曹操再苦再累也一定要爬到山顶看看，不仅因为在此可以眺望汪洋大海，夜观宇宙星辰，更重要的是，他想要比肩两位前代伟大君主，体会一下他们巡游东海时的感受。这两个人，一个是秦始皇，另一个是汉武帝。

毛泽东《沁园春·雪》中提及："惜秦皇汉武，略输文采，唐宗宋祖，稍逊风骚。"虽未明言，但说他是以曹操为参照物似无不妥。秦皇汉武的功业诚然比曹操更加辉煌，但才情却远远不及。无论是秦始皇的琅琊台石刻，还是汉武帝封禅的赞赏词，都是高人捉刀代笔，但曹操片刻之间已吟唱出了一首流传千古的《观沧海》。

　　站在碣石山顶的曹操，也正站在自己的人生巅峰上。他遥望沧海无边、宇宙无涯，既有对至高权力的无穷欲望，也有对短暂人生的无尽忧伤。他茫然自问，既然一个人再伟大，也终究不过是一粒转瞬即逝的微尘，那么这天地间的终极意义究竟何在呢？

　　没有人回答，只有秋风萧瑟、洪波涌起的声音在他耳边久久回荡。

第四部　龟虽寿

神龟虽寿，犹有竟时。
腾蛇乘雾，终为土灰。
老骥伏枥，志在千里。
烈士暮年，壮心不已。
盈缩之期，不但在天。
养怡之福，可得永年。
幸甚至哉，歌以咏志。
　　——曹操《龟虽寿》

七十一　忧心忡忡

《观沧海》是曹操从柳城返回邺城路上所作《碣石篇》的第一首，而这首《龟虽寿》则是其中的最后一首。两首诗都是曹操一贯"如幽燕老将，气韵沉雄"的悲凉慷慨之风，《观沧海》展现了曹操的豪情，《龟虽寿》吐露了曹操的忧心。

有人会问，此时曹操已消灭了最大的敌人袁绍，还有什么可忧虑的呢？

有的。曹操和所有掌握至高无上权力的君主一样，他们有一个永远无法征服的敌人——死亡。很多有道明君最终晚节不保，都是倒在了对死亡的恐惧中，有的求仙、有的吃药、有的信巫。曹操是其中相对理智的一位，但他此时也已经是53岁的高龄了——以汉代人的平均年龄而论。曹操素不信鬼神，年轻时担任地方官吏就积极打倒一切牛鬼蛇神。但面对老之将至，他也难免开始担心两个可能出现的现实问题——事业未竟和后继无人。

曹操在自己人生大戏的最后一幕剧当中，将全力以赴完成这两个任务，将自己的霸业打造成一座坚不可摧的城堡，同时选择一个最可以守住它的继承人。

曹操于建安十三年正月回到邺城。六月，汉帝国正式废除了太尉、司空、司徒的三公制度，恢复了丞相和御史大夫，曹操被汉献帝任命为丞相。这表面上看是曹操凯旋应得的封赏，实际却是暗藏玄机的政治把戏。

当年汉献帝从长安逃回雒阳，曹操和袁绍原本都有迎请天子的打算。但有人向袁绍提出了反对意见，认为皇帝绝对是个烫手的山芋，皇权和霸权是很难和平共处的。服从皇帝领导，袁绍的权力就会被削弱，但不服从又会被社会舆论所批评。于是袁绍最终选择了放弃，而皇帝被曹操接去了许县。从此曹操得以挟天子以令诸侯，袁绍一度非常后悔。但实际上劝说袁绍的人并没有说错，皇帝的存在确实给曹操制造了很大的麻烦。

官渡之战前夕，董承、刘备等号称接到汉献帝秘密讨伐曹操的衣带诏，秘密策划推翻曹操。这件事没法确定真假，但有一点可以肯定，汉献帝刘协绝对不喜欢曹操。

官渡之战时刘协只有19岁，却几乎已经历了人生所有的磨难。他从小父母双亡，9岁被董卓立为皇帝，但实际上是被恶人绑架，没有任何人身自由，天天活在死亡边缘的极度恐惧当中。之后他像个待宰羔羊一样被李傕、郭汜、杨奉等军阀轮番撕扯，好不容易颠沛流离、忍饥挨饿从长安逃回了雒阳，终于像个天子一样被曹操迎请到许县，似乎看到了一点光明，但很快又是彻彻底底的绝望。

这时刘协已经是个血气方刚的小伙子了。他天天坐在皇帝的宝座上，所有人对他都毕恭毕敬，曹操为他提供了一切顶级的吃喝拉撒生活所需。可他不但与国家大事完全绝缘，而且没有任何朋友，不能迈出宫门一步，一举一动受人监视，甚至婚姻都由别人决定。尊严、自由、友谊、爱情，都是他从没品尝过的人生滋味，他的悲欢生死也没有任何人在意。很难想象刘协的内心世界是怎样的荒凉孤独，他觉得自己并不是一个活人，只是一个工具。

据说，终于有一天，刘协一时性起对曹操说出了心里话："要不你就辅佐我，要不请放过我吧！"

这让曹操非常尴尬。对于曹操来说，刘协确实只是一个政治工具，谁让他命好生在了帝王之家呢！曹操不像董卓那么残暴好杀，但他绝不能允许一个政治工具像活人一样呻吟甚至反抗。

于是曹操从大约建安二年——把刘协迎接到许县的第二年开始，就再也不和他见面，两个人只通过书面文件沟通，直到曹操去世为止。而且曹操自建安九年攻占邺城被任命为冀州牧后，就以邺城为大本营，连许县都不回了。

曹操通过这种物理隔离的笨办法，消除了汉献帝和自己公开摊牌的可能性。但还有一个更大的难题摆在他面前，那就是刘协的祖先们为保护皇权所设置的制度障碍。

皇权与政府的关系是贯穿中国封建社会数千年的一个重大政治问题。看多了清宫戏，难免会误以为历朝历代都是皇权专制，但实际上这是经历了漫长政治斗争和体制变迁的结果。

西汉建国时高祖刘邦是国家元首，但政府其实相对独立，由丞相、御史大夫和太尉这三公全权领导。其中丞相是政府最高长官，负责行政；御史大夫负责监察，是副丞相；太尉负责军事，是部队总司令。这三个顶级官僚既大权在握，又相互制衡，这是一种巧妙的制度设计。不知道美国人当初搞三权分立是不是受到了中国古人智慧的启发。

但汉武帝雄才大略，不能允许大权旁落，皇权就开始侵蚀政府权力。他身边尚书（最早是皇帝身边负责文书工作的四个秘书）的权力膨胀起来，所有行政决策都要提交尚书台——尚书们的办公室决定，三公变成了具体执行者。由于尚书台设在宫中，这实际上是将三公的行政决策权夺回了皇帝自己手里。到同样很有作为的光武帝建立东汉帝国，他又大刀阔斧地将三公改为大司空、大司徒和大司马（后又改为太尉），从此再没有独揽行政大权的丞相与皇帝对抗，同时外戚和尚书台都来制衡和侵夺三公的权力，最终三公几乎成了有名无实的荣誉头衔。

等到曹操迎请汉献帝定都许县，他要独揽国家行政和军事大权，这套历史形成的政治机器就成了最大的绊脚石。曹操无法找到一个适合自己的职位，权力最大的大将军还被迫让给了袁绍。因此曹操只能长期担任司空，而安排最亲信的荀彧在宫中值守，担任尚书令。司空虽然地位尊贵，但实权远没有尚书令大。曹操是凭借自己和荀彧之间实际上的君臣关系，以一种非正式的方式来行使其权力。比如曹操要任命一名国家高级干部，他自己说了不算，必须通过荀彧履行一套干部提拔程序，最终以皇帝的名义来正式任命。虽然实际上还是曹操说了算，但他心里肯定十分不爽。

曹操一直在等待时机进行政治改革，以便把权力攥到自己手里。但任何政治制度都是经过长期政治斗争之后最终妥协的产物，凭借某一个政治人物的力量很难根本颠覆。中国古代最有魄力的政治改革家当数王莽，他依据《周礼》对中央政府官僚体制做了大手术，当然实际上多半也是换汤不换药，所以很快就随着新朝覆灭而被废止。

以曹操此时的实力和威望，他仍不敢贸然对整个官僚体制进行全面改革。因为这涉及错综复杂的政治关系和太多人的切身利益，稍有不慎就可能被政治敌人所利用，大做文章，他只能循着现有体制稳步前进。

到曹操平定四州、彻底消灭了袁氏家族，他觉得改革的时机成熟了。于是曹操以皇帝的名义恢复了西汉的丞相制度，这是高祖刘邦所创，没有人能挑毛病。明眼人都可以看出来，曹操只恢复了汉初三公中的丞相和御史大夫，并没有恢复太尉。这样丞相就兼具了军事指挥权，比汉初丞相的权力更大，成为仅次于皇帝的国家最高领导人。丞相府下辖十三个部门——十三曹，分管人事、经济、法律、公安、交通、兵役等社会生活的方方面面，基本相当于今天国务院系统的各部委办。

而皇帝直接领导的尚书台原先下设五曹尚书，领导着管理国家各项行政事务的二十三个曹郎。恢复丞相府十三曹，尚书台就被彻底架空。除了必须以皇帝名义来履行的权力之外，所有军政大权都名正言顺地归于曹操手中。

曹操的官制改革虽然是摸着石头过河，但还是立即引起了一场剧烈的政治地震。而出乎曹操的意料，向他发起挑战的最大敌人不是别人，正是他最亲密无间的战友——荀彧。

七十二　暗生间隙

荀彧刚到曹操身边时，曹操只是一个名不见经传的东郡太守。他跟随曹操白手起家，在曹操最危难的时候力挽狂澜，为曹操建立霸业，立下了汗马功劳。不夸张地说，没有荀彧，就没有曹操的今天。两个人不但是君臣、朋友，曹操还把女儿许配给了荀彧的儿子，两家人也是骨肉相连的儿女亲家。

但是，在官渡之战以后，曹操与荀彧的关系开始发生了一些微妙的变化。

首先，两个人的见面机会少了很多。荀彧所担任的官职是侍中、尚书令，常年都在许县皇宫内上班。特别是侍中这个岗位，在当时被称为执虎子，天天要服侍皇帝起居，是离皇帝最近的臣子。而曹操为了回避皇帝，官渡之战后就很少再回许县。虽然两个人保持着频密的通信联系，但大家可以想象，即便是现代的音视频通话方式也不可能完全替代人与人之间面对面的沟通交流，何况是千年以前。因此，荀彧与曹操的距离拉远，却天天陪伴在皇帝左右，两个人之间的亲密度和信任度必然有所下降。

其次，曹操在建安八年最后一次回许县时，上表皇帝详细汇报了荀彧前后所立的功劳，并建议封荀彧为万岁亭侯。按说这是曹操的一片好意，封侯是光宗耀祖的巨大荣誉，荀彧内心里也是愿意接受的。但按照当时的官场套路，荀彧必须假意谦让一下。可荀彧却聪明人办傻事，他不是去向曹操推辞，而是以尚书令的职权扣留了曹操的表章。这一做法难免会触动曹操最敏感的那根神经，也就是任命干部到底是曹操说了算，还是尚书令荀彧说了算。当然曹操表面上还是深藏不露的，又专门写信给荀彧，把他大大夸赞了一番，荀彧这才接受了封赏。这件事就这么无声无息地过去了，但不久曹操就自任丞相，收走了荀彧的人事任免权，很难说这两件事之间有没有联系。

第三，曹操于建安九年（204）攻占邺城后，被皇帝任命为冀州牧，这时候马上就有投机分子向曹操建议，把帝国现行行政区划的十三部州改为上古时期的九州。这个九州之议看似平平无奇，实际上是狠拍曹操马屁，因为这样一来曹操所管辖的冀州疆域将大大扩张。曹操欣然准备采纳这个建议，但出于对荀彧的尊重，最后征求了一下他的意见。没想到荀彧像被踩了尾巴一样跳出来表示坚决反对，理由是时机不对。荀彧认为现在这么干是私心，等平定天下再干才是公义。言下之意等于是质问曹操：我们闹革命到底是为了皇帝还是你自己呢？曹操最终听从了荀彧的意见，紧急叫停了九州之议。

至此，并没有任何人察觉到曹操和荀彧的关系有什么变化。曹操还是经常给荀彧写信，就一些重大问题征求荀彧的意见。到建安十二年曹操远征乌桓归来，据说荀彧专门跑到前线去慰问曹操。而曹操对荀彧也格外好，又一次上表皇帝为荀彧增加封邑至二千户，这是超越其他所有人的殊荣。另外，曹操改革官制后，立即向皇帝请示任命荀彧为御史大夫。由于御史大夫是副丞相，相当于曹操集团的二把手，由荀彧担任是顺理成章的。但万万没想到，荀彧让侄子荀攸替他反复推辞了十多次，最终曹操只得勉强作罢，改让另一位名士郗虑担任。

两个人的这一系列互动看上去相敬如宾，但实际上是针锋相对的政治较量。曹操和荀彧都是杰出的政治家，他们绝不会像市井小民一样打得脸红脖子粗，而是谈笑间刀光剑影、胜败已分。荀彧以拒绝担任曹操的副手亮明了自己的底牌，那就是虽然曹操给了他足够多的财富和荣誉进行政治交换，但他坚决反对曹操设立丞相、削弱皇权的政治改革。

而曹操也马上毫不犹豫地给予回应。建安十三年曹操自任丞相，并未给荀彧另行安排其他职务，他仍是侍中、尚书令，但权力已全部被掏空。于是，荀彧从曹操集团的文官首长和行政事务大总管变成了宫中傀儡皇帝身边的一个散官。虽然荀彧对曹操的事业厥功至伟，又是世家大族的领袖人物，但曹操绝不允许任何人挡在自己的前进道路上，他毫不留情地结束了荀彧的政治生命。

曹操与荀彧的恩怨没有谁对谁错，历朝历代狡兔死，走狗烹；飞鸟尽，良弓藏的故事像轮回一样不断重演。这只能说明一点，在权力的欲望面前，其他一切都变得没那么重要。

其实曹操在设立丞相前，对世家大族的态度是有所提防的，他专门挑选了一个叫赵温的老臣来敲山震虎。赵温家族和袁绍家族类似，都是几代人担任三公等重要官职。赵温这时已经72岁高龄了，算是曹操的长辈。他担任三公长达15年，在朝中德高望重。建安十三年正月，曹操突然以皇帝的名义将赵温免职，理由是他选任干部过程中有徇私舞弊的行为。但实际上赵温选任的这个干部不是别人，恰恰是曹操的儿子曹丕。这真是热脸贴了冷屁股，结果赵老爷子没过几天就被活活气死了。

曹操满以为整死赵温这样一个大人物，足以让自己政治改革的反对派特别是世家大族闭嘴。但他万万没想到祸起萧墙，自己一手提拔使用的最亲密战友兼儿女亲家——荀彧会站出来反对自己。

此时曹操的愤怒程度可想而知。他虽然暂时还不想置荀彧于死地，但下定决心必须给这些狂妄的世家大族一个足够大的教训。于是，曹操盯上了另一位名士——孔融。

孔融是块难啃的硬骨头，但他的硬是有理由的。他是孔子的后代，这是一块纵贯中国封建王朝的金字招牌。无论怎么改朝换代，孔子后代始终是儒学的化身、儒教的教主，连帝王也不得不礼让三分。

孔融一出世就是社会舆论全力吹捧的天下名士，孔融让梨的故事甚至能一直被传颂到今天。他和权倾朝野的何进、董卓都敢当面顶嘴，凶狠霸道如董卓也拿他没办法。建安元年孔融跑到许县工作后，又成了唯一一个敢公开嘲笑和反对曹操的人。官渡之战前他四处散布曹操打不过袁绍的反动言论，之后又拿曹丕抢袁熙老婆甄氏的事开政治玩笑，还写信给曹操讽刺其远征乌桓的军事冒险。曹操为节约粮食颁布禁酒令，孔融跳出来百般阻挠、大放厥词。孔融还故意把比自己更疯癫的祢衡推荐给曹操，结果祢衡当众裸体击鼓，侮辱曹操。

要是换成别人，上述这一系列行为已经足以诛灭九族了，可曹操对孔融毫无办法，只能一笑了之。但是，出来混总是要还的。这时候曹操要找一个出身世家大族、比赵温更有名望的替死鬼来出胸中这口恶气，孔融就成了独一无二的最佳人选。

建安十三年八月，曹操授意御史大夫郗虑给孔融罗织了谋反、通敌、道德败坏、造谣诽谤等一系列罪名，下令将孔融处死，而且株连全家。

孔融硬，曹操比他更硬。曹操是中国历史上极少数有胆魄敢拿孔子后代开刀的人。这件事在当时是一个轰动全国的爆炸性大新闻，几十年后孙权、诸葛亮还对此津津乐道。

从此以后，世家大族确实收敛了很多，再没有人敢和曹操公开硬碰硬。但这并不代表他们接受了曹操，事实正好相反。袁绍死了、荀彧废了、孔融全家都没了，世家大族永远不会原谅曹操。他们只是暂时群龙无首，蛰伏在黑暗中等待时机。一旦新的领袖破土而出，他们将东山再起，誓与曹操血战到底。

七十三　司马懿应召

建安十三年六月曹操自任丞相后，新设置的政府部门一下子出现了很多空缺岗位。曹操既要分辨沙汰[1] 像荀彧这样忠诚度有问题的政治异见分子，更要选拔大量新鲜血液加入自己的创业团队。

此时曹操马上想到了一个年轻人，这是个他留意很久的优秀人才，这一年这个人恰恰和当年荀彧投奔曹操时同龄——29岁。多年前曹操和此人有一面之

[1] 沙汰，即淘汰、挑选。

缘，他出身河内郡的世家大族，当时担任郡政府的上计掾——每年代表郡政府到首都向中央政府汇报工作的官员。曹操对这个与众不同的年轻人印象深刻，立即要求他留在自己身边工作。但意想不到的是，此人突然中风不起，连生活都不能自理。曹操半信半疑，专门派特务半夜监视。但此人整夜僵卧在床上一动不动，曹操只好饮恨放弃了。

现在曹操正在用人之际，第一个想到的就是这个年轻人。他派使者专程去河内郡征召此人到丞相府报到上班，并专门叮嘱使者，如果这个人不愿意来，就立即逮捕他。曹操下了狠心，此人也不敢再玩什么花样，只好乖乖应召而来。

是谁年纪轻轻就让曹操印象如此深刻？只要说出他的名字大家就明白了——司马懿。

司马懿的家世背景没有袁绍显赫，祖上几代人都是地方省部级官员，但在河内郡里算是数一数二的世家大族。而且司马懿的父亲司马防是给曹操分配第一份工作——雒阳北部尉的人，按照当时门生故吏的官场文化，曹操必须报答司马防的知遇之恩，这也是曹操如此器重司马懿的一个重要原因。

司马懿在骨子里和袁绍、荀彧是一路人，他的突然中风是自导自演，因为他看不起曹操的出身，也不认同他打土豪、分田地等打压世家大族的做法。当时袁曹决战还没结束，司马懿是极不愿意为曹操卖命的。

但现在他已经别无选择了。对于孔融的被杀，司马懿的反应和所有世家大族一样，出离愤怒但也非常恐惧，只能忍气吞声向曹操服软。另外，司马懿是有远大抱负的人。当时如果司马懿想出仕有所成就，放眼天下也只有曹操值得托付。

曹操看人是很有眼光的。他确实没有看错，司马懿不是普通世家大族的纨绔子弟，而是一个有理想有能力的优秀年轻干部。曹操安排他长期在自己身边工作，司马懿起先担任曹操非常看重的丞相府文学掾——相当于今天的文联主席，后来调到最有权的人事部门——东曹工作过，又转任曹操的秘书——主簿，应该说政治履历非常漂亮。

当时曹操严禁任何人与自己的儿子们私下交往，以防备一些别有用心的人利用他们的年幼无知谋取利益。但司马懿是为数不多的例外，曹操主动要求他多和曹丕交流。这可以视为一种崇高的政治待遇，说明曹操很认可司马懿的品质和能力，希望曹丕向他学习。同时这也是曹操用心良苦的政治安排，因为曹丕是曹操的嫡长子，是最有力的继承人竞争者。继承人继位后往往会重用自己信任熟悉的干部，所以曹操是把司马懿当作下一代政府领导核心成员来加以培养的。而司马懿也没有辜负曹操的厚爱，很快成了曹丕最好的朋友之一。

但曹操忽略了一个小细节。曹操这个人不怎么记仇，他并没有在意司马懿当年躺在床上装病这件事，没有去追究司马懿这么做背后的深层原因。毕竟司马懿只是一个二十多岁的有志青年，而曹操主张唯才是举，从不在意干部出身如何，做过什么错事，甚至私德怎么样也无所谓。他唯一看重的一点就是干部干事创业的能力，只要能抓耗子就是好猫。

千里之堤，毁于蚁穴。曹操恐怕万万没想到，他忽略的这件无关紧要的小事，却关乎自己的毕生事业和子孙命运。司马懿城府很深，喜怒不形于色。曹操一度对他的忠诚产生过怀疑，但抓不住任何证据。当年司马懿毕竟还年轻，他因为不愿为曹操工作而整夜躺在床上装病，这多少暴露了他的内心世界，以及他身上一种可怕的能力——忍耐。只可惜曹操对此一笑了之，并没有当回事。

同样出身世家大族，司马懿没有孔融的硬气，也没有荀彧的骨气，但他有忍天下人所不能忍的极限忍耐力，这在乱世之中是只有英雄才具备的超能力。躺在床上整夜不动，这对司马懿来说只是小试牛刀。在他漫长的人生中，他将忍过曹操对世家大族暴风骤雨式的连环打击，忍过诸葛亮以妇人衣服相赠的挑衅逼战，更将又一次上演躺倒装病的好戏——这一次长达一年多的时间。最终他总算躲过了政治敌人的严密监视和迫害，在70岁的垂暮之年反戈一击，发动政变，窃取了曹操为之奋斗终生的权力。

当然，建安十三年的曹操无法预知41年后的事，他眼里的司马懿还是个很有发展前途的年轻干部。这时曹操最担心的人不是司马懿，而是荆州牧刘表。曹操刚刚收到绝密情报——刘表病危。

曹操早有消灭刘表的打算，但一直没有腾出手来。本来官渡之战后，曹操准备采纳郭嘉的建议先南下消灭刘表。没想到袁绍病死，袁氏兄弟反目内战，于是曹操抓住战略时机，转头先平定了北方。

郭嘉曾经拍着胸脯向曹操保证，曹操可以放心大胆地远征乌桓，刘表和刘备绝不会偷袭许都。郭嘉这么说并不是信口开河，他作为曹操的总参谋长已经早有部署，派出外交人员和间谍奸细去挑拨周边诸侯与刘表的关系。于是在曹操平四州、征乌桓的同时，刘表正忙于同南边的交州牧张津作战，同时西边的益州牧刘璋和东边的吴侯孙权都与刘表交恶，刘表被迫分重兵在东西两线进行防御。

据说刘备确实曾劝说刘表趁曹操北上之机偷袭许都，但刘表没有采纳。这一方面是由于刘表对刘备并不充分信任，另一方面是刘表这时多线作战疲于奔命，根本没有精力再与曹操交锋。

曹操远征乌桓回到邺城的第一件事就是挖了一个巨大的人工湖——玄武池，在其中抓紧训练水军，这么做的意图已经非常明显了。

同时曹操又开展了一次成功的外交行动，派人以高官厚禄说服了关中地区最大的军阀马腾到中央政府做官。而且他不是一个人来的，马腾全家除长子马超留守关中外，其余全部搬到邺城定居。名义上他们是随居家属，实际上就是人质。

乱世之中，信任是不能光靠嘴说的。当时曹操手下的干部，特别是有军事指挥权的将军都会主动将家属搬到邺城去，以此证明自己对曹操的绝对忠诚。

曹操对马腾的效忠非常满意，把他的几个儿子都封了官。这样一来，曹操的后方和侧翼都基本稳定了，为他专心致志对付刘表做好了战略准备。

虽然曹操做了比较充分的准备，但他原本还是希望有更多时间让常年南征北战的部队进行必要休整，同时打造出一支训练有素的水军，然后再席卷直下，一举平定荆州。如果顺利的话，还可以乘胜前进扫灭其他诸侯，一统天下。

刘表的突然病危打乱了曹操的计划。这年春天，孙权击毙了杀父仇人江夏太守黄祖，攻占了荆州江夏郡。同时刘备正驻扎新野，刘璋也在长江上游驻军观望。只要刘表一死，荆州这块肥肉马上就会被这群饿狼瓜分。曹操要想得到荆州，必须以快制胜。

从曹操南征的时间就可以看出他的匆忙。这年六月他刚刚改革官制自任丞相，内部反对的声音和小动作此起彼伏。但曹操等不及稳定内部，就于七月从邺城出发南下，他杀孔融和清除荀彧的行动可能都是在路过许县时仓促完成的。

幸亏曹操行动十分迅速，当八月他行军至中途时，刘表的死讯已经传来，其子刘琮继立成了荆州之主。

七十四　荆州争夺战

刘表死后的继承问题和当年袁绍死后的剧情几乎一模一样，都是小儿子得到遗孀支持继位，大儿子在外面带兵驻守。最终兄弟反目成仇，却被渔翁得利。

还不光是袁绍和刘表，曹操和孙权后来也拿到了同一个剧本，都发生了儿子们为继承权争斗的情况。如果再看远一点，在中国历史上，最伟大的帝王如汉武帝刘彻、唐太宗李世民、明太祖朱元璋、清圣祖康熙，竟然无一例外都掉在了同一个坑里，在继承人问题上，晚节不保。

这足以说明，问题绝不是出在某个人身上，而是在皇权或君权世袭这一制度本身。在继承问题上，曹操、孙权并不比袁绍、刘表高明多少，袁谭、袁尚、刘琦、刘琮也并不比曹丕、曹植缺心眼和品质恶劣。虽然封建君主想出了给儿子找品德高尚的老师、把儿子圈养起来与世隔绝，或者把继承人的名字放在"正大光明"匾后面等各种办法，但只要世袭制存在，用权力欲望去考验人性，结果就永远不会改变。

这些生在帝王之家可怜的孩子，他们并非没有手足之情，他们只是身不由己。他们是罐子里的蟋蟀，有无数人围在他们周围，千方百计挑逗他们斗个你死我活。不管谁咬死了谁，真正获得暴利的不是他们自己，而是他们背后的人。

按说刘表这个人是很有政治智慧的。当年他单人独骑到荆州上任，面对着一个四分五裂的局面。刘表马上采取了一套完全依靠本地世家大族的方针政策，娶了荆州顶级豪门蔡家的女儿，把军政大权全部交给了蔡氏的哥哥蔡瑁和另一望族蒯家的蒯良、蒯越兄弟。这样刘表很快赢得了当地社会上层的好感和支持，控制了整个荆州。

当时荆州有很多从北方前来避难的名士，但刘表没有犯袁绍的错误，他对这些人给予优厚待遇，但不让他们掌握大权。因此刘表政治集团内部始终比较团结，没有出现袁绍阵营各派系激烈斗争的情况。刘表在荆州主政18年之久，是当时存活时间最长的诸侯之一。这并非只是运气，他确有过人之处。

刘表和蔡氏都喜欢小儿子刘琮，没有什么分歧。大儿子刘琦比较懦弱，背后也没有强大的政治派系支持。因此在所有人看来，刘琮继位顺理成章。

但是，有人开始在背后偷偷给刘琦下注。

这个人就是唯恐天下不乱的英雄——刘备。诸葛亮在隆中对谈时和刘备说："荆州北据汉、沔，利尽南海，东连吴会，西通巴、蜀，此用武之国，而其主不能守，此殆天所以资将军，将军岂有意乎？"

刘备岂止是有意？他早受够了颠沛流离、寄人篱下之苦，做梦都想得到荆州。他之所以一直不付诸行动，并不是谦恭礼让有君子之风，唯一的原因就是实力不够。

刘备一度想靠演技赢得刘表的心。据说有一次刘备对着刘表哭鼻子，刘表问他原因，刘备回答说："我当年戎马生涯，大腿上一点赘肉都没有。现在天天坐办公室，严重发胖，我是慨叹人老了却事业无成啊！"

刘备这出表演可能是希望再撞一次大运，让刘表心一软像陶谦一样把荆州让给自己。但刘表是个政治强人，根本不为所动，反而对刘备的野心有所警惕。

而荆州的实权派蔡瑁、蒯越等对刘备更加反感。据说他们曾办了一场鸿门宴邀请刘备出席，准备趁机除掉他，所幸刘备乘的卢马及时逃走脱险。这个故事不知真伪，但刘备应该很清楚，即使曹操不来进攻，刘琮继位后自己也很难继续在荆州立足。

这时刘备发现了孤立无援、整天担心生命安全的刘琦。他像当年吕不韦在赵国遇到落魄的秦国公子异人一样如获至宝，看出这个人在政治上"奇货可居"。只要在刘表死后怂恿刘琦与刘琮决斗，不管谁胜谁负，自己都可以坐收渔翁之利。

于是就发生了这样一件事。刘琦由于失去了继承权，非常担心受到政治迫害。他特别器重刘备手下的诸葛亮，多次恳求诸葛亮指点迷津，但都被诸葛亮严词拒绝了。有一次刘琦把诸葛亮骗到一座楼上宴会，然后让所有人退下，又把梯子撤掉，逼着诸葛亮给他指一条明路。这时诸葛亮迫不得已，极其勉强地给刘琦支了一招。他的建议是让刘琦离开权力中心，主动申请担任地方官员。刘琦马上心领神会，趁黄祖被孙权击毙之机，赶紧请示刘表让他出任江夏太守。

如果这件事真实存在，那么绝不是一起偶然事件，背后的总导演非刘备莫属，只要看看诸葛亮的家世背景就真相大白了。

诸葛亮出身徐州琅琊郡的世家大族，当年为了逃避曹操的屠杀跟随族人离乡避难。从他们的逃跑路线来看，这绝不是一次慌不择路的逃难，而是经过了周密部署的分散投资。大哥诸葛瑾去了江东，诸葛亮和弟弟诸葛均去了荆州，还有一些族人留在了北方四处漂泊，后来加入了曹操阵营。他们通过不把鸡蛋放在同一个篮子里的投资策略，确保家族血脉可以在乱世中继续传承。其实当时各个世家大族使用的都是同一招数，只不过诸葛家族玩得最精妙，投资手段最多元也最灵活。而他们家还出了一位不世出的天才诸葛亮，他又通过政治婚姻的方式给投资加了杠杆，使得其个人和家族声望以火箭速度迅速蹿升。

据说诸葛亮的妻子黄氏长得不漂亮——这里绝没有以貌取人、歧视女性的意思，连她爸爸都坦承女儿"发黄肤黑，面貌奇丑"。所以一种说法是诸葛亮因为黄氏聪慧异常而对她萌生爱意，但另一种说法就很现实了，认为诸葛亮看上的是黄氏的家族背景。

黄家是荆州的望族，诸葛亮的岳父黄承彦是当地名士，在荆州士大夫圈子里很有影响力。而黄承彦的妻子蔡氏更牛，她出自比黄家更加显赫的襄阳蔡氏家族。这个家族不但出了名人蔡邕和蔡文姬父女，而且诸葛亮的岳母大人正是荆州牧刘表妻子的亲姐妹。也就是说，诸葛亮和黄氏的结合，使得刘表成了诸葛亮的大姨父。不但如此，诸葛亮的两个姐姐也都嫁入了本地豪门，一个嫁给了蒯越家族，另一个嫁给了荆州另一名门庞统家族。

通过这一系列神操作，外来的诸葛家族迅速在荆州站稳了脚跟，而且一步跨入了荆州上流社会。诸葛亮本人也获得了大量的政治资本，同荆州实权派和名士团体交往甚密。这也就难怪他隐居荒村却能声名显赫，未出茅庐就知晓天下时事。

于是问题来了。

以诸葛亮的家世背景，他无疑更应该支持蔡家拥护的继承人——他的表弟刘琮，但他却为什么要帮刘琦出主意？这说明诸葛亮的建议不是他的个人行为，而是在刘备的授意下所作的一场政治秀。

诸葛亮是被刘备选中挑拨刘氏兄弟关系的最佳人选。一方面刘琦肯定会言听计从，倒不是因为诸葛亮的主意有多高明，而是他身后有荆州实权派的背书；另一方面蔡瑁、蒯越等人对刘备严防死守，但诸葛亮的面子还是会给的。

另外，诸葛亮为什么在隆中隐居十年却没有投靠有亲戚关系的刘表，反而加入了外来的刘备阵营？这可能主要是由于刘表重用本土派、限制流寓者的政策所致。当时荆州有一大批北方逃难来的待业青年，比如诸葛亮身边的徐庶、孟建、崔钧等，这些人后来都被曹操捡便宜带回北方做官。因此诸葛亮虽然有后台，但还是很难找到一份让他心仪的工作，所以他最终在猎头——水镜先生司马徽的推荐下投入了刘备集团，这也是当时条件下没有选择的选择。

而反过来看，刘备请诸葛亮的动机也并不单纯。其中肯定有诸葛亮能力和声望的加分因素，但46岁的刘备为了一个26岁的小青年而三顾茅庐，诸葛亮的深厚背景无疑也是刘备所考虑的一个重要原因。

总之，刘备利用诸葛亮成功实施了他的计划，刘琦出镇江夏郡掌握了兵权，这和当年袁绍死后袁谭、袁尚的局面如出一辙。只等刘表一死，就可以撺掇两兄弟兵戎相见了。刘备还悄悄把部队驻地从距离刘表所在襄阳较远的新野（今河南省南阳市内），移到了隔江相望的樊城（今湖北省襄阳市樊城区），随时可以出兵搅局。

刘备机关算尽太聪明，可却没算到一个重要人物——他的老对手曹操。建安十三年八月，刘备终于接到了刘表死讯。但还没等他有所行动，突然得知曹操神兵从天而降，先头部队已进入荆州到达宛城。恰在此时，荆州的使者宋忠又赶来传信，刘琮已决定向曹操投降。

螳螂捕蝉，黄雀在后。刘备功败垂成，气得直哆嗦，把刀拔出来瞄着宋忠骂道："你们太过分了，投降也不提前通知一声！"

他狠狠地瞪了宋忠半天，叹了口气还刀入鞘。刘备是个非常现实的人，他知道杀掉宋忠没有任何意义。此时他的脑海里只剩下一个字：逃。

七十五　长途追袭

曹操的闪电战不但打碎了刘备的如意算盘，也让刘琮的最后一丝幻想破灭。

刘表八月份去世，刘琮继位后屁股还没有坐热，九月份曹操已到了新野。

刘琮怯生生地问群臣:"我刚刚继承父亲的基业,荆州地大物博,我们能不能和曹操打一仗试试呢?"

"不能!"所有人马上众口一词强烈反对,谁也不想辅佐一个孩子以卵击石和曹操对抗。刘琮本还想犹豫一下,但曹操丢下辎重迅速过江,兵临襄阳(今湖北省襄阳市襄城区内)城下,他别无选择,只好举手投降了。

至此曹操轻松实现了南征刘表的第一个目标——夺取荆州,但他更在意的是第二个目标——消灭刘备。

刘备在官渡之战前最关键的时刻背叛曹操,特别是他的理由是奉皇帝衣带诏,这让曹操深恶痛绝,必须将刘备赶尽杀绝。曹操对刘备的痛恨体现在他平生第一次,也是唯一一次不按兵法行事。

《孙子兵法》强调:"卷甲而趋,日夜不处,倍道兼行,百里而争利,则擒三将军,劲者先,疲者后,其法十一而至。"孙武认为丢弃辎重长途奔袭是非常冒险的行为,奔袭一百里只有十分之一的部队不会掉队,至少可能有三位高级军官会被敌人俘虏。

而当曹操收到刘备率军逃往江陵(今湖北省荆州市江陵县内)的情报时,把一切兵法禁忌抛诸脑后,亲自率领五千最精锐的虎豹骑,丢下所有辎重和沉重的盔甲,一日一夜跑了三百多里路——应该创造了有史以来的急行军全国纪录,终于在当阳县的长坂(今湖北省宜昌市当阳市内)追上了刘备。

此时刘备正带着十几万难民和几千车辎重缓慢向江陵移动。由于刘表和曹操长期是敌对关系,荆州境内百姓天天被妖魔化曹操的宣传洗脑。听说杀人魔王曹操来了,大多数人选择拖家带口跟着刘备逃跑。

有人建议刘备丢下大众,先去占领战略要地江陵。但刘备舍不得放弃好不容易拥有的这么多追随者和物资,同时他满以为曹操占领襄阳得花一段时间恢复秩序、清点资产、收编部队。万万没想到曹操不按常理出牌,疯狂地以百米冲刺的速度直向他扑来。

刘备人生第四次丢掉了老婆孩子落荒而逃,所幸这一次有常山赵子龙挺身而出，保护着甘夫人和刘禅突出了重围。如果刘备能冷静地观察一下曹操的部队，就会发现他们已经累得几乎丧失了战斗能力。最终张飞只带了二十多个骑兵断后，在一座断桥上大吼了几声，就把曹操的五千虎豹骑吓得望而却步。其实不是张飞太勇猛，而是曹军太疲劳。曹操虽然成功缴获了刘备的大部分人马和辎重，但只能眼巴巴地看着刘备带着诸葛亮、张飞、赵云从自己手边溜走。

曹操无力再追刘备，遂南下占领了储备有大量军需物资的军事重镇江陵。而刘备则在汉水边上和关羽的水军会合，顺流向东一路狂奔到三百多公里外的樊口（今湖北省鄂州市内）才敢停下脚步。

当曹操以破全国纪录的速度追击刘备的时候，他不知道有一个人正在和他赛跑。而且这个人比曹操跑得还快，他提前到达当阳长坂见到了刘备。

不夸张地说，这次长跑比赛最终决定了赤壁之战的胜负。而这位比曹操跑得更快的选手就是孙权手下的谋士鲁肃。鲁肃的名气比不上诸葛亮、周瑜，但实际上他才是赤壁之战的幕后总导演。

没有鲁肃，赤壁之战就不会发生。

鲁肃从小就被人起了个外号——"鲁疯子"，因为他经常做出一些不合时宜的反常之举。

比如说，乱世来临，大多数人都会省钱囤粮，但鲁肃却反其道而行之，散尽家财交结各路豪侠。这就好比熊市来了，大多数人持现金观望，只有鲁肃敢投入所有资金逢低买入。而鲁肃最成功的一笔投资就是周瑜。

有一次周瑜找鲁肃借粮，鲁肃家有两谷仓粮食，他二话不说将其中一个谷仓免费送给周瑜，这等于半仓买入了周瑜这只股票，结果两个人成了生死之交。后来周瑜把鲁肃推荐给孙权，孙权对鲁肃赏赐丰厚，鲁肃迅速回本，还赚了一笔。

而孙权之所以特别器重鲁肃，是因为鲁肃和孙权初次见面就单刀直入，大胆提出了让孙权称帝的建议。这在当时是大逆不道的言论，鲁肃等于是赌上了身家性命。所幸鲁肃确实有眼光，看透了孙权的心思。孙权虽然嘴上拼命否认，但从此对鲁肃加倍地好。孙权身边的头号权臣张昭等特别反感鲁肃敢说敢干的这股疯劲儿，不断在背后诋毁他，但孙权坚决不为所动。

赤壁之战前，鲁肃干了三件至关重要的事。

第一件事就是和曹操赛跑。刘表一死，鲁肃马上敏感地意识到有机可乘，向孙权主动请缨出使荆州，以吊丧为名收集情报和开展外交工作。他走到夏口（今湖北省武汉市汉口）听说了曹操南征的消息，立即星夜兼程赶了三百多公里，终于在曹操之前与刘备相遇在了当阳县。刘备的原计划是向南行进占据江陵，不行就渡过长江继续向南逃跑。而鲁肃建议刘备不要往南，转而向东向孙权靠拢，孙刘联合共同对抗曹操。鲁肃还主动提及自己和诸葛亮哥哥诸葛瑾的友谊，成功邀请诸葛亮代表刘备去和孙权谈判。

按说外交工作是需要授权的，孙权只是让鲁肃观望形势，推动孙刘联合抗曹完全是鲁肃的自作主张。但当时曹操的追兵已经近在眼前，如果没有鲁肃的急中生智，刘备将走投无路、彻底绝望，孙刘两家很可能会擦肩而过，整个战局将发生翻天覆地的变化。

第二件事是说服孙权出战。当时孙权所面对的形势远比刘琮要差，刘琮继承的是刘表统治长达18年政治稳定、地广民丰的荆州。而孙权八年前因哥哥孙策突然遇刺才接掌大权，吴中的世家大族普遍不支持他，各地方官员相继叛乱，骁勇善战的弟弟孙翊被杀。孙权此前一直忙于四处平叛和征剿躲藏在山区的土匪——山越，甚至连个固定的大本营都没有。

而且孙权所控制的江东地区（今江苏省、安徽省、上海市、浙江省、江西省等沿江东部地区）当时大部分未经开发，繁荣程度远远比不上荆州。以东汉人的地理观念来看，江东应该是和幽州、辽东差不多的荒蛮之地，同今天的富庶江南完全不可同日而语。

更麻烦的是，孙权手下的头号实权人物张昭主张投降曹操。张昭在孙权阵营的地位相当于曹操的荀彧和刘备的诸葛亮。他是当年孙策临死时的托孤之臣，手把手扶持孙权站稳了脚跟，他应该非常清楚孙权的想法。孙权不是刘琮，刘琮是坐享其成继承了刘表的基业，而孙权的地盘是他父亲孙坚和哥哥孙策用命换来的，他不可能将父兄的遗产拱手让人。

张昭的主降有两种可能性。一是他乃名士出身，和曹操阵营很多人关系密切，曹操可能早已暗中派人做通了他的思想工作；二是张昭有超凡的大局观，他虽然忠于孙权，但看到投降曹操将有望结束兵荒马乱的乱世，他选择了为了天下苍生，舍弃对孙氏家族的愚忠。

不管是什么原因，总之张昭的主降有很强的煽动性，引起了孙权阵营很多干部的共鸣。这些人觉悟不高，都是随波逐流的打工人，他们惧怕曹操的强大，羡慕蔡瑁、蒯越等荆州主降派的加官晋爵，谁是老板对他们来说都无所谓。

这让孙权非常被动。当领导最大的悲哀莫过于干部队伍集体躺平。在某次会议上，孙权实在忍受不了主降派的大放厥词，自己一个人溜出去上厕所。这时，鲁肃偷偷跟了进来，对孙权说："别听他们的，他们考虑的都是自己，不是你。"

这句话对孙权来说好像是黑暗里的一道光。他眼睛发亮，紧紧地握住了鲁肃的手——虽然是在厕所里，对鲁肃说："你是上天派来帮助我的啊！"

鲁肃不但建议孙权不要投降曹操，而且提出应该主动出击迎战。他知道孙权顾忌满朝文武的反对压力，便又做了第三件有全局影响的大事。鲁肃向孙权建议，立即把周瑜召回来主持大局。

七十六　抗曹战略

周瑜不仅仅是个精通音乐、高大威猛的帅哥，他还有两件独步江东的法宝。一是背景。众所周知，孙策和周瑜是"发小"也是"担儿挑"，从小一起长大，又分别娶了大乔和小乔。孙权的母亲曾经对孙权语重心长地说："你哥哥孙策和周瑜同年，生日只差一个月。我把周瑜当儿子看待，你也要把他当作哥哥。"

而周瑜不但和孙氏家族有着极其亲密的关系，他本人还出自庐江周氏这一与袁绍家族势均力敌的世家大族。他的祖辈有多人曾在中央政府担任过三公、尚书令等高级官员。

当时官场讲究门生故吏的潜规则，一旦被人提拔荐举就必须知恩图报。而周瑜的祖辈荐举了谁，就把他带到家里像对待家人一样盛情款待，目的就是要他们以后加倍报答。这在当时广遭非议，但却为周瑜留下了一个强大的人脉网络。东汉末年的名士领袖如陈蕃、李膺以及荀彧的祖辈在内，很多都是周瑜先人提拔起来的，曹操阵营中很多人应该都受过周家的恩惠。

而且周家和曹操也有渊源。周瑜的父亲和伯父都曾担任过雒阳令，很有可能是当时担任雒阳北部尉的曹操的直接领导。曹操应该早就听说过周瑜，他也确实曾派外交官蒋干去尝试策反周瑜，可惜没有成功。

因此，在拼爹和看脸的汉末三国时代，周瑜无疑是孙权集团最有威望的强人。张昭虽然也是名士，但背景没有周瑜硬。孙策死后安排周瑜和张昭分别掌握军事和行政大权，他们的政治地位也基本相当。鲁肃建议孙权速召周瑜回来议事，就是因为周瑜是唯一能够拨乱反正、统一思想，确定主战方针的人。

周瑜的另一件法宝是他拥有一支战斗力很强的私人武装。周瑜祖籍是扬州庐江郡（今安徽省铜陵市、池州市及江西省九江市、景德镇市、上饶市一带），当地素以民风彪悍、骁勇善战著称，曹操、刘备都曾经千里迢迢专程跑到这一地区来征兵。

孙权集团的部队建制与袁绍类似，基本是由各个主将建立私人武装，然后再整合起来协同作战。因此孙权的部队同样有袁绍部队各自为政、缺乏统一指挥的缺点。但唯一不同的是，袁绍身边没有周瑜。

周瑜既是江东的军事统帅，同时凭借其世家大族的势力声望，亲自建立了一支以庐江人为主的精锐部队，它也是孙权集团的王牌军，号称"庐江上甲"。

这支部队绝对效忠于周瑜，其作用等同于曹操的青州兵，因此周瑜指挥作战比袁绍要顺畅得多。

无论是作为孙权亡兄孙策的好哥们、江东集团的军事统帅还是世家大族的代表，周瑜都绝不可能同意降曹。周瑜赶回孙权驻地后，立即和鲁肃统一口径，建言迎击曹操，还为孙权上了一节算术课，仔细计算了双方兵力对比，结论是完全可以打。

至此，孙权最终确定了抵御曹操的战略部署。他否定了张昭等人的投降建议，任命主战派的周瑜为主将，程普、鲁肃为副将，率领三万精兵进驻到夏口（今湖北省武汉市汉阳区）迎战曹操。

当然，孙权的心里还是不完全踏实。他对周瑜说："你先上，我在后方为你筹集物资。你打得了就打，打不了就回来，我自己和曹操决战。"

按说曹操亲率大军前来，最能显示决战意志、稳定军心的方式就是孙权亲自迎战，此前孙权南征北战几乎都是亲自挂帅。

孙权这么做并非胆怯，只是犹豫。他虽然不可能接受张昭的投降建议，但对周瑜、鲁肃激进的主动迎击计划也是有所保留的。

曹操的敌人是刘表和依附刘表的刘备，而曹操和孙权一直保持着不很紧密的同盟关系，两家多年前还结为了儿女亲家。在孙权看来，现在曹操的战略意图尚不明朗，虽然他占据荆州对自己有很大威胁，但曹操是否有得陇望蜀、进取江东的野心，犹未可知。

此时孙权的一部分兵力正在吴中山区扫荡山越，这是不是和曹操宣战的最佳时机？与素不相识的刘备联合对抗刚刚统一北方、席卷荆州的亲家公曹操是不是明智之举？有几成胜算？孙权对这些问题并没有完全想明白。

当然，把这些问题彻底想明白是不可能的。除了充分信任周瑜和鲁肃之外，孙权没有更好的选择。

而曹操此时也很犹豫。

曹操占领江陵后，一方面要让从邺城长途奔袭而来的部队略作休整，同时也要花时间把刚刚一口吞下的荆州慢慢消化掉。他以皇帝的名义任命刘琮为青州刺史并封侯，把主张投降的荆州官员全部加官晋爵以示褒奖，同时宣布荆州所有基层干部继续留在原岗位工作，过去一切过错既往不咎。另外曹操还派人渡江说服了荆州的江南四郡向自己效忠。

这些措施立竿见影，除了孙权、刘备所控制的荆州江夏郡的部分地区外，曹操初步控制了荆州全境，政府干部队伍和人民生产生活也基本得到了稳定。

当然，曹操是时时刻刻惦记着刘备的。看到刘备此时的处境，曹操不禁想起了袁尚、袁熙兄弟。当年曹操远征乌桓取得胜利，袁氏兄弟逃往辽东。曹操没有继续追击，而是静观其变。结果很快辽东太守公孙康就把二袁的首级送来了。

而现在刘备的剧情如出一辙，曹操占领荆州，刘备逃去依附孙权。曹操认为如果自己急于追击，很可能会促使孙刘联合抗曹。如果缓一缓，孙权大概率会成为第二个公孙康，将刘备交出来，换自己一方平安。

由于袁氏兄弟的事就发生在不久前，大家还历历在目，所以曹操身边大多数干部都支持曹操的这种想法，只有年事已高的程昱勇敢站出来反对曹操的看法。

程昱认为这前后两件事是完全不同的。一是孙权和公孙康的心理不同。当下孙权的统治没有公孙康稳定，曹操的威望却远盛于当年，因此孙权感受到的威胁比公孙康要大得多。二是刘备和袁氏兄弟的实力不同。当时袁氏兄弟已是丧家之犬，而现在刘备还有关羽、张飞和几万人马，战斗力不可小觑。因此，孙权的"怕"加上刘备的"强"，这两个人不会重演公孙康和袁氏兄弟的内斗，反而会联合与曹操对抗。

程昱虽然年纪大了，但分析问题仍然鞭辟入里，可惜曹操没有重视程昱的意见。曹操自官渡之战以来，再没打过一场败仗。此时他距离统一天下的宏图只有数步之遥，自信心已达到了前所未有的高点。他可能并不在意孙刘两家的合与分，如果分就各个击破，合就一网打尽，都无所谓！

曹操于建安十三年九月占据江陵，一直等到了十二月。结果事情发展尽如程昱所料，曹操不但没收到孙权送来的刘备人头，还听说孙权派兵支援刘备，两家结为了同盟。

曹操马上点兵出征去和孙刘决战。这时贾诩劝曹操说："荆州在地理位置和资源禀赋上与下游的孙权相比有很大优势，我们只要好好经营荆州一段时间，就可以立于不败之地，不用发动战争，孙刘也早晚乖乖投降。"

贾诩的建议和当年田丰、沮授劝说袁绍的话简直一模一样。道理谁都懂，但曹操也和当年的袁绍一样——等不起了。这一年曹操54岁，而他对面的敌人除了47岁的刘备，其他都是新生代——26岁的孙权、33岁的周瑜、35岁的鲁肃和27岁的诸葛亮。

从江陵到不久后的决战战场——赤壁只有一百余公里。曹操绝不甘心让这短短的距离隔断自己奋斗半生的雄图霸业，也不愿把这群年轻的敌人留给自己的子孙。

出兵！

七十七　胜望渺茫

南荆何辽辽，江汉浊不清。菁茅久不贡，王师赫南征。刘琮据襄阳，贼备屯樊城。六军庐新野，金鼓震天庭。刘子面缚至，武皇许其成。许与其成，抚其民。陶陶江汉间，普为大魏臣。大魏臣，向风思自新。思自新，齐功古人。在昔虞与唐，大魏得与均。多选忠义士，为喉唇。天下一定，万世无风尘。

——缪袭《鼓吹曲·平南荆》

假设，孙权和刘琮是一个觉悟，心甘情愿做一州刺史了此残生；周瑜、鲁肃和蔡瑁、蒯越是一个想法，封侯拜相已经足慰平生，那么历史将被改写：孙权迎降曹操，江东和平解放。其他诸侯刘璋、张鲁、马超、韩遂更不是曹操的对手，曹操将和汉高祖刘邦、光武帝刘秀并驾齐驱，实现统一中国的历史伟业。不管曹操会不会称帝，至少"白骨露于野，千里无鸡鸣"的汉末乱世将提前终结，几百万无辜百姓将幸免于难。

只剩下一个刘备也掀不起什么风浪。他将被全国通缉，带着关张兄弟和诸葛亮隐姓埋名远走天涯，最终这几个老男孩将在某个无人角落郁郁而终。

这样一来，历史的下一章是不是也能够被重新书写？生灵涂炭的塞外游牧民族南下能否避免？中国长达273年的分裂是否不会出现？大唐盛世是不是能够提前到来？

只可惜历史不能假设。

汉末三国最不缺的就是乱世英雄。曹操、刘备、孙权、周瑜、诸葛亮、鲁肃，你方唱罢我登场，历史留下了他们个人的高光时刻，却也给亿万生灵带来了灭顶之灾。

平心而论，乱世英雄不宜过多，一个就够了。

曹操在江陵坐等孙权和刘备内讧的三个月，是他距离实现统一天下的个人梦想最近的三个月，也是历史留给他的最后机会。当他拖到十二月才带兵顺江东下时，一切都已经来不及了。

自东汉以来，中国出现了逐渐趋于寒冷的所谓"小冰期"气候现象。史书上有大量相关记载，比如：

汉桓帝延熙七年（164）冬，大寒，杀鸟兽，害鱼鳖。

汉灵帝光和六年（183），冬大寒，北海东莱、琅琊井中冰厚尺余。

汉献帝初平四年夏六月，寒风如冬时。

曹操的儿子曹丕称帝后的黄初六年（225）冬十月，是岁大寒，水道冰，舟不得入江，乃引还。

这是中国有历史记载以来的第一次淮河结冰。

严寒天气所带来的直接影响是流行性传染病的暴发。据史书记载，东汉桓帝时有大疫三次，灵帝时有大疫五次，到献帝建安年间疫病更加频繁。

恰好生活在当时的"医圣"张仲景在他著名的《伤寒杂病论》中自述，自己的宗族原有二百余人，自建安元年以来的十年中，已经死亡了三分之二，其中因伤寒疫病而死的占到十分之七。

张仲景在书中对伤寒进行了定义："冬时严寒，万类深藏，君子固密，则不伤于寒，触冒之者，乃名伤寒耳。其伤于四时之气，皆能为病，以伤寒为毒者，以其最成杀厉之气也。"

用今天西医的解释，伤寒是一种由伤寒沙门氏菌引起的可危及生命的感染。通常情况下，该病通过受到污染的食物或水传播。据统计，截至2018年，全球每年仍有1100万至2000万人感染伤寒，有12.8万至16.1万人因该病致死。

在医学昌明的现代尚有这么多人被传染甚至死亡，伤寒在汉末三国绝对是一种大规模杀伤性武器。

曹军都是北方人，本来到南方就水土不服。再加上他们还要在十二月的严寒天气中乘船在水上行军作战，几十万人吃住行在一起，伤寒早已悄悄在军中蔓延，只不过尚未引起足够的重视。

老天和曹操开了一个玩笑。此时千年一遇的伤寒专家张仲景就在与曹操一江之隔的荆州长沙郡任太守。如果曹操能够及时把他请来，或许还有机会妙手回春。但很可惜，曹操与张仲景素昧平生，竟然擦肩而过了。

当然，即使躲过了疫情的死神之吻，曹操取胜的概率仍然非常渺茫。自幼熟读兵书战策的曹操一直憧憬着到西北边疆统率千军万马与匈奴或者羌人作战，但从来没有想过有一天会到南方打一场水战。

曹操是陆战的军神，但水战却只是菜鸟级别。

当时的水战还处在非常原始的阶段，动力只能依靠人力和风力，作战方式也不外乎是接舷战和远程射箭两种，甚至连火箭还没有发明出来。

当时水上的主力舰艇主要有三种：

一是楼船。楼船是一种建有多层楼台的大型舰只，主要用作主帅旗舰，或运兵船、登陆舰和水中碉堡，相当于今天的航空母舰。但以当时粗糙的建造工艺，遇到狂风时楼船很容易倾覆，而且造价非常昂贵。吴国最强盛的时候可以建造五层的楼船，西晋灭吴时曾经建造过能承运2000人、船上可以跑马的巨型楼船。

二是艨艟。艨艟通常用牛皮包裹，船舷两侧有划桨的棹孔，前后左右有弩窗、矛穴，最突出的特点是机动性极强，相当于今天的快艇。主要用于快速突击，与敌船接舷近战。

三是斗舰。斗舰和艨艟相似，但体积更大。船上建有防御性的墙垛，方便弓箭手隐藏和射箭，也可以运载士兵。这是一种主要用于远程射击的主力战舰，相当于今天装备导弹或火炮的巡洋舰。

由于条件所限，当时的水战其实并没有什么高难度的战术理论，所以关羽在樊城只用了很短时间就训练出了一支水军，自己也成功解锁了水战技能。而曹操在荆州直接收编了刘表的舰队，一下子拥有了数千艘的艨艟和斗舰，在硬件上应该比孙权有比较明显的优势。

但曹操自己也心知肚明，打仗最终靠的不是武器，而是人。孙权的部队个个都是水战经验丰富的浪里白条，而曹操从北方带来的人马全是旱鸭子，一上船就晕船呕吐，根本没法作战。他虽然从刘表手里收编了不少荆州本土水军，但时间太短，这些人在忠诚度和士气方面都很差，经受不了大战的考验。

最终曹操想出了铁锁连环的笨办法。不管这个办法是谁向曹操建议的，但曹操实在是别无选择。他是将陆战思想嫁接到水战中，把战舰连接起来形成大型水上浮台，这样相对比较平稳，不但步兵，连骑兵都可以在上面自由行动。曹操根本不想在水上与周瑜交锋，只希望利用水路快速将大部队运送到吴军驻守的夏口，届时再登陆与周瑜决战。

从陶谦、张绣到吕布、审配，曹操的绝大多数敌人没有一个敢和军事天才曹操正面硬碰硬，都会选择婴城死守，期盼曹操粮尽撤兵得一线生机。而刘备则更加明智，干脆连守城都放弃了，只要听说曹操来了就毫不犹豫上马逃跑。

所以曹操根据收集的情报预判，由于刘备驻军在樊口，孙刘联军一定是龟缩在此死守。但他万万没想到，别看周瑜年纪轻轻，却比他遇到过的任何敌人都大胆得多。周瑜竟然在西北风盛行的冬季强行逆流而上，而且根本不在乎刘备是否同自己联合行动，径自越过樊口，进驻更上游的夏口。等得知曹操出兵的消息后，又从夏口继续前进迎击曹军。

终于，两军在赤壁（今湖北省赤壁市西北）不期而遇了。

七十八　赤壁之战

一个人爬得越高、权力越大，身边的真话就越来越少，假话就越来越多。

英明神武如曹操也不能免俗。

率军顺江东下的曹操并没有在意隆冬腊月的严寒，也没有察觉蔓延军中的疫情，更没有担心不习水战的隐患。他并非对这些情况视而不见，只不过他听到的都是歌功颂德的赞扬，看到的也全是报喜不报忧的情报，这让精明如曹操者也难免盲目自信起来。

曹操本来就是个玩心比较重的人，同时也是文学爱好者。他一到荆州就忙着把自己的老领导也是著名书法家梁鹄抓来，将他的书法作品挂在大帐里赏玩。当时名列"建安七子"的王粲等一大批文学大师都躲在荆州避难，曹操把这些人全部请来做官，一得闲就和他们在水边喝酒吟诗。曹操还爱好下棋、踢球——时称蹴鞠，行军打仗也总带着一帮人陪着他玩，其中最得宠的是一个叫孔桂的人。孔桂棋艺、球技出众，天天不离曹操左右，而且时常趁曹操高兴的时候议论一下国家大事，而曹操对他竟然言听计从。

郭嘉死后，曹操任命董昭接替郭嘉担任了军师祭酒——曹军总参谋长。曹操之所以看重董昭，是因为他当年主动投诚，提出了迎请皇帝的重要建议。而且董昭很能揣摩曹操的想法，此后又领衔苦劝曹操担任魏公、魏王，甚得曹操欢心。但董昭没有军事才能，只会对曹操唯唯诺诺。董昭是一个政治上很敏锐的投机分子，却不是一个称职的军事参谋。

因此，这时曹操大帐中没有了荀彧、郭嘉、荀攸，换成了董昭、梁鹄、王粲、孔桂这一班人。当年荀彧、郭嘉都曾在曹操内心动摇的关键时刻力挽狂澜，曹操也曾因没听从荀攸的意见被张绣击败而当众道歉。但现在大帐中激烈的意见交锋不见了，每次军事会议的气氛都非常平静祥和。只听到曹操一个人做指示，其他人一边认真记录，一边鼓掌附和。只有程昱和贾诩还敢讲几句真话，但这时的曹操已经很难接受反对意见。

以曹操的聪明，他可能只是假装看不到严寒、瘟疫。他已经统一了北方、担任了丞相、占据了荆州，有什么理由在这个时候停下脚步？哪怕冒再大的风险，损失再多的人马，他也必须赌这最后一把。输了不过是牺牲掉白捡的荆州水军，赢了就是一统天下。

结果大家都知道，曹操赌输了，而且一败涂地。

孙曹两军在赤壁打了第一场遭遇战。曹军因疫情暴发和不习水战，被逆江而上的周瑜部队击败，只得退到北岸的乌林（今湖北省洪湖市境内）扎营，而周瑜则隔江在南岸与曹军对峙。

战场如球场。对于两支没有任何历史交锋记录的球队来说，第一次相遇就是天王山之战。胜者可以建立巨大的心理优势，败者同样会出现严重的心理阴影。曹操自官渡之战以来未尝败绩，这次连胜之后的首败是对全军心理上的重锤。而周瑜虽然很有自信，但毕竟面对的是曹操，大家的心里都没有底。而这场胜利为周瑜建立了崇高的威信，也极大稳定了军心。

但曹操仍不死心，安营扎寨做出持久战的姿态。虽然经过一场败仗已经让他清醒了很多，自知无法在水上同周瑜较量，但曹操仍然自信可以同敌人相持。

一方面在陆上作战曹军优势明显，不但步兵人数占优，而且还有横行无阻的虎豹骑；最为重要的是曹军占据了地形优势。时值严冬，曹操在上游坐北朝南顺风顺水，周瑜要自下游从南向北逆风进攻难度极大，想把箭射到北岸曹营都很难。

曹操的计划很简单，休整部队并加紧训练水军，耗到春暖花开疫情散去，再与周瑜决一死战。

这时，周瑜部将黄盖的降书突然被送到了曹操的面前。

曹操估计第一时间就联想起了许攸。官渡之战正是依靠许攸在关键时刻投降，透露了袁军乌巢屯粮的信息，才让曹操逆风翻盘，反败为胜。曹操暗自寻思：难道上天又一次垂青自己，派黄盖来帮忙了吗？

当然，曹操对许攸非常了解，但对黄盖一无所知。他只是抱着试一试的态度表示欢迎黄盖来投降，还特意告诉帮黄盖送信的使者："黄盖要是诈降就不要来了。如果是真心投降，一定会给他前所未有的重赏。"

然后就发生了如下众所周知的千古谜案。

黄盖率领十只装满薪草和膏油的艨艟北渡长江。行到中游时，黄盖下令举帆，并让船上所有士兵举起火把一起大喊："投降！"曹营的兵将听到喊声，都跑出来围观看热闹。等距离曹军水上舰船还有两里多远时，黄盖下令点火，瞬间十只艨艟变成了十条火龙。

这时长江上突然刮起了一阵反季节的东南风。黄盖的十条快艇借着风势，以迅雷不及掩耳之势撞向了曹军的连锁战船。曹操根本来不及反应，只能眼睁睁地看着自己的舰队瞬间化为火海，大火很快又延烧到岸上的军营。而周瑜已经带着登陆部队乘船继进，江面上鼓声震天，曹军土崩瓦解，曹操落荒而逃。

那么问题来了，此战成败的关键无疑就是这一阵突如其来的东南风。周瑜、黄盖显然提前做好了火攻准备，那他们是如何预知什么时候会刮东南风的呢？

所谓诸葛亮借东风是《三国演义》的杜撰。周瑜并没有像鲁肃那样看重孙刘联军，这一战完全是周瑜独立指挥的，诸葛亮此时可能并不在周瑜军中。

唯一可能的解释是据史书记载，孙权曾招纳了一些所谓"知风气"的术士。其中封建迷信的部分不用多说，但他们大多自幼在江南水乡生长，应该非常熟悉长江上的风土气候，能够预测江上的风向变化。拥有这种才能的人对于以水战立国的孙吴政权来说就好比是曹操军中的郭嘉，所以孙权曾经以封千户侯的重赏在全国招募这类专业技术人员。而这些人也把这种看家绝活作为不传之秘，孙权千方百计想套出他们的秘诀，但一直没有得手。

很可惜，赤壁之战的前台上各路英雄流芳千古，但那位决定胜败的关键先生却没有留下姓名。

赤壁之战并不是一战定乾坤。虽然周瑜火烧乌林重创了曹军，但又经过了江陵之战和合肥之战两场重要战役，才最终确定了曹孙刘三家的势力范围。

在荆州方向，曹操失利后从华容道（今湖北省监利市西南）狼狈逃回江陵。一场大败之后，曹操最担心的不是眼前的周瑜和刘备，而是大后方那些潜伏的政敌趁机作乱。他留下曹仁、徐晃镇守江陵，乐进守襄阳，满宠驻守江陵和襄阳之间的当阳，构筑了一条链式防御体系。然后曹操就率大军北撤，以防备后院起火。

而周瑜的部队乘胜围攻曹军防御圈最南端的江陵，并在夷陵（今湖北省宜昌市北）消灭了曹仁的骑兵部队。同时关羽率水军溯汉水而上，切断了江陵与襄阳的联系，使得江陵变成了一座孤城。虽然曹仁艰苦奋战，死守了将近一年的时间，但终因死伤惨重且孤立无援，只能放弃江陵北撤。所幸曹操及时起用了擅长水战的刘表旧将文聘，烧毁了关羽的战船，孙刘联军才放弃了北上进攻襄阳的计划。

至此，曹孙刘三家瓜分了荆州，初步形成了三国鼎立的对峙状态。曹操丢掉了荆州的大部分地盘，仅控制了最北的南阳郡和襄阳地区；孙权控制了江夏郡和南郡的江陵地区；刘备南渡长江控制了荆南四郡。

与此同时，孙权为策应荆州方向的战斗，亲自带兵开辟东线战场，渡江进攻合肥（今安徽省合肥市庐江县附近）。

合肥是曹操委任的扬州刺史刘馥用了八年时间打造的一座对吴前线桥头堡，因此孙权志在必得。他身先士卒连续围攻了一百多天，再加上连月大雨，合肥城墙几乎全部崩塌，只能用草和棕榈叶暂时修补，连刘馥本人也在其间死于城中。曹操派骑兵从荆州赶来救援，但在途中因疫情加剧而止步不前。

眼看孙权就要拿下合肥，城中仅剩不多的一位高级干部蒋济急中生智，放出假情报说有四万曹军已赶来增援。孙权竟然轻易上当，功亏一篑，草草撤军。

赤壁之战使曹操统一天下的美梦止步于襄阳。而孙权也没有想到，他这一次错过了拿下合肥的最好战机。此后毕其一生五次在合肥城下败北，合肥也成了他无法超越的事业极限。

七十九　祸不单行

建安十三年对于54岁的曹操来说是有生以来最糟糕的一年。

赤壁之战让曹操的事业发展遭遇了滑铁卢，而曹操的家庭生活也在这一年受到了暴击。他最钟爱的小儿子曹冲不幸因病夭亡，年仅13岁。

曹冲是曹操的妾室环夫人所生，据说五六岁就成熟稳重和成人一样。曹冲称象的故事流传至今，虽然有人质疑其真实性，但他的的确确是个神童，因此曹操才对曹冲情有独钟。

以曹操的教子方式，他很可能把曹冲带在身边一起南征荆州，因此曹冲也很有可能是因为被疫情传染而死在了中途。曹操亲自为病重的曹冲祈祷上苍，但终没能挽救曹冲的生命。曹冲死后，曹操哭得死去活来，曹丕跑来劝父亲节哀。曹操冷冷地说："曹冲死了是我的大不幸，却是你们的大幸啊！"

曹操对待家事似乎不像他处理国事那么老谋深算。据说曹操多次难以掩饰地在下属面前称赞爱子曹冲，并千不该万不该透露了想传位给曹冲的想法。

在你死我活的政治斗争中，曹操对曹冲天真的爱也许正是害死曹冲的一剂毒药。曹操的25个儿子大多数寿终正寝，只有曹操最有意传位的长子曹昂战死沙场，神童曹冲不幸夭折，这应该不是巧合。

在这一年死去的还有一位与曹操深有渊源的人——华佗。

华佗是曹操的同县老乡。在医学水平落后的汉末三国时代，能和一位如此伟大的医神同乡，不能不说曹操太过幸运了。谁知世事弄人，华佗最终却死在了曹操的屠刀之下。

曹操日理万机，用脑过度，一直有偏头疼（当时称为头风眩）的毛病。因此曹操走到哪儿都把华佗带在身边，只要头一疼，华佗给他针灸几次就马上见效。

但人生苦不知足。

华佗能够天天陪在一人之下、万人之上的曹操身边，这对别人来说是可望而不可即的终极梦想，但华佗却反而抑郁了。

当时医术属于方技[1]，是士人所不齿的社会下层职业。华佗本希望自己能够入仕，出人头地，没想到却凭借医术这一业余爱好而被重用。明明捧着一个金饭碗，华佗却总觉得被别人看作江湖术士，自尊心受到很大伤害。于是他假称

---

[1] 方技，以医学为理论基础的学术派别，后泛指医、卜、星、相。

妻子生病要回家探视，从此一去不返。曹操亲自给华佗写了好几封信让他速归，又派地方官员到家里催促，但华佗就是赖着不回来。

当世敢和曹操这么任性摆架子的没有几个人。牛人如司马懿，刚一收到曹操的录取通知，也只能乖乖跑来报到，连曹丕、曹植兄弟也不敢和父亲这么闹脾气。但华佗绝对是个例外。他攥着曹操的命门，没有他，曹操的病就成了绝症，所以他有恃无恐，想当然地以为会哭的孩子有奶吃，耍耍大牌只会让曹操更重视自己，加官晋爵，水到渠成。

但华佗高估了自己的身价，低估了曹操"宁我负人，毋人负我"的狠绝。他不知道当时曹操正在经历什么。曹操之所以急于召华佗回来，很可能与南征的疫情，特别是爱子曹冲的病危有关。结果曹操忍无可忍，派特务去华佗家进行调查，发现他的妻子根本没病，立马下令把华佗逮捕入狱。

这时荀彧难得再次开口说话，苦劝曹操看在华佗的医术分上留他一命。但战败之耻加上丧子之痛，曹操把账全算在了华佗的头上。他斩钉截铁地回答荀彧："别担心，天下这种无能鼠辈多的是！"

曹操决绝地杀掉了华佗。曹操平生杀人无数，有对有错，但杀华佗绝对是其一生中所犯的最大错误之一。

曹操虽然贵为当朝丞相，而华佗只是一介布衣，但从对人类文明发展的贡献来衡量，华佗的成就和影响远比曹操大得多。曹操的话只能证明他自己鼠目寸光，像华佗这样的"无能鼠辈"千古竟只此一人！

华佗发明了麻醉剂"麻沸散"，比美国的牙科医生摩尔顿在1846年发明乙醚麻醉早一千六百多年。华佗还是外科鼻祖，他已在临床中熟练应用针灸治病和做肿瘤摘除、胃肠缝合等外科手术，他所发明的"五禽戏"直到今天还是流行的养生健身方法。

据说华佗临死前把一卷自己所著的医书交给狱吏，叮嘱他这本书是可以救人命的。但狱吏竟然不敢要，华佗也不勉强他，一把火将书烧掉了。

从此世间再无神医华佗！

败赤壁、丧爱子、杀华佗，曹操的心情灰暗到了极点。不过是短短一年的时间，同样是行军路上，一年前曹操远征乌桓凯旋，虽然蓬头垢面、筋疲力尽，却是何等的意气风发、傲视天下。此时曹操从江陵败退北上，惶惶如丧家之犬，只觉得看什么都不顺眼，喝凉水都塞牙。

曹操不想回邺城去应付那些表情怪怪的文武大臣，也没脸去面对死亡将士的家人，更不可能到许县见他最不想见的两个人——皇帝和荀彧，他决定带兵回老家谯县，只有故乡才能带给曹操最需要的安全感。

建安十四年（209）春三月，曹操抵达谯县。他索性就地驻扎，专心操练起水军来了。曹操深刻吸取了赤壁之战的教训，不再用陆战思维去制造能够承载大量步兵甚至骑兵的巨舰，而是全力打造轻型舰艇，重点练习水上机动突袭。

这期间曹操专门接见了在合肥之战中智退孙权的蒋济。一方面是为了对蒋济的表现给予肯定，另外此时曹操突发奇想，决定策划一项大移民计划，他想听听本地干部的意见。曹操想把淮南地区的老百姓全部强制内迁，一方面是防备孙权进攻，另一方面战乱之后北方人口凋零，迫切需要大量人力资源。

蒋济是一个敢说真话的人。他作为本地人很了解当地民情，虽然是第一次汇报工作，但坦诚直言，劝曹操不要这么乱作为。一是现在曹强孙弱，没必要惧怕孙权的进攻；二是当地人普遍不愿意离开故乡，无端惊扰百姓，很可能会起反作用。

但曹操早已不是当年从谏如流的曹操了，赤壁之战也没能帮他认识到独断专行的巨大恶果。曹操听不进蒋济的意见，一意孤行推行大移民政策。结果不幸被蒋济言中，江淮间十余万百姓因不愿意背井离乡，大部分逃到了东吴境内。孙权合肥之战一无所获，反而靠曹操帮忙白捡了大便宜。

曹操只能吞下了这个大闷亏。为了稳定前方人心，曹操赶紧从谯县出发，率领他操练了四个月的水军顺流南下，直抵合肥前线视察工作。

在认真察看了合肥守军与孙权部队恶战的遗迹后，曹操受到了很大触动。

他向全国发出通知，各地方要妥善照顾自南征荆州以来伤亡将士的家属。

曹操深知合肥是防御孙权进攻的战略要冲，特别挑选了在远征乌桓战斗中有突出表现的大将张辽担任统帅，副之以乐进、李典共同在合肥驻防。他还重新任命了扬州的各级官员，特别对蒋济委以重任，任命他为扬州别驾——相当于州政府二把手，并专门叮嘱一把手要重视蒋济的意见。

由于大移民政策吓跑了大量本土人民，曹操索性借鉴许下屯田的方法，在淮南地区组织军民屯田开荒。曹操特别修缮了春秋时期楚国所建设的、中国最早的蓄水灌溉工程——芍陂（今安徽省寿县境内），这对当地农业发展起到了重要作用。

此后芍陂历经多次开发，直至中华人民共和国成立后又对其进行了综合治理。2015年，已运行二千五百多年的芍陂成功入选世界灌溉工程遗产名录，其中也应有曹操的一份功劳。

八十　暗处之敌

曹操跑到合肥做了一番部署之后，又回到谯县继续埋头苦练水军，就是不回大本营邺城，也不去许县。

一场胜利可以掩盖一切问题，但一次失败却会把所有矛盾全部放大。

曹操之所以迟迟不回去，就是要暂时远离权力中心险恶的政治旋涡。在曹操看来，刘备、孙权不足为惧，但藏在暗处的政治敌人才是最致命的。

赤壁之战是曹操担任丞相后的第一次对外战争，却以惨败而告终。朝野上下，并非所有人都为这次失败而扼腕叹息，看笑话甚至搞小动作的大有人在。

比如说，荀彧。曹操刚和荀彧政治决裂就惨遭失败，在某些人看来，这只能证明荀彧的不可或缺。即使荀彧本人深藏不露，但在荀彧背后无数同情荀彧和孔融、鄙夷曹操出身的世家大族都这么认为。当时政府内部开始流传一个政治谣言，认为赤壁之战的失败说明曹操的能力不足，他应该上交权力特别是兵权，退居二线，避让贤路。

看不见的政治倾轧远比刀光剑影的战争要险恶一百倍。一场政治风暴已悄然在邺城酝酿，只等待曹操的归来。

而他们等来的是曹操亲自撰写的两篇文章——《求贤令》和《述志令》。

令是曹操本人向全体干部传达重要指示的一种公文文体。由于是公开发表，无论在中央政府还是地方政府工作，也无论职位高低，都可以看到。

曹操一生共发表过三次关于人才工作的重要讲话，《求贤令》是第一篇。文中其他内容都可以不看，最关键的就是四个字"唯才是举"。千百年来，所有人一提到曹操的人才工作，马上就想到这四个字。

要想深刻领会一篇重要讲话，最重要的就是要讲政治。以欣赏美文的心态来看一篇政治讲话，肯定是味同嚼蜡。只有深入分析讲话发表的时间节点、讲话所要达到的政治目的才能明白其中的微言大义。

曹操强调唯才是举，才的对立面是德。这个德不是广义的道德，特指世家大族所标榜的儒学道统。曹操在《求贤令》中特别挑选了两个人来举例，一个是出身贫寒在水边钓鱼的姜子牙，另一个是有同嫂子偷情绯闻以及受贿行为的西汉开国功臣陈平。曹操认为，在乱世用人之际，不要顾及干部以前犯过什么错误或者出身怎么样，应该把才能作为选拔干部的唯一标准。这其实就是曹操版的"不管黑猫白猫，能抓到耗子就是好猫"。

曹操之意不在否定人才需要具备的基本道德情操，他只是在赤壁之战后面对世家大族的疯狂反扑，通过威胁夺走他们用以实现当官世袭制的重要政治工具——道德，向他们的心窝狠狠刺上致命的一刀。

《述志令》就更加直白。在这篇讲话中，作为政治家的曹操没有一丁点含蓄和矫情，也没有任何官话和套话，他勇敢地将逼迫自己交出权力的政治议论公之于众并给予正面回答。

　　这篇文章其实也相当于是曹操晚年的个人回忆录。曹操首先全面回顾了自己出仕以来的每一步事业发展及其心路历程，然后得出结论：

　　没有我曹操，现在不知道有多少人称帝称王！所以他坚决不能交出权力，这既是为自己家族的安危考虑，也是为国家的兴亡考虑。

　　但曹操也不是一味地好勇斗狠，他在文中主动暗示政治敌人停止政治诽谤，作为交换他愿意将自己武平侯的三万户封邑向朝廷退还两万户。同时他郑重承诺，曹家世受皇恩，他本人绝不篡位称帝。

　　是否懂得妥协，是鉴定一个政治家政治水平的重要标准。为了消弭这场狂风暴雨，曹操被迫做出了巨大的牺牲。不称帝的承诺犹如一块政治封印，让曹操永远失去了坐上皇帝宝座的机会。

　　当然，他的承诺只到自己为止，并不延及他的子孙。

　　建安十五年（210）的冬天很快静悄悄地来临了。这时从邺城传来喜讯，曹操期盼已久的铜雀台终于竣工了。

　　曹操知道，回家的时候到了。

　　　　　　从明后而嬉游兮，聊登台以娱情。

　　　　　　见太府之广开兮，观圣德之所营。

　　　　　　建高殿之嵯峨兮，浮双阙乎太清。

　　　　　　立冲天之华观兮，连飞阁乎西城。

　　　　　　临漳川之长流兮，望园果之滋荣。

　　　　　　立双台于左右兮，有玉龙与金凤。

　　　　　　连二桥于东西兮，若长空之蝃蝀。

　　　　　　俯皇都之宏丽兮，瞰云霞之浮动。

　　　　　　欣群才之来萃兮，协飞熊之吉梦。

　　　　　　仰春风之和穆兮，听百鸟之悲鸣。

天功恒其既立兮，家愿得而获逞。

扬仁化于宇内兮，尽肃恭于上京。

惟桓文之为盛兮，岂足方乎圣明。

休矣美矣！惠泽远扬。

翼佐我皇家兮，宁彼四方。

同天地之矩量兮，齐日月之辉光。

永贵尊而无极兮，等年寿于东王。

…………

这是曹植所作的名篇《登台赋》，描绘了铜雀台建成后气势恢宏的场景，赞美了父亲曹操可以与齐桓公、晋文公相媲美的伟大功业，最后祝愿曹操万寿无疆、铜雀台永远不倒。

按说政治和文艺是很难合体的。政治要求极致的理性，而文艺需要丰沛的感性。因此自古卓越的政治家多数稍逊风骚，比如唐太宗李世民和乾隆皇帝，热爱写诗但水平很难恭维；擅长文艺的君主又往往是政治矮人，比如同为亡国之君的南唐后主李煜和宋徽宗赵佶。而曹操却能够把政治和文艺完美地集于一身，绝对是千年一遇的天才异类。

对于曹操来说，由于当时的娱乐消遣活动形式非常有限，文艺可能只是他的一种解压方式。但他不是独乐乐，而是招揽了一大批全国顶级的文学家和书法家集中到邺城，一起开展艺术创作，甚至不惜重金赎回了被匈奴掳走的著名女诗人蔡文姬。

无论什么行业，要想超越前人，单靠自己闭门修炼是很难实现的。只有长年累月与高手切磋过招，才有可能打通任督二脉，进入一个新的更高境界。而曹操无意间在邺城打造了一个文艺天才孵化器，几乎是以一人之力聚了一个群星璀璨的建安文坛，为中国历史留下了一段文学以及书法艺术的黄金时代。

当时邺城有两个最著名的文艺活动中心，一个正是曹操所在的铜雀台，另一个是曹丕所在的邺宫西园。

楚王爱细腰，宫中多饿死。由于最高领导人曹操的钟爱，文艺已不仅仅是文艺，而是异化成了政治。所有士人都趋之若鹜，把文艺当作升官发财的终南捷径，纷纷丢下儒家经典，改学吟诗作赋写书法。而围绕着天下至尊的宝座，一场以文艺为武器空前绝后的华山论剑也就此展开。

论剑的双方是两个亲兄弟——曹丕和曹植。

八十一　骨肉相争

曹丕和曹植兄弟俩的父亲是文艺天才曹操，母亲是歌伎出身的卞氏，这样的文艺基因无比强大。曹丕撰写了中国历史上最早的文学批评论文《典论》，还创作了中国最早的七言诗。而曹植的文学成就更不用多说，在中国上下五千年文艺天才排行榜上可以轻松跻身前十名。

应该说，两个文艺天才生活在同一时代应该是千载难逢的幸事，比如李白和杜甫、元稹和白居易。只可惜曹丕与曹植同是曹操的儿子，吟诗作赋对他们来说绝不是风花雪月的人生乐事，而是你死我活的政治角逐。他们一个拿着倚天剑，一个握着屠龙刀，但注定只有一个人能成为天下至尊。

煮豆燃豆萁，豆在釜中泣。

本是同根生，相煎何太急。

曹氏兄弟的文艺内卷是后世之福，为我们留下了许多脍炙人口的杰作。但对于他们两个人来说，却是骨肉相残的家庭悲剧。

曹操一回到邺城，马上兴高采烈地带着儿子们登上铜雀台参观。他头脑一时发热，命令他们每个人现场以铜雀台为题写一篇作文。结果不出所料，虽然曹丕的作文也很优秀，但曹植凭借老天爷赏饭的天纵之才和七步成诗的即兴创作能力轻松摘得桂冠。

全天下的父母都有望子成龙之心。谁家要有个像曹植这样的天才儿子，巴不得让全世界知道。曹操组织这场文学比赛，也是为曹植创造一个当众展现才华的机会，果然文武群臣们纷纷疯狂点赞。

但曹操忽略了其他儿子的感受。他们看着父亲得意扬扬，众人交口称赞，彼此之间面面相觑，个个内心五味杂陈。

其中最不开心的当然是曹丕。

人比人，气死人。曹丕的文学才能其实也非常出众，看到父亲曹操酷爱文学艺术，曹丕更玩了命地苦心钻研。建安十六年（211），曹丕被任命为五官中郎将，正式成为父亲的政务副手。他利用自己可以选用官吏的特权，招揽了大量优秀的文艺人才进入自己的团队。他还在自己的住地邺宫西园组织了著名的文艺沙龙——西园之会，当时最有名的文学家团体"建安七子"以及全国有名望的文艺大师都是他的座上嘉宾。

能天天和这些大师级人物交流切磋，肯定对曹丕的文艺修养提升有极大帮助。但他这么做的最终目的只有一个——得到曹操的认可。

想要让这些个性极强的知识分子乖乖听话并非易事。曹丕想尽办法笼络他们，最后还使出了绝招。他趁着酒酣耳热，命令妻子也是著名的美女甄氏出来拜见各位贵宾。

要知道当时已婚女人是绝不能抛头露面的，登堂拜母和入室见妻是只有生死之交才能享受的最高礼遇。这些文学大师虽然都很高傲但也受宠若惊，纷纷趴在地上不敢抬头。只有"建安七子"之一的刘桢有一股知识分子的怪脾气，满不在乎地盯着甄氏看了半天。

这件事后来被曹操知道了。他没有批评曹丕，却认为刘桢的举动十分无礼，差点砍了他的脑袋。

可是无论曹丕再怎么努力，他在文艺方面也很难和曹植竞争。这时曹丕24岁，曹植才只有19岁。由于曹植还没有成年，权力、地位都远不如哥哥曹丕，但他最大的本钱就是自己的天才。曹植走到哪儿都光芒四射，他甚至坦然到哥哥家出席西园之会，马上成为众星捧月的全场焦点，喧宾夺主，让曹丕变得暗淡无光。

有一个故事，据说当时有个著名的文学家、书法家邯郸淳，因战乱躲在荆州避难。曹操对他的文学水平特别是书法造诣心心念念，南征荆州时第一时间就把他请来。曹丕和曹植看到曹操如此器重邯郸淳，都向曹操恳求让邯郸淳进入自己的幕僚团队。

曹操这时候好奇心作祟，想看看像邯郸淳这样全国数一数二的文艺巨匠会如何评价自己的天才儿子曹植，于是让邯郸淳先去曹植家拜访。

曹植见到邯郸淳很高兴，但故作深沉，一言不发。他让化妆师现场给自己洗脸化妆，然后自顾自开始了表演。第一出是跳西域胡舞，第二出是练绝世剑法，最后又说了半天当时最流行的脱口秀。等他自导自演的这台节目结束后，曹植换上正装，开始给邯郸淳上课。从盘古开天地一直讲到当今天下的英雄人物，然后背诵了从古至今所有的著名诗文，接着又转换题目，深入分析了国家政治制度和行军打仗的军事理论。好不容易全讲完已经天黑了，曹植命人摆上酒菜陪邯郸淳吃饭，酒足饭饱后恭恭敬敬把邯郸淳送走。

最神奇的是，曹植从始至终没有和邯郸淳进行过任何交流，完全是一个人的独角戏。有好事者等在门口第一时间采访邯郸淳对曹植的看法，邯郸淳只淡淡地说了两个字："天人。"

有一双眼睛一直躲在幕后默默观察着曹丕和曹植的内卷，这个人就是他们的老父亲曹操。曹操连刘桢看曹丕老婆的眼神都掌握到了，邯郸淳去见曹植也是他亲自安排的，这都说明曹操对两兄弟的竞争并非视而不见，只是默认甚至是放任。

作为政治家，理性的曹操时刻提醒自己，他正在物色的是政治接班人，而不是文学大师。但感性的、本身也是文艺天才的曹操却被曹植的逸世之才深深打动了。再加上邯郸淳等人对曹植的夸赞不绝于耳，在曹操的心目当中，曹丕作为嫡长子理所应当的继承权有所动摇，胜利的天平向曹植的方向缓慢倾斜了。

当然，一切还为时过早，曹操决定用时间来治愈他的选择困难症，放手让两兄弟和平竞争一番。而自己冷眼旁观充当裁判，除非有人恶意犯规，否则绝不干预。

这对年轻的挑战者曹植是个莫大的鼓励，他可以更加肆无忌惮地炫耀才华。但对于守擂者曹丕来说，却是个沉重的打击。任何有兄弟姐妹的孩子都会对父母的偏心非常敏感，曹丕同样也是刻骨铭心。他意识到自己已经站在了悬崖边缘，父亲曹操显然更宠爱才华横溢的弟弟。曹操可以容忍曹植的一百次错误，但自己只要有一个微小的失误就很可能死无葬身之地。

恰恰是巨大的压力激发了曹丕的潜能。如果说曹植继承了曹操的文艺基因，那么曹丕就继承了曹操的政治天分。虽然他自知在文艺方面再怎么努力也追不上弟弟曹植，但论政治智慧和政治手腕，情况却正好相反。曹丕是大师级的政客，而曹植只是个小学生。

曹丕开始了他的绝地反击，而这其实可能正是他用心良苦的老父亲曹操所希望看到的。

曹丕的反击方式就是简单两个字：示弱。

老子在《道德经》中有一段名言："天下莫柔弱于水，而攻坚强者莫之能胜，以其无以易之，弱之胜强，柔之胜刚，天下莫不知，莫能行。"

懂得示弱的人才是真正的强者！

在曹操面前，曹丕是一个柔弱的儿子，他从不任性、骄纵，无条件地服从曹操的一切命令；在众人面前，曹丕是一个文弱的公子，他不摆架子、不闹脾气，温文尔雅、平易近人；哪怕是在弟弟曹植面前，他也甘当一个懦弱的兄长。虽然暗里和弟弟较劲儿，但在父亲和众人面前，他对曹植永远是那么友爱谦让。

据说有一次曹操出兵远征，曹丕和曹植都去送行。曹植现场朗诵了一篇华丽的赋文，曹操听得眼睛发亮，在场所有人都赞叹不已。而曹丕却没有争强好胜去和弟弟赛诗，只是扑倒在曹操的马前泣不成声，搞得大家都被曹丕的深情所感动。

人心真的很奇妙，既崇拜强者，但更同情弱者。在曹操和众人看来，曹植一如既往地神乎其技。但不知道为什么，曹丕可怜兮兮的一场痛哭反倒更加直击人心。

曹丕这一哭看似是自然流露，但实际上是精心设计的政治表演。这既依靠他本人精湛的演技，更要归功于他背后的高人指点。

曹氏兄弟的继位之争不仅是他们两个人的内卷，同时也是两个政治集团的相互倾轧。为了扭转能力上的劣势，曹丕早已在暗中部署，打造自己的政治竞选总部。而其中最重要的一个人前文已经提到过，他就是当年南皮郊外那场游猎活动中，最得曹丕喜欢的清秀少年——吴质。

吴质出身寒门，没什么背景名望，但却能常年游走在曹氏兄弟等贵公子中间。他没有乱世英雄的超能力，却身怀小人物所特有的一项绝技——精明。他极善于察言观色、逢迎上意，可以说是一位官场上的心理大师。

曹丕慧眼发现了吴质的潜质。在当年的南皮之会中，曹丕同吴质结为密友，从此吴质死心塌地追随曹丕，成了曹丕身后的政治操盘手。曹丕的每一步行动甚至一句言语都经过了吴质的精心打磨，确保让曹操喜欢而不反感。曹丕那高明的一哭正是出自吴质关键时刻的背后点拨。

铜雀台上，曹丕不动声色地看着弟弟曹植在父亲面前眉飞色舞地朗诵《登台赋》。他只在心里暗忖：比赛才刚刚开始，看谁笑到最后！

八十二　百密一疏

曹操自起兵以来，从来没有一年不在战争中度过。但赤壁之战失利后，从建安十四年至十五年，曹操没有发动任何战争，只是埋头休整练兵。

而实际上，这段时间对于胸怀天下的曹操是一种痛苦的煎熬，他深知自己已没有多少时间可以挥霍了。

终于，失利的阴霾渐渐散去，各种政治杂音也慢慢平息，曹操那颗英雄之心又迫不及待地开始了狂跳。

曹操在赤壁和合肥见识了滚滚东流的长江天险和孙权、周瑜的后生可畏，他终于意识到，在这个方向短时间内很难取得突破，于是他把目光转向了西方。

西方是帝国版图上的关中地区。所谓关中，旧指函谷关（今河南省三门峡市灵宝市函谷关镇一带）以西。古人有"百二秦关"之说，意指函谷关的地形非常险要，以两万人守关足以阻挡百万雄师的进攻。当年战国时代秦国正是凭借扼守函谷关进可以攻、退可以守，取得了对六国的战略优势。但随着黄河改道，到东汉末年，函谷关已变得无险可守，因此逐渐退出了历史舞台。而更靠西的潼关（今陕西省渭南市潼关县北）脱颖而出，取代了函谷关的位置。

潼关正是由曹操亲手创建。

建安元年，汉献帝从关中李傕、郭汜手中逃回雒阳，曹操迎请皇帝到许县建都。为了防备关中乱军向东流窜，曹操需要重新物色一处险地来修筑关隘，代替函谷关作为西边的屏障。

作为卓越军事家的曹操一眼就相中了位于渭河和黄河交汇处的这一片陡峭的山塬。这里是东西来往的必经之路，对面便是黄河的重要渡口——风陵渡。

于是曹操派人在此兴建了一座新的军事要塞——潼关。从此这座雄关屹立四百年不倒，一直是兵家必争之地，直到唐代地质形态再次变化才将关址迁移。

修建潼关证明曹操的确是一位战略高手，总是能比别人多看两三步棋。他在建安元年下的这步闲棋意义深远，确保了曹操统一中原北方直至南征刘表期间，没有受到来自关中军阀的侵扰。而16年后，潼关又将成为左右天下时局的焦点。

关中地区在西汉时期是沃野千里、人口稠密的京畿繁华之地。但沧海桑田，随着气候地貌变化和人口迁徙，特别是王莽与董卓一先一后所造成的两场大战乱，以及中间历经百年的汉羌之战，这里已经变成了人烟稀少、胡汉杂居的蛮夷之地。以前阡陌纵横的广袤农田很多都已变成了风吹草低见牛羊的牧民草场。

关中地区一直是曹操的地盘，但只是名义上的。董卓死后，整个关中群龙无首，董卓旧部以及西方边境凉州军团的军官们相互混战，最终只剩下以马腾、韩遂为首的十家军阀，瓜分了关中的土地和所剩无几的人民。他们当中没一个人有足够实力统一关中，所以纷纷效忠皇帝谋得一官半职以证明其合法性，因此名义上他们也都承认汉丞相曹操的领导。

当年袁绍的外甥高干趁曹操与袁尚、袁谭交战，偷袭关中，曹操所任命的关中地区行政长官——司隶校尉钟繇正是依靠马超等关中军阀的支持才击败了高干。

但是，曹操绝不能满意这种有名无实的羁系关系[1]，关中地区的税收、粮食、兵源等等全不在自己掌握之中。而且万一孙权、刘备通过外交手段说服关中军阀联合抗曹，曹操将面临两线作战的窘境。

在休整期内，曹操一刻都没有停止思考。在仔细权衡了南方和西方的情况之后，他最终下定了决心，将战略方向转向西方，先解放关中。

应该说，曹操的决定是果断而且及时的，他又一次下出了一步关键的先手棋。

---

[1] 羁系关系，即控制关系。

这一年底，刘备率军入川，之后用了两年多的时间窃取了刘璋的全蜀土地。如果曹操不能及时解决关中，关中军阀很可能会部分倒向刘备，届时两线作战的局面将不可避免。

当然，曹操的西向计划并没有把握。他当年起兵第一战就是惨败在凉州铁骑的蹄下。虽然曹操已今非昔比，但这支帝国最强武装部队仍然是他最大的梦魇。

而且曹操虽然提前布设了潼关之险，但这只对防御有利。中国地势西高东低，一旦与关中军阀开战，凉州铁骑从西向东进攻就似猛虎下山，而曹军由东向西仰攻却难如登城，还要横渡黄河和渭水，没有任何的地利可言。

唯一能让曹操踏实的就是他拥有一张王牌——已迁居邺城的关中军阀老大马腾及其全家。

马腾是汉羌混血儿，身材高大、骁勇善战，从一个西北边陲普通的伐木工人一路成为关中最强大的军阀头子。建安十三年曹操南征刘表前夕，在曹操派人反复劝说下，马腾自忖年事已高，一辈子打打杀杀，也想享几年清福了，就终于同意入朝为官。为了表示诚意和决心，马腾带上了全家老幼同行，只留下长子马超继续统率他的老部队在关中驻扎。曹操喜出望外，没有让马腾到许县陪伴皇帝，而是把他全家都安置在邺城自己身边看管。

手里有了马腾这张王牌，曹操乐观地估计，虽然一旦自己出兵关中，关中军阀必然会拼死抵抗，但无论如何马超这支最强力量绝不敢轻举妄动，毕竟他老爹的命在自己手里攥着。只要马超投降，其他军阀也会各怀异心，互相内斗，自己就可以乘机各个击破。

为了做到万无一失，曹操设计了一个绝妙的计划。第一步，他下令主持关中地区工作的司隶校尉钟繇率军进攻汉中张鲁。第二步，由于钟繇自己没有多少军队，他可以借机向各大军阀征兵征粮。因为曹操是打着皇帝的旗号出征，谁不出血就是违抗皇命。第三步就可以名正言顺地让钟繇率领顺从的军阀消灭不顺从的军阀。第四步，剩下几个顺从的军阀势单力孤，可以威逼利诱，把他们全部像马腾一样调到邺城，再委派官吏进驻，恢复关中地区的正常行政秩序。

恰恰此时不早不晚又有个叫商曜的人来神助攻，他在并州太原郡（今山西省太原市、晋中市、吕梁市一带）组织了一次小规模叛乱。曹操看准机会，马上派夏侯渊和徐晃率军前往平叛，三下五除二干掉了商曜的叛军。但之后曹操没有让夏侯渊和徐晃回邺城，而是命令他们乘势进入司州河东郡，与关中只隔一条黄河。由于钟繇在关中是光杆司令，夏侯渊和徐晃的到来让钟繇的腰杆硬了很多，对关中军阀形成了极大威慑。

至此一切尽在曹操掌握之中。出于保密考虑，曹操没有把他的绝密计划告诉任何人，只是广泛散布了让钟繇率军进攻张鲁的部署。他身边的军事参谋马上有人提出反对，认为这样必然会惊动关中军阀。

曹操心里暗暗发笑，也暗暗发酸，郭嘉死后真的再无知己。这些人只能看到眼前的一步棋，哪里能知道自己的神机妙算？

但曹操也隐隐感觉到有什么地方不对。可无论他怎么前后推演，整个计划都天衣无缝，不可能出现任何问题。于是曹操果断开始了行动。

但曹操忘了一点，这个世界上压根没有完美的东西，看似完美的事物往往隐藏着重大的危机。

曹操千算万算，只漏算了一个人——马超。

八十三　蛮夷之俗

在曹操的这盘大棋中，马超是一颗最关键的棋子。曹操想当然地认为，马超的老爹马腾和兄弟姐妹全在自己手里，他肯定会乖乖听自己摆布。只要马超服从指挥，其他军阀就不在话下。

应该说，曹操的这个逻辑是完全站得住脚的。孝是儒家文化的灵魂，特别在独尊儒术的汉代，上至皇帝、下至草民，孝道是核心价值观。曹操此前从未见过马超，所以他是按照正常人的行为规律来推测马超。

但曹操万万没想到，马超绝不是个普通的正常人。

由于马腾的生母是羌族人，所以虽然马超亲生母亲的身份不明，但马超至少有四分之一的羌族血统，而且他自幼是在胡汉杂居的移民区长大的。

羌族的历史与汉民族同样源远流长。古羌人以牧羊著称于世，商周时期已有活动记录。而且羌族人熬过了无数次的灭族之难，竟然存留到了今天！在新中国的56个少数民族当中，羌族赫然在列。据统计，截至2021年，中国境内有羌族人口312981人。

当然，今天的羌族已成为中华民族的重要组成部分，虽然他们还保留了一些古羌人的风俗习惯，但和他们彪悍好战的祖先已经有了天壤之别。汉代时的羌族分布广阔，部落繁多，但大部分尚处在氏族部落阶段。汉帝国为了拓边，与羌族交战数百年，一方面在河西走廊的占领区设置护羌校尉实施行政管理，另一方面掳掠大量羌族人口内迁。于是羌族从地域上分为了东羌和西羌两支。散布在西北、西南地区。不受帝国控制的羌族部落称为西羌，内迁与汉族杂居、通婚、融合的称为东羌。

马超家族即属于东羌。所以在当时帝国官吏的眼中，马超是个地地道道的蛮夷小子。

曾经长期在西域工作的东汉著名外交家班超曾经提到过："蛮夷之俗，畏壮侮老。"由于羌族等少数民族生活的地区资源稀缺，所以他们约定俗成，把极其有限的生存资源优先留给年轻人，逐渐失去工作能力的老年人在部落中往往会沦为边缘人，甚至被无情抛弃。这和汉民族尊老敬老的儒家孝道精神几乎是背道而驰。

而且由于羌族与汉帝国连年交战，羌人还形成了一种"解仇交质"的传统。平时各个羌人部落之间经常互相内斗，谁家手上都有别家的几条人命。但只要汉帝国来侵略，所有羌族部落就马上捐弃前嫌，互相交换人质获取信任，拧成一股绳与强大的帝国军队决一死战。

马超从小就在这样的文化中耳濡目染。所以马超在得知曹操派钟繇进攻张鲁，以及夏侯渊、徐晃陈兵河上的消息时，立即意识到曹操的目标不是张鲁，而是自己和其他关中军阀。他的第一反应不是担心在邺城的父老兄弟，而是马上想到了同自己有杀母之仇的另一支强大关中军阀韩遂。马超竟然跑去和韩遂握手言和，并迅速同其他关中军阀解仇交质，在很短时间内组成了一支以凉州军团为主力，包括羌、汉和西域胡人在内的多族部队，浩浩荡荡，有十万人之众，风驰电掣一般抢在曹操前头占据了潼关。

曹操的如意算盘因为他所不了解的文化差异而彻底落空。他没想到马超竟然为了手上的权力和地盘，丝毫不顾及老父亲马腾的生死存亡。马腾由一张王牌变成了废牌，曹操完美的作战计划也瞬间变成了一个差到不能更差的危局。

曹操之后曾经说过一句话："马儿不死，吾无葬地也。"

所幸曹操是一个做事不会后悔的人。曹操平生犯过的错误很多，他有时候会道歉，有时候会装傻，但从来不会后悔。当年他怒杀名士边让，搞得昔日好兄弟张邈招来吕布在兖州发动叛乱，曹操的地盘只剩下两个县城。最难最苦的日子都挺过来了，何况是现在！

曹操马上调集了身边一切可以立即集合出发的部队，由曹仁率领前往潼关抵御关中联军。他深知凉州铁骑的厉害，严令曹仁只许坚守，不许出战。同时他自己以最快速度动员组建主力部队，并准备了充足的后勤补给，于建安十六年七月命长子曹丕留守邺城，自己亲率大军西征，一直堵到了潼关马超、韩遂的眼皮底下。

战场上战机转瞬即逝，非常考验指挥官的临场应变能力。关中军阀凉州铁骑的优势是机动能力和平原突击，但他们抵达潼关后没有长驱直入，更没有通过外交手段迅速和孙权、刘备取得联系，组织联合行动，因此错过了击败曹操的黄金机会。

马超虽然有政治野心，但他的野心只够驱使他为了关中的一亩三分地放弃老父亲马腾，却没有大到敢于击败曹操进而兼并天下。这其实已注定了他的失败，麻雀早晚会被老鹰吃掉。

风尘仆仆赶到潼关城下的曹操心里踏实了一半，他又有余裕开始玩心理战术了。关中军阀不断向潼关增兵，曹军上下都非常紧张，只有曹操天天喜气洋洋，不断向大家传递一种非常快乐的气氛。

在一个团队当中，领导的心情态度就是整个团队的晴雨表。领导愁眉苦脸，团队内部就会气压降低、乌云密布；领导兴高采烈，团队自然晴空万里、阳光灿烂。曹军上下虽然对曹操的乐观态度一头雾水，但大家素来信服曹操的军事指挥能力，心里也就慢慢踏实了下来。

战后有人专门向曹操请教当时为什么不愁反喜，曹操解释说，如果关中军阀在自己的地盘上坚守，各个击破至少需要好几年的时间。他们现在全集中到潼关，正好一网打尽，反而可以更快拿下整个关中。

不得不说曹操具有十分清奇的逆向思维能力，总是能从消极局面中发现积极因素，这也是他每每逆风翻盘的一个重要因素。

当时曹军还普遍存在对凉州铁骑的畏惧心理，将士们都在议论善使长矛、来去如风的凉州铁骑极难对付，结果越说越怕，越怕议论越多。曹操赶紧召集高级将领开会定调子，虽然曹操自己心里也在打鼓，他平生战绩辉煌，只有对凉州铁骑从无胜绩，但他胸有成竹地向大家保证："我会让凉州铁骑的长矛永远碰不到我们，你们等着瞧吧！"

曹操并不是在说大话，他刚刚在来潼关的路上制订了一份新的作战计划。

《孙子兵法·计篇》："兵者，诡道也。故能而示之不能，用而示之不用；近而示之远，远而示之近。"

曹操在他当年的笔记中专门针对孙武的这段军事思想做了注解："兵无常形，以诡诈为道。"他还特别记录了名将韩信所指挥的一场经典战例。

在楚汉战争中，韩信统率的汉军与魏王豹所率的魏军在黄河临晋两岸对峙。韩信采用声东击西的战术，在黄河渡口临晋关（今陕西省渭南市大荔县东）布设了大量船只，做出要从此渡河的姿态。结果魏军集中兵力在临晋关布防，却放松了对其他地方的防守。这时韩信突然率奇兵从夏阳（今陕西省韩城市境内）渡河，奇袭魏军的战略要地安邑（今山西省运城市夏县境内），一举击溃了魏军。

曹操南征北战，手不释卷，他在来潼关的路上多半是认真翻看了自己当年的笔记本，马上就从韩信的这个战例中获得了灵感。为了印证自己的想法，他专门把正在河东郡黄河东岸驻防的徐晃找来。徐晃是河东本地人，对当地地形了如指掌，他马上向曹操提出了一个建议，出奇兵从蒲坂津渡河！

徐晃所说的蒲坂津就在当年韩信破魏的临晋、夏阳附近。曹操听罢鼓掌大笑，英雄所见略同！

八十四　反间计

曹操给了徐晃四千步兵和骑兵，悄无声息地潜往蒲坂津渡河。出发前，曹操特意赐给徐晃牛酒——牛肉和好酒，并语重心长地对徐晃说："此去经过你家先人的墓地，请替我烧一炷香吧。"

徐晃同张辽一样，都是半路被曹操收服的降将。但正像当年远征乌桓时，曹操在白狼山上把全军令旗交给张辽一样，曹操又一次把决定生死的任务交给了徐晃。曹操轻描淡写的一句话，在徐晃心里却是一声惊雷。他眼睛红了红，头也不回地走了。

然后曹操就模仿当年韩信的战术，亲率大军堵到潼关城下，做出要在此与关中军阀决一死战的架势。马超、韩遂果然中计，从后方调兵遣将把全部兵力

308

都集中到潼关来，却放松了对其他地方的防守。

曹操和徐晃提前约好，为了防止徐晃过河后被凉州铁骑围攻，先耐心等待关中军阀的部队全部被吸引到潼关，然后曹操立即率大军在潼关北渡黄河向徐晃靠拢。这时徐晃再从蒲坂津快速渡河建立滩头阵地，等曹操大军抵达后一起从背后包抄马超、韩遂。两军始终要保持可以互相支援的可控距离。

看到潼关的关中军阀部队越来越多，曹操知道时机成熟了，就率军强渡黄河。这时出现了两个意想不到的小插曲。

风陵渡口河水湍急，水面宽达两公里，在当时条件下，几万人马渡河困难极大。曹操为了稳定军心，冒险留在河南岸坐镇指挥部队强渡黄河，身边只有警卫队长许褚和他手下几百个精锐的警卫队员——虎士。但马超也不是吃素的，他在潼关城上看到曹军的行动，立即率领一万多凉州铁骑出城扫荡南岸的曹军。

一时间箭如雨下，曹操想逃跑又怕动摇军心，只能咬着牙坐在胡床（今天被称为小马扎）上一动不动，装作若无其事的样子。许褚看到形势危急，凉州铁骑已近在眼前，也不管曹操同意不同意，扯起曹操赶快上船逃跑。

无论是官渡之战还是赤壁之战，曹操都没这么狼狈过。幸亏许褚反应迅速，再晚走一步，曹操就走不了啦。曹操刚上船，船夫就被追兵射死。许褚豁出命去，一手拿马鞍替曹操挡箭，一手摇橹。但纵使许褚臂力过人，也不可能单手在黄河上行船。小船只能离岸不远向下游漂流，马超的骑兵跟在岸边一边跑一边向船上射箭。

危急关头，曹军负责后勤工作的校尉丁斐急中生智，开栏把营中圈养的牛马全部赶出去，一下子跑得漫山遍野都是。关中军阀的兵士都是牧民出身，看到牲畜马上条件反射跑去抢夺，曹操这才趁机脱险逃到了黄河北岸。

曹操一世英雄，如果就这么意外地被射死在黄河小船上，恐怕将是中国历史上最大的笑话。而关键时刻救了曹操一命的许褚和丁斐恰好都是和曹操一个县的老乡，看来任人唯亲也不是全无道理，身边有几个至亲至近的人，关键时刻是能救命的。

此时北岸的曹军找不到主帅曹操，全都惊慌失措。人聚在一起时有羊群效应，几万人的大部队只要有几十人跑起来，马上就会发生哗变，四散奔逃。曹操一上岸赶快在军中四处奔走，让大家都看到自己。将士们看到曹操还活着百感交集，有的忍不住流下了热泪。只有曹操大笑着说："今日几为小贼所困！"

曹操惊魂未定，这时心跳至少在一百五。但他必须笑给所有人看，而且要大笑才行。

曹操就这么逃过了一劫。

另一段插曲是马超看到曹操北渡黄河，这才明白曹操的主攻方向不在潼关，而在上游的蒲坂津，赶快派关中军阀之一的梁兴率五千凉州铁骑北上堵截。凉州铁骑的机动性确实惊人，虽然徐晃早早在蒲坂津潜伏，一收到曹操信号就星夜渡河，但他还没来得及安营扎寨，建立防御阵地，梁兴的凉州铁骑就赶到了。

一方是有人数优势、所向披靡的凉州铁骑，另一方是轻装渡河、以步兵为主的徐晃，形势凶多吉少。这时，曹操对徐晃说的那句话发挥了关键作用。徐晃第一个不要命地冲向了梁兴的骑兵，曹军看到主将如此，也都众志成城、视死如归，与凉州铁骑展开了背水一战，竟然以少胜多，退了梁兴的部队。

当年曹操出仕第一战，就被董卓部将徐荣率领的凉州铁骑追得抱头鼠窜。之后曹操三次征讨张绣，赔上了儿子曹昂的性命也没能打败凉州铁骑。几天前在黄河岸边，曹操又差点死在凉州铁骑的箭下。徐晃蒲坂津一战，是曹军第一次战胜凉州铁骑，彻底打破了凉州铁骑天下无敌的神话。

但说归说，曹操对凉州铁骑还是心有余悸。他发明了一种奇特的战法，统率大军沿着黄河西岸南下，一侧是黄河河水，另一侧排列车辆形成一堵车墙，所有部队全挤在中间的甬道行进。这样一来，虽然样子有点狼狈，难免会被人嘲笑怯懦，但至少凉州铁骑被车墙挡在了外面，正如曹操所说，他们的长矛果然刺不到曹军身上了。

曹操就这么沿河行进，绕到了马超、韩遂背后。马超、韩遂继续留在潼关已经没有任何意义，只得退军到渭水去堵截曹军。而曹操继续发挥他超人的想象力，偷偷调派了大量船只从黄河逆流而上，在渭水上架起了浮桥。然后率军快速渡河，再次绕到了马超、韩遂背后的渭南地区扎营。

曹操担心营垒不坚固，经不起凉州铁骑的冲击，又利用当时小冰期天气暴冷的机会，发明了以沙筑城，然后浇水成冰的奇招。马超、韩遂好不容易找到了曹军的营地，马超自己跑到城下三番五次地挑战，曹操就是坚守不出。

马超和曹操像拳击台上的两个拳手。马超的重拳威力极大，只想痛痛快快给曹操致命一拳。但曹操步法轻灵，总是绕着马超闪躲腾挪，看准机会就从背后偷袭一拳。马超吃了不少拳，却一拳打不到曹操。

据说马超专门找了个和曹操体重相当的沙袋，天天在军营里练举重，准备找机会在马上生擒曹操。好不容易马超等到了一次机会，曹操到阵前与马超、韩遂单独会面，进行谈判。曹操说的话马超一个字也没听进去，心里只有一个念头，用什么手法擒拿曹操最快。

曹操一眼就看出了马超的心思，用手指了指身后的许褚。马超这才看见曹操马边还有个膀大腰圆、一直对自己怒目而视的大汉。他心里一凛，问曹操："这就是虎侯许褚吗？"

曹操点点头。

马超又端详了半天许褚，自忖有许褚在，刚才自己想好的那几招很难奏效，只好一步三回头地悻悻回营。

关中军阀在三月起兵，这时已是九月的秋收季节。但刚一开战几万家关中百姓就背井离乡逃走了，再加上不断征兵征粮，马超、韩遂的后勤补给出了大问题。这时的马超已经被耗得像一个泄了气的皮球，再也不想看那个以曹操为假想敌的沙袋一眼。他和其他关中军阀一合计，决定低头服软，派使者向曹操求和，同意割让领土，并且每家各出一个孩子送给曹操当人质。

曹操把贾诩找来问计。

曹操用人是很有方法的，他对手下每个干部的成长背景、性格特点都了如指掌，遇到问题马上能找到最合适的人选来应对。之前曹操把作为奇兵渡河的重任交给了徐晃，正是因为徐晃是本地人，对当地情况非常熟悉，同时又是降将出身，急于立功取得信任。这时曹操向贾诩请教也不是随意为之，贾诩曾常年在关中军阀手下工作，掌握了大量的内部信息，因此他的想法肯定最有参考价值。

贾诩的建议是先假装同意关中军阀的议和请求。他深知马超这些西北汉子很热血但肠子直，强攻不易、只可智取。曹操点点头，又问贾诩下一步怎么行动。贾诩只说了一个字："离！"曹操回了一个字："解！"

聪明人沟通就是这么简单，字字珠玑，绝不废话。

曹操满肚子都是鬼主意，他使用了三招来贯彻贾诩的离间计划。

第一招是把韩遂请到两军阵前面对面交流。马超、韩遂都以为曹操要谈什么大事，结果曹操完全不提议和的事，拉着韩遂唠家常。因为韩遂的父亲和曹操是同一年当的孝廉，两人聊起了当年在雒阳的八卦，说到高兴处彼此拍手大笑。韩遂和马超一样都是直性子，完全没有任何警惕性，丝毫没有怀疑曹操在几万人围观的两军阵前和自己聊天的动机，更没有考虑在身后远远观望的马超的感受。回来马超问韩遂聊了啥，韩遂想都不想就回答："什么也没说啊。"这不但马超不信，所有围观的关中军阀都不信。

第二招是曹操给韩遂写信，故意在信里涂抹了很多处。马超和其他人看了更加笃定韩遂心里有鬼，认为是韩遂故意涂掉了信中的重要内容。

第三招是曹操看离间奏效，突然一反常态约马超、韩遂决战。曹操首先派出了五千最精锐的虎豹骑，盔明甲亮，在阳光照射下精光耀日，对面强悍的凉州铁骑看着心里也凉了半截。这时曹操一个人单骑出列，关中军阀的各族士兵久仰曹操的威名，顿时乱成一片，相互叠罗汉争相围观曹操。曹操笑着说："你们想看曹操吗？好好看看吧，曹操也是人，没有四只眼睛、两张嘴巴，只是智慧多一些罢了！"

说完曹操令旗一招，先派出一支部队与关中军阀混战。等双方打得差不多了，曹操指挥虎豹骑发动了总攻。关中军阀被离间后各怀鬼胎、相互提防，而且决战一开场就被虎豹骑的威风震慑住了，这时几个军阀带头逃跑，一下子全军崩溃。马超、韩遂马不停蹄逃回了老家凉州，其他军阀也死的死、降的降。

曹操的这场关中战役始于最坏的起点，却意想不到地取得了最好的结局。

八十五　后院起火

平关中，路向潼。济浊水，立高墉。斗韩马，离群凶。选骁骑，纵两翼，虏崩溃，级万亿。

——缪袭《鼓吹曲·平关中》

曹操只用了半年时间就将关中地区大部分收入囊中，唯一的遗憾是两个大头目马超和韩遂逃跑了。

曹操深知，控制人心比控制地盘重要得多。马超、韩遂实际上是关中、凉州一带羌、胡少数民族的大酋长，使用诈术夺取他们的土地不难，但要收服胡汉人民群众的心就没那么简单了。如果不将马超、韩遂赶尽杀绝，他们早晚还会卷土重来。

于是曹操继续率大军向凉州方向追击逃窜的马超、韩遂。曹操的目标是乘胜拿下凉州，剪草除根干掉两人。然后进一步得陇望蜀，从关中南下消灭汉中张鲁和益州刘璋，对孙权、刘备形成半包围之势。

但人算不如天算，曹操中途走到安定郡（今宁夏回族自治区、甘肃省境内）时，突然接到紧急情报，后院起火了！

曹操在彻底消灭了袁绍集团后，就自领冀州牧，坐镇邺城，把冀州当作大本营来苦心经营。之前袁绍是延续东汉以来放纵地方士家大族兼并土地、掳夺人口的绥靖政策，而曹操入主后志在恢复国家中央集权，要把土地和人口资源重新控制在中央政府手中，就严厉打击兼并土地的行为，同时轻徭薄赋，减轻人民负担。虽然他听取了郭嘉的建议，重用当地世家大族名士，在社会上层开展统战工作，但还是严重侵犯了大多数地方豪族的切身利益。这些家族的地方庄园经济已经发展了上百年，他们眼里没有国、只有家，根本不在乎社会的治与乱、人民的生与死。在他们眼里，袁绍才是人民的好领导，而曹操是宦官之后的独夫暴君。

因此，这时距离曹操占领冀州已经过去八年了，但袁绍的阴魂仍然在冀州大地游荡。

正当曹操在关中节节胜利之时，距离邺城不远的冀州河间地区（今河北省大清河、海河以南，文安、大城以东，沧州市海兴以北一带）突然发生了一场由田银、苏伯领导的武装暴动。这场暴动显然蓄谋已久，很快在冀州、幽州形成了星火燎原之势。而曹操为了对抗马超、韩遂的凉州铁骑，几乎动员了倾国之军赴关中作战，只留下曹丕率少量卫戍部队在邺城留守。

这一年曹丕仅25岁，遭遇了他有生以来最大的危机。但正因为有危险，才有机遇。

曹丕有三种选择，一是自己亲自出马镇压暴动，二是派得力大将率军平叛，三是死守邺城等曹操回来。

曹丕首先否决了第三个选择。他知道等曹操收到情报再回军起码得数月时间，到时候敌人已经成势，他无论如何不能向父亲曹操交这样一份不及格的作业。

在前两个选择中，曹丕毫不犹豫地选择第一种。他和所有年轻人一样，初生牛犊不怕虎，同时又有很强烈的表现欲望。曹丕脑海里已经开始闪放曹操归来时，自己戎装出迎向父亲献俘的高光场面。

这时曹丕手下一个名叫常林的参谋出来狠狠打碎了他的幻想。常林提醒曹丕，别忘了曹操给他的任务是镇守大本营。两军交战是高风险的事，他亲自出马赢了固然好，但万一输了呢？

一个25岁的毛头小伙子，从小跟在父亲屁股后面学习如何打仗，好不容易碰到一次统率千军万马上阵杀敌的机会，多数人在同样情况下绝不会耐烦常林的唠叨，打仗哪有不冒险的呢？

而曹丕竟然马上听从了常林的意见，放弃了亲征的念头，改派大将贾信率军平叛。他听懂了常林的话，打胜仗出风头固然可以痛快一时，但万一输了，自己的政治生命将永远结束。曹丕的原则是绝不争强好胜，不赢还可以承受，但他输不起。

事实证明，曹丕确实没必要亲征。因为田银、苏伯完全是纸老虎，一战就被贾信的正规军击退，几千人倒戈投降。

曹丕听到前方的胜利消息既高兴又沮丧，他一怒之下命令把降兵按军法全部处死。这时老臣程昱又站出来反对，他认为军法是有杀降的规定，但那是针对和敌国交战，目的是吓阻敌军。但现在的情况是内部叛乱，杀掉这些降兵没有任何意义。

而且政治意识很强的程昱特别提醒曹丕："这件事是不是应该和你老爸曹操请示一下再决定？"

大多数人都在偷偷揣摩曹丕的心思，觉得曹丕年轻气盛，肯定受不了程昱这种不讲方式方法的当众反对。所以大家集体围攻程昱，认为曹丕是留守大本营的最高指挥官，完全可以自行决定处死几千人这样的小事。

程昱头一低一言不发。可曹丕却没有被众人拱得头脑发热，反而单独把程昱留下来谈心。他对程昱说："我感觉您还有话没说完？"

程昱很赞赏地看着这个年轻人，意味深长地对曹丕说："紧急军务您当然可以乾纲独断，但这些降兵又跑不了，这事急吗……"

曹丕马上心领神会，程昱是好心提醒他要找准自己的位置。大领导出差了，什么事可以自己决定，什么事要等大领导回来再说，这个分寸把握是个不可疏忽的政治问题。曹丕采纳了程昱的意见，给尚在返程中的曹操写请示，而曹操回复的意见是——不杀。

跟着曹操回信一起来的是曹仁率领的大军，很快就摧枯拉朽一般地剿灭了田银、苏伯的叛军。曹操也于建安十七年（212）正月回到了邺城，他虽然没有特别表扬曹丕，但公开表扬了程昱，还特别夸奖程昱帮他教育了儿子。

曹操这么说实际上也是对曹丕留守工作的肯定。曹丕没有为了树立权威而逞强，反而能够示弱，虚心接受批评。面对这一次突如其来的重大政治考验，曹丕交出了一份100分的答卷。

曹操平生搞过多次惨无人道的大屠杀，仅官渡之战就坑杀袁绍降卒七万多人。但这一次曹操突然下令不杀投降的冀州几千叛军，确实出乎了许多人的意料。曹丕也险被众人拖下水，幸亏程昱及时提醒。

程昱是少数几个能够洞察曹操内心世界的人。他知道曹操正在下一盘更大的棋，他并非大发慈悲，而是要收买人心。

随着权力增大，人们越来越容易产生贪欲。当曹操的野心被孙权、刘备阻挡在了长江北岸时，它就不得不向另一个方向膨胀。正如曹操在《述志令》中坦诚自白，当年他被汉灵帝封为典军校尉时，最大的理想不过是封侯做征西将军，死后在墓碑上镌刻"汉故征西将军曹侯之墓"。但此一时彼一时，当曹操平定关中凯旋后，他的野心开始膨胀，一个重大问题出现在了他的脑海：如此的盖世之功，应该让皇帝如何来犒劳已经位极人臣的自己呢？

此时曹操已经担任丞相兼冀州牧，受封万户武平侯，在汉帝国的现有官僚体制中已经没有任何上升空间。当然，也有几个例外存在，比如刘邦当年的几位开国功臣，另外还有两个人——王莽和董卓。

但凡鸡蛋有缝，苍蝇就会不请自来。程昱的政治敏锐性很强，可他看破不说破。但同样敏感的董昭刚刚察觉到曹操内心欲望的一点火星，就马上跑来煽风点火。

当年董昭在与曹操素不相识的情况下，就已经猜透了曹操的心思，偷偷以曹操的名义写信讨好李傕、郭汜，帮助曹操获得了朝廷的正式任命。曹操安排董昭作为郭嘉的接班人担任军师祭酒，也正是看到了董昭的这个突出优点。郭嘉的特长偏于军事战略，是曹操南征北战的总参谋长；董昭的特长是政治运作，他成为曹操晚年实现政治野心的总策划人。

董昭向曹操提出了一个大胆的建议：恢复古代曾实行过的封建五等体制。封建公、侯、伯、子、男五等爵位的制度只在周朝实行过，汉帝国非皇族大臣所能受封的爵位上限就是侯爵。但董昭的提醒帮曹操推倒了那道难以逾越的高墙：只要恢复古制，曹操就可以领受公爵，建立属于自己家族的公国。

董昭是个赌徒，他提出建议时已经做好了脑袋搬家的准备，但他看准了曹操的心思。果然曹操并没有惩处董昭僭越的言论，只是轻描淡写地谦让了一下。董昭马上见风使舵把一大篇歌功颂德的腹稿讲了出来，曹操再未置可否，董昭就明白该怎么办了。

曹操和董昭都明白，欲戴王冠，必承其重。虽然一切看上去风平浪静，但有无数双贪婪的眼睛正在暗处窥视着他们的一举一动，他们必须以最大的耐心等待最佳的时机再付诸行动。

时机终于来了！此时曹操凯旋，在朝野上下威望空前。很快皇帝的诏书如约而至，曹操获得了赞拜不名、入朝不趋、剑履上殿的特权——觐见皇帝不用报名、不用小跑、可以穿鞋挎剑。虽然诏书中特别声明这是遵循开国功臣萧何的惯例，但恐怕所有人第一时间都想到了另一个享有这几项特权的人——董卓。

紧接着第二道诏书又来了，冀州周边的14个县被划入邺城所在的魏郡。名义上这是对冀州牧曹操的奖励，但只有曹操和董昭知道，他们正在构建未来魏公的公国版图。曹操之所以一反常态不杀冀州的降卒，很可能是念及这些人未来都将成为他公国的子民。

众所周知，皇帝只是个橡皮图章，这一切都是曹操自导自演的政治秀。作为政治交换，曹操将汉献帝的四个儿子册封为王，把这场戏演得更加体面。

曹操落子如飞，距离魏公只有一步之遥，但他非常清楚，眼前还有几个必须解决掉的绊脚石。

八十六　谋士之死

建安十七年十月，曹操从邺城出发再次南征孙权。

很多人心里都有一个问号：一年多前关中军阀突袭潼关，曹操狼狈应战，孙权、刘备为什么坐山观虎斗，错过了联军北上，两线围攻曹操的黄金机会？

原因很简单，虽然孙权、刘备天天喊着匡扶汉室、誓灭曹贼的口号，但那完全是口是心非地唱高调。他们根本不在乎国家能不能统一、皇帝是死是活，他们所关心的只有他们自己。

乱世嚣嚣，人不为己，天诛地灭！

算一笔简单的账，姑且不说联军进攻曹操有几成胜算，即使消灭了曹操，仍然是一个"三家分晋"的局面，谁是最后胜利者犹未可知。与其损兵折将替他人作嫁衣裳，倒不如趁机抢地盘、搞基建以立于不败之地。

这一年中，刘备盯上了一块肥肉——益州（今四川，重庆，云南，贵州，汉中大部分地区及缅甸北部，湖北、河南小部分），这也是汉帝国十三部州当中地域最广的且基本没有受到战乱侵扰的一州。

本来孙权也对益州垂涎欲滴，已经调集军队准备出发。但刘备从中作梗，给孙权写信讲了一通大道理，还派兵堵在孙权进兵的必经之路上，孙权只好被迫放弃。刘备自己却接受了益州牧刘璋的邀请，带兵入蜀名义上帮刘璋阻击汉中张鲁，实际上伺机取而代之。

而这一段时间孙权比刘备还忙乎。先是忍痛嫁妹妹给刘备，孙刘两家正式结成了更加紧密的战略合作伙伴；之后孙权又通过外交和军事双重努力，说服实际控制交州（今中国广东、广西及越南北部和中部）的交趾太守士燮向自己称臣，东吴的领地大幅扩张。

但与这两个好消息相比，年仅35岁的周瑜暴病而亡可能对孙权的事业发展有着更加深远的影响。周瑜是个积极进取又能力卓越的英雄，不但不服曹操，更鄙视刘备。他在赤壁扭转了天下局势的走向，如果他能多活十年，鼎足三分的局面很有可能被他改写。

除此之外，孙权还利用这一战略机遇期干了一件有深远历史意义的大事，在秣陵（今江苏省南京市）建都，并改名为建业。

连孙权自己都没有想到，他的这一决定使他成了六朝古都、十朝都会南京的奠基者。在他的东吴政权之后，又有东晋、南朝宋、南朝齐、南朝梁、南朝陈、南唐、明、太平天国直至近代中华民国共九个政权在此建都。

不得不佩服孙权慧眼识珠，此处确实是一块风水宝地。不但自古就有金陵王气的传说，而且处在临江控淮的重要战略位置，又是四通八达的经济都会，曾经一度是全球最大的城市。

当然，孙权定都建业也有刘备和诸葛亮的功劳。这两个人都力劝孙权定都于此，诸葛亮还专门对孙权说："钟山龙盘，石头虎踞，此乃帝王之宅也。"他把帝王两个字说得特别大声，一下子触动了孙权心底最隐秘的角落。

而刘备和诸葛亮不可能真的为孙权着想，他们有自己的小心思。由于孙权之前的驻地在柴桑（今江西省九江市西南），距离刘备的地盘太近。寝榻之侧，岂容他人鼾睡，他们巴不得孙权能离自己远一点。

而孙权真的这么做了。他定都建业既体现了对刘备的信任，更表明了与曹操为敌的决心。从建业渡江北上可以直接进攻曹操的扬州和徐州，后勤补给线很短。而一旦遭遇曹操进攻，又可以长江天险作为屏障，建业确实是一个进可以攻、退可以守的战略要冲。

但孙权也有他的担心。曹操曾在赤壁之战后跑到谯县训练水军，然后走水路沿淮河直接到达合肥进行视察。如果曹操的水军继续经巢湖顺濡须水（今称运漕河，源出安徽省巢湖，东流至今芜湖市裕溪口入长江）南下，就可以进入长江，与建业只有咫尺之遥。

虽然很多东吴将领都主张凭借水军优势驻防长江，所谓"上岸击贼，洗脚下船"，但孙权却有自己更深远的战略考量。他不想也不敢把宝全押在长江上，万一失利，连从建业逃跑的时间都没有。孙权的这种担心在之后的历史中曾经多次变成可怕的现实。

于是孙权决定在濡须口建立第一道防线。他在濡须水两侧的濡须山和七宝山上分别修筑了东关和西关（今安徽省含山县境内）两座居高临下的关城，然后采纳吕蒙的建议，在两关中间的水边建设了永久性防御工事濡须坞——防守用的碉堡。这等于是堵死了曹军沿濡须水进入长江的通道，一旦曹军经过，东吴守军就可以利用掩体从两侧射箭、投石发动攻击。

孙权利用曹操在关中作战的时机抢修了濡须坞，这里未来40年都将是魏吴两方争夺的焦点。曹操回到邺城，一听说孙权修筑了濡须坞，马上意识到问题的严重性，就调集号称四十万大军于建安十七年十月南征孙权。

由于当时刘备正在益州充当刘璋的雇佣兵，势力还很有限，所以孙权无疑是曹操谋求霸业的最大外部威胁。但对于此时沉浸在魏公美梦中的曹操来说，孙权却并不是他的头号敌人。他兴师动众南下，既是考虑攘内必先安外，暂时把内部政治矛盾转向外部，同时还有一个更重要的目的，他必须解决阻碍他登上魏公宝座的最大绊脚石，也是曾经他最得力的助手——荀彧。

荀彧在四年前就已经靠边站，远离了实际上的权力中心。但以他的背景和声望，特别是他亲自提拔使用的一大批干部，这些人现在都是曹操团队中的骨干力量。因此，荀彧仍然掌握着巨大的隐性权力，他是世家大族的领袖和发言人；也拥有看不见的政治圈子。

曹操和荀彧虽然早已经分道扬镳，但他决定给荀彧最后一次机会。当董昭向曹操提出了晋爵魏公的建议后，曹操马上通过绝密途径咨询了荀彧的意见。

而如荀彧之聪明，他立即意识到自己的生死关头来临了。但他最终决定，不改初心，以生命捍卫尊严。

荀彧的回答与四年前曹操就九州之议咨询他时几乎一模一样，虽然话说得很婉转，但也很硬气。他告诫曹操要分清什么是公义、什么是私心，坚决反对曹操晋封魏公。

曹操收到回信，也就全明白了。四年的冷遇依然没法让荀彧有一丁点悔改，荀彧寄来的是一封结束两个人长达21年友谊的绝交书。曹操的要求其实并不难，只要荀彧领衔签署呈报皇帝的群臣劝进表，那么他就可以换得荣华富贵的安乐晚年。但荀彧的态度说明了一切，那就只剩下一个办法，让荀彧这个名字从世界上永远消失。

朋友，我们来世再见吧！

当然，曹操不会像对待孔融一样把荀彧满门抄斩，毕竟自己的政治团队中得过荀彧好处或者同情荀彧的人太多太多，他必须不露痕迹地让荀彧人间蒸发。

曹操首先给皇帝上表，请求让荀彧代表皇帝到前线部队慰问。这是一个合情合理的请求，荀彧是皇帝身边最重要的官员，他来才能体现皇帝的重视。荀彧一到军中，曹操马上向皇帝再次上表，要求将荀彧留在自己身边担任军事参谋。

荀彧上路前就知道自己再也回不来了。他把私藏的所有文件特别是和曹操的往来信件全部烧毁，然后不动声色地如常开展犒军工作，其间还以私人名义写信给孙权，大肆宣扬曹操已经练成了一支无敌舰队。

所有人都没有察觉到曹操和荀彧之间矛盾的激化。此时随军的曹丕在他的日记中写道：尚书令荀彧大人代表皇帝前来犒军，他和我聊了很久。其间他忽然问我："听说你两只手都可以拉弓射箭？"我说："这算什么！您还没有看过我用脖子拉弓、用嘴吐箭，身体藏在飞驰的马肚子下面射箭正中靶心呢！"荀彧大人哈哈大笑说："你这么厉害啊！"

这份原始记录非常珍贵，它充分证明了荀彧超乎寻常的自制力。明明自知已在死亡边缘，却还能够如此镇定自若，连曹丕这样有超强政治眼光的人都没有发现一点异样。

荀彧最终在寿春默默死去，时年50岁。官方说法是暴病而亡，但有一种传言说曹操赐给荀彧一个食盒，荀彧打开发现是空的，就明白了曹操的意思，最终自杀身亡。孙权和刘备用露布（最原始的报纸）大肆炒作了荀彧之死，他们的说法是曹操逼迫荀彧陷害汉献帝的皇后伏氏，荀彧因拒绝而被迫自杀。

荀彧死后没有归葬祖籍颖川，而是就地葬在了寿春。曹操破例为荀彧立碑，但讽刺的是，替荀彧撰写碑文的竟然和为皇帝撰写魏公任命诏书的是同一个人。

荀彧有着高超的政治智慧，他烧掉和曹操往来信件的行为是一种让步。他暗示曹操，让所有恩怨在你我之间灰飞烟灭吧，请放过我的子孙后代！而曹操也心领神会，并没有再冷血地去斩草除根。

事实证明，对敌人的仁慈，往往就是对自己的残忍。曹操做梦也没有想到，一颗复仇的种子从这一天开始已经悄悄埋下了。

八十七　生子当如孙仲谋

曹操进攻濡须坞的战役打得极不顺手。

先是吴将甘宁率领一百多名敢死队员给曹操来了个下马威，杀入曹营搞了一次斩首行动。虽然曹操安然无恙，但甘宁这一百多人在四十万人的曹军大营中横冲直撞，砍杀了几十名曹军后竟然全身而退。这对曹军士气是个打击，吴军取得了先声夺人的心理优势。

随后两家水军发生了正面遭遇战。曹操已经苦练了好几年水军，演习起来有模有样，但真到战场上就原形毕露，被东吴水军杀得大败，死伤极其惨重，只能退入水寨坚守不出。

孙权完全掌握了水上控制权。据说他亲自乘坐旗舰到曹操水寨前耀武扬威，甚至还肆无忌惮地鼓乐齐鸣。即便这样，曹军也不敢出战，只能远远地向孙权的船上射箭。而孙权乘机搞了一出草船借箭，后来《三国演义》描写诸葛亮的类似故事即以此为原型。

曹操在寨内遥望着江中孙权的帆影，幽幽地说出了那句名言："生子当如孙仲谋！"

曹操至此总算看清了两军水面作战能力的悬殊差距，彻底断了统一天下的念想。但是曹操绝不能就这么走人。他要想顺利登上魏公宝座，就必须带着一场胜利回去。水战打得窝囊，就只能在陆上拼命。总算功夫不负有心人，曹操率重兵攻破了孙权在岸上的江西大营，俘虏了守将公孙阳。

这时曹操收到了孙权的一封来信。信中写道："春水方生，公宜速去。"曹操对手下人说，孙权这话没有骗人，咱们见好就收吧！

孙曹两家第一次濡须之战到此画上了句号。

当时社会上流传着一句古老的谶语——带有迷信色彩的政治谣言：代汉者，当涂高。

在谶纬之术非常流行的两汉时代，这句故弄玄虚、没头没尾的话有一种勾魂摄魄的强大魔力。特别是当乱世来临，很多人都会为这句话而动心。即使自己不相信，也想用这句话来欺骗别人。

这句话在王莽篡汉时就已经出现了。据说光武帝刘秀曾经写信给在蜀中称帝的公孙述，引用这句话哄骗他说："你老兄的个子这么矮，和高没有半毛钱的关系，你别做梦当皇帝了。取代汉朝的人不是你，应该是一个复姓当涂、名高的人。"

刘秀自己非常清楚，世界上根本没有复姓当涂的人。

袁术称帝时也用这句话来蒙人。他的解释是袁术字公路，路就是途，而途和涂是通假字，所以当涂高即是袁术。当然，这么拐弯抹角的掰扯只能骗鬼。

而曹操竟然也被这句话迷了心窍。古人把修建在道路两旁的高大建筑称为象魏，因此有些别有用心的人就附会说，魏就是路途边的高楼，所以当涂高指的是魏啊！搞得曹操不但要当公爵，而且指定要当魏公。

当然，只要曹操高兴，他想当魏公还是赵公、韩公都随他挑，这完全没有一丁点难度，最大的困难是他要跨越从侯爵到公爵的这道鸿沟。

不懂政治的人觉得，曹操成功统一北方，又刚刚西平关中、南败孙权，凭借这样的功业从武平侯晋封魏公不是顺理成章的吗？实在不值得大惊小怪。但当时只要稍微有一点政治经验的人就深知，公爵和侯爵完全是两个概念。

侯爵是汉帝国的常制。秦国商鞅变法发明了二十等爵制，以此奖赏战士军功，因此打造出一支横扫六国的无敌之师。汉朝沿袭了秦朝的二十等爵制，但已不仅限于军功，变成了一种政治待遇。二十等爵当中最高级的爵位就是侯，也称为彻侯或列侯。到东汉时，列侯又分为县侯、乡侯、亭侯三等。

而公爵则源自上古周朝的五等封爵体制，也就是董昭强烈建议曹操恢复的那个。虽然五等封爵公、侯、伯、子、男当中公爵后面即是侯爵，但此侯爵非彼侯爵，周朝的侯爵是裂土分封的贵族，汉朝的侯爵只是一种奖励性质的头衔。现代人不明就里，很容易把这两个侯爵混为一谈。

因此，曹操从武平侯晋封魏公，表面上只是爵位晋升了一级，但实际上天差地别。

武平侯只能享受当地一定数量农户的赋税收入，而该地区的军政大权仍在地方行政长官手中。且按照汉武帝的"推恩令"，原则上曹操不能让儿子继承侯爵，只能继承下一级爵位，当然皇帝有权特批通融。

但曹操晋封魏公后，不但爵位可以永远世袭，而且拥有自己独立的政府机构来管理封地内的一切事务，甚至还有宗庙、社稷等象征主权独立的专有设施。

说白了，公爵是一个名义上附属于中央政府的独立王国。

翻遍汉帝国从刘邦到汉献帝刘协的所有历史记录，除了偶尔有几个皇族子弟以及远古商、周的王室后代曾受封过公爵之外，四百余年间只有唯一一个异姓大臣曾经受此殊荣。

安汉公王莽。

之前曹操享受了赞拜不名、入朝不趋、剑履上殿的特权，虽然也让大家联想到逆臣董卓，但至少还可以用萧何当挡箭牌堵别人的嘴巴。但当魏公和当皇帝就只剩下薄薄一层窗户纸了，一捅就破。无论曹操自己再怎么表明心迹，也是跳进黄河都洗不清了，所有人都知道曹操早晚要当皇帝。

千百年来，无数人始终在争论曹操自己到底想不想篡汉称帝。首先，这个争论毫无意义。曹操当不当皇帝并不能决定他是白脸还是红脸，是忠还是奸。当时连三岁小孩都知道汉帝国已经土崩瓦解，曹操不当皇帝也早晚会有别人取而代之。皇帝并不是正义的一方，曹操也绝不是邪恶的一方。相反，曹操的政策吸取了帝国覆灭的经验，远比之前要清明得多。对于当时的黎民百姓来说，曹操当皇帝是一件大好事。

其次，虽然曹操从来没有说过自己要当皇帝，但大政治家绝不会把内心想法挂在嘴边，关键看行动。从曹操之前和之后的种种表现来看，当皇帝的梦他肯定每晚都在做，只是时机尚不成熟，只欠东风。

这一年曹操已经59岁了，他正疯狂地和时间赛跑。虽然他对皇帝的宝座垂涎欲滴，但能不能真的坐上去，决定权并不在他自己手上，而要由老天说了算。

曹操急急火火地从濡须前线赶回邺城。他知道，董昭应该已经把他虚岁六十大寿的寿礼准备好了。

曹操在中途收到了皇帝的诏书，正式批准合并十四州为九州。这正是荀彧当年坚决反对的九州之议，曹操因荀彧的反对一直对此绝口不提。没想到荀彧尸骨未寒，九州之议就成为现实。通过这次合并，曹操的大本营冀州版图大大扩张。

四月曹操赶回到邺城，五月御史大夫郗虑就受皇帝委托从许县赶来，正式任命曹操为魏公，以冀州十郡为其封地，同时特别授予曹操加九锡的特权。

九锡是上古帝王赐给有特殊功勋的诸侯、大臣的九种礼器，锡和赐字在古代通用，九锡实际上就是九赐。九锡记载在《礼记》中，到汉武帝时开始作为帝国的最高礼遇一直延续至唐代。

这九种礼器，一是车马，即特制的座驾和兵车，还配有八匹黑色的马，用来赏赐有德行的人；二是衣服，即特制的高档礼服及配套的鞋子，用来赏赐能安民的人；三是乐悬，即定音、校音器具，这在汉代只有官方才有，用来赏赐能让人民欢乐的人；四是朱户，即红漆大门，这在汉代只有皇帝允许才能使用，用来赏赐能让人口增长的人；五是纳陛，是为受赏者上朝时提供的贵宾专用通道，用来赏赐能做出特别善行的人；六是虎贲，是皇帝御用的守门卫士，用来赏赐能够扫除恶行的人；七是弓矢，是指特制的红、黑色的专用弓箭，用来赏赐能征讨不义的人；八是斧钺，是皇帝杀人的武器，用来赏赐能诛杀罪大恶极者的人；九是秬鬯，是以特殊香料制成、供祭礼用的酒，用来赏赐有孝道的人。

通常皇帝只会挑选九锡中的几种来进行赏赐，因为理论上没有人能兼具这九种德行，要不为什么他自己不当皇帝呢？因此，纵观汉代四百余年曾经获得过加九锡待遇的只有一位。不说大家也知道了，还是那位安汉公王莽。

从此也不难看出，曹操晋封魏公的整个过程安排基本上是从王莽那儿复制粘贴过来的。

然后就是一整套表演给全国人民观看的烦琐又可笑的政治礼仪。政治不是过家家，需要神秘感、仪式感，所以再假也必须有一定的礼仪形式。

郗虑宣读了一篇冗长枯燥的任命诏书，把曹操夸得没边没沿儿。当然，这篇诏书不用皇帝费心费力，曹操已经挑选高手撰写成稿，皇帝拿玉玺盖戳就行了。

但曹操却不能欣然接受，他必须三次给皇帝写请示推辞，以示具有谦虚低调的美德。请注意，必须三次且只能是三次。古代三就是多的意思，如果推辞次数过多，很可能会让别人误会自己真的不想当。而皇帝这时必须找出理由来严词拒绝，苦劝曹操接受任命。

下一步，以荀攸为首的政府大员出场了。他们集体给曹操写请示进行劝进，证明当魏公不是曹操自己的主意，是政府全体干部民主推荐的一致意见。

让荀攸领衔是曹操独具匠心的一招。这一招很绝，既可以掩盖荀彧被迫自杀的事实，也可以告诉世人，晋封魏公是得到以颍川荀氏为首的世家大族背书的。

而荀攸在次年就离奇死去了，并且和荀彧如出一辙，病死在曹操征伐孙权的路上。更离奇的是，荀攸是曹操身边仅次于郭嘉的高级军事参谋，但他生前获得封侯，死后却是曹操手下唯一一个没有得到谥号（对死者盖棺论定的一字评语）的侯爷。

政治就是这样。曹操逢人就夸荀攸，还专门发布正式公文称：我和荀攸相处二十多年，这个人没毛病。但真相往往并不在那些官方文书和日常言行当中，而是在极易被人忽略的细微无声处。

看到大家如此诚恳，曹操只得向皇帝上表，非常勉强地同意就任魏公。

八十八 烈士暮年

如果曹操有空照一照铜镜，恐怕他都快认不出自己了。满头白发，眉头紧锁，抬头纹、鱼尾纹、法令纹纵横交错。而且铜镜只能照到他的脸，他的心更老、更累，完全被烈士暮年的衰老感所包裹。

曹操觉得身边能称得上朋友，可以说说知心话的人越来越少，连妻子儿女也都变成了隔着厚障壁的臣子，没有一句真话。他知道很多人讨厌、嫉妒甚至怨恨他，其实连他自己可能都不喜欢自己现在的模样：

一个毫无生气和趣味的人。

那个有血有肉、爱哭爱笑的性情中人曹操已经死了，只剩下一个表情僵硬、满肚子烦恼和猜忌的魏公。

曹操不但复制粘贴了王莽的篡汉政治路线图，而且他已经变成了王莽本人，一模一样。

以前他可以和别人并坐、抚背、执手，随便开玩笑。说到高兴处，整张脸趴在面前的菜盘子里，眉毛、胡子、衣服上汤水淋漓。但他现在身为魏公，必须端着架子，不苟言笑，和所有人保持一定距离。如果要开口说话，必须字斟句酌，说那种马上可以被载入史册的政治话语。

而最困扰他的是，他搞不清是别人心里有鬼，还是自己得了抑郁症、妄想症。他总觉得有人正在背后策划一些对他不利的阴谋，他的心情像长年不见天日的沼泽地，暗黑阴郁得置人于死地。

孔融，杀！荀彧，杀！荀攸，杀！不论是敌人还是朋友，宁我负人，毋人负我，杀杀杀！

当时社会上流传着各种关于曹操的政治段子。

据说曹操有一个爱妾，曹操最喜欢枕在她腿上睡午觉。有一次曹操睡前告诉她："一会儿把我叫醒啊。"结果爱妾看曹操睡得很香，宁可自己大腿被压得失去知觉，也舍不得吵醒他。万没想到曹操醒了却大发雷霆，认为爱妾损害了自己的绝对权威，竟把爱妾乱棍打死。

曹操总怀疑有人要刺杀他。据说有一次，他找一个身边的亲信商量说："你来和我演一出戏，明天你偷偷在身上藏把刀来我房间，我让人把你抓住。你千万别说是谁指使你干的，我保你没事，而且必有重赏。"亲信按曹操说的照办了，曹操把他抓住二话不说就真砍了脑袋。曹操想通过这一手让所有人都觉得他的第六感特别强，不敢再来刺杀他。

曹操对身边人很不放心，经常出去微服私访，遇到偷懒耍滑或者糊涂犯错的，不管是谁不是杀就是打。因此，他身边脾气倔一点的干部身上永远揣着一包毒药，只要曹操下令打屁股就准备服毒自杀。

当然曹操也不是完全不分青红皂白，有一次他夜半三更跑到各部门办公室去视察工作，有一个人熬夜加班，抱着文件睡在了办公桌上。曹操把自己的外套脱下来轻轻给他披上，第二天就给他升了官。曹操这么做的出发点是好的，想要奖勤罚懒，提高工作效率。但这种成天半夜查岗的领导，恐怕很难讨员工喜欢。

曹操还专门设立了校事官和刺奸掾，相当于曹操版的锦衣卫，专门负责日夜监视行政机关干部队伍和军队将士的一举一动。曹操还特意安排了一些品行不端的人充当特务头子，这些人干正事没正形，但监控举报特别来劲儿，加班加点勤奋工作。这种做法确实起到了一定警示作用，但也搞得人心惶惶，还制造了很多冤假错案。军队中给两个大特务头子卢洪、赵达编了顺口溜："不畏曹公，但畏卢洪；卢洪尚可，赵达杀我。"

当时曹操颁布了禁酒令，据说有一个干部躲在家里关门闭户偷偷喝酒，没想到第二天就被举报。要不是他有点背景，脑袋就没了。

据说还有两个干部在路边看到曹操的车队经过。一个羡慕地说："看看曹家父子的排场，多爽啊！"另一个听了忍不住吹牛说："人活世间，别光羡慕别人，自己干呗！"没想到这段路边闲谈竟也被人监听举报，后者被扣了谋反的罪名处决。

曹操对曾经小视他的名士更是绝不会放过。且不说曾经不肯给他写评语的许劭被一路追杀，据说有两个曾经嘲笑过曹操的名士亡命天涯，跑到最偏僻的交州躲藏，但曹操还是不肯放过他们，通过外交途径联系交趾太守士燮海外追逃。最终不仅杀了这两个人，还杀了他们全家。其中一个被抓捕归案见到曹操，当场跪倒吭吭给曹操磕响头求饶。曹操冷笑着说："跪下就能不死吗？"还是让人把他推出去杀了。

曹操对待身边的高级干部尚且如此，那些命如蝼蚁的底层群众就更不用说了。比如曹操推行的战时屯田制度，这在后世广受好评，对稳定社会秩序、恢复生产厥功至伟，但对于那些被强制劳作的民户和兵户来说，却是万劫不复的噩梦。他们含辛茹苦劳作一年，才能勉强填饱一家人的肚皮。这样的地狱式生活导致大量屯民被迫逃亡，而曹操制定了严厉的惩罚措施，一人逃亡，妻子儿女即沦为牲畜一样的官奴。但即使这样仍然阻挡不了屯民的逃亡脚步，曹操又变本加厉，下令连坐处死逃亡者的全家老小。

而当时乱世人口骤减，很多男人找不到老婆，只能一辈子当王老五。曹操为了保证自己军队的战斗力，竟然命令各地方强征未婚女子和寡妇配给军中将士。很多地方为了完成配额指标，连已婚妇女也不放过，搞得天怒人怨、家破人亡。

最震动朝野的一次杀戮是堂堂国母、汉献帝的皇后伏氏的被杀。

曹操就任魏公后就开始紧锣密鼓地建设自己的独立王国。他五月上任，七月魏公封地的社稷和宗庙就建好了；九月在铜雀台不远处又建成了一座新的宫殿金虎台，据称高8丈，有135个房间；十月重新部署了京畿地区魏郡的行政规划，建立首都卫戍部队并安排亲信控制；十一月他独立政府的主要官员也任命到位。

而这一年曹操还干了一件事，在他的实际操纵下，皇帝娶了曹操的三个女儿为贵人。曹操虽然下了血本，甚至他最小的女儿还未成年，只能等成年了再进宫，但他一跃成了皇帝的老丈人。

曹操提倡简朴，只搞了一个极朴素的结婚仪式。据说给女儿陪嫁的只有十名奴仆，连帐子都不用鲜艳颜色，只用纯黑的。可曹操的女儿们一入宫，汉献帝刘协的正妻皇后伏氏就成了碍眼多余之物了。

皇帝在第二年三月下旨，魏公曹操的政治排序在诸侯王之前。官场中谁在前谁在后是非常讲究的政治问题，现在曹操超越了诸侯王，身前就只剩下皇帝一个人了。

皇帝在旨意中还授权曹操使用诸侯王级别的金玺、赤绂、远游冠。古人官僚机构等级森严，穿什么衣服、戴什么帽子、用什么印章都有明确规定。见面不用名片，看一眼穿戴就知道来的是什么级别的官员。

皇帝这道旨不知道是曹操授意的，还是他自作主张。或许他以为以打开曹操通往魏王的大门为交换，能让曹操放过自己的结发妻子。

但皇帝想错了。当年十一月伏皇后被废黜然后处死，其宗族数百人全部被杀。而杀皇帝的老婆是天大的事，审理过程却十分仓促且不透明。有一种说法是伏皇后给她父亲写了一封信，信中提到当年皇帝在国舅董承被杀后非常生气，在自己老婆面前骂了曹操一大段很难听的话。这就是伏皇后及其全家被杀的罪名，但作为关键证物的那封信并没有公开，伏皇后的父亲也早已死无对证。

曹操集团内部对此噤若寒蝉，但这样的草率处理在敌国孙权、刘备的阵营中就被传得不成体统。据他们说，抓捕伏皇后的过程非常粗暴。她躲在墙壁的暗室中，被人发现后直接拖走，而且是披头散发、光着脚从皇帝眼前拖走的。伏皇后死死抓住皇帝的手求救说：“你就不能救我一命吗？”

皇帝说：“我连自己能活多久都不知道啊。”

不管这传言是真的还是假的，但在伏氏尸骨未寒的次年正月春暖花开之时，皇帝就正式册立曹操的二女儿为皇后了。

曹操与时间赛跑的急切心情可以理解，但吃相真的很难看。

八十九　左支右绌

曹操把全副精力都投入到这场追逐人生终极梦想的赛跑当中，这就让他的敌人们得到了宝贵的发展机遇期。

曹操平定关中后一路追赶马超、韩遂，誓要将他们赶尽杀绝。但由于冀州大本营发生了田银、苏伯叛乱，他只好匆匆赶回去救火。结果不出所料，马超凭借马氏家族在关中和凉州的巨大影响力，很快重整旗鼓，重新控制了陇西一带，并于曹操晋封魏公后不久攻破了重要战略据点冀城（今甘肃省甘谷县一带），杀死了曹操任命的凉州刺史韦康等官员，还击败了前来剿匪的曹军关中军区总司令夏侯渊，整个关中地区摇摇欲坠。

另外，曹操当时为解决关中军阀，扬言要征讨汉中张鲁，这使益州牧刘璋感受到了极大威胁。于是在曹操与关中军阀交战之时，刘璋邀请刘备入蜀，在北部的葭萌(今四川省广元市昭化区一带)驻扎,伺机而动。而曹操前脚刚走,刘备马上掉转枪口与刘璋反目,开始实施他预谋已久的夺取益州计划。

同时在东方战场,虽然第一次濡须之战后孙曹双方暂时休战,但由于曹操在淮南地区大兴屯田,并积极笼络这一带的土匪流寇,搞得孙权寝食难安。吕蒙就此向孙权提出建议,现在粮食就是指挥棒,谁有粮老百姓就跟谁走。如果再放任曹操淮南屯田,只要丰收几次,我们这边的老百姓就全投诚到对面去了,必须赶快去搞破坏。于是孙权紧急集结部队,准备再次发动进攻。

吕蒙的建议很能反映乱世军阀的强盗逻辑。不是自己谋发展,而是给别人搞破坏。

这就是曹操晋封魏公后所面临的外部形势。

曹操终于成了一人之下、万人之上的魏公,却一点也高兴不起来。没有一个人能帮他分忧解难、独当一面,所有事还得靠他自己亲力亲为。眼看东西两线敌人掀起了新一轮攻势,曹操不得不忍痛暂时中止了他的政治图谋,亲自率军出征扫除外部威胁。

这时曹操面临一个很棘手的问题:东西两线都有敌情,但他分身乏术,应该先从哪个方向入手?

其实曹操曾经无数次遇到过类似的情况。官渡之战前,刘备突然在徐州发动叛乱,是郭嘉力排众议,为曹操制订了闪击刘备再与袁绍决战的战略计划;之后曹操也曾面临先北上消灭袁氏兄弟,还是南下征伐刘表的战略抉择,是荀彧、荀攸叔侄促使他做出了选择。

但现在郭嘉、荀彧、荀攸都不在了,他的总参谋长董昭是个高超的政治操盘手,但对于军事战略却一窍不通。

曹操坐在金虎台上闷闷不乐,人才都去哪儿了呢?

所幸形势瞬息万变,曹操很快收到了来自东西两线的情报。一个好消息,一个坏消息。

好消息是马超自取灭亡，被赶出陇西投奔汉中张鲁。马超文化水平比较低，血液里又有着羌人好勇斗狠的基因，身边也没有智谋之士辅佐，所以他最大的问题是没有政治头脑，完全是个只会打砸抢的马匪。他所过之处一片狼藉，占领冀城后没有及时安抚百姓、统战上层人士，反而大肆烧杀抢掠，结果引起了公愤。不等曹操的正规军出马，当地的豪族自己组织武装与马超拼命。虽然马超骁勇善战，但陷入了人民的汪洋大海，最终妻儿老小全部被杀，自己在陇西也成了过街老鼠，只能仓皇逃往汉中。

此前马超为了保地盘，不惜牺牲了老爸马腾以及几个亲兄弟和宗族亲属，至此自己全家也无一幸免，只剩下孤家寡人。嗜杀者最后往往就是这个下场。

但据有的历史学家考证，马家有一支族人可能死里逃生，一路西迁到了亚美尼亚，当地有个显赫一时的马米科尼扬家族即是马超的后代。这是题外话了。

坏消息来自东线战场。孙权可不是马超，不但自己文武双全，而且手下也全是有勇有谋的精兵强将。孙权于建安十九年（214）闰四月趁着梅雨季节江河涨水，过江突袭曹操在淮南屯田的重镇皖城（今安徽省安庆市潜山市一带）。

镇守皖城的庐江太守朱光是个很有才干的人，在当地广植水稻收获颇丰，同时也对孙权可能发动进攻有所准备。一得到吴军过江的消息，马上退入城中死守待援。

孙权把皖城包围后，将士们按部就班地建土山、修楼橹，但吕蒙马上站出来阻止。他认为用传统攻城方法动作太慢，城没攻破，曹操的援兵就到了，届时江河退潮想后撤都很困难。

吕蒙的办法很简单：强攻。

孙权认可了吕蒙的建议，挑选骁将甘宁当前锋。甘宁和吕蒙身先士卒，早晨天蒙蒙亮开始强攻，到中午吃饭时间就攻破了皖城。朱光被俘虏，全城军民也被一锅端，全部迁往江东。

曹操的东方方面军总司令张辽驻扎在仅仅一百多公里外的合肥，听说消息后马上出发救援，但走到半路就收到城破的情报，只好悻悻退兵。

曹操收到东西两线的战报，马上决定东征孙权。

根据眼前情况来看，曹操的判断没有错。但作为一个优秀的军事指挥员，不仅要从全局看局部，还要从长远看当前。按说曹操是战场上的顶尖高手，每每能够走出先发制人的先手棋。但这一次不知道他是大意了还是年迈精力不足，曹操很少见地走出了一步臭棋，一下子陷入了左支右绌的被动局面。

当然，这里替曹操辩解一句，由于当时没有间谍卫星和先进的通信设备，曹操收到的情报信息都滞后很久，甚至数月，这严重干扰了他的判断。他不知道孙权早已裹挟着朱光和皖城军民过江撤退，他也不知道刘备正命令诸葛亮、张飞、赵云率领荆州主力部队溯江进入益州，刘璋在成都已经岌岌可危。

等曹操于建安十九年七月从邺城出发抵达皖城前线时，孙权早已不见人影，皖城只剩下一座空城和城外粮食全部被收割殆尽的荒田。

而这时曹操才听说刘备已经攻陷了成都，刘璋献出益州向刘备投降，刘备自行宣布担任益州牧。而更让人担心的消息传来，马超从张鲁手下转投刘备。

曹操很清楚，狡诈的刘备加上骁勇的马超将合体成为一个极其恐怖的敌人。如果刘备乘胜北上消灭汉中张鲁，再利用马超的影响力进攻关中，将给自己制造巨大的麻烦。

曹操于十月匆匆自皖城撤退，在中途还不忘下达了他平生求才三令的第二令。他选择在这个时间点强调人才工作，可能是懊恼没有人及时提醒他避免这一次的战略误判。他在文件中特别强调，有德的人不一定能办事，能办事的人也不一定有德行。他要求人事部门不要考虑人才的道德品行，把能办事、办成事作为选拔干部的唯一标准。

但一步错，步步错，曹操光盯着刘备和马超的潜在威胁，又忘了分析一下孙权与刘备之间的博弈关系。

孙刘联盟不是铁板一块。刘备夺取益州，曹操感受到威胁，孙权也一样，而且他还非常愤怒。孙权骨子里看不上刘备，如果没有赤壁之战，哪有刘备的今天！孙权好心把周瑜拼死夺取的南郡借给刘备当大本营，是让刘备作为自己的附庸分散曹操的注意力，没想到他却用诈术盗取了孙权一直垂涎欲滴的益州。

最让孙权无法原谅的是，明明是自己先提出进取益州，还主动邀请刘备一起联军。但刘备讲了一套冠冕堂皇的大道理搪塞自己，结果他却近水楼台先得月。

孙权痛骂刘备："这个老滑头竟敢骗我！"

他马上要求刘备将荆州的部分土地转让给自己。而刘备这时翅膀硬了，翻脸不认人，甚至还说出了"等拿下凉州再说"这样骗小孩子的话。这简直是对孙权智商赤裸裸的侮辱，孙权二话不说，调兵遣将准备武力夺取荆州。刘备也不甘示弱，亲自率军回到荆州，剑拔弩张，做出决战的架势。两军在局部地区已经发生了零星交火。

眼看孙刘联盟就要告吹，一场大战在所难免，这时曹操却不合时宜地出现了。

刘备收到情报，曹操已出兵征伐汉中张鲁。刘备知道曹操是冲着自己来的，他最大的超能力就是能屈能伸，马上一百八十度大转弯，一脸和气地向孙权服软求和，以湘水为界割让部分荆州土地给孙权，自己带着人马火速赶回益州部署抵御曹操。

曹操就这么不明不白地充当了孙刘两家的调解人，挽救了行将破裂的孙刘联盟。

回想当年，曹操不去穷追袁氏兄弟，静待辽东太守公孙康和袁氏兄弟内斗，结果不费一兵一卒就得到了袁氏兄弟的脑袋。如果这时曹操有当年的战略定力，耐心一点，以静制动，战局将大大改观。

可惜，曹操已经不是当年的曹操了。

九十　人才寥落

曹操很烦恼，身边总围着一群唯唯诺诺的人，却没有一个像荀彧、郭嘉、荀攸那样有战略眼光的高级参谋为自己出谋划策，特别是在自己误判形势的时候能勇敢站出来力挽狂澜。

他的求才令言辞恳切地呼唤人才，甚至强调只要有才能，缺德或者贪污也不在乎！这既有曹操为了和那些靠德行攒流量的名士对着干的成分，更多的是他对团队内部人才匮乏问题的无奈和焦虑。

但曹操身边真的人才凋零了吗？

但凡成功人士，往往因成功而自信，因自信而自负，因自负而固执，因固执而走向失败。功成名就而能够始终戒骄戒躁、谦虚清醒的人寥寥无几。

如果曹操还能回忆起当年郭嘉评价他与袁绍的"十胜十败"，他或许能蓦然警醒，自己从什么时候开始竟然与袁绍越来越像了。对自己盲目自信，对别人猜忌提防，永远认为问题出在别人身上，却不从自己身上找原因。

曹操无人可用的感受只是一种错觉。江山代有人才出，以帝国幅员之广、人民之众，人才是永远不可能枯竭的。虽然再美的鲜花也终会凋谢，世间已无荀彧、郭嘉，但年轻才俊早如雨后春笋一般破土而出，静静等待伯乐的到来。但问题在于，曹操是不是他们的伯乐？他们又是不是曹操的千里马？

曹操已不是当年吊民伐罪的曹操，他的政治野心路人皆知。那些世族名士三缄其口、明哲保身，异见分子们心怀不满、躺平冬眠，他们不想成为下一个荀彧，更不愿意去做助纣为虐的董昭。

曹操也已不是当年从谏如流、用人不疑的曹操，他对自己的行政经验和军事才能过度自负，耳朵里只能听到自己声音的回响，对别人说什么置若罔闻。手里面永远把权力攥得紧紧的，既舍不得，又不放心，总觉得别人肯定干不好，只有自己最能。

说到底，曹操老了。

曹操对西方之事很不放心。每个要去关中上任的官员出发前，他都要进行行前谈话，千叮咛万嘱咐。个别官员没按他说的办出了问题，曹操反倒得意扬扬地说："我早就知道会出事，我不是圣人，但经事儿多啊。"

曹操确实经验丰富，但当领导最忌好为人师，对部下的工作过度干涉。关中距离邺城千里之遥，很多实际情况与曹操所设想的并不完全一样，需要干部现场随机应变。但如果不听曹操的又难免有抗命之嫌，这让这些干部遇事束手束脚，即使有能力也无法施展，反而乱了方寸，把好事办坏。

曹操对他派驻关中的总司令夏侯渊就不太放心，前不久夏侯渊还曾被马超击败过。曹操实在很可怜，他已经是61岁的高龄，才从皖城归来没休息几天，就又一次亲率大军远征汉中张鲁。

等曹操风尘仆仆地抵达关中，发现形势并没有他预想的那么糟。夏侯渊的表现超出预期，不但奋勇击退了韩遂率领数万羌胡凉州铁骑的疯狂进攻，还乘胜向西进军，消灭了在凉州盘踞三十多年的悍匪宋建，以一己之力平定了整个凉州。

夏侯渊这一战的难度丝毫不亚于此前曹操平定关中，因此曹操专门在全军通报表扬了夏侯渊的功绩。曹操多少有点意外，要知道韩遂的凉州铁骑远比张鲁部队强悍得多，早知道夏侯渊有如此独当一面的能力，完全可以派他夺取汉中，何必自己劳师远征呢？

而更让曹操懊恼的是，他终于听说了刘备和孙权在荆州准备火并的消息。他心里很清楚，自己这一出兵，荆州这场好戏是肯定看不成了。而自己现在唯一能做的只有将错就错，在刘备回兵之前，以最快速度拿下汉中。

曹操对于迅速拿下汉中是有十足把握的。

首先，他很了解张鲁这个人和他的实力。张鲁和其他军阀有些不同，他的另一个身份是五斗米教的天师。所谓五斗米教是中国道教最早的派别之一，据说只要交五斗米就可以入教。其教法和张角那套大同小异，主要靠画符治病骗人。张鲁在汉中实施政教合一的统治方法，不设官吏，让资深的教徒——"祭酒"来管理地方政务。

张鲁最大的发明是在道路旁边设立义舍，里面放置米肉供行人免费取食，并声明不自觉多拿的人将因得罪鬼神而生病。

由于汉中地区地势险峻、易守难攻，再加上张鲁有五斗米教这张护身符，周围的军阀和少数民族虽然凶恶，但都敬畏神明，不敢轻易招惹张鲁。这使得汉中成了乱世中为数不多的太平乐土，全国各地的流民都跑到汉中来避难。

但曹操是不信邪的，当年他初入仕途，在地方做官的第一项政策就是砸烂一切牛鬼蛇神的祠堂。而且曹操与黄巾军也交过手，知道这些号称刀枪不入的教徒不过是些乌合之众，所以曹操根本不把张鲁的"鬼卒"当回事。

另外，曹操原本最担心的是后勤补给问题。从关中进攻汉中要翻越秦岭山脉，几万大军的粮草等辎重运输十分困难。如果不能在短时间内解决战斗，马上就会陷入绝境。但这时曹操听信了几个当地人的忽悠，他们宣称汉中根本无险可守，曹军可以直抵张鲁所在的汉中首府南郑（今陕西省汉中市南郑区一带）城下。

等曹操亲自率大军行至秦岭山间的散关（今陕西省宝鸡市南郊秦岭北麓）时，他才明白什么叫耳听为虚、眼见为实。曹操在颠簸的马上写了首《秋胡行》：

晨上散关山，此道当何难。

晨上散关山，此道当何难。

牛顿不起，车堕谷间。

坐盘石之上，弹五弦之琴，

作为清角韵。意中迷烦，

歌以言志。晨上散关山。

曹操颠得七荤八素，恨恨地把"此道当何难"重复了两遍，可见他心里有多别扭。而等他到了张鲁部队驻守的阳平（今陕西省勉县武侯镇）城前，就几乎绝望了。之前当地人告诉曹操，虽然人称"汉中最险无如阳平"，但实际上阳平城两侧的山体相隔很远，并不难攻打。可现在他眼前却是两山夹一关，除非强攻高大紧固的关城，否则根本无法通过。

曹操看了看，叹了口气说："相信别人从来都没有好结果啊！"

曹操咬着牙强攻了半天，结果伤亡惨重，毫无进展。曹操知道如果继续耽搁，等到粮食吃尽的时候很容易全军溃散，就准备知难而退。他对大家说："我行军打仗近三十年，没想到今天在这个鬼地方被别人堵住，实在没辙了！"

谁知道奇迹竟然发生了。

曹操做好撤退部署，让夏侯惇和许褚去招呼山上驻守的曹军一起开拔。没想到这两个人半夜在崇山峻岭中迷了路，误打误撞闯进了一座张鲁部队的军营。而张鲁队伍的战斗力实在太差，竟然吓得全军溃败。曹操就这么莫名其妙地拿下了天险阳平关。

张鲁听说阳平丢了，知道大势已去，就干脆放弃南郑逃到巴中地区（今四川省南充市一带）少数民族的部落中躲藏。曹操通过外交手段以高官厚禄游说张鲁，不久后张鲁带着部落酋长一起投降了曹操。

曹操平生作战都凭真本事，但这一仗纯靠狗屎运。

曹操得意了没两天，突然收到紧急情报：孙权率十万大军进攻合肥。

他脑袋一阵眩晕，这两年他像个没头苍蝇一样，跟在孙权、刘备的屁股后面东跑西颠，已经累得快吐血了。曹操毕竟是个六十多岁的老人了，想想几千里外的合肥，他感到心力交瘁，几乎瘫软在地上。

九十一　驭人之术

　　曹操在远征张鲁前，对孙权可能发动进攻就有所提防。他挑选了张辽、乐进、李典三员大将率七千精兵镇守合肥，还特意委派了一名文官薛悌担任护军。

　　曹操选这几个人费了一番心思。张辽在白狼山一战脱颖而出，拿着曹操的令旗击败了强大的乌桓骑兵，显示出独当一面的卓越指挥才能。但正因为张辽能独当一面，曹操又多少有点提防他。毕竟张辽是降将出身，保不齐再次临阵倒戈。所以他又安排自己一手从下级军官中提拔起来的嫡系将领乐进一同在合肥镇守。

　　而李典的优势是手下有兵。李氏家族是地方世家大族，手下宗族部曲有好几万人。当年曹操起兵不久，李典的叔叔李乾就投奔而来。李乾死后，李典又继续领兵。为了表忠心，他把宗族三千多家都搬到邺城居住，实际上是当人质，曹操对此很满意。曹操是绝不肯把嫡系部队青州兵交给别人统率的，因此驻守合肥的只有七千多人，而估计大多数是李典的私人武装。

　　这三个人是平级军官，所以谁也不服谁，甚至还有一些矛盾。而这可能正是曹操想要的效果，他就是希望这三个人能够互相制衡一下。他还派了一个最能和稀泥的干部薛悌担任护军，他的任务就是调和这三个将军之间的关系，既要把张辽的大将风范、乐进的忠诚可靠和李典的兵源充足完美糅合在一起，又要避免他们的矛盾激化，搞窝里斗。

　　曹操的驭人之术实在是煞费苦心。

　　但即使这样精心部署，曹操还是不放心。他故弄玄虚地留下了一个锦囊，很神秘地告诉这几个人："千万不要打开，等敌人来了再看哟。"

　　此时曹操在汉中听说孙权真的来了，而且竟然在这么短的时间内集结了十万人马，他心里开始打鼓，脑袋里回旋着无数个问号：合肥的七千人能不能阻挡十万人的围攻？张、乐、李、薛这几个人能不能团结对外？孙权诡计多端，合肥会不会成为又一个皖城？

而更重要的是，他想到了那个锦囊。没有人知道曹操在锦囊里写了什么，只有曹操自己知道。但一想到锦囊中的话，曹操就冷汗直冒，他知道自己必须尽快赶回去救援合肥。

这时，有一个人勇敢地站出来向曹操提出了反对意见。他就是时任曹操贴身秘书——主簿司马懿。他对曹操说："刘备是用诈术从刘璋手中窃取的益州，他在当地的统治极不稳固，而他竟然还跑去和孙权抢荆州，这是我们消灭刘备的大好时机，绝不能错过！只要我们留在汉中不走，益州就会人心惶惶。我们要是能进兵威吓，益州马上就会土崩瓦解。"

司马懿最后说了一句话："圣人不能违时，亦不能失时矣！"

这一年司马懿已经36岁了，但还只是一个小小的主簿。虽然能在曹操身边工作，曹操父子对他也很器重，但这对于像司马懿这样的英雄是远远不够的。司马懿和荀彧同样出身世家大族，他对荀彧的死是同情的，对曹操的野心多半也并不认同，但又有什么办法呢？要想成就梦想，只能依靠曹操这棵大树。所以他最后一句话是说给曹操听的，也是说给自己听的。他不能错过这个立下不朽功勋的机会，所以终于忍不住站出来说话了。

司马懿没有说错，事实证明，这是曹操消灭他平生宿敌刘备最好也是最后一次机会。

曹操天天喊着寻找人才，逢人必说要是郭嘉活着多好多好，但当一位或许比郭嘉更伟大的军事家向他提出了一个有可能让他的功业登峰造极的战略建议时，曹操竟然拒绝了。

曹操的回答是："人苦无足，既得陇右，复欲得蜀！"

这句话并不是曹操自己想出来的，而是出自光武帝刘秀之口——也有人说是与刘秀同时代的军阀隗嚣。但刘秀这么说其实是一句玩笑话，当时他指示大将岑彭拿下陇西后马上南下平蜀，然后自嘲说自己是不是太贪心了啊。

而且刘秀所面对的形势和曹操有一个根本不同：刘秀是得陇而望蜀，曹操是得汉中而望蜀。

对于曹操和刘备来说，再怎么强调汉中的重要性都不为过。因为汉中是产粮区，可以根本解决进攻蜀地的最大难题——后勤补给问题。因此有人说，要想拿下益州，得汉中就等于成功了一半。如果曹操控制了汉中，正如司马懿所说的，刘备就别想好好睡觉了。曹操可以安心储备充足的军粮等物资，然后随时可以进攻成都。而如果刘备控制了汉中，那才是当年刘秀所面临的形势。只要刘备坚壁清野，曹操不可能长期维持一条跨越秦岭山脉的补给线。刘备不是刘璋，曹操也很难指望再有上一次在阳平关时的好运气，想消灭刘备将势比登天。

曹操引经据典把话说得很漂亮，但只不过是为了掩饰内心深处的无奈。正如官渡之战时，45岁的曹操很难理解54岁的袁绍的心态，此时36岁的司马懿更无法懂得61岁的曹操的苦衷。

因为那个该死的锦囊，曹操很担心东方会出大事。另外，曹操必须赶在他生命的垂暮之年抓紧实现他的野心，留给子孙们一份无法被别人夺去的政治遗产。

司马懿一定深深懊悔自己一时冲动向曹操献计，从此学乖了，只说曹操爱听的话。他或许看出了曹操的真实想法，不久以后就离开曹操的身边，调动工作去了更有发展前途的曹丕幕府，终于成了曹丕篡汉称帝的佐命功臣。

据说曹操多少察觉到了司马懿深藏不露的野心，故意让司马懿在他前面走，然后猛地叫他回头，司马懿头转向后面，身子却一点没有转动。这在古时候被称为"狼顾相"，是指有豺狼之心的人才会有的特征。曹操对此很担心，专门提醒曹丕要提防司马懿。但司马懿玩了命地努力工作，所有曹操交办的事都超水平完成，而且他千方百计迎合曹丕，得到了曹丕的充分信任。因此，曹操挑不出司马懿的毛病，曹丕更是对司马懿言听计从，司马懿就这么一步步走向了舞台中央。

当然，这样的故事多半都是后人编出来的逸事。当时岁月静好，不但曹操，恐怕连司马懿自己都万万想不到有一天他将变身成为新一代的曹操。

那个该死的锦囊。

张辽、乐进、李典、薛悌四个人被孙权的十万大军围在合肥城中，他们赶紧把曹操的锦囊捧出来围观。只见上面写着："若孙权至者，张、李将军出战；乐将军守，护军勿得与战。"

大家看了都目瞪口呆。要知道七千人对抗十万人，死守城池都朝不保夕，曹操竟然还让张辽和李典出战。全场鸦雀无声，所有人都百思不得其解。

这时候张辽挺身而出，向大家说："魏公的指示太英明了！现在魏公率大军在汉中，我们的兵力和孙权相差太大，等魏公赶回来，我们早就完蛋了。所以魏公的指示是要求我们趁敌人的部队尚未集结完毕，冲出去灭灭孙权的威风。成败在此一战，大家还有什么好犹豫的呢？"

其他所有人听了张辽的解释都半信半疑，只有李典支持张辽的意见。李典的支持代表了军队的态度，于是张辽从七千人里挑了八百人的敢死队，先在半夜饱餐了一顿。第二天一大早，张辽身先士卒闯入了孙权的大军，一边冲杀一边高喊着自己的名字，一直杀到了孙权的面前。

孙权对于曹军敢于出战没有任何思想准备，一下子被杀得阵脚大乱。孙权逃到一座小山上避难，张辽直追到山下叫骂。孙权这才居高临下发觉曹军人数很少，八百人在十万人中间就像大海上的一只小船。孙权马上组织反击，把张辽和他的敢死队团团围住。这时张辽已经杀红眼了，吴军也被这个一边喊叫自己名字一边厮杀的拼命三郎吓到了。结果张辽不但杀出重围，而且看到有自己人没能突围，又发扬了"一个都不落下"的精神，杀回去替他们解围，这才最终带着敢死队全身而退。

此战之后，曹军士气大振，修缮城防坚守待援。而孙权这边锐气尽失，特别是吴军最精锐的庐江上甲指挥官陈武为保护孙权而被张辽杀死。孙权围攻了十几天，没占到什么便宜，就灰溜溜地撤军了。而张辽还不依不饶率军追击，险些生擒了孙权。

这就是历史上有名的逍遥津之战。张辽以七千人击败了孙权的十万大军，兵力悬殊远超官渡之战和赤壁之战。张辽一战而名满天下，据说江东如果有小孩啼哭，父母就说："别哭了，张辽来了！"后来这句话竟然还传到了日本，演变成了"辽来来（辽来々）"这样一句俗语。

胜利可以掩盖一切问题，没有人再去追究曹操的锦囊到底是什么意思，也没有人敢追究。但仔细想想，七千人进攻十万人，实在是一件九死一生的事。曹操真的那么有把握吗？

更大的可能性是曹操不放心这几个人，想遥控指挥战局。他安排最忠诚的乐进守城，让最勇武的张辽和兵最多的李典出城作战，又担心文官薛悌干涉军事行动，特意指示他不要参与。曹操事无巨细，什么都要插手，以为万无一失，但没想到孙权竟然带了十万人来，出城迎击几乎就是送死。幸亏张辽以一己之力创造了奇迹，才让曹操的一着臭棋变成了妙手。

从古至今，最高军事统帅遥控指挥一线军事行动的，很少不自食苦果。

曹操接到战报后，以很少见的方式高度表扬了张辽，并晋封张辽为征东将军。第二年，曹操亲自来到合肥前线，特意沿着张辽率敢死队作战的路线进行视察，一路看一路赞叹连连。

可惜在张辽击退孙权的时候，曹操已经留下有立功表现的夏侯渊镇守汉中，自己狂奔在赶往东方战场的路上。早知道有张辽，何必这么着急忙慌呢？

天下没有卖后悔药的，曹操也不想和比自己小两轮的司马懿道歉。他将错就错，在路上拐了个弯，径自回邺城去了。

在那里，他还有一件大事要办。

九十二　夺嫡之争

建安二十一年（216）二月，曹操回到了邺城。五月，他就被皇帝晋封为魏王。

相比于从侯爵晋封为公爵，现在曹操称王反而没有激起什么大的政治风浪。随着荀彧、荀攸的神秘死亡，所有人都已经看清了形势，知道曹操想干什么，也知道他为了实现目的可以不讲情面，无所不用其极。

识时务者为俊杰。没有人想去螳臂当车，牺牲自己的家族为皇帝当替死鬼。即使是司马懿这样世家大族出身的干部，骨子里看不起宦官之后的曹操和他的家族——司马懿曾很厌恶地装病拒绝了文化水平较低的曹操堂弟曹洪的交友请求，这时他们也只能向现实妥协，而且妥协得非常彻底，从曹操的潜在政治敌人一下变成了怂恿曹操称帝的积极分子。

如果从中平元年张角发动黄巾大起义引动天下大乱算起，到这一年已经32年了。这些世代尊习儒术的士人终于被乱世所驯服，他们在铁与血的现实面前明白了一个道理：

没有永远的君主，只有永远的权力。

在曹操看来，是他的英明神武结束了帝国的乱世。但他没有想到，也正是他打开了潘多拉魔盒，一个几近四百年的漫长乱世即将来临，中国历史将进入一段最黑暗的冬夜。在这一夜中，城头变幻大王旗，一个接一个的英雄复制粘贴曹操的这一套政治把戏，一步步走上神坛，把上一个家族推入地狱。而那些服膺儒教的士人，几乎没有一个敢于践行孔老夫子谆谆教导的"臣事君以忠"，全部麻木地匍匐在权力的宝座前面，根本不敢抬头看看上面坐的是谁。

悠悠四百年，举世不见一根坚贞挺拔的树木，遍地都是随风飘摇的荒草。

自古忠孝不能两全。士大夫们无君可忠，就只能把孝道抬出来当遮羞布。

当时有一位流量大名士邴原，连曹操对他也推崇备至。据说曹操远征乌桓归来，在中途召开盛大的庆功宴。酒酣耳热后，曹操很酸楚地对在座的宾客们说："我敢担保邺城的大小干部很快会跑来祝贺我，但唯独邴原是不会来的。"话音刚落，邴原竟然第一个来了，曹操开心得满地找鞋，迫不及待地跑出去迎接邴原。

后来有一次，曹丕在一场有几百人参加的宴会上，突然问了大家一个问题："君王和父亲同时生重病，但只有一颗药丸，只能救一个人，你们觉得应该救君主呢，还是父亲？"

大家说什么的都有，邴原使劲往后躲不想参与这个无聊的游戏，但曹丕却故意请邴原回答。邴原脸涨得通红，愤愤地说："爹呗！"

这个问题应该和"老娘与媳妇掉河里先救谁"并列为世界两大最难回答的问题。邴原很聪明，他知道这不是一个席间游戏，而是一次政治测验。他做出了正确的回答，而曹丕也得到了他想要的答案。曹丕就是要找一个最有声望、最有德行的人来告诉天下人，想要保住你们的家人，就不要阻止我当皇帝！

这时曹操的政治集团中已经没有了保皇派和拥曹派，但并不是铁板一块。随着曹操越爬越高，但也越来越老，所有人都在暗中下注，像苍蝇一样紧跟最有希望成为接班人的曹丕和曹植身边，形成了五官将派和临淄侯派——当时曹丕担任五官中郎将，曹植没有官位，被封为临淄侯。

除了那些默默站队的官员之外，曹丕和曹植的竞选团队各有四个核心成员，被称为"四友"。曹丕这边是司马懿、陈群、吴质、朱铄，曹植这边是丁仪、丁廙、杨修、邯郸淳。

曹丕是嫡长子，有年龄优势，已经担任了曹操的助手——副丞相，工作业绩更突出。而且他一直贯彻示弱的策略，没有犯过什么大错。曹丕除了依靠亲信智囊吴质和掌握兵权的朱铄之外，重点交结势力雄厚的世家大族子弟，司马懿不必多说，陈群也是东汉末年最大的名士陈寔的孙子，其父辈全都是高官兼名士。

曹植没有年龄和官位优势，他最致命的武器就是自己无与伦比的文才。曹植的策略很简单，只有一条——投曹操所好。他自己是曹操的爱子，而他的核心团队更全部是曹操身边的红人。

丁仪、丁廙是兄弟俩，都是曹操的谯县老乡。曹操特别器重他们，尤其是丁仪。曹操一度想把最宠爱的女儿清河公主下嫁给丁仪，但被曹丕以丁仪眼睛有残疾给搅黄了。曹操对此非常后悔，埋怨了曹丕很久。后来丁仪被安排担任了负责丞相府人事工作的重要岗位——西曹掾。

杨修大名鼎鼎，大家都很熟悉。他不但出身顶级世家大族弘农杨氏家族，也是曹操身边的贴身秘书——主簿。因为深得曹操信任，虽然官职很小但权势极大，连曹丕也主动巴结他。

邯郸淳前文已提到过，是当时著名的文学家、书法家，最为曹操所器重喜爱。

另外，曹植还有一件法宝，他和曹丕是一母所生，但他们的母亲卞氏更钟爱这个有才的小儿子。

这出夺嫡之争是一场没有硝烟的暗战，但远比两军交兵更加残酷惨烈。

自从曹操有了挑选继承人的念头开始，曹植大概率是他的首选。曹操应该也能看出来，曹丕低调沉稳，政治能力明显强于任性放达的曹植，但曹植的文学才能太让曹操震惊。曹操既是政治家，也是文学家，他深知政治能力是可以后天学习的，但文学天才却是千年等一回。曹操后来回忆时也坦承，他当时觉得曹植在所有儿子中"最可定大事"。

而且曹操身边几乎全是曹植的人。丁氏兄弟和邯郸淳都主动向曹操建议立曹植为继承人，夫人卞氏应该也没少吹枕边风。杨修更是利用作为曹操秘书的便利，偷偷向曹植透露了很多机密信息。曹操有个毛病，特别喜欢突击给儿子们搞小测验。杨修就揣摩曹操心中的正确答案，提前给曹植泄题，结果曹植的表现每次都能恰好撞在曹操的心坎上。

而相比之下，曹丕就大落下风。他最亲信得力的智囊吴质被故意调到外地当县长，两个人联系断绝，吴质只好藏在大车上的竹筐里偷偷入府同曹丕议事。但这事不慎被杨修得知，杨修立即向曹操打小报告，说曹丕私通地方官。幸亏吴质机敏，及时掌握情报在筐里换上了绢布，躲过了曹操派来搜查的特务。

曹操倾向曹植的顶点发生在建安十九年孙权攻破皖城后曹操南征之时。平时每次都是曹丕留守邺城，这次曹操突然改换曹植来肩负重任。曹操临行前还专门语重心长地对曹植说："当年我23岁时担任了顿丘令，如今回想当时所为仍是无怨无悔。你现在也正好23岁了，应该好好努力啦！"

这无疑是一个重大的政治信号。

然而谁也想不到，形势竟然从此急转直下。应该说成也萧何、败也萧何，曹植因为天纵之才为曹操所爱，但也因为他的文人气质被曹操所弃。

当时的文人有两大爱好：饮酒、嗑药。曹操本人就是此中高手，他不但爱喝酒，还擅长造酒，甚至曾经眉飞色舞地向皇帝推荐了九蒸九酿的九酝酒法。曹操还召集了一帮术士用各种矿物质配制养生神药，华佗就是其中之一。当时医生其实也是绝命毒师，这些神药号称可以延年益寿，实际上是慢性自杀的毒品。

魏晋时期文人圈子中最盛行的一种神药叫作"五石散"，据说是用石钟乳、紫石英、白石英、石硫黄、赤石脂五种石头碾碎后合成的散剂。服用后可以让人头脑清醒，而且有美白肌肤的美容效果。但这种药也有强烈的副作用，会让人全身燥热难当，必须靠吃冷食、洗冷水澡及散步来发散药性，这被称为"行散"。如果你在当时的城市街道上看到成群结队的士大夫狂走刷步数，是完全不用大惊小怪的。有人很形象地描写这些长期吸毒文人的精神状态："魂不守宅，血不华色，精爽烟浮，容若槁木，谓之鬼幽。"这完全是活脱脱的毒虫模样。

在曹操所处的时代，高级毒品"五石散"还没普及，曹操更多地是喝有毒性的鸩酒，以及吃野生的葛藤。曹操在当时保持了一次吃一尺长野葛的吉尼斯纪录。

曹植是个举世无双的大文豪，自然也嗜酒如命且嗑药成瘾，所以他的精神状态可想而知。一边是曹丕低调示弱、步步机心，另一边曹植却恃才傲物，成天处于被酒精和毒品所麻醉的迷离仙境。因此，虽然曹植看似更得曹操宠爱，是更接近夺嫡竞赛终点的那个人，但所有有政治判断力且对两兄弟比较了解的人都知道，曹植早晚要栽跟头。

果不其然，可能就在曹操远征并安排曹植留守邺城主持工作的这一次，曹植和他的狐朋狗友竟然肆无忌惮地在主街道上飙车，而且是醉驾。更严重的是，他擅自下令打开了只有曹操才有权支配的司马门外出。

这在朝野上下造成了极其恶劣的影响，曹丕和五官将派也抓住这个机会在曹操面前狠狠狂踩曹植。曹操对曹植更是彻底失望，他公开下达指示说："自从临淄侯曹植开司马门私自外出，我对这个儿子的看法根本改变了。"

而且曹操还严厉批评了所有儿子身边的从官，他以书面通知的形式告诉这些人：我一走你们就纵容我的儿子们胡闹吗？曹植这次开司马门外出，我再也不能信任这帮孩子了。你们也要好好考虑一下，我还能不能把你们当自己人？

话说到这份儿上，可见曹操的气愤程度。他制定了极严格的规定，从严管束宗族子弟。而那些从官更是吓得魂飞魄散，按说他们也有苦衷，谁敢动真格管教曹操的儿子啊！但既然曹操这么说了，这些人瞬间从玩伴变成了凶神恶煞，变本加厉地落实曹操的要求。只可怜曹操的亲儿子们，成了一群没有任何人身自由的囚徒。

至此，夺嫡大战基本落下了帷幕，最终曹丕后来居上，获得了优胜，曹植一落千丈，从炙手可热的接班人变成了无足轻重的边缘人。

曹操对两兄弟的明争暗斗不但是心知肚明，而且他就是这场比赛的幕后裁判员。手心手背都是肉，但权力面前无父子，只有强者才有资格接过曹操手中的接力棒，守住他耗尽一生所开创的这份千秋伟业。

九十三　派系旋涡

夺嫡大战尘埃落定，但五官将派和临淄侯派的政治倾轧却远远没有休止。

当初曹操为了考察曹丕和曹植两个候选人的支持度，曾经使出了很绝的一手，可以说是前无古人、后无来者，他秘密写信向所有高级干部就接班人人选广泛征求意见。

按说选谁当接班人是君主的家事，别人没必要参与。而且这件事的政治敏感性很强，除了两派的核心成员别无选择只能明确站队之外，其他人即使心有所属，也不愿意公开表明态度，保持中立才有转圜空间。但现在曹操把信堵到这些人面前，虽然话说得客客气气，但实际上是一道命令，所有人都必须明确选边站队，做出他们的选择。

这时曹丕的政治远见发挥了作用。由于曹植的策略是投曹操所好，所以他的眼睛死死盯住曹操一个人，积极拉拢曹操身边的红人，但不太重视团结其他人。而曹丕的策略是示弱，他几乎偷偷联络了当朝所有重要官员，并且以很谦卑的态度对他们毕恭毕敬，结果大多数高级干部都表态支持曹丕。

当然，嫡长子继位是封建世袭制的惯例，除非和曹植有特殊关系或与曹丕有深仇大恨，大多数人都认为嫡长子继位是维持政治稳定的最佳方案。最受曹操器重的贾诩就特别提醒曹操要记得袁绍和刘表废长立幼的教训。此时曹操被曹植的公子哥儿行径所激怒，又看到曹丕的人气值这么高，也就拿定了主意。

曹操这一招的确很绝，逼迫所有人都表了态。像贾诩这样老奸巨猾的政治不倒翁，一再回避正面回答曹操，即使曹操把他们两个单独关在房间里，他也咬紧牙关不说话。但最终还是架不住曹操三番五次的追问，不得不做出了选择。

但曹操这自作聪明的一手，却也搬起石头砸了自己的脚。世间没有不透风的墙，曹操虽然体贴地以绝密通信的方式征求大家意见，但有无数双眼睛和耳朵无时无刻不在竭尽所能捕捉这些信息。结果五官将派和临淄侯派本来是暗斗，现在大家无一例外全部暴露，那就只能真刀真枪拼个你死我活了。即使曹操已经有了决定，但像曹植身边"四友"这样没有退路的死忠粉，这时只能和敌人搞个鱼死网破了。

这也是为什么说曹操这一招是前无古人、后无来者。平时聪明绝顶，但时不时做出几件很儿戏的事来，这就是曹操的风格。

最倒霉的一个人是崔琰。

前文已经提到过他。崔琰的家族是冀州最著名的世家大族，他在曹操灭袁后加入曹操阵营，一直被曹操安排在重要岗位工作。此时崔琰接到曹操这封密信，估计不眠不休琢磨了一个晚上。

遵循不把鸡蛋放在一个篮子里的世家大族乱世生存法则，崔琰本来是两边下注，他本人曾经在曹丕身边工作，但同时曹植又是他哥哥的女婿，谁成为接班人他都不吃亏。但这时曹操非要他明确表态不可，他思来想去觉得曹植玩世不恭的态度早晚要出事，决定支持曹丕。

但崔琰耍了个心眼儿。他要把事做绝，因为他担心崔家和曹植的姻亲关系会影响曹操和曹丕对自己的看法。于是他公开给曹操回信坚决支持立曹丕为继承人，并宣称将以生命来捍卫自己的立场。崔琰可能是极少几个写公开信回复曹操的人之一，而他也因此付出了代价。

正好此时曹操晋封魏王，有个崔琰提拔的干部写了篇歌功颂德的文章，引起了社会上的一些批评。大家认为这个人拍马屁的行为很卑劣，并认为崔琰有责任。崔琰把文章找来看了一遍，写信安抚那个干部说："省表，事佳耳！时乎时乎，会当有变时。"大意是：看了你的文章，挺好的嘛，一切都交给时间来评判吧。

崔琰是名士，写信当然不能用大白话，总要文绉绉一些。但不料曹植的死党早就盯上了他，这时丁仪马上抓住他的话大做文章，向曹操报告说崔琰对他当魏王心怀不满。丁仪知道曹操不能容忍反对他当魏王的人，又特别受不了世家大族的讽刺，所以故意挑动曹操最敏感的神经。果然曹操原地爆炸，说崔琰用的这个"耳"字是个贬义词，说什么让时间来评判更是大不敬，马上把崔琰一撸到底，剃了阴阳头，派去搬砖扫马路。崔琰倒是能屈能伸，很坦然地接受了惩罚。但丁仪一定要把他赶尽杀绝，又派人向曹操反映崔琰受刑后神态自若，还大模大样在家会客。曹操最见不得世家大族的傲娇，马上下令将崔琰赐死。

可以说，崔琰的死完全是曹操一手造成的冤假错案。曹操或许很清楚丁仪为什么要置崔琰于死地，但他对于世家大族从来是宁可错杀一百，绝不放跑一个。

另一位曾在曹操创业时期做出过重要贡献的功臣毛玠也险些成了刀下鬼。他此时身处主管全国人事工作的重要岗位，同样收到曹操的绝密来信，并和崔琰一样回信曹操，强烈建议立曹丕为继承人。结果他也遭到了丁仪等人的疯狂迫害，理由是毛玠诽谤朝政。曹操对待违法行为是丝毫不念旧情的，这也是赏罚分明的一种方式吧。他立即把毛玠抓捕下狱，幸亏有人暗中营救毛玠，最终他侥幸生还，免职为民，在家中郁郁而终。

还有一位路粹就没有毛玠这么幸运了。他只不过和曹丕私人关系好，且任职曹操身边的机要岗位——秘书令，结果竟以违反规定低价买驴的奇异罪名被处死。另外还有一大批五官将派的干部受到牵连，被调出邺城派到地方任职。

这一切就发生在曹丕的眼皮底下，而且他此时已经成功占据了曹操心中的首选位置。但曹丕假装什么也没有看到，眼睁睁地看着自己的亲信和朋友被一个个地清除或赶走。曹丕很精明，他知道丁仪等人就是希望以此来激怒自己，让他在曹操面前犯错。因此他只能弃卒保车，对这些挑衅装傻充愣。

但丁仪等人仗着曹操的信任狠狠打击五官将派时，却不知道这已是他们最后的狂欢。在曹丕心里，藏着一本很详细的账。每一个有过不利于他的言行的人，哪怕只在曹操面前说过一句话，全都被记录在案、长期保存。曹丕静静等着那一天的到来，他将让账上的所有名字一起永远消失。

而那一天已经不远了！

此处附录曹丕所记录的黑名单上重要人物的结局。

一、主犯：曹植。曹操死后当年，除了曹丕外，其他所有曹操的儿子就被送往各自封地居住——实际上在看守所看押。第二年曹植被举报犯罪，因为母亲卞太后的死保，曹丕才勉强没有处死曹植。曹植的后半生换过三家看守所，身边只有一百名残疾老兵半服务半看管，基本与外界断绝一切联系。他再未与卞太后见过面，最终在孤独中病死，年仅41岁。

二、要犯：杨修。说到杨修，就得提到那个著名的"鸡肋"故事。据说曹操亲自拟定了一个军中口令：鸡肋。没有人明白这是什么意思，只有杨修开始打包收拾行装。别人问杨修，他说："鸡肋就是食之无味，弃之可惜，魏王肯定是想撤兵了。"杨修没等到曹丕找他报仇就死在了曹操手中，这可能主要是由于杨修这个人太爱耍小聪明。他在曹植失势后就拼命躲着曹植，想和曹植划清界限，结果反而成了五官将派和临淄侯派的公敌。而想害杨修实在很容易，他出身世家大族，又是袁术的外甥，再加上他总在曹操面前抖机灵，于是很快就被以泄露机密和与曹操儿子私下交往的罪名处死，年仅45岁。

三、要犯：丁仪、丁廙。这应该是曹丕最痛恨的两个敌人。曹操刚死不到一个月，尸骨未寒，丁氏兄弟及其两家全部男丁就都被曹丕处死，且没有任何理由。

四、要犯：邯郸淳。曹操死时邯郸淳已经88岁高龄，他马上给曹丕写了一篇歌功颂德的赋，曹丕表扬并赏赐了他。和一个快死的老头儿计较实在犯不上，但邯郸淳还是在第二年神秘死亡。

五、从犯：杨俊。杨俊是名士，而且是和许劭相类似的著名人物品鉴大师。他也接到了曹操的绝密来信，回信中他谁也不得罪，对曹丕和曹植都给予了肯定，但夸曹植的篇幅略长了一些，因此也上了曹丕的黑名单。他先被曹丕贬到地方做官，然后曹丕故意视察他的辖区，并以市场不够繁荣为名逼迫其自杀。曹丕的亲信司马懿曾经因杨俊的评价增加了流量，当场磕头流血为杨俊求情，但曹丕绝不肯放过杨俊。

这都是曹操一封信惹出的血案！

曹丕对黑名单上的每一个人睚眦必报，但对支持过自己的人也永远不会忘记。曹丕继位后，像贾诩这样曾经在关键时刻为曹丕说过好话的人直接进入了核心领导层。而那些曾经接到曹操绝密来信并回信支持曹丕的人也都被重点提拔使用。

最风光的一个人无疑是吴质。他一步登天，被越级提拔掌握幽州和并州军权并封侯。于是吴质摇身变成了曹丕身边的丁仪，而且比丁仪更加权倾朝野。曹丕特意下令所有中央高级官员到吴质家聚会，职位低一点的就只能当服务员端茶倒水。吴质也趁机狐假虎威，当众拿曹丕两位亲信爱将曹真和朱铄一胖一瘦的体形开玩笑。曹真是皇亲国戚，碍于面子顶了句嘴，吴质当场发飙痛骂曹真说："小心我一口吃了你！"

与吴质的小人得志相比，司马懿、陈群就稳健很多。他们在曹丕继位后也都成功身居要职，但只是谨小慎微努力工作。他们不在乎眼前的一点荣华富贵，他们的家族从来不缺高官和财富。他们肩负着更加重要的家族使命。

他们心里也有一份黑名单，而上面只有一个名字：曹操。

九十四　孙曹言和

曹操称魏王后不久，还发生了一件事。当时曹操已将东至大海、西至凉州的整个北方地区全部统一。于是帝国周边国家和少数民族部落纷纷重新恢复了久已断绝的朝贡，派遣使团前来加强与帝国的政治、经济联系。这些人虽然身在边陲塞外，但对帝国的政治动态了如指掌。没有一个使团去往许县觐见皇帝，全部在魏王的国都邺城排队等候曹操的接见。

这一年曹操先后接见了代郡乌桓首领和南匈奴单于呼厨泉所率领的两个元

首代表团。这两家都是曹操的手下败将，再也不敢在帝国边境兴风作浪。但由于没有帝国的资源接济，他们又只能喝西北风，所以只好亲自前来恳求曹操恢复正常邦交关系，开展双边贸易和申请获得帝国的对外援助。

先来的代郡乌桓首领高高兴兴地领了一堆赏赐回家，但后来的南匈奴单于呼厨泉就没有这么幸运了。曹操同他会见后拉住他说："来了就不要走了！"

曹操下令将呼厨泉留在邺城居住，把南匈奴分割成五部，各由一个贵族首领统率，又安排汉族人在部落中担任司马进行监督，实际上是帝国派驻的总督。

任何时代都一样，弱国无外交！

曹操这一招等于是把匈奴的铁拳掰成了五个单弱的手指。南匈奴虽然早已归附帝国，和汉族人民杂居，但毕竟身上流着匈奴的血。他们民风彪悍，擅长骑射，谁给的钱多就替谁卖命，曹操绝不想把一头狮子养在身边。他把南匈奴打散分成五部，将狮子变成了五只看家护院的猎狗，帝国的威胁反成了帝国的屏障。曹操这一手发挥了重大的战略作用，让南匈奴这只雄狮安睡了近一百年。

在曹操任命的南匈奴五部贵族首领中，有一位名叫刘豹。74年之后，篡夺曹魏政权的西晋王朝改变了曹操对南匈奴分而治之的正确方针，任命刘豹的儿子刘渊为五部大都督，五根手指又合成了一个拳头。又过了18年，刘渊就正式称帝，国号为汉（史称前赵）。自此雄狮怒吼，最终颠覆了西晋王朝，掀起了数百年的狂澜。

魏王曹操对内抓紧遴选接班人、清理政治团队，对外出席各种外事活动，忙得不亦乐乎。但无论他再怎么把自己的时间全部填满，仍然满足不了日益膨胀的欲望，反而内心更加空虚。有一个挥之不去的问题始终在曹操的脑海里徘徊：

难道魏王将是我一生的终点了吗？

并不是！

曹操按照自己打一仗升一级的习惯套路，又开始琢磨出兵打仗了。只有获得一场大胜，才能捞取足够多的政治资本，顺利无阻地爬向更高的位置。曹操是记仇的，这一次他将目标瞄准了东方战场的孙权，他要报前几年皖城之败的一箭之仇。

建安二十一年十月，曹操从邺城出发南下，用了整整三个月的时间至第二年正月才到达东方前线居巢（今安徽省巢湖市东北）。曹操选择发动冬季攻势可能是考虑在枯水期季节作战，有利于以步兵、骑兵为主的曹军。但这一年冬天的天气极端反常，江淮地区连降暴雨，江河普遍涨水，道路泥泞不堪。曹操好不容易才在居巢将部队集结完毕，立即毫不犹豫地向濡须坞发动了总攻。

这次战役史称第二次濡须之战。很奇怪这一战在历史上籍籍无名，但其规模实际上超过了赤壁之战，也不亚于官渡之战。曹操和孙权都亲自坐镇指挥，曹军以大将张辽为前锋，吴军的前线总指挥是都督吕蒙。孙曹两军的精兵强将尽数出战，这是双方主力的最强碰撞，也是曹操平生最后一次大规模会战。

曹操仍抱有消灭孙权的最后一丝幻想。只要战事如人所愿，顺利占据濡须口，那么整个战局将豁然开朗。孙权很难防守漫长的长江防线，曹操可以率领百万雄师过大江，夺取孙权的都城建康将只是时间问题。如果能够取得平吴的旷世奇功，即使曹操不想当皇帝，大家也不会同意。

但孙权也不是绣花枕头。他早在几年前就知道孙曹必有此一战，于是着力加固濡须坞的防务，不但任命了最得力的干将吕蒙担任前军统帅，而且举全国之力精挑细选了一万名强弩手在濡须坞驻守。

战国时期的名将吴起所著《吴子·应变篇》中记载："右山左水，深沟高垒，守以强弩。"强弩是冷兵器时代威力最大的防守武器，远比一般的弓箭厉害得多。汉代又对强弩做了一系列重大改造，在秦代发明瞄准器——望山的基础上增加了刻度，有经验的强弩手可以精确计算出弹道轨迹。而且弩身上的重要部件也由木制改为了铜制，更加坚固稳定。据说最强悍的强弩有效射程超过500米，可想而知当一万张强弩同时发射时的可怕景象，完全是古代的火箭炮。别说是曹军步兵，就是机动性很强的虎豹骑也很难靠近濡须坞。

果不其然，在吕蒙的亲自指挥下，吴军很快就击退了曹军的第一波攻势。曹军的高级将领孙观在战斗中中弩负伤，虽然仍坚持作战，但终因伤势过重去世，这对曹军士气有一定影响。而且吴军牢牢掌握着水上控制权，可以从水陆两面对曹军展开攻击，甚至可以跑到曹军背后抢滩登陆前后夹击。曹军顶风冒雨在泥泞中作战，付出惨重代价却毫无进展，形势十分不利。

但天气也小小帮了曹操一下忙。由于水面上风势迅急，吴军水军大将董袭所乘坐的有五层楼高的旗舰，倾覆了。董袭本来有大把时间可以坐小艇逃生，但他坚持没有得到孙权的命令任何人不许下船，最终竟然与旗舰一同沉入了江底。由此也可以看出吴军严格的组织纪律性和顽强的战斗精神。

随着两军进入相持阶段，吴军遇到了一个大麻烦：弩箭不够用了。尽管孙权提前做了充足的准备，但也架不住一次齐射一万支弩箭的巨大消耗。再加上江上风浪过大，后勤补给也很难通过水路及时补足。

而曹操是铁了心要击败孙权。看着一排排的曹军像韭菜一样被齐刷刷地割倒，他脸不变色心不跳。毕竟两方国力相差悬殊，曹操不信孙权的弩箭能比曹军的人头还多。

双方激战了一个月。终于，一位孙权的使者驾着小舟来到了曹营，他带来的是一封孙权的投降书。

时间已经来到了建安二十二年三月，曹操已经63岁了，而孙权才刚刚35岁。他看着孙权这封奴颜婢膝的降书，曹操陷入了沉思。

战，濡须坞破在旦夕。但即使拿下了濡须坞，自己也再没有余力渡江平吴了；和，恐怕就只能把孙权这个强敌留给下一代人了。

曹操猛然想起上一次孙权寄给他的小纸条："春水方生，公宜速去。"随着春天天气好转，孙权的水军必将卷土重来，曹军即使占据了濡须坞也很难守住。

更重要的是，曹操最担心的不是眼前，而是背后。孙权再勇猛也只能让他受些皮肉伤，而躲在暗处的政治敌人不知何时就会在他后背上插下致命一刀。

于是，曹操满脸笑容地当众接受了孙权的降书，并派使者去面见孙权，宣布愿意同孙权重修旧好，当年孙曹两家的姻亲关系继续有效。

前一天两军还杀得你死我活，转眼就手拉手成了儿女亲家。曹操留下夏侯惇、曹仁在居巢驻守，防备孙权使诈，自己率军匆匆赶回邺城。

曹操可以一走了之，只可怜濡须坞前漫山遍野的曹军尸体却再无人收拾。

九十五　架在火上烤

曹操前脚刚回到邺城，后脚皇帝封赏的圣旨就到了。曹操根本不用自己张嘴，早有董昭等一干投机分子像他肚子里蛔虫一样，把他想要的东西摆在了面前。

圣旨中皇帝允许曹操的车队使用天子旌旗，出入有警跸[1]。

曹操似乎仍有点意犹未尽，于是蛔虫们马上闻风而动。到了这年十月，皇帝又下旨同意曹操使用十二旒冕，备天子乘舆。

十二旒冕是汉代皇帝专用的礼帽。古人说："冠者，礼之始也。"戴帽子可以说是中国古代最基本也是最重要的社会礼仪规范，所以男子20岁成年礼的头等大事就是选一顶合适的帽子戴上。当时社会等级极其森严，见面看一眼头顶就知道来人是什么身份，该行什么礼、说什么话。头上啥都没有的是奴隶，剃阴阳头的是罪犯，包头巾的是平头老百姓，只有戴帽子的才是有官职或爵位的士大夫。

而士大夫根据不同职级有不同样式的礼帽，其中皇帝的专用礼帽就是旒冕。冕即礼帽，旒是珠子串，也称为"蔽明"，含有作为皇帝应该非礼勿视，不能东张西望的意思，也是为了让臣子不能轻易看到皇帝的真容。

---

[1] 警跸，帝王出行时负责沿路侍卫、清道的警卫。

冕顶是一块木板，前高后低，前圆而后方，象征着古人天圆地方的宇宙观。冕板前后各有12串珠子，每一串上贯穿了12颗彩色玉珠，分别按照朱、白、苍、黄、玄的顺次排列，象征着"五行"的相生相克以及时间的运转。

所谓天子乘舆就是皇帝的专用车队。皇帝的专车称为金根车，是由大量黄金装饰的马车，前有六匹骏马牵引，号称"驾六龙"。除了金根车外，天子车队还有很多辆由四匹马牵引、分成五色的从行车辆，被称为"五时副车"，主要供陪同皇帝出行的嫔妃、宫女、侍从、大臣等搭乘。

曹操戴着十二旒冕、坐着金根车、打着天子旌旗、走到哪儿都交通管制，应该连三岁小孩也知道他想要干什么了。而他除了没有皇帝这个名号，与皇帝的相似度已经达到了万足金的纯度，只差最后的0.1‰。

此时曹操志得意满，终于决定立五官中郎将曹丕为魏国太子，继承权之争也总算尘埃落定。当然，这仍只是基本上，因为可以立太子，就也可以废太子。只要曹操还活着，决定权就还在他手上。曹丕得继续夹起尾巴做人，等待那终将到来的一天。

世界上几乎所有儿子都希望父亲长命百岁，这是人的天性。但也有极少数人天天盼着老爸早点归西，太子无疑就是其中之一。

当时曹操阵营所有人包括最知道曹操心思的董昭都在思考同一个问题，曹操到底准备什么时候当皇帝？

而实际上曹操自己也在为这个问题发愁。曹操不是董卓、袁术，敢于肆无忌惮地为所欲为。他是一个典型的天秤座人格，追求完美但又患得患失。得不到的时候拼了命地努力，等目标近在咫尺，却突然停下脚步，开始胡思乱想。

朝中到底还有没有保皇党？世家大族到底是不是真心妥协？还有孙权、刘备，他们会怎么想、怎么做，会不会让他们内部更加团结，联盟更加稳固，以此为借口对自己群起而攻之？

正当曹操犹豫不决的时候，他突然接到了孙权的一封东方来信。

这封信来得恰逢其时。孙权不仅在信中主动向曹操称臣，而且甚至比董昭他们还更能投曹操之所好，讲了一大套封建迷信的所谓天命之说，言辞恳切地苦劝曹操称帝。

按说还有什么能比这封信更能让曹操高兴的呢？孙权是曹操最担心的外部敌人，现在竟然神奇地在一夜之间化敌为友，而且一百八十度大转弯举双手赞成曹操当皇帝，曹操前进路上的最大障碍瞬间消失了。

曹操却不这么想。在曹操看来，敌人的谩骂才是最大的赞美，而敌人的赞美一定埋藏着最大的阴谋。孙权越是积极鼓动他称帝，曹操反而更加疑神疑鬼，觉得孙权肯定是在给自己挖坑。

曹操忍不住自言自语说："孙权这小子是想把我放在炉火上烤啊！"

恰好此时司马懿在曹操身边，他看了信对曹操说："汉朝的国运即将终结，十分天下您已经有其九，却还臣服听命于皇帝。孙权这么说没毛病！"

司马懿早就打定了主意，曹操喜欢听什么，他就说什么。但他毕竟年轻，还是有点急于表现自己。曹操正琢磨孙权在打什么鬼主意，司马懿这句话想拍马屁却正好拍在了马腿上。曹操嘴上没说什么，但心里更加提防司马懿。

事实证明，有时候沉默才是最好的回答。

归根结底，乱世之中，人与人之间的信任是最稀缺的资源。没有曹操与荀彧（早期）、孙权与周瑜、刘备与诸葛亮这三对可遇而不可求的绝世之交，魏蜀吴三家也不可能从军阀混战中脱颖而出，成为最后的胜利者。曹操的晚年缺少了一个可以绝对信任且有政治智慧的朋友，无论是孙权、司马懿还是董昭，其实都是各怀鬼胎。曹操自己也同样如此，不信任别人，也不被人所信任。在别人看来，没有人能够阻挡曹操称帝。但在曹操看来，他的四周站满了敌人。

于是，曹操费尽千辛万苦走到了游戏最后一关的关底，却始终没有打倒大BOSS通关的勇气。

说到孙权这封信，曹操没有猜错，他确实是别有用心的。但他的目标不是曹操，而是刘备。

孙权刚刚遭遇了一件有战略性意义的大事——鲁肃去世。鲁肃对于孙权的作用丝毫不亚于周瑜，孙权的整个战略发展方针都是鲁肃制定的，赤壁之战胜利的一大半功劳都要归于鲁肃。鲁肃是孙刘联盟的最大幕后推手，他始终坚定认为只有孙刘联盟才能对抗曹操。鲁肃的去世，让孙权失去了重要的左膀右臂，同时也让他开始重新思考自己的战略布局。

经过赤壁之战和两次濡须之战，孙权的立场已经开始发生了微妙的变化。他在几次战役中和曹操基本打了个平手，增强了自信。更重要的是，刘备在其间没有帮忙，反而袭取了益州。双方在荆州归属问题上也产生了严重分歧，几乎刀兵相见，孙权不得不派重兵在荆州前线驻守以防刘备的进攻。

鲁肃一死，孙权马上将吕蒙从东方战场派往荆州前线，担任总指挥。行前两人有一次密谈，吕蒙借机提出了他的全新战略计划。

吕蒙认为不应该继续在东方战场和曹操作战。因为即使取胜北上占据了徐州，由于徐州一马平川的地形对以步骑为主的曹军绝对有利，己方派七八万人也很难守住徐州。所以应该及时将战略发展方向转向西方，消灭关羽，占据整个荆州。这样就控制了全部长江中下游地区，完全可以独立与曹操抗衡，根本不需要刘备的支持。而且吕蒙还提醒孙权，刘备是个反复无常的小人。他一旦在益州腾出手来，随时可能会顺江东下进攻我们，倒不如先下手为强。

孙权高度认同吕蒙的想法。于是决定全面调整战略方针，让吕蒙按其计划全权负责在荆州开展秘密行动。而为了保证在荆州行动时大后方的安全，孙权需要暂时与曹操妥协休战。

这才是孙权写这封信的真实原因。

曹操不明就里，这本是孙权赠送给他借题发挥的一个好机会，但他反而担心便宜没好货，像捧着个烫手的山芋似的更加犹豫不决。而就是这么电光石火的一犹豫间，曹操与他的终极梦想永远说再见了。

建安二十二年冬天，北方发生了极其严重的大瘟疫。曹植在他所写的《说疫气》中描述："建安二十二年，疠气流行，家家有僵尸之痛，室室有号泣之哀。或阖门而殪，或覆族而丧。"可见病毒的传染性很强且致死率极高，一个家族的人竟然在短时间内就全部死亡。

疫情也在曹操的国都邺城大规模暴发。当时曹家父子的好友、全国闻名的文学家团体"建安七子"中仍在世的四位——陈琳、徐干、应玚、刘桢竟然无一幸免，全部因疫病亡。加上同样病逝于这一年曹操征吴路上的"建安七子"之一王粲，建安二十二年绝对是中国古代文学史上星光暗淡、最让人悲痛的一年。

连这些有地位、有文化、家庭卫生医疗条件较好的人也难逃病毒的魔掌，那些无家可归、衣不蔽体的穷苦百姓的惨况就可想而知了。

曹操在第二年疫情结束后专门向全国发布通知："去冬天降疫疠，民有凋伤，军兴于外，垦田损少，吾甚忧之。"官方文件的措辞是有所保留的，但从中也不难看出疫情造成百姓大量死亡，屯田因此受到了较大影响，粮食供应也出现了问题。

在曹操的时代，人们不懂得瘟疫的科学原理，普遍认为这是一种天谴。那么老天在这个时候发飙，是要谴责谁呢？虽然没有人敢说，但他们面面相觑，都想到了戴着十二旒冕、坐着金根车、打着天子旌旗、走到哪儿都交通管制的曹操。

曹操自己心里也发虚，既然天意使然，那下一步的事也只能缓缓再说了。但曹操不知道，他的霉运才刚刚开始。

九十六 许都叛乱

建安二十三年（218），曹操64岁。

这一年极不太平。

刚刚进入正月，许县就出事了，而且是惊天动地的大事。

太医令吉本、少府耿纪、丞相司直韦晃等几个人突然在帝国新首都许县发动大规模叛乱。他们计划挟持皇帝占据许县，然后联络离此最近的外部军事力量——镇守荆州的关羽，里应外合反叛曹操。

历史书上对这次叛乱讳莫如深，但从领头的这几个人不难看出一些门道。这次叛乱的主犯之一吉本官居太医令，他可不是曹操的私人医生，而是皇帝的御用医官。医生这个职业非常特殊，他必须与病人建立绝对信任关系才能开展工作，不然谁敢把生命随便交到陌生人手上！何况这个病人不是普通人，而是帝国的最高统治者——皇帝。因此可以推论，吉本应该是汉献帝最亲密的近臣之一。

另一名主犯耿纪的官职是少府。在汉帝国的官僚体系当中，少府是仅次于三公的九卿之一，级别很高。而且它的职能很特别，少府专门负责为皇帝管理私财和皇宫内部的生活事务，说白了就是皇帝的大管家兼财务主管。皇帝愿意把自己私房钱交给耿纪来管理，他与皇帝的关系可想而知。

因此，虽然此案事后通报说是吉本、耿纪等准备挟持皇帝造反，但实际上这次叛乱的真实主谋很可能就是汉献帝刘协本人！

然而天底下从来没有皇帝造臣子反的道理，所以曹操也只能把锅扣在吉本、耿纪头上，并偷偷销毁了关于这次叛乱真实情况的一切原始记录。

此时曹操已经多年未到许县来了。这也可以理解，曹操到许县必然要觐见皇帝，再怎么赞拜不名、入朝不趋、剑履上殿，总还要行君臣之礼，说几句逢迎皇帝的话。这对曹操来说实在是太痛苦了。因此为了避免尴尬，他索性永不踏足许县，在邺城逍遥自在当他没有皇帝名号的"土皇帝"。

曹操早年委派荀彧在许县主持中央政府的工作。荀彧死后，曹操晋封魏公，建立了自己的政府团队，许县的中央政府也就名存实亡了。但毕竟皇帝还在，于是曹操精心挑选了一位最亲信的干部——丞相长史王必在许县坐镇，名为侍卫和服务皇帝，实际上是看管皇帝的监狱长。许县城中的驻兵全部由王必掌握，皇帝身边所有的从官、侍卫、宫女全是王必安排的人，甚至连皇帝的三个老婆都是曹操的女儿。因此，私人医生和管家可能是皇帝身边仅有的可以信任的人了。

实际上连耿纪原本也是曹操的人。他曾经长年在曹操身边工作，曹操也非常器重他，所以才安排他担任少府这一重要职位。可能是因为和皇帝的接触多了，耿纪的政治立场发生了转变，由支持曹操转为同情皇帝。

单靠吉本、耿纪两个人是根本无法成事的，所以才有了第三名主犯韦晃。韦晃的职务是丞相司直，这是一个负责辅佐丞相纠举不法的法务官员。顾名思义，他不是皇帝的从官，而是曹操所控制的丞相府官员。曹操安排他到许县工作，应该是作为王必的助手。因此，他对王必的一举一动应该非常清楚，掌握了大量的内部情报，也许他手上还有一部分兵权，他是能否成功发动叛乱的一颗重要棋子。

另外，叛乱分子还策反了王必的一位至交好友金祎，他有一项别人所不具备的能力——可以自由出入王必在许县的私人住宅。

于是这一帮人把家丁、杂役等一切可以调动的力量全部组织了起来，共有一千多人，趁夜半三更在许县城门纵火，然后就浩浩荡荡跑去抓捕王必。

应该说这是一次非常成功的叛乱。以王必对许县的严密控制，组织一场一千多人的叛乱，事前竟然一点也没有走漏风声。

王必得知消息后惊慌失措，在家中被金祎安排的刺客一箭射中肩膀受了重伤。王必只能带伤在黑夜里东躲西藏，他对这次叛乱完全没有头绪，甚至差一点点就要去金祎家避难。幸亏有人及时劝阻，告诫他在这个时候千万不要相信任何人。

曹操没有看错王必。王必虽然对叛乱没有任何思想准备，局面一度失控，但他很快就恢复了镇定。他这时已经失血过多，但强忍着剧痛躲过了叛乱分子的全城大搜捕。同时他紧急联络了正在许县城外屯田的屯卒将官，让他们立即入城平叛。

等到天光大亮，形势发生了逆转。王必带领着屯卒出现在了叛乱分子面前。这些叛乱分子根本就是一群乌合之众，此时看到王必还活着，马上吓得作鸟兽散了。吉本、耿纪、韦晃、金祎等人全部被抓捕处死。这几个人确实都是忠于皇帝的义士，特别是耿纪、韦晃临刑前痛骂曹操，慷慨赴死。而平叛十几天后，王必也终因伤势过重死去。

这次叛乱在曹操心里引起了巨大的震动。没想到皇帝敢公然与自己刀兵相见，更没想到的是自己秘密谋杀了荀彧、荀攸等人杀鸡儆猴，居然还有人敢站出来替皇帝卖命，而且能够在固若金汤的许县成功组织起这么大规模的叛乱。要不是王必在关键时刻以命相搏，很可能皇帝的阴谋就得逞了。到时候如果皇帝下诏天下诸侯讨伐自己，局面就很难收拾了。

据说曹操一怒之下把许县的所有官员召到邺城，命令他们分列成两队，在叛乱期间出去救火的站在左侧，没出去救火的站在右侧。大多数人以为救火肯定是立功表现，于是纷纷站到左边一队，右边一队只有寥寥几个不敢撒谎的老实人。没想到曹操却说："没救火的人是回避叛乱，救火的人是想趁火打劫。"于是左边一队的所有官员全部被杀。

这个故事可能不一定真实。但可以肯定的是，曹操一定会对皇帝身边的人进行彻底的大清洗，杜绝同样的事情再次上演。

许县才刚刚稳定下来，汉中又出事了。

当年曹操没有听取司马懿的意见，自己率大军离开汉中驰援东方战场，只留下夏侯渊、曹洪、张郃等人在汉中驻守。刘备趁机派张飞占领了张鲁投降后处于真空状态的巴中地区。张郃马上带兵攻打巴中，但被张飞击退。

刘备的想法正如司马懿所预见，汉中是曹刘两家志在必得的战略制高点。从地形上看，汉中在上，蜀郡在下。刘备就好像被曹操骑在了脖子上面，他无论如何也要拿下汉中才能睡个好觉。

于是刘备在建安二十三年三月亲率大军进攻汉中。虽然曹洪成功击败了刘备的几股小部队，但刘备人多势众，很快也来到了汉中最险要的阳平关前，同夏侯渊、张郃形成了对峙。

曹操收到汉中的告急文书，阳平关的形势他太熟悉了。他马上意识到问题的严重性，立即集结部队准备亲自出征。可曹操还没来得及出发，北方幽州又出事了，代郡、上谷的乌桓部落造反。曹操前年才同代郡乌桓首领举行了元首会见，当时他扣留了南匈奴单于，但放走了乌桓首领，早知道把他也留下就好了！

曹操自己必须赶去汉中与刘备决战，而他身边的心腹大将夏侯惇、曹仁、张辽在东方战场防备孙权，夏侯渊、曹洪在汉中同刘备血战，他在派谁去对战凶悍的乌桓骑兵问题上很费了一番脑筋。

终于，曹操灵机一动，想起了他那个一直梦想当将军的儿子曹彰。曹彰绝对是曹操众多儿子当中的另类，他和曹丕、曹植是一母所生，但那两位都是大文豪，而曹彰却是另一个极端，文的一窍不通，武的出类拔萃。

曹操大胆把征伐乌桓的重任交给了没有任何实战经验的小青年曹彰。临行前他语重心长地告诫曹彰："你我在家是父子，出门就是君臣了。国法面前不讲亲情，你可得小心啊！"

曹操望着曹彰绝尘远去的背影，心里想必是无限的感慨：儿子终于长大了！

曹彰果然不负众望，他身先士卒冲锋在前，骑射技术连天下闻名的乌桓骑兵都自愧不如。结果三下五除二就击溃了敌军，长驱直入，彻底把乌桓打服。

曹彰这一战不但为自己建立了不世功勋，平定了北方边境，而且还把纵横北方数百年的乌桓部落踢进了历史的垃圾堆，从此乌桓就从历史书上慢慢消失了。

而就在曹彰驰骋沙场的时候，有一个人远远地骑在马上冷眼观望，他身后黄沙滚滚，那是数万名跃跃欲试的部族骑士。当他看到曹彰像只小老虎似的在乌桓骑阵中如入无人之境时，暗暗佩服曹彰的英勇果决。他派人向曹彰递交了国书，表示愿意向中原帝国臣服。

这个人就是鲜卑大人轲比能。乌桓的没落恰恰是鲜卑人的春天。曹彰虽然以一己之力暂时震慑住了鲜卑人的野心，但一百年后，他们终将登场，成为中国历史的主角。

等曹彰的捷报传回来的时候，曹操已经率大军抵达了长安。他大喜过望，让曹彰马上赶到军前效力。当曹操见到曹彰的时候，难得地开怀大笑。他揪着曹彰的黄胡子说："黄须儿竟大奇也！"

这可能是曹操人生最后一次酣畅淋漓的大笑。因为仅仅一个月后，他就又收到了宛城叛乱的消息。这时曹操已经没有时间考虑当皇帝的事了，他匆匆命令曹仁率军平叛，自己也奔赴了汉中前线。

曹操即将迎来他人生的最后一战。

九十七　终末之战

最后一战。

曹操留下曹丕镇守邺城，自己统率大军在建安二十三年七月向西进发，九月风尘仆仆地赶到了长安。刚刚歇了口气休整人马，准备翻越秦岭进入汉中盆地，突然接到情报，宛城守将侯音发动叛乱，并扣押了当地行政长官宛城太守东里衮。

曹操的眉头紧紧皱了起来。在他看来，宛城叛乱绝不是侯音等一小撮人临时起意的自发行动，而是一起有组织有预谋的军事政变。

宛城是荆州南阳郡的首府，也是东汉开国皇帝刘秀的老家，所谓龙脉所在。虽然早没有皇族在此定居，但东汉政府一直把南阳郡作为龙兴之地给予税收减免等特别优惠政策。而曹操主政后对这里不再特殊照顾，这让当地百姓很不满意。因此，这些叛乱分子绝不是临时起意的下层官兵，而是一些有着更深层政治目的的上层人物，甚至很可能就是皇帝本人在幕后操纵。

同时，宛城和汉中不一样。这里是帝国的核心区域，距离皇帝所在的许县非常近，且又能呼应荆州的关羽，宛城叛乱还对此时驻防在荆州樊城的曹仁形成了南北夹攻之势。

另外，宛城是曹操心中永远的痛。短短几十年间，这里城头变幻大王旗，先后被黄巾军、孙坚、袁术、张绣等各种势力所控制，曹操在此打了好几场败仗，特别是他的爱子曹昂就丧生在宛城城外。

基于以上原因，曹操不敢再继续进军汉中。一旦他翻过秦岭与刘备形成对峙，而宛城的形势进一步恶化，那时曹操只能眼看着火势燎原而鞭长莫及。曹操立即命令曹仁回师宛城平叛，自己留在长安延颈观望。

曹操的慎重没毛病，但却造成了意想不到的严重后果。

时间来到了建安二十四年（219）正月。这时距离侯音在宛城起事仅仅两个月，曹仁出乎意料地轻松攻破宛城——要知道当年曹操三次征讨宛城的张绣都没有成功。不但侯音等叛乱分子均被逮捕处决，曹仁还在曹操的授意下进行了惨无人道的大屠城。

曹操终于如愿以偿，残忍地清算了曹昂这笔血债！

但报应马上就来了。正当曹操为宛城平叛松了一口气时，汉中军前噩耗传来，曹军主将夏侯渊阵亡。

原本夏侯渊在阳平关前与刘备已经对峙了一年多，刘备没有曹操的好运气，始终无法逾越这道险关。双方很快都听说曹操已经率大军到达长安，刘备赶快撤到定军山（今陕西省汉中市勉县境内）转入守势，而夏侯渊背后有了靠山，就放弃在阳平关死守，主动出击到定军山与刘备决战。

他先是很轻率地派遣自己的卫队支援被围攻的张郃，而恰恰这时刘备的大将黄忠突入了夏侯渊兵力单薄的总司令部，结果夏侯渊措手不及，连同军中高级官员全部阵亡。

夏侯渊的死对曹操是个极其沉重的打击，应该是仅次于曹昂之死的刻心之痛。两个人是堂兄弟，但胜似亲兄弟。夏侯渊不但从小同曹操一起长大，而且一路出生入死辅佐曹操，从无名之辈走到了今天的魏王千岁。夏侯渊的妻子是曹操原配夫人丁氏的妹妹，夏侯渊的大儿子又娶了曹操的侄女，两个人的亲密关系非同一般。夏侯渊作战非常勇猛，经常身先士卒。曹操既赞赏又爱惜，经常劝他作为大将不能逞强，要懂得示弱。但夏侯渊最终还是死在了好勇斗狠上面。

这时汉中的曹军群龙无首、军心涣散，勉强自发推选张郃为统帅，撤回阳平关死守待援。曹操根本没有时间伤心，只能化悲痛为力量，星夜兼程赶往前线。

刘备听说曹操亲自来了，马上使出他敌进我退的老办法，跑到高山顶上躲起来据险自守。曹操恨不得把刘备生吃活剥了，但面对比城墙还要高几十倍的崇山峻岭，只能眼睁睁地看着刘备在山顶上，根本没法进攻。

曹操誓要给兄弟夏侯渊报仇，调集了几千万担粮食囤聚在北山。刘备也赶紧写信给在成都的诸葛亮，让他发兵运粮增援。

双方摆开了持久战的架势，看起来没有一年半载很难有结果。这时，那位无人不晓的盖世英雄赵云站出来结束了这场战争。

曹操不是袁绍。他把粮草集中囤聚在北山，但埋伏了重兵把守，绝不会让北山成为官渡之战中的乌巢。他可能还故意放出风声，用北山作为诱饵，吸引刘备下山劫粮。结果刘备没上钩，黄忠却中计了。

黄忠斩杀了夏侯渊，此时自信心爆棚。听说曹操在北山囤粮，马上带兵下山劫粮。赵云担心黄忠上当，但又劝不住他，就尾随黄忠一同前往。两个人约定，黄忠前去劫粮，赵云在后面接应。如果黄忠逾期不归，就是中计牺牲了，赵云应赶快撤退报信。

赵云苦苦等到了约好的时间，黄忠却没有回来。这时赵云没有逃走，反而带了几十个骑兵到前方侦察，结果正好迎面撞上了曹操的大部队。

几十个人面对曹操的几万甚至十几万人，赵云用实际行动证明了为什么他的名字在一千八百年后仍然是家喻户晓的大英雄。他创造了军事史上的奇迹，竟然正面冲杀进敌阵，如入无人之境，不但救出了黄忠，还三番五次返回救走伤员。连曹操最精锐的虎豹骑也抵挡不住，几万人一度被赵云带着几十个人杀得后退。

赵云杀出重围，回到自己的营寨，这时曹军也跟着蜂拥而至。赵云突然命令把营门全部打开，所有人偃旗息鼓躲藏起来。曹军从来没有遇到过这种情况，担心有伏兵，不敢贸然撞入，观望了一会儿索性悻悻撤兵。

是的，《三国演义》中诸葛亮的空城计就是从赵云这里移花接木的。

赵云看到曹军撤退，让大家把所有能敲响的东西全部敲打起来，带着身边不多的部队追着曹军的屁股后面射箭。曹军至此已经彻底蒙了，搞不清后面有多少部队追击。结果自相践踏，无数人跌入汉水中丧命。

这场战斗史称汉水之战。很难证实赵云是否真的敢于率领几十人和曹操大部队正面硬抗，但我们宁愿相信。因为任何时代都需要有赵云这样的超级英雄。

据说刘备第二天专门到赵云的营寨中视察，忍不住连声赞叹："子龙一身都是胆也！"

这一战将双方的战略均势打破，曹操被迫转入防守。刘备竟然史无前例地主动向曹操挑战，而且派干儿子刘封跑到曹操的营前叫阵，气得曹操指着刘备鼻子大骂："卖草鞋的，竟然找个干儿子来恶心我，看我叫我的黄须儿曹彰来收拾你们！"

曹操说到做到，马上派人去征召曹彰来前线效力。但他其实只是想借此出口恶气，并没有真的想看曹彰和刘封打一场架。此时绝大多数人都没有察觉到，曹操的心里已经发生了一个重大转变。

当然，还是有一个人发现了——杨修。

曹操为什么要撤兵？此时曹操还占据着最险要的阳平关，汉中地区仍然牢牢攥在他的手里，他为什么要拱手将整个汉中让与刘备呢？

这个问题没有答案。可能是曹操认为当时的形势已很难再进攻刘备，长期防守成本又很高，不如索性放弃汉中，退守秦岭以北。也可能是曹操的心留在了邺城，他还没有对他的终极梦想彻底死心，不想陷在汉中和刘备纠缠。也可能是曹操离自己的大限已经很近了，他明显感到身体不适，只想赶快回家。但又不信任其他人，担心自己走了别人很难与刘备对抗，不如忍痛割爱，避免蒙受更大的损失。

总之曹操主动放弃了汉中全境，回师长安。当然，曹操绝不甘心让刘备白捡这个大便宜，他把汉中境内所有人民和财产全部扫地无余，带回了北方。

当时汉中有大量的少数民族聚居，其中有一支五万余户的氏族部落被曹操强行迁徙到了关中地区。关中地区本来已经是多民族共同生活的大移民区，这时更加鱼龙混杂，各民族既相互融合又不断碰撞。132年之后，这支氏族部落的后代子孙定都长安，建立了空前强大的前秦政权，不久后和东晋王朝展开了那场著名的淝水之战。

而谁能想到，这却是曹操埋下的伏笔。

九十八　疲惫的老人

曹操的心情差到了极点。

夏侯渊为了保卫汉中而牺牲，他不但不能给夏侯渊报仇雪恨，反而拱手将整个汉中白送给了刘备，自己率军卷偃旗息鼓狼狈撤回了长安。一路上道路艰险难行，将士怨声载道，满山满谷全是被强迫迁徙的汉中胡汉百姓，家家妻离子散，到处哀鸿遍野。曹操自己也身心俱疲，觉得一下子又老了十岁。

曹操出兵打仗有个规律：胜就火速赶回邺城，以皇帝的名义给自己加官晋爵；败就找各种理由赖在外地瞎转悠，等人们慢慢淡忘了失败的耻辱，再假装什么都没发生过一样溜回邺城去上班。

这一次曹操留在了长安，而且一留就是整整五个月。他确实有大量善后工作需要亲自安排，既要部署建立防线抵御刘备从汉中进攻关中地区，还要落实移民政策，把大量汉中人民安置到关中的各个郡县。

而且曹操需要彻底的休息。在当时的生活环境下，六十花甲应该和今天七八十岁的身体状况相仿。更何况曹操常年日理万机、南征北战，体力和脑力都严重透支。曹操提倡简朴，饮食应该也比较简单。这时的曹操大约是个须发皆白、满脸皱纹、清癯矮小，但同时气场无比强大、眼神夺魂摄魄的威猛老头儿形象。

但曹操根本没法得到一分钟的休息。他已经不是一个有血有肉的人，而是整部国家机器上最关键的一个部件。偌大帝国缺了谁都可以，唯独不能没有曹操。他只要休息一分钟，整个国家就马上断电停摆。所有的国家大事都等候他来决策，所有人的前途命运都掌握在他的手中。他打一个响指，就有成千上万的人从地球上永远消失。

这是一种幸福，但也是一种痛苦。欲戴王冠，必承其重，曹操所担负的是人生不可承受之重。

而曹操的敌人更不会让他闲着。曹操的退却，让刘备走到了他的人生制高点。刘备马上盗取了曹操的知识产权，照猫画虎演了一出群臣劝进然后晋封王爵的好戏。当然刘备是搞不到皇帝圣旨的，于是他就自己给皇帝写请示痛骂曹操、标榜自己，然后不管皇帝同意不同意，自称汉中王。

与此同时，刘备的好兄弟关羽从荆州方面呼应汉中战局，出兵进攻曹操在荆州的重要据点樊城和襄阳。曹操在荆州的曹仁部队兵力有限，只能在樊城死守待援。曹操赶紧委派最亲信的大将于禁集合了七路人马前往救援。

起初曹军打得比较顺手。特别是于禁手下的骁将庞德，他原本是马超的部将，后来投降了张鲁，又随张鲁投降了曹操。在武圣关羽面前，他毫无惧色，充分展现了凉州铁骑的强悍实力，竟然一箭射伤了关羽。

但这时到了八月，荆州地区突然出现了极端天气，连降大暴雨，汉水暴涨泛滥。于禁、庞德这些常年在北方打仗的将军没有在南方作战的经验，根本未做任何预防措施。结果瞬间于禁的七军全部被淹没，关羽不费吹灰之力就驾船把在水里狗刨扑腾的于禁和庞德等三万多曹军全部活捉。

这时戏剧性的一幕发生了。于禁从曹操一起兵就跟随左右，是曹操一手从下层军官提拔起来的嫡系亲将，这时却向关羽跪地投降。而庞德才加入曹营没几天，亲哥哥又正在刘备手下上班，但他却宁死不降，最终关羽无奈将其处死。

先是夏侯渊的死，现在又是于禁投降，曹操的心被捶得稀碎。据说曹操听说了这个消息哀叹了好几天，不停地对人说："我和于禁相识三十年，谁想到在生死面前，于禁反而不如庞德呢！"

曹操为了表彰庞德的忠贞不屈，封他的两个儿子为列侯。44年之后，庞德之子庞会随同魏军灭蜀。别人进了成都都忙着抢钱抢美女，只有庞会四处打听关家大宅在哪儿，冲进去杀了关家满门老小，报了隐忍多年的杀父之仇。

这是后话，关羽当然不知道他给子孙制造了多大的灾难。这时候他威震华夏，曹军只能龟缩在樊城和襄阳两座城池中苦苦死守，洪水把城墙都冲塌了，形势危在旦夕。而周围的土匪山贼纷纷响应关羽，在附近郡县大肆抢劫，整个中原地区关门闭户、人人自危。

而形势没有最差，只有更差。曹操才接到荆州前线的告急文书，马上又收到太子曹丕从邺城五百里加急送来的密信，邺城刚刚发生了一场未遂政变。

这次政变的性质比不久前吉本、耿纪等人在许县的叛乱更加恶劣，竟然发生在曹操苦心经营多年的大本营邺城。正是由于这次政变的影响更坏，所以曹操对历史记录的清除也更加彻底，今天已经很难再还原当时的真实情况。

政变主谋是一个叫魏讽的人。有人说他是曹操的老乡谯县人，但也有人说不是。他是被钟繇发现并提拔起来的，当时正担任魏国相国钟繇的重要属官——西曹掾，负责相国府所有官员的人事任免。据说这个人特别有魅力，口才出奇地好，在邺城是家喻户晓的风云人物，曹操团队的很多干部都和他称兄道弟。

魏讽秘密联络了掌握一定兵权的长乐卫尉陈祎，准备利用曹操在外征战的时机发动政变控制邺城。但最后时刻陈祎因恐惧而变节，向坐镇邺城的太子曹丕告密。曹丕听到这个消息估计吓得天灵盖都开了，但他也马上意识到这是一个表现自己的绝佳机会，立即部署行动，展开全城大搜捕。

魏讽肯定是难逃活命，其他牵连被杀的一种说法是数十人，另一种是数千人。以曹丕的权术手段，处置这样一起严重的政变，估计数千人更接近事实。史书可查随同魏讽谋反的不少都是当朝高官的子弟，除了极少数获得曹操特批免死之外，其他一概被严刑拷打后杀无赦，钟繇也受到了免职处分。

至于最关键的问题，魏讽为什么要发动政变？他是不满曹操的野心，还是和曹植有勾结，反对曹丕被立为太子，又或是为了响应在荆州风生水起的关羽？可惜答案已经永远地石沉大海了。

曹操深知这次政变的分量，他没法在长安再休息一天，立即马不停蹄赶到了雒阳。曹操到了雒阳立即召集全体干部开会，他向大家提出了一个想法——回避关羽的锋芒，从许县迁都。

这时司马懿再一次挺身而出，坚决反对曹操的意见，并主动建议利用孙权与刘备的嫌隙，通过外交途径给孙权一定好处，挑拨他们狗咬狗内斗，这样樊城和襄阳之围就不战自解了。

曹操马上认可了司马懿的建议。

这次会议可以说开得非常成功，但是台面下的博弈值得深思。曹操到底是不是真的有迁都的打算？兵败如山倒，此时中原地区已经人心不稳，如果轻易迁都，不但樊城的曹仁九死一生，而且很容易造成全线大崩溃。要是刘备从汉中、关羽从荆州、孙权从东线濡须坞三线同时乘胜追击，后果不堪设想。

所以还有一种可能。曹操受到邺城魏讽政变的打击，已经无法信任任何人了。他抛出迁都的想法，只是想试探身边干部的真实想法，赞成迁都的肯定是心里只有自己，没有曹操。而司马懿何其聪明，他自知是曹操怀疑的重点对象，这时候不跳出来表忠心，更待何时！司马懿就这样机智地又逃过了一劫。

曹操一路奔波赶到雒阳时，身体已经极度虚弱。但据说他还是勉力去完成了一个沉埋已久的心愿。

曹操回到了他初入仕途的第一站——雒阳北部尉的官衙前面。往事如昨，他当年入职所办的第一件事就是把这座办公楼装修一新，从此破旧立新、大刀阔斧地改革弊政。时间一晃已经过去了45年，当年曹操是个20岁的弱冠青年，现在已经是65岁的花甲老人了。而这座官衙的变化正如曹操本人，早已经饱经风霜、破败不堪。曹操轻轻抚摸着斑驳的墙壁，内心感慨万千。他下令马上重新装修这里，而且一定要比以前更加气派。

花有重开日，人无再少年。房子可以推倒重建，但人却不可能了。

九十九　愿做周文王

关羽是曹操既仰慕又敬畏的一个人。虽然曹操身边藏龙卧虎，有的是能力卓越的军事人才，丝毫不比关羽逊色，但在曹操看来，别人家的孩子总是更优秀。

此时曹操已经是精疲力竭，天天被头痛病所困扰。但事无巨细，他仍然咬紧牙关亲力亲为，生命不息、战斗不止。

曹操自己暂时留在雒阳调兵遣将，但在派谁率领先头部队驰援樊城和襄阳两座孤城的问题上费尽了心思。他脑海里首先跳出来的竟然是曹植，这可能是受到了前不久令曹操刮目相看的"黄须儿"曹彰影响。

儿子毕竟还是儿子，打虎亲兄弟、上阵父子兵，曹操决定给曹植最后一次机会。

但是曹操的一腔爱意却错付了。他左等右等也不见曹植前来拜见，许久后使者回来报告，曹植酩酊大醉，睡倒在家根本叫不醒了。曹操怒不可遏，大失所望，断然放弃了派曹植出征的念头。至此，曹植在曹操心中的最后一丁点火花也熄灭了。

据传言，曹植是被太子曹丕故意灌醉的。

曹操挑来选去，最终决定改派徐晃统军火速支援前线。曹操对徐晃是不太放心的，他怕徐晃兵力不足，紧急从四方征调了十二支部队相继奔赴前线与徐晃会合。曹操还担心徐晃轻敌冒进，又专门派人去千叮咛万嘱咐，让徐晃必须等人马到齐再进兵。但即便考虑得如此细致，曹操还是火烧屁股，在雒阳坐不安席、食不甘味，继续征召军队准备亲征。

曹操显然是多虑了。他越到晚年越是想大权独揽，越是对别人猜忌怀疑，但他手下这些人都是在官场战场上九死一生、摸爬滚打过来的，没有一个是吃干饭的，个顶个都是人尖儿。

如果曹操能够放手一点，或许能为他赢得多一点时间，迈上他梦寐以求的最后一级台阶。

果然，正如司马懿所预言，先是曹操突然收到孙权的来信，孙权主动提出愿为曹操效力，偷袭关羽后方大本营，帮助樊城和襄阳解围。孙权特别要求曹操一定要保守这个绝密信息，以防关羽获悉后有所防备。

曹操召集身边干部一起研究如何应对孙权这封信。这时董昭站出来力排众议，强烈建议曹操应该故意把这封信的内容透露给关羽。

董昭虽然没有什么军事才能，但最擅长权谋算计。他认为对曹操利益最大化的不是帮孙权夺取荆州，而是让孙权与关羽互斗，为樊城和襄阳解围。所以不用考虑孙权和关羽谁胜谁负，把这封信故意透露给关羽，让其主动撤军就达到目的了。同时也应该立即把这封信的内容告知城中守将，让大家吃下一颗定心丸。

曹操认可了这个建议并马上落实。果然曹仁等守城官兵士气大振，而关羽既舍不得放弃唾手可得的重大战果，又深深顾虑孙权真的偷袭自己的后方，军心开始动摇不定。

这时曹操还是心心念念要亲征。大多数人看到曹操决心已下，哪敢劝阻，都顺着曹操的意思拍马屁说："您不亲自出马，这场仗肯定必败无疑。"只有一位叫桓阶的大臣挺身而出，向曹操发问："您认为曹仁、徐晃等人能够独立作战吗？"

曹操回答说："能吧。"

桓阶又问："那您是怕他们不尽心尽力？"

曹操回答说："不是。"

桓阶再问："那您为什么还要亲征呢？"

曹操说："我只是担心敌军人马众多，恐怕他们打不过敌人。"

桓阶说："曹仁身陷重围但忠心不贰，徐晃率强援在外围呼应，还有您作为坚强后盾，敌人对我们的实力非常清楚，哪儿还用得着您亲自前往呢？"

曹操勉强认可了桓阶的话，但还是率军跑到靠近前线的摩陂（今河南省平顶山市郏县东南）遥控指挥，准备一旦前线作战不利，立即亲自出马与关羽对决。

而这时徐晃成了最让曹操意外的人。徐晃利用关羽犹疑之机主动出击，竟然在正面交锋中击败了资历、声望都远盛于己的武圣关羽，长驱直入，突破了关羽在樊城外围设置的十几层鹿角障碍——相当于原始的隔离电网。在没有曹操亲自指挥的情况下，直接为樊城和襄阳解围，迫使关羽引军撤退。

曹操收到捷报后喜出望外，专门发布公告对徐晃大加赞赏，自称用兵三十年从来没见过能像徐晃这样速战速决，突破敌人包围圈的战例，即使是古代最有名的军事天才孙武和司马穰苴都无法做到。当徐晃的部队凯旋回到摩陂时，曹操亲自出营七里迎接徐晃，并为徐晃部队举办了盛大的庆功宴。曹操主动向徐晃敬酒说："这次能够成功为樊城和襄阳解围，全是将军你的功劳啊！"

曹操给足了徐晃面子。其实曹操不是不知道徐晃的能力和潜力，如果当初他就放手让徐晃独当一面，不知道能少死多少脑细胞，免去多少舟车劳顿之苦。

这时曹操的全部主力部队都集中在了摩陂，曹操强忍病痛，挣扎着骑马到每一个营寨巡视。据说士兵们听到魏王曹操来了，都争先恐后拼命往前挤想一睹盖世英雄曹操的真容。

他们不知道的是，这是他们最后一次看到曹操了。

建安二十四年十二月，曹操在凄风冷雨的摩陂军前接到了孙权的战报。吴军都督吕蒙率军穿着商人的白色衣服偷偷渡江，袭取了关羽的大本营江陵，并最终抓获了溃败逃窜中的关羽。

随信一起送到曹操手上的还有一个木匣，里面赫然正是关羽的人头。

孙权在信中再次劝说曹操顺天应人废汉称帝。曹操丝毫不避讳信中大逆不道的言论，反而主动把内容给群臣传阅。结果不论是曹操的堂弟、忠心耿耿的夏侯惇，还是世家大族的代表司马懿、陈群，都众口一词建议曹操顺水推舟，借助孙权的这一推之力直上青云，实现终极梦想。

但曹操的心情五味杂陈，他创业以来的每一幅画面都在脑海里闪回。他20岁出仕，35岁建旗起兵，现在已经65岁了，是无数的日夜、无数的心血和无数的人命才换来了他今天的霸业。如果再多走一步，他就可以成为同汉高祖刘邦、光武帝刘秀并驾齐驱的千古一帝。而少了这一步，在史官的铁笔之下，他只不过是更强横一点的董卓、袁绍而已。

曹操何尝不知道自己距离皇帝宝座有多近？但也只有他自己才知道，他距离那里有多远。

他有足够的权力、足够的威望、足够的功业，但他唯一没有的是时间。曹操自知已经病入膏肓、时日不多，据说他悄悄和夏侯惇说："如果天命真的在我，那我就当周文王吧……"

周文王是谁？他就是杀死商纣王、建立周王朝的周武王姬发之父。当时他占据了天下三分之二的土地，但终其一生都向商纣王称臣，直到儿子武王灭商建立周朝后才被追封为文王。

一百 英雄谢幕

建安二十五年（220）正月，曹操大军一行奇怪地没有返回邺城，而是静悄悄地进驻了雒阳。

这座昔日的帝国首都早已被董卓烧成了一片焦土。虽然曹操已经着手修缮，但与当年身穿青色太学生制服初入雒阳的曹操所见仍然有天壤之别。唯有残垣断壁间的荒草渐绿，焦枯的树木上又发了新芽。

正月二十三日，朝阳如常升起。最早从曹操暂住的残破宫苑中传出了几阵哭声，但很快就又恢复了平静。不一会儿，那些经常出入曹操府邸的高级官员和重要幕僚陆续赶来，好像是要参加什么重要又紧急的会议。但与平素相比，他们神色略显慌张，脚步十分匆忙，让人隐隐察觉出些许异样。

过了一阵，那些近几年才从四方回到雒阳居住的百姓就看到有几十名使者骑着快马从雒阳的十二座城门飞驰而出。继而街上突然热闹了起来，城中的大小官吏几乎是全部出动，摩肩接踵、闹闹哄哄地聚向曹操的府邸。

一个爆炸性的大新闻像电流一样伴随着人潮迅速传遍了整个雒阳——魏王

曹操病逝了。

雒阳城中的白色布匹绢绫很快就紧俏起来。官吏纷纷换上合乎礼制的丧服，按品级大小先后到曹操的府邸吊丧举哀。他们个个哭得如丧考妣，久处乱世，每个人都已经习惯做一名演员，很难分辨出他们真实的内心感受。

但无论是暗自窃喜还是悲痛欲绝，所有人的心里都空落落的，整个现实世界刹那间变得不那么现实了，连明天的太阳能否正常升起都好像要画上问号。他们这才发觉，不管多么怨恨厌恶曹操，这个人竟然对他们那么重要。曹操不仅决定了帝国的未来，也决定了他们每一个人的命运。

很快，这种人心深处的暗流就浮出了水面。城中军营一阵骚动，突然奔出无数人马，敲着散乱的军鼓一拥出城向东方驰去。许多百姓也扶老携幼，带着他们仅有的财产夺城而出，又一次走上了逃亡之路。城中各种流言蜚语搞得人心惶惶，据说马上又要天下大乱，曹操的儿子们和掌握兵权的将领们将挑起新一轮的军阀混战。

没过几天，一队铁骑从雒阳西门飞驰而入，径直来到了曹操的府邸前。他们应该是星夜兼程而来，个个都是满面风尘。为首一位黄胡子的青年将军正是曹操的儿子曹彰，他飞跑进内宅，没有先去拜谒父亲的遗体，却着急忙慌地找到了主持曹操丧葬的总负责人，怒气冲冲地质问他说："先王的玺绶在哪里？"

而那位负责人并没有被曹彰骇人的气势所压倒，反而以比曹彰更大的声量和更严厉的态度反唇相讥说："太子曹丕在邺城，魏国已经有了继承人，先王的玺绶不是你该问的！"

这位大义凛然的文官名叫贾逵。他曾经担任过曹操的秘书，此时临危受命牵头总负责曹操的丧葬事宜。曹操一去世，贾逵立即召集所有高级干部和重要幕僚，主持召开了治丧委员会第一次会议。

很多人听到曹操的死讯都惊慌失措，建议密不发丧，等太子曹丕来拍板拿主意。而贾逵力排众议，坚决要求马上发丧，并派出使者乘快马把噩耗布告天下，同时组织雒阳所有大小官吏举行遗体告别仪式。贾逵知道，曹丕远在邺城，这个惊天噩耗是不可能保守那么长时间的。如果不立即发布官方权威消息，会造成更大范围的恐慌和混乱。

前面提到的那些擅离职守、鸣鼓出城的乱军乃是曹操最嫡系的青州兵。他们从来只服从曹操的直接领导，听到曹操的死讯马上作鸟兽散，准备跑回老家去占山为王。大多数主政者都认为这些青州兵目无军纪，应该马上派兵追剿。但贾逵从大局出发，从维护特殊时期的安定团结考虑，迅速拍板确定了以抚代剿的方针。不但不追究青州兵的责任，还派人追上去给他们每个人发放了官方通行文书。他们可以凭此不受关卡盘查，而且还能得到沿途官员的粮食补给，搞得青州兵自己都不好意思了，一场兵变很快得以平息。

贾逵知道夜长梦多，不能坐等曹丕来雒阳，就赶快把曹操的遗体入殓，率同雒阳的文武百官护送着曹操的灵柩浩浩荡荡地赶向邺城。

二月二十一日，距离曹操去世不到一个月，由太子曹丕作为主丧人，根据曹操的遗愿，他的遗体被安葬于邺城西郊的高陵。

关于曹操墓地的选择，还要回溯到曹操去世前一年多的建安二十三年六月。那时曹操即将从邺城出发，西征汉中讨伐刘备。他应该已经意识到自己的寿数将尽，很可能再也无法回到邺城，于是专门下达了一篇《终令》，明确要求在自己死后，将遗体安葬在邺城西郊西门豹祠附近的高坡上。

曹操一生提倡艰苦朴素，并身体力行贯彻始终。他在《终令》中强调一定不要挑选风水好的肥沃土地，不要修建高耸的坟丘，更不要在上面种植树木作为标志。他还要求实行陪陵制度，那些生前对国家有重大贡献的公卿大臣遗体将被允许安置在曹操的墓地中陪葬，以此作为国家对其本人和家族的褒奖。

正是由于曹操坚持薄葬，他的坟墓逃过了一千多年的纷飞战火和数不清的疯狂盗墓。直到2006年，安阳高陵才被考古学家发现。2009年12月27日，经中国考古学界相关学者确认，国家文物局最终认定安阳高陵墓主为曹操。

曹操就这样结束了他号称非凡、超世的传奇一生，享年66岁。但是直到一千八百年后的今天，曹操这个名字依然那么神秘、那么多面、那么杰出，他是中国历史上的一个传奇，也是东亚文明的顶流枭雄之一。

故事还没有完。

时间回到曹操死去78年之后。曹操一手建立的魏国已然不复存在，孙权、刘备也早已作古，魏蜀吴三国都已灰飞烟灭，只余下一统华夏由司马懿孙子司马炎所创立的西晋帝国。

这时，一个刚刚入仕的著作郎官正在皇宫的秘阁中整理浩如烟海的古今文献资料。某一天，他偶然找到了一幅薄薄泛黄的旧绢，打开看时竟然不知不觉地手舞足蹈起来。绢上的文字不是乏味沉闷的官书档案，却是魏武帝曹操临终前写给儿子们的最后遗嘱。

一般的庸碌小吏根本不会用心阅读秘阁中的文件，他们只是像机器人一样抄写文件内容，至于写的是什么完全不经过大脑。但这个年轻的著作郎绝非凡夫俗子，他大有来头，他的祖父正是火烧连营七百里，击败刘备，奠定三分天下的东吴名将陆逊。他名叫陆机，也是继曹植之后新生代最杰出的当世文豪。陆机对他的重大发现兴奋不已，专门写下了一篇文字优美的《吊魏武帝文》

这里无暇记述陆机和他的美文，只聚焦看看曹操的这篇绝笔。译文如下：

我半夜醒来，很不舒服。到了第二天早上，喝了点粥发了汗，又服下了一碗当归药汤。我带兵军法严明，这是正确的。但有时会发小脾气，也犯过大错误，你们不要学我。现在天下还没有安定，治理国家不能完全按老一套，循规蹈矩。我一直有头痛病，所以平时都戴着头巾防风。我死之后，给我穿上重要活动时穿的礼服，别忘了。那些有资格进入魏王大殿的高级官员，按照古礼哭十五声足矣。下葬后，所有人就可以脱掉丧服。所有驻防各地的官兵，都不允许擅自离开驻地。所有官员都要继续尽职尽责。入殓时给我换上日常穿的便服，把我埋葬在邺城西边与西门豹祠堂靠近的山岗上，不要用金玉珍宝陪葬。我身边的女侍从和歌舞艺人们平时都很辛苦，把她们安置在铜雀台，要好好对待她们。在铜雀台的正堂上安放一个六尺长的床，挂上灵幔。早晚供上肉干、米饭之类的祭物，每月初一、十五两天，从早上到中午让人向着灵帐表演歌舞。你们要经常登上铜雀台，看一看我的西陵墓田。我剩下没用完的熏香可分给诸位夫人使用，不要浪费香来祭祀。家族中各房人如果没事可做，可以学着编织丝带子和做鞋子来卖钱谋生。我一生为官所得的功勋绶带，都要妥善存放到库里。我遗留下来的衣物，可另外存放。放不下的就由你们兄弟几个分掉穿吧。

曹操的这封遗书被古往今来很多人所诟病。人们觉得曹操位极人臣，弥留之际难道不应该考虑国家的前途命运、个人的雄图霸业这些大事吗？但他却像个老妇人一样絮絮叨叨地说着车轱辘话，只念着他的姬妾、剩香和旧衣服，没有一丁点英雄气概。

但这不正是曹操的可爱之处吗？

无论是英雄还是狗熊，只有当死神降临时，才终于明白人生是多么虚无，拼尽一生争得的一切金钱、权力都不过是一抔黄土。曹操在最后时刻终于变回了他自己，一个真性情的人，他用这段话给儿子和世人上了最后一课。

> 对酒当歌，人生几何！
>
> 譬如朝露，去日苦多。
>
> 慨当以慷，忧思难忘。
>
> 何以解忧？唯有杜康。
>
> 青青子衿，悠悠我心。
>
> 但为君故，沉吟至今。
>
> 呦呦鹿鸣，食野之苹。
>
> 我有嘉宾，鼓瑟吹笙。
>
> 明明如月，何时可掇？
>
> 忧从中来，不可断绝。
>
> 越陌度阡，枉用相存。
>
> 契阔谈宴，心念旧恩。

月明星稀，乌鹊南飞。

绕树三匝，何枝可依？

山不厌高，海不厌深。

周公吐哺，天下归心。

　　这首曹操所作的《短歌行》微言大义，说尽了他一生的志向抱负。曹操为之沉吟至今的君子是谁？曹操终未能揽入怀中的明月喻作何物？

　　一切没有答案，一切又昭然若揭。

　　只可惜，曹操像一只南飞的乌鹊，穷其一生都没有找到那根可以栖身的枝丫。曲终人散，大梦一场，只剩下明月稀星，大江东去。

尾声

公元220年。

这一年竟然极少见地出现了三个皇帝年号，不知情者难免会被搞得晕头转向。

年初时延续以往，是为汉献帝建安二十五年。魏王曹操在这一年正月里病逝，到三月入土为安，王太子曹丕继位为大汉丞相、魏王。本来这是魏国的内政，皇帝却被逼着改元。使用长达二十五年的建安年号被终止，改为延康元年。

但延康这个年号却只用了短短七个月。到了当年十月，靴子终于落地。在一系列复杂烦琐的仪式程序之后，汉献帝刘协正式把皇帝宝座禅让给了魏王曹丕。东汉帝国终结，大魏帝国建立。魏文帝曹丕改元黄初，所以这一年也是黄初元年。

曹丕追尊父亲曹操为武皇帝，庙号太祖。改雒阳为洛阳，并于当年十一月封前朝汉献帝刘协为山阳公。

曹丕称帝的消息传到成都，而且传言汉献帝已经遇害。于是刘备马上在第二年宣布"嗣武二祖"（继承刘邦、刘秀），以皇族支系身份继承汉帝国的法统而正式称帝，年号章武。

只有江东孙权忍耐得久一点。他直到九年后的公元229年才在武昌（今湖北省鄂州市鄂城区）登基称帝，建国号为吴。

至此，被鲁肃、诸葛亮所预言的三国鼎立局面变成了现实。

就在曹丕称帝前不久，他昔日核心竞选团队"四友"的重要成员陈群，主动向曹丕呈报了一份请示。在这份请示中，陈群建议在帝国范围内进行一次彻底的人事制度改革，实行一套名为九品官人法的全新干部人事制度。

陈群显然是有备而来，他对这套制度已经进行了非常细致周密的规划。按照陈群的设计，由各地方州郡分别推选大中正一名，该人必须在中央政府任职且德高望重，再由大中正荐举小中正一名，这两个人将成为各地方干部选拔工作的主要负责人。

中央政府人事部门负责拟制一份人才调查表，把全国士人共分为九等：上上、上中、上下、中上、中中、中下、下上、下中、下下。各地方的大小中正负责根据自己所掌握的情况，将本地士人无论是否在职，均在表中进行登记，确定不同品级，并拟写个人鉴定评语，每三年重新评定一次。表格填好后呈报中央政府人事部门——吏部，由吏部据此开展干部选拔任用和降级免职等相关工作。

这套人事制度看起来非常完美。如果每个人都在九宫格中有自己相应的位置，那么选拔使用人才就将变得易如反掌。但是问题也随之而来，评定品级的标准是什么？

人的才能是无法量化的。如果没有客观标准，全凭各地大小中正以主观看法来确定所有人的品级，那么很可能会适得其反，导致更激烈的争斗和更严重的贪腐问题。

曹丕也问到了这个问题。而陈群的解决办法很简单，只有两项标准：

一是家世，也称簿阀。即每个人的家庭出身和背景，包括父祖辈的出仕履历和爵位高低等。二是行状。即历任中正官对每个人品德行为的鉴定评语情况。

这类评语通常十分言简意赅，如天才英博、亮拔不群、德优能少等，寥寥几个字就可以决定人的一生。

曹丕不傻，而且精得很。看到这儿，他就全明白了。陈群醉翁之意不在酒，这哪里是破旧立新的政治改革？简直是世家大族与自己的总摊牌。

此时陈群的职务是尚书，正是中央政府干部人事工作的负责人之一，因此这项改革由他提出倒也顺理成章。但是，陈群还有另一个身份。他出身全国知名的世家大族颍川陈氏，与荀彧、郭嘉、钟繇都是同郡乡亲，也是当时首屈一指的名士领袖。

陈群的这套九品官人法的制度设计，完全是为世家大族所量身定做的。既然挑选中正官要看官位和名望，那么世家大族的名士们自然是不二之选。而评定人物品级的标准竟然是家世，谁还能比世家大族更优越呢？所谓行状不过是中正官的主观臆断，说你行你就行，说你不行你就不行。

曹丕瞄一眼就明白了，这是要开历史倒车，退回到东汉末年世家大族把持国家察举制、操纵地方乡举里选的时代。况且察举制的标准表面上还是孝子廉吏，而九品官人法竟然赤裸裸地将家世作为人才的评判标准。

他很惊讶陈群敢于提出这项改革建议，这是公然挑战父亲曹操所提出的"唯才是举"，而此时曹操去世才不过数月而已。如果按照陈群的意见实行，那么曹操费尽心机、杀人无数、颠倒乾坤从世家大族手上夺回来的人事大权，将重又脱离中央政府的掌握，被这帮世家大族世代把持。

那我不成了汉献帝了吗？曹丕不禁想。

但是，曹丕非常明白陈群为什么在这个时点向自己挑战。挑战他的不是陈群个人，而是整个世家大族。如果曹操还在，陈群只会毕恭毕敬、唯唯诺诺，绝不敢端出这盘菜来。但曹丕不是曹操，他没有和陈群掀桌子翻脸的底气。与父亲曹操相比，曹丕的政治基础还十分薄弱，而且他有一处致命的软肋——想当皇帝。如果没有以陈群为首的世家大族的支持，曹丕的称帝计划肯定会遇到巨大的阻力，很可能中途流产。

曹丕这时候才多少明白，为什么父亲曹操至死不愿捅破最后那层窗户纸自立称帝。这层窗户纸看似轻薄透明，但要捅破它远比想象中的困难百倍。

面对陈群的正面挑战，曹丕必须做出取舍，是当一个孝顺儿子，还是当一个开国皇帝。

曹丕最终选择了后者，他全盘接受了陈群的九品官人法。而作为交换条件，他也在陈群、司马懿等世家大族的支持下终于坐上了皇帝的宝座。

一切尽如陈群们所愿，九品官人法（也称九品中正制）帮助世家大族夺回了他们梦寐以求的世袭权力。至司马氏的晋王朝建立，家世已经成了评定人物品级的唯一标准。出身社会下层寒门的人不管能力多优秀也只能定为下品，而出身豪门的人劣迹斑斑却自动位列上品，这就是所谓"上品无寒门，下品无士族"。

而这种局面竟然延续了长达四百年，跨越战火纷飞的魏晋南北朝，直至隋唐重新统一中国，确立科举制为止。随着科举制的全面推行，世家大族才连同他们的命根子九品中正制一起逐渐退出了历史舞台。

九品中正制与汉代的察举制，以及从隋唐实行到清末的科举制并称中国封建社会三大选官制度。而曹操的"唯才是举"只是一颗流星，在历史的长夜匆匆划过。

曹丕在位七年即病逝，享年40岁。他的儿子曹叡自幼得祖父曹操喜爱，走到哪儿都被带在身边。这时继位登基，是为魏明帝。明帝在位14年后去世，葬于洛阳城外高平陵。年仅8岁的幼子曹芳继位，由顾命大臣曹爽和司马懿共同辅政。

曹爽是曹氏宗亲，典型的纨绔子弟，胆子很大但心眼很少。这就奇怪了，明明曹操有那么多儿子，又下了那么大工夫亲自培养教育，为什么现在轮到一个远房亲戚来主持朝政呢？

要怪只能怪曹操自己！他纵容曹丕和曹植的继嗣之争，搞得亲兄弟反目成仇。等曹丕继位，就把所有兄弟都赶到外地去，当囚徒一样监禁了起来，别说参政议政，就连想回洛阳看望一下母亲都势比登天。

而同母兄弟曹植和曹彰尤其是曹丕的眼中钉、肉中刺。按说勇武过人的曹彰体格十分强壮，应该经常锻炼身体，却突然在曹丕继位四年后暴病而亡，年仅35岁，很多人都怀疑他是被曹丕所害。曹植虽然一直得到母亲卞氏的极力保护，曹丕找不到下手的机会，但常年被安置在外地且被不断迁移，只能自己写写诗赋了此残生。曹丕死后，曹植一度燃起了希望，向侄子曹叡提出为国报效的请求。但曹叡子承父志，始终没有给曹植一点机会。在曹芳继位的七年前，曹植已经郁郁而死。

曹操万万没想到，他毕其一生打造出这辆雄霸一时的无敌战车，培养了那么多经验丰富的赛车手，但他死去才不过20年，驾驶员却换上了一个从政工作经验几乎为零的小青年曹爽。

曹爽的执政模式就是简单粗暴地一路狂飙。他利用和皇帝的亲属关系，很快就把另一位顾命大臣司马懿踢到一边，军政大权全部揽到自己手里。但政治斗争不是儿戏，曹爽没有作为政治领袖的杀伐决断。他竟然对政敌司马懿网开一面，给他封了个尊荣的闲职——太傅，供养了起来。

司马懿早已不是当年被曹操强迫征召到邺城的29岁青年了。他的背景和经历无人能比，他的城府和演技天下第一，他曾经忍气吞声躲过了曹操的猜忌，对付曹爽这个没心没肺的官二代根本不在话下。

司马懿忍了整整十年。直到正始十年（249）正月他70岁的垂暮之年，才终于等到了机会。

曹爽和他的亲信们陪同少帝曹芳到洛阳郊外的高平陵拜谒魏明帝。这时司马懿已经卧床装病近两年，曹爽长期派人监视也没有发现任何破绽。但曹爽前脚刚出城，司马懿却突然从病床上蹦起来，联合另一个老干部蒋济——当年在扬州抵御孙权立功并被曹操表扬提拔的那位——发动政变，以太后的名义下令关闭了洛阳所有城门，控制了全城的武装力量，并派兵出城据守洛水浮桥，堵住了曹爽一行的归路。

这时曹爽手上有皇帝、有军权，完全有实力与司马懿决一死战。但他从甲夜冥思苦想到了五鼓，最终的结果却是把刀往地上一丢，叹了口气说："我亦不失作富家翁！"竟然陪同皇帝车驾返回洛阳，主动向司马懿交出了军政大权。曹操一生南征北战打下的半壁江山，连同子孙几代人的努力就这样被曹爽在一念之间拱手相送了。

姜还是老的辣，曹爽的决定其实早被司马懿和蒋济猜中。蒋济对司马懿说，曹爽这个人是"驽马恋栈豆"。换句话说，他就是那种不想在草原上奔驰、只想躺在马房里吃草料的劣马，根本是个窝囊废。

司马懿虽然明确向曹爽做出承诺，会像他当年对待自己一样对待他，只是免去官职，不要他的命，但还没过一个星期，司马懿就翻脸不认人，把曹爽和他的全部亲信诛灭三族、斩草除根。

曹操奋斗一生所攫取的权力就这么被葬送无遗。

在这场高平陵之变中，有一个人在司马懿的幕府中崭露头角。这个人前半生十分暗淡，一直是个庸庸碌碌的无名小官。直到有一天他遇到了命中贵人司马懿，司马懿端详了半天，问他："你是荀彧大人的儿子吧！"

是的，这个人正是荀彧的六子荀顗。自荀彧死后，颍川荀氏家族子弟的日子就很不好过，走到哪儿都被人另眼相看。当然，还是有不少荀彧的老朋友、老同事在偷偷关心荀顗，比如司马懿，又比如荀彧的姐夫陈群。他们私下告诫荀顗，不要着急，春天早晚会来的。

果不其然，司马懿终于夺取了最高权力，而荀顗也从此飞黄腾达。他夜以继日努力工作，最终成了西晋王朝代魏而立的开国功臣，建国后担任三公要职并获封侯。

荀顗以实际行动报答了司马懿的知遇之恩，也向曹操的子孙讨还了当年的杀父之仇。

但几家欢笑几家愁。在权力易主的大时代，既有像荀颢这样的幸运儿，也有很多房倒楼塌的受害者。

比如说夏侯霸。他是夏侯渊之子，母亲是曹操原配夫人丁氏的妹妹。夏侯渊在定军山被刘备部将黄忠所杀，是曹操平生麾下牺牲的最高级别军官。而高平陵之变后，夏侯霸正在对蜀前线效力，因担心受到牵连迫害，竟然临阵投降了杀父仇人刘备的儿子刘禅，并凭借其卓越的军事才能为蜀汉立下了汗马功劳，受封车骑将军。但他的儿子就没有那么幸运了，虽然因为祖辈的功勋保住了性命，但被司马懿流放到了遥远的乐浪郡（今朝鲜平壤一带）。

又比如文钦。他是曹操的老乡谯县人，年轻时爱出风头，在邺城牵涉进了著名的魏讽案，是极少数被曹操宽恕活命的人之一。而曹操的活命之恩他永远没有忘记。同样在高平陵之变后，他正在淮南军前工作，立即紧锣密鼓地密谋拨乱反正。司马氏掌权后，曹魏政权防御东吴的淮南集团军前后发生了三次叛变，其中两次都与文钦有关。他还一度逃到吴国，被封为谯侯，成为吴国进攻魏国的急先锋。但最终他在第三次淮南叛变中，因与叛军首领、诸葛亮的堂弟诸葛诞意见不合而被杀。

最著名的要算嵇康了。他同样算是曹操的小老乡，在曹操去世后四年出生，早年迎娶了曹操的曾孙女长乐亭主为妻。他身高在一米八左右，长得潇洒帅气，是当时全国排名第一的名士偶像天团"竹林七贤"中最亮眼的明星。司马氏掌权后，他就放弃仕途，躲起来当隐士，天天喝酒搞颓废。司马昭仰慕嵇康的盛名，邀请他到自己的幕府中工作，但被嵇康严词拒绝。这严重得罪了爱面子的司马昭，最终他被罗织罪名判处死刑。在行刑当日，洛阳城中有三千名太学生集体请愿，请求朝廷赦免嵇康，并让他来太学任教，但被司马昭否决。嵇康把刑场变成了他自己最后的舞台，留下了那曲流传后世的《广陵绝响》。

嵇康死时年仅40岁。

魏甘露五年（260）五月己丑日，一列车队飞驰在洛阳城的主街上。一看这就不是普通的车队，因为中间那辆耀眼的金根车只有皇帝才能使用，前面开路的天子旌旗也十分醒目。

但如果说这是皇帝的御驾却又有点怪异，因为车队前后没有负责警跸的御林军，只是围着一群乱乱哄哄、穿着各式各样的卫兵、奴仆，甚至还有婢女。车队比平时快数倍的速度行进，像是要赶去赴什么约会。

只见一位身着皇帝衮服，头戴只有皇帝才能使用的十二旒冕的青年扶轼[1]站在金根车头上，一只手擎着一把宝剑，满脸杀气腾腾，咬牙切齿地目视前方。从他的穿戴来看，无疑就是当朝皇帝本人了。

是的，他就是魏国第四任皇帝曹髦。此时司马懿已经亡故，他的长子司马师继而掌握了朝中军政大权。司马师废掉了少帝曹芳，迎立了这位高贵乡公曹髦。算起来，他是曹操的重孙子。不久司马师病死，他的弟弟司马昭又继掌大权，完全没有曹髦什么事。

曹髦在忍耐了几年之后，终于决定誓死不当汉献帝。他叫来几个最亲信的近臣，说出了那句千古名言："司马昭之心，路人所知也。"

从曹髦的行为来看，他的身上确实流着曹操的血。他做出了绝大多数末代皇帝想都不敢想的壮举，亲自策划了一场暴力政变。他秘密组织起身边能够调遣的一切有生力量，自己御驾亲征，带着这帮乌合之众冲向了司马昭的府邸，仿佛是冲向风车的堂吉诃德。有几个人想劝曹髦不要莽撞行事，曹髦就向他们怒吼道："这事我已经决定，大不了就是个死，况且还有一线生机呢！"

司马昭的一切行动都是按照当年曹操夺取权力的说明书来推进的，他万万没想到曹髦不按常理出牌，使出了鱼死网破这一招。他派出几拨军队阻挡曹髦，但这些军兵见到皇帝连头都不敢抬，哪敢上去动手？傀儡皇帝毕竟也是皇帝，自带权威光环，所有人都避让两旁。

眼看曹髦就快要杀到司马昭家门口了，这时他遇到了贾充。贾充正是当年

---

[1] 扶轼，即扶着马车车头的把手。

为曹操主持葬礼的贾逵之子。贾逵被曹操一手提拔，长期担任曹操的秘书，但现在他的儿子却恩将仇报，成了司马昭身边的首席幕僚。贾充下死命令让士兵进攻皇帝的车驾，但这些军兵只敢勉强和从行的人打斗，还是不敢靠近皇帝。曹髦看到有人竟然胆敢冒犯御驾，一时怒发冲冠，自己一跃跳下车来，仗着宝剑直冲向贾充。

贾充吓毛了，对着身边几个亲信军将大喊："司马将军养你们是干什么吃的！今天正是你们报恩的时候，没什么可说的，杀！"

有一名叫成济的骑将在贾充的鼓动下，动了富贵险中求的念头，咬着牙冲上去对着曹髦就是一戈。这一戈正刺中皇帝，而且成济因紧张而用力过猛，戈尖直从皇帝的背上洞穿而出。

曹髦的死状十分恐怖凄惨，以至于围观百姓都为他落下了眼泪。不久后司马昭的叔叔司马孚跑来，把皇帝的头枕在大腿上，又当众猫哭耗子演了一出。为了平息民愤，凶手成济不但没有受赏，反倒被诛灭了三族。

虽然魏国到六年后才被司马炎所建立的西晋王朝所取代，但实际上高贵乡公曹髦之死已经正式宣告了魏国的灭亡。

曹髦没有像汉献帝一样，为了保命宁可看着妻子被从眼前拉走处死。他用自己的生命捍卫了家族的尊严，为曹操所开创的基业做了最后一搏。只可惜，他的一己之力终究无力回天。

最后的最后。

西晋王朝第三位皇帝晋怀帝永嘉五年（311）四月，就在距离昔日曹操家乡谯县不远的苦县（今河南省鹿邑县）宁平城外，夜黑如墨，大雨滂沱。

一支浩浩荡荡十几万人的部队正冒雨向东方疾行。所有人都屏住呼吸匆匆赶路，如此庞大的军团竟然没有一个人说话，只有脚步、车轮和马蹄的低沉轰响，间或有几声妇女的哭泣声。

在这个巨大无比的行阵中心，是一列近百辆的车队。从每辆车的装饰、旌旗来看，车中之人必都是尊贵无比。在车队中间，一辆马车上载着一口棺材，任由雨水恣意浇淋。那几声妇女的低泣正是从这辆车前后的副车中传来的。

突然，一声呼哨刺破苍穹，四面八方骤然人喊马嘶、鼓声震天。大雨之下无法举火，深夜中如爆豆一般的蹄声鼓声就仿佛是死神的脚步，让人心胆俱裂。紧接着，军团最外侧响起了凄厉的惨叫声，这声音从一个人蔓延到十个人、百个人，再到此起彼伏不知道有多少人在同时号叫。躲在军团中间的人们不知道他们遭遇了什么，但也开始跟着一起嘶吼，像一群炸了窝的黄蜂一样四散奔逃。忽然，从天空传来无数利器划过空气的嗡嗡声，瞬间这声音变成了一阵箭雨，从黑暗深处扑面袭来。击中盾牌和车辕的钝响、被兵器拨挡的金铁交鸣声，以及穿透肉体的裂帛声、惊叫声、哀号声响成一片。

两个时辰之后，伴随着最后一声呻吟的停止，所有的声音都消失了。大雨不知何时已经停了，太阳在东方冉冉升起。

在山岗上，有一位骑在凉州大马上的威武将军，正借着晨光冷眼扫视整个平原。天地间是一片死气沉沉的修罗场，那支十几万人的军团已经荡然无存，只剩下一堆堆的残尸碎块、空荡荡的车辆，还有那口棺材。

这口棺材的主人是西晋帝国最后的主心骨——太傅司马越。他的突然离世让本已分崩离析的帝国彻底坍塌，但所有人还幻想着能离这位昔日权臣近一点，哪怕是他的尸体，这样就可以借他的权势在乱世中多活几天。因此，上至太尉王衍及洛阳城中的王公大臣，下到洛阳城中坚守多年的兵将和左近州县的黎民百姓，无不自愿跟随司马越的灵柩去往他的封地东海国避难。

不夸张地说，这是帝国最后的一点精血和火焰。

谁也没有想到，原本魏蜀吴三分归一统，天下太平、盛世可期。但仅仅十年之后，居于权力中心的司马氏家族就爆发了骨肉相残的八王之乱，乱世再次从天而降。

昔日被曹操贴上封印的南匈奴五部首领刘渊趁乱而起，在永嘉二年（308）正式称帝。他以匈奴和汉朝皇帝世代通婚为由，建国号为汉，兴兵讨伐背叛汉帝国的乱臣贼子司马氏。由于八王之乱已经让西晋帝国元气大伤，当年被曹操轻松踩在脚下的匈奴部落，这时成了西晋帝国难以抗衡的强敌。各州郡封疆大吏纷纷拥兵自重，不听中央政府号令，天下俨然又成了曹操当年所面对的军阀割据乱局。

那位马上将军名叫石勒，匈奴人，是刘渊手下得力干将。他平生最崇拜的人是汉高祖刘邦，最看不起的是曹操和司马懿。他对别人说，男子汉大丈夫做事要光明磊落，绝不能学曹孟德、司马仲达那样，欺负人家孤儿寡妇，用诡计谋取天下。

石勒年轻时曾经随人到洛阳当小贩，遇到了名列全国世家大族榜首——琅琊王氏家族的名士王衍。王衍和当年的许劭一样是相面大师，他一看到石勒就惊异地对身边人说，刚才那个胡人小孩儿，听他的声音志向非凡，恐将成为国家的祸患。

没想到若干年后，在苦县的这场围袭战中，已经身为国家最高行政长官——太尉的王衍真的成了石勒的阶下囚。据说两个人有一次长谈，石勒向王衍询问帝国破败的原因。

王衍这时只想活命，一个劲地跪地求饶，说自己从小家庭条件太好，没怎么干过行政工作，不了解社会情况，罪不在己。他同时使劲吹捧石勒英明神武，说他完全可以自己称王当皇帝，不用给别人打工。

石勒看着王衍的丑态，冷笑说："你身为世家大族，含着金钥匙出生，从小当官，名扬天下，肩负着国家的重任，怎么能说自己不懂政治呢？天下变成今天这样，罪魁祸首正是你啊！"

说完不等王衍辩解，就让人把他拉出去，和所有王公大臣一起活埋在了一堵断墙之下。石勒还把司马越的尸体从棺材里拖出来烧毁，并告诉在场的人们："搅乱天下的就是这个人，我今天替天行道，将他火葬，以谢天地！"

当然，王衍并没有说错。若干年后，石勒除掉了刘渊的后人，自立称帝，建立了后赵政权。

在苦县的那个夜晚，西晋帝国的最后一点余火终于熄灭了，"白骨露于野，千里无鸡鸣"的乱世长夜再次笼罩天下。

此地离曹操的家乡如此之近，不知曹操在天之灵是不是正在静静注视。而历史的车轮滚滚向前，下一位能够如曹操一样拨乱反正的超世之杰，还要等到四百多年之后才会诞生。

附录 曹操大事年表

永寿元年（155），曹操出生。

建宁元年（168），14岁，宦官掌权，陈蕃、窦武被宦官杀害。

建宁二年（169），15岁，进入太学学习。

熹平三年（174），20岁，被举孝廉为郎，任雒阳北部尉，执法严明，当街打死宦官蹇硕叔父。

熹平六年（177），23岁，除雒阳北部尉，任顿丘令，离开京城。

光和二年（179），25岁，娶妻丁氏，纳倡家女卞氏为妾。

中平元年（184），30岁，以都骑尉的身份镇压颍川黄巾军有功，后迁济南（王）国相，

中平四年（187），33岁，子曹丕出生。

中平五年（188），34岁，迁西园八校尉之一典军校尉。

中平六年（189），35岁，八月，何进被宦官所杀，董卓入京，十二月，曹操于己吾举义兵。

初平元年（190），36岁，关东军阀推袁绍为盟主，共商讨伐董卓，曹操脱

离联军。

初平二年（191），37岁，任东郡太守，破黑山军。荀彧投奔曹操。

初平三年（192），38岁，被济北相鲍信和兖州治中万潜等人推为兖州牧，曹操击败从青州起义而来的黄巾军，并收其降卒三十余万，董卓被杀，曹操派人至长安迎接天子。曹植出生。

初平四年（193），39岁，父曹嵩、弟曹德在徐州境内遭遇劫杀。曹操复仇，征伐徐州。

兴平元年（194），40岁，再征徐州，遭遇援军刘备抵抗，张邈、陈宫背叛。

兴平二年（195），41岁，击败吕布，吕布投刘备。

建安元年（196），42岁，八月，迎献帝迁都许县，任司空，行车骑将军。控制朝政，推行屯田。

建安二年（197），43岁，长子曹昂战死。

建安三年（198），44岁，曹操擒杀吕布于下邳。

建安四年（199），45岁，刘备叛变，袁绍灭公孙瓒，曹操迎战袁绍，驻军官渡。

建安五年（200），46岁，二月，袁绍进军，曹、袁双方于官渡交战，至十月袁绍溃败。史称官渡之战。

建安七年（202），48岁，五月，袁绍死，袁绍三子袁谭、袁熙、袁尚相争。

建安十年（205），51岁，正月，灭袁谭，袁熙、袁尚奔逃三郡、乌桓。

建安十一年（206），52岁，正月，灭高干，占并州。最终得以占领冀、并、幽、青四州。

建安十二年（207），53岁，击乌桓，斩其首领蹋顿单于，收其族人。辽东军阀公孙康杀袁熙、袁尚。

建安十三年（208），54岁，六月，被封为丞相。八月，刘表卒，曹操取荆州。十二月，赤壁之战，曹操败退。曹冲病逝。

建安十六年（211），57岁，击败关中韩遂、马超军队，占领汉中。

建安十七年（212），58岁，南征孙权，荀彧死去。

建安十八年（213），59岁，五月，被封为魏公。

建安十九年（214），60岁，伏皇后全族被诛杀。

建安二十年（215），61岁，献帝立曹操之女为皇后。率十万大军征汉中张鲁，被刘备所抵抗。

建安二十一年（216），62岁，二月，曹操率主力退兵邺城，派夏侯渊留守汉中。五月，晋爵魏王。

建安二十二年（217），63岁，立曹丕为魏王太子。

建安二十三年（218），64岁，六月下达《终令》，明确要求在自己死后，将遗体安葬在邺城西郊西门豹祠附近的高坡上。

建安二十四年（219），65岁，关羽率兵围樊城、襄阳。曹操离间孙权、刘备。并进驻摩陂（今河南省平顶山市郏县东南），孙权大将吕蒙斩关羽。

曹魏黄初元年（220），66岁，正月，曹操退回雒阳，卒于雒阳。十月其子曹丕代汉称帝，建国号为魏，建元黄初，尊曹操为太祖武皇帝。

图书在版编目（CIP）数据

破局者曹操 / 燕拾叁著. -- 北京 ：中国友谊出版公司，2023.11
ISBN 978-7-5057-5737-0

Ⅰ．①破… Ⅱ．①燕… Ⅲ．①长篇历史小说－中国－当代 Ⅳ．①I247.5

中国国家版本馆CIP数据核字（2023）第204633号

书名	破局者曹操
作者	燕拾叁 著
出版	中国友谊出版公司
发行	中国友谊出版公司
经销	新华书店
印刷	北京世纪恒宇印刷有限公司
规格	700毫米×980毫米　16开 25.75印张　361千字
版次	2023年11月第1版
印次	2023年11月第1次印刷
书号	ISBN 978-7-5057-5737-0
定价	68.00元
地址	北京市朝阳区西坝河南里17号楼
邮编	100028
电话	（010）64678009